dtv

Bretagne, 1440. Grausame Dinge geschehen in dem kleinen Dorf Saint Mourelles. Menschen verschwinden und werden ermordet im Wald aufgefunden. Eine Gottesstrafe, eine Heimsuchung des Teufels oder das Werk eines Wahnsinnigen? Misstrauen und Angst schleichen sich in die sonst so unverbrüchliche Dorfgemeinschaft. Catheline, die Haushälterin des Dorfpfarrers, und der junge Bauer Mathis versuchen, eine Antwort auf die Frage zu finden, wer der Täter sein könnte. Denn es gibt Spuren, und die führen zum nahegelegenen Schloss. Beim Schlossherrn Amédé de Troyenne finden die beiden Unterstützung, obwohl den Baron eigene Sorgen drücken: Ehefrau Bérénice meidet immer häufiger seine Gesellschaft, und in den Schlosskassen herrscht seit geraumer Zeit gähnende Leere. Was weder der Baron noch die Dorfbewohner ahnen: Auch der Bischof von Nantes hat – nicht ganz uneigennützig – eine geheime Untersuchung der Vorfälle angeordnet …

Liv Winterberg, 1971 geboren, studierte Germanistik, Theater-, Film- und Fernsehwissenschaft. Sie arbeitet als Redakteurin und Rechercheurin und lebt mit ihrer Familie in Berlin. Ihr Debütroman ›Vom anderen Ende der Welt‹ (dtv 21451) wurde auf Anhieb ein Bestseller. Bei dtv ist außerdem von ihr erschienen: ›Der Klang der Lüge‹ (dtv 26018).

LIV WINTERBERG

SEHET *die* SÜNDER

Historischer Roman

dtv

Ausführliche Informationen über unsere Autoren und Bücher
www.dtv.de

Von Liv Winterberg
sind bei dtv außerdem erschienen:
Vom anderen Ende der Welt (21451)
Der Klang der Lüge (26018)

MIX
Papier aus verantwortungsvollen Quellen
FSC® C019821

Ungekürzte Ausgabe 2016

Umschlaggestaltung: Lisa Höfner unter Verwendung
von Fotos von Corbis/Paul Almásy,
gettyimages/New York Public Library Picture Collection,
akg-images/British Library
Satz: Greiner & Reichel, Köln
Druck und Bindung: Druckerei C.H.Beck, Nördlingen
Gedruckt auf säurefreiem, chlorfrei gebleichtem Papier
Printed in Germany · ISBN 978-3-423-21627-2

Personenübersicht

Schloss Troyenne

Amédé de Troyenne: Baron und Lehnsherr

Bérénice de Troyenne: Baronin, Amédés Ehefrau

Ludwig de Troyenne: Bruder von Amédé

Clement de Troyenne: Knappe bei Amédé, Sohn von Bruno de Troyenne, dem verstorbenen Bruder von Amédé und Ludwig

Hauptmann Bouchet: Vorsteher von Amédé de Troyennes Garde

Francine: Schwester von Bérénice

Pater Bertrand: Geistlicher auf Schloss Troyenne

Jola, Ania, Babette und Émelie: Küchenmägde

Saint Mourelles

Mathis Maury: Bauer

Pfarrer Jeunet: Pfarrer der Dorfkirche in Saint Mourelles

Catheline Cogul: Haushälterin bei Pfarrer Jeunet, Schwester der Magd Jola

Yann: Schmied des Dorfes

Marie: Frau des Schmieds

Raymond, Cécile, die Zwillinge: Kinder von Yann und Marie

Martin Authié: Bauer im Dorf

Ysa: Frau von Martin
Rachel und Luc Authié: Kinder von Martin und Ysa
Blanche Boudet: Kräuterfrau des Dorfes
Avel: Blanches erwachsener Sohn
Grete: Dorfälteste, Geburtshelferin
Gabin: Tagelöhner
Eve: Frau von Gabin
Pierre und Marcel: Söhne von Gabin und Eve

Nantes

Gregor du Clergue: Bischof von Nantes
Julien Lacante: Schreiber und Notar des Bischofs
Herzog Johann: Oberhaupt der Bretagne
Pierre l'Hôpital: oberster Richter der Bretagne, Leiter des weltlichen Gerichts in Nantes

Weitere Personen

Pater Blouyn: Vertreter der Inquisition im kirchlichen Prozess
Promotor des Gerichts: Leiter des kirchlichen Prozesses
Nana und Nene: Bettelkinder

Verlass dich nicht auf die Vergebung,
füge nicht Sünde an Sünde, indem du sagst:
Seine Barmherzigkeit ist groß,
Er wird mir viele Sünden verzeihen.
Denn Erbarmen ist bei ihm,
aber auch Zorn,
auf den Frevlern ruht sein Grimm.

Jesus Sirach 5,5

Bretagne, Winter 1440

Weiß. Alles war weiß. Ihr Atem, den sie unter heftigem Keuchen ausstieß, stieg weiß in die Höhe und verlor sich vor dem wolkenverhangenen Himmel. Puderig weiß war auch die Landschaft. Frisch gefallener Schnee knirschte bei jedem ihrer Schritte, und obwohl sie kaum Luft bekam, versuchte sie zu laufen, immer schneller zu laufen.

Selbst die Hände, die nach ihrem Hals gelangt und sie gewürgt, immer wieder gewürgt hatten, waren weiß und schmal gewesen.

Sie hörte ein Lachen. Hastig warf sie einen Blick zurück.

»Wo willst du denn hin?«

Sie strauchelte und sackte auf die Knie, spürte, dass Schneeklumpen an ihrem Rock und Umhang hängen blieben.

Wo wollte sie hin?

Die Frage hatte sich ihr nicht gestellt, sie wollte weg. Weit weg.

»Was glaubst du? Dass du entkommen kannst?«

Ihr Blick suchte die Ebene ab, die sich vor ihr öffnete.

Mit Gräben gesäumte Felder.

Kein Strauch. Kein Baum. Keine Hütte. Kein Berg.

Der schützende Wald lag hinter ihr. Zwischen den schützenden Bäumen und Büschen waren sie, die weißen Hände, und folgten ihr.

Sie hastete weiter, immer enger wurde der Abstand zwischen ihren auftreibenden Atemstößen. Der Schweiß rann ihr den

Rücken hinab. Und mit jedem Schritt breitete sich die Gewissheit in ihr aus: Die Weite, die vor ihr lag, würde ihr zum Verhängnis werden. Selbst wenn die Dämmerung sich über sie herabsenken würde, wäre es kinderleicht, ihr zu folgen. Ihre Spuren wären sichtbar wie die Fährte eines hakenschlagenden Hasen, den der Fuchs verfolgt.

Sie hatte keine Chance zu entkommen.

Saint Mourelles

Selbst sein Schweigen war schön. Warm und weich erfüllte es sie stets mit der Gewissheit, dass es, sobald das Nötigste gesagt war, keiner Worte mehr bedurfte. Mathis war da, bei ihr, und das war Catheline mehr als genug.

Zumindest war es so gewesen.

Damals.

Nun saß Mathis auf seinem Schemel, zusammengesunken mit rundem Rücken, und nichts ließ darauf schließen, dass er ein Mann von beachtlicher Größe war. Mit argwöhnischem Blick maß er jeden ihrer Handgriffe, und so warm und weich sein Schweigen einst gewesen, so kalt und abweisend war es jetzt.

Catheline fröstelte und band sich das Leintuch als Schürze über den Rock ihres Kittels. Sie goss das über der Feuerstelle erwärmte Wasser auf die getrockneten Kamillen- und Arnikablüten, die sie in die Holzschale gegeben hatte. Die Blütenköpfe schossen an die Wasseroberfläche, drehten sich im Kreis und begannen ihren Duft zu verbreiten. Dann legte sie in der Feuerstelle ein Scheit nach. Flugs umzüngelten die Flammen das Holz, dessen Knistern die Stille zwischen ihnen noch zu unterstreichen schien. Kurz leuchtete der flackernde Lichtschein die Hütte aus. Die Truhe, der Tisch, die beiden Sitzbänke, die Bettstatt. Scharfe Schatten auf verrußten Holzwänden.

Der Kräutersud in der Schale schwappte auf und ab, als Catheline sie zu Mathis' nackten Füßen abstellte. Sie raffte die Schürze und den Rock ihres Kittels und ließ sich auf die Knie nieder. Der Lehmboden war kalt und glatt gestampft, mit der Sorgfalt, die Mathis stets zu eigen war.

Die dichten Haare auf seinen Beinen kräuselten sich, ein schwarzer Pelz, der sich bis zu den Füßen hinabzog. Doch auch die Haarpracht konnte die tiefrot leuchtende Narbe, die vom linken Knie mehr als zwei Handbreit in Richtung des Knöchels entlanglief, nicht verbergen. Die Wade dieses Beines war schmaler, die Haut des Fußes weiß und durchscheinend geworden.

Catheline tastete den Fußrücken ab, und der Druck ihrer Finger hinterließ Dellen in der Haut, die nur langsam schwanden. »Kannst du das Bein anheben?«

Mathis versuchte, das Bein zu strecken, das daraufhin bis zur Hüfte erzitterte. Die Bewegung war so gering, dass Catheline fast wünschte, nicht gefragt zu haben. Doch sie musste wissen, wie weit sein Bein sich erholte, um zu entscheiden, ob sie nochmals Kräuter für die nächste Behandlung holen würde. Er ließ das Bein wieder sinken.

»Wenn ich es beuge, sieht es nicht besser aus«, sagte Mathis und klang müde dabei.

»Aber du machst Fortschritte, das Knie ist fast vollständig abgeschwollen. Kannst du die Zehen inzwischen bewegen?«

Er schüttelte den Kopf und sank noch tiefer in sein abweisendes Schweigen zurück.

Langsam schob Catheline das bis zum Knie reichende Hosenbein auf seinen Oberschenkel. Mathis zuckte zusammen, doch unbeirrt tauchte sie eine Ecke des Leintuchs ins Wasser. Rieb den warmen Kräutersud über seine Haut und begann, die Wade mit kreisenden Bewegungen zu kneten.

Sofort drückte er den Rücken durch und verschränkte die Arme vor der Brust.

Sie knetete und wusch, schwieg und vergaß die Zeit dabei. Vergaß sein Schweigen und seinen angespannten Körper. Bearbeitete jeden Flecken seines geschundenen Beines, behutsam und sanft, um die Narbe nicht zu reizen. Dann langte sie nach dem rechten Fuß, den er ihr umgehend wieder entzog.

»Lass das. Dieser Fuß braucht keine Behandlung.«

Nochmals griff Catheline nach seinem rechten Fuß, bettete ihn auf ihren Schoß und wusch auch ihn. Knüpfte die Schürze ab und wickelte beide Füße in den trockenen Teil des Tuches. Nahm die Beinlinge und gab sie Mathis, damit er sie anlegen konnte. Als sie sich erhob, suchte sie seinen Blick. »Das Bein ist weiterhin schwach, aber die Behandlung wird es kräftigen.«

»Das ist sinnlos, das weißt du.«

»Nein, das weiß ich nicht«, sagte sie nur.

Seit sie seine Hütte verlassen hatten, blieb Mathis ihr stets einen halben Schritt voraus. Er hielt den Kopf gegen den Wind gesenkt, der die Schneeflocken mit einer Kraft vor sich hertrieb, dass sie sich wie Nadelstiche anfühlten, sobald sie die Haut berührten. Sein Atem stieg stoßweise in der Kälte auf, ein jeweils weiß gekräuselter Hauch, der zeigte, wie sehr das Laufen ihn noch immer anstrengte. Der linke Fuß hing schlaff am Bein und zeichnete mit jedem Schritt eine Schleifspur in den Schnee. Mathis hielt den Treibstecken umklammert, um sein Gleichgewicht zu halten. Unvermittelt blieb er stehen, wischte sich Schneeflocken und Schweißperlen von der Stirn. Er schaute über die Steine, die, von den Feldern geklaubt und zu kleinen Wällen aufgeschichtet, die rechter Hand liegenden Felder säumten. Verborgen unter der Schneedecke, deren obere

Schicht vom Wind in feinen Wirbeln umhergeschoben wurde, schienen sie auf den Frühling zu warten.

»Gestern habe ich vom Frühling geträumt«, sagte Catheline in das Jammern des Windes hinein. »Es wird nicht mehr lange dauern, dann ist auch dieser Winter endlich vorbei.«

Mathis zuckte mit den Schultern. »Ja, und? Was ist daran besser?«

»Dann säen wir aus, bestellen die Felder, genießen die wärmende Sonne und freuen uns auf den Mai.«

»Wir?« Mathis' Augenbrauen bildeten einen dunklen Bogen, der über seiner Nase fast zusammentraf. »Wie soll ich denn die Felder bestellen?« Er stieß den Treibstecken in den Schnee und lief weiter.

»Warte ab. Lass dir ein wenig Zeit, schone dich noch, und dann wirst du auch die Felder wieder ...«

Mathis fuhr herum, die Wut verzerrte sein Gesicht. »Das Bein ist längst ausgeheilt. Ich bin ein Krüppel! Ein von Gott verdammter Krüppel! Wie soll ich meine Felder bestellen? Es ist für mich vorbei. Wann willst du das endlich einsehen? Dieser übel riechende Sud, all das Reiben und Kneten, das nützt nichts mehr. Verstehst du?«

Um sie herum wirbelten die Schneeflocken, so dicht, dass nicht einmal das sonst weithin sichtbare Schloss Troyenne auszumachen war. Der dahinjagende Wind zerriss die Atemwolken, die im Grauweiß des Himmels verschwanden.

»Du brauchst nicht auf Gott zu fluchen, danke ihm lieber, dass du noch lebst. Und ich werde weiterhin mit dem übel riechenden Sud alles daran setzen, dir zu helfen. Auch wenn ich nichts mehr auszurichten vermag, habe ich es wenigstens versucht«, sagte Catheline und schluckte gegen den Druck in ihrem Hals an. Wann wirst du endlich begreifen, dass ich dich auch wollte, selbst wenn beide Beine dich nicht mehr tragen, dachte sie und hielt seinem Blick stand. »Und auch wenn dein Bein lahm bleibt, du warst immer Bauer, du bist noch immer Bauer, und du wirst es weiterhin sein.«

Mathis verzog den Mund, und die Bitterkeit, die in dieser Bewegung lag, entstellte das Gleichmaß seiner Züge.

In Catheline loderte Wut auf, die augenblicklich die Kälte aus ihren Gliedern vertrieb. »Wenn ich könnte, würde ich Gott bitten, für dich ein elftes Gebot in Stein meißeln zu lassen. Es würde heißen: Du sollst nicht selbstmitleidig sein!« Deutlich hatte Catheline den schnellen Schlag seiner schneenassen Wimpern gesehen. Doch noch hatte sie nicht genug, der Drang, ihn herauszufordern, war zu groß. »Denn«, setzte sie nach, »das Selbstmitleid ist ungerecht und führt dich von Gott weg. Es steht in seiner Sündhaftigkeit dem Laster der Eitelkeit in nichts nach.« Die Zornesfalte auf Mathis' Stirn war eine Reaktion, eine kleine, aber sie genügte, um die Hitze ihrer Wut einer gehässigen, warmen Zufriedenheit weichen zu lassen.

»Hüte dein loses Mundwerk, sonst wird es dir irgendwann noch zum Verhängnis«, sagte Mathis, so leise, dass der Wind seine Worte fast ungehört mit sich genommen hätte.

Mathis sah Pfarrer Jeunet schon von Weitem. Der alte Mann wartete, gestützt auf seinen Gehstock, vor dem Portal der Dorfkirche und trotzte der Kälte, um jedem zur Begrüßung die Hand zu reichen. Viele Mitglieder der Gemeinde Saint Mourelles hatte er in den Jahrzehnten, die er in Amt und Würden war, verloren: an zahlreiche Kriege, umherziehende Söldner, die das Land verwüsteten, an die Pest und den oftmals wütenden Hunger nach schlechten Ernten.

Catheline begrüßte Pfarrer Jeunet und schob die Kapuze

ihres Umhanges zurück. Mathis wandte sich ab. Er wollte nicht sehen, dass die Schneeflocken, die sich in ihrem Haaransatz verfangen hatten, zu silbrigen Tropfen geworden waren. Das gewellte haselnussbraune Haar, das bis zur Hüfte reichte, wenn sie das Band des geflochtenen Zopfes denn einmal löste. Er schob den Gedanken an den warmen Sommertag beiseite, an dem sie ihr Haar geöffnet hatte und er darin versunken war. Eine Erinnerung an vergangene Zeiten, die im Hier und Jetzt keine Bedeutung mehr hatte. Die keine mehr haben durfte.

»Mathis! Mathis, ich bin ganz schnell gerannt.« Avels Wangen waren vom Laufen in der Kälte gerötet, und der Rotz lief ihm aus der Nase. Der baumlange Kerl umarmte und presste sich an Mathis, dass ihm der Treibstecken aus der Hand glitt. Avel senkte die Stimme: »Und dann kam noch ein Pferd vom Himmel herab mit silbernem Sattel, das hat mich mitgenommen.« Er nickte heftig, bückte sich, hob den Treibstecken auf und hielt ihn Mathis hin. »Wenn du jetzt gesund bist, dann können wir uns wieder zusammen um die Schafe kümmern, ja? Im Mai entwöhnen wir die kleinen Lämmer, die im Winter geboren wurden, und dann melken wir die Mutterschafe. Hmm, das wird lecker, wenn wir wieder Käse machen.«

Bevor Mathis etwas erwidern konnte, sei es zu dem himmlischen Weggefährten oder zu den irdenen Plänen, gemeinsam die Schafe zu versorgen, sprang Avel weiter. Ein Kind im Körper eines Mannes. Mathis seufzte auf. Vielleicht kein schlechtes Los, die eigene Unzulänglichkeit nicht erkennen zu können, sondern glücklich in den Tag hineinzuleben. Erschrocken hielt er inne. Jetzt gehst du zu weit, schalt er sich.

Inzwischen hatte Mathis Pfarrer Jeunet erreicht, der die herzliche Begrüßung offenbar verfolgt hatte. »Ja, unser von Gott geliebter Avel«, sagte er und lächelte. »Ein jeder hat seinen Platz in Gottes Gemeinde. Schön, dich wieder bei uns begrüßen zu können. Wir haben für deine Genesung gebetet.« Er legte die Hand auf Mathis' Schulter und führte ihn in die Kirche.

Rechter Hand standen die Frauen und Kinder, linker Hand die Männer. Alle Blicke wandten sich ihnen zu, und die Männer rückten näher zusammen, sodass ein Schemel sichtbar wurde, der zwischen ihnen stand.

Sie haben einen Schemel in die Kirche gebracht, damit ich mich setzen und mein Bein ausstrecken kann. Mathis spürte, dass sein Magen sich ob des Mitleids zusammenzog. Es widerstrebte ihm, Platz zu nehmen. Den Kopf gesenkt, setzte er sich.

Pfarrer Jeunet nahm ihm den Treibstecken ab, legte ihn zu seinen Füßen auf den Boden und flüsterte ihm zu: »Mein Sohn, und wenn dir die Kraft fehlt, dann bleibst du die gesamte Messe über sitzen, ja?«

»Vielen Dank, Pfarrer Jeunet«, murmelte Mathis. Als er den Kopf hob, schauten alle zu ihm herab. Er konnte Catheline ausmachen, die ihm ein Lächeln zuwarf.

Er musste mit ihr reden, bald schon. Die Zeiten waren andere. Auch er hatte seinen Platz in Gottes großer Gemeinde. Aber es war ein anderer Platz als bisher, es war der des Dorfkrüppels.

Schloss Troyenne bei Saint Mourelles

Die Kälte fuhr Bérénice unter den Umhang, als sie das Portal aufschob und den Schlosshof betrat. Sie fröstelte und war versucht umzukehren, um sich in ihr Gemach zurückzuziehen, das, vom Kaminfeuer gewärmt, auf sie wartete. Doch ihr blieb keine Zeit für Müßiggang am helllichten Tag. Kurz sah sie zum Tor hinüber. Dort drängten sich die mit Körben,

Käfigen und Beuteln beladenen Händler und Lieferanten, die zu Fuß zum Schloss gekommen waren. Zufrieden bemerkte Bérénice, dass die Wachen sich von den schiebenden Menschenleibern, den Flüchen und Zurufen bei den Kontrollen nicht beirren ließen.

Auf der Zugbrücke reihten sich die Fuhrwerke der Händler, die größere Lieferungen heranschafften. Ein Wagen stand bereits im Hof. Während der Händler sich mit dem Küchenmeister besprach, kümmerte sich der Knappe um das Pferd, damit es im heillosen Durcheinander und Lärm nicht scheute. Die beiden Männer schlugen die Plane zurück und begutachteten zwei Schweine und ein halbes Rind. Mit einem Mal verbeugten sie sich tief, sichtbar überrascht, dass Baron Amédé de Troyenne höchstselbst die Lieferung in Augenschein nahm. Die Geste ihres Gatten ließ Bérénice erahnen, dass er sich nicht mit Formalitäten aufhalten, sondern mit den Vorbereitungen des Neujahrsfestes vorankommen wollte. Kurz musterte er das Vieh, und als er nickte, entluden Knechte den Wagen.

Amédé schritt auf das nächste Fuhrwerk zu, das in den Hof hineindrängte. Auf der Ladefläche standen Weinfässer dicht an dicht. Auch wenn Amédé gut und gern dreißig Gäste geladen hatte, erkannte Bérénice sofort, dass es zu viel Wein war. Niemals würde die Festgesellschaft all diese Fässer leeren können. Aber es war sinnlos, sich darüber zu ärgern. Zu gern gab Amédé den Gastgeber, zu gern lud er an Tische, die sich unter der Last der Speisen und Getränke bogen.

In Kürze würden die ersten Gäste eintreffen, und bis dahin musste sie einen Blick in die Gastgemächer geworfen und sich davon überzeugt haben, dass alles hergerichtet war. Dass die Böden gewischt, die Betten frisch gemacht, die Feuer in den Kaminen geschürt, die Krüge jeweils mit Wein und Wasser gefüllt waren. Sie raffte ihr Kleid und verlor fast das Gleichgewicht. Eine Hand, die gerade noch rechtzeitig nach ihr griff, bewahrte sie vor dem Sturz. Dankbar sah sie auf.

Amédé stand neben ihr und lächelte. »Durch das geschäftige Treiben ist der Schnee so glatt getreten, dass man kaum vorankommt. Ich habe angewiesen, dass er entfernt wird, bevor die Gäste kommen. Nicht, dass irgendwer Schaden nimmt.«

Bérénice nickte und schaute zu Boden. »Gut, dann werde ich mich vorsehen. Ich war auf dem Weg in die Gastgemächer, um zu prüfen, ob alles vorbereitet ist.« Erneut raffte sie ihr Kleid und versuchte, sich an Amédé vorbeizudrängen.

»Warte, darf ich dich aufhalten? Nur kurz, ich möchte dir etwas zeigen.« Er trug seine durchgeknöpfte blaue Schecke mit einem Stehkragen, und wieder bemerkte Bérénice, dass es sonderbar war – die Farbe seiner Augen schien mit der Kleidung, die er trug, zu wechseln. Mal waren sie taubengrau, mal kieselsteingrau und am nächsten Tag dunkelblau.

Noch während sie ihren Gedanken nachhing, führte Amédé sie in Richtung des Saales, in dem am Abend das Fest stattfinden würde. Sanft lag seine Hand auf ihrem Unterarm. Sie zögerte, zog ihren Arm dann aber zurück und gab vor, sich die kalten Hände reiben zu müssen.

Amédé öffnete die Tür. »Es ist bereits gefeuert, das wird dich wärmen«, sagte er leichthin, doch Bérénice glaubte einen spöttischen Unterton herauszuhören. Als er einen Stuhl ergriff und ihn in der Nähe des Feuers platzierte, ihr den Umhang abnahm, um ihn zum Trocknen aufzuhängen, beobachtete sie ihn aufmerksam.

»Schließ die Augen«, bat er sie.

Bérénice tat ihm den Gefallen und hörte, dass eine Truhe geöffnet wurde. Ein leises Rascheln folgte. Unruhe breitete sich in ihr aus.

»Öffne die Augen wieder.«

Der Seidenstoff des Kleides hatte einen moosgrünen Ton, der dunkel schimmerte. Das kurze Jäckchen war aus einem schweren Brokatstoff geschneidert, der eine Nuance heller gehalten und rundum mit Kaninchenfell verbrämt war. Leuchtend setzte sich der helle Pelz von den Grüntönen ab. Das Oberteil des Kleides war eng geschnitten, während der Rock in einer Schleppe auslief. Den Hennin, aus dem gleichen Seidenstoff wie das Kleid gefertigt, schmückte ein Schleier, der ihr den Rücken hinabfallen würde. Ein Gürtel, mit Perlen und Goldfäden bestickt, rundete das Kleid ab. Bérénice bewunderte für einen Moment Amédés Geschmack.

»Es ist am Morgen aus Nantes geliefert worden. So etwas trägt man am Hofe Burgunds«, sagte er und schaute an ihr herab. Musterte das schlichte Samtkleid und das einfache Gebende mit Haarnetz, das sie für die Arbeiten am Vormittag angelegt hatte. »Du hast dir so wenig gegönnt in letzter Zeit.«

Seine Maßlosigkeit nahm immer schlimmere Züge an: die ausufernden Bauarbeiten am Schloss, die Vorbereitungen für das Fest, die Speisen und Getränke – und nun das Kleid. Es musste ein Vermögen gekostet haben.

Bérénice erhob sich. »Bitte, komm mit mir«, sagte sie, winkte ihn ans Fenster und öffnete es.

Vor dem Schloss war das Treiben fast noch dichter als im Hof. Spielleute waren dabei, ihr Lager aufzuschlagen, und wurden von den Männern der Garde weggedrängt, die versuchten, die Zufahrt zum Schloss frei zu halten. Fliegende Händler boten ihre Waren feil, Tagelöhner standen in Reihen, um bei niederen Tätigkeiten in der Vorbereitung des Festes zur Hand gehen zu können. Erste fahrende Frauen waren angekommen und tänzelten Hüften schwingend durch die Menge. Ein wenig abseits sah man an mehreren Feuern Bettler hocken. Auch die jämmerlichsten Geschöpfe der Umstände dieser Zeit waren inzwischen eingetroffen: Kinder. Verwaiste Kinder, die sich in Banden zusammenschlossen und umherzogen – Kinder, die bettelten und stahlen, um zu überleben.

Darum geht es jetzt nicht, rief sie sich zur Ordnung, konzentriere dich. »Sieh dort«, sie zeigte auf die Wagenkolonne der Händler, »sie stehen seit Stunden.«

»Ja, es soll uns an nichts mangeln«, sagte Amédé und lächelte.

Erst jetzt bemerkte Bérénice die Schatten unter seinen Augen, sah, dass seine Haut fahl war. Er schläft wieder nicht, dachte sie. Ihr Schweigen schien ihm Aufforderung zu sein, fortzufahren.

»Wenn du dich um die Händler sorgst, lasse ich ihnen zum Aufwärmen eine Suppe reichen. Du wirst staunen, was sie alles anliefern – das wird ein Fest. Ich habe an alles, einfach an alles gedacht.«

»Hast du auch daran gedacht, wie wir all das bezahlen?«

»Mein Täubchen, darüber mache dir keine Gedanken.« Er nahm ihr Gesicht in seine Hände, küsste sie auf die Stirn und wandte sich zum Gehen.

Wann hat er angefangen, mich »Täubchen« zu nennen?, fragte Bérénice sich. Früher hatte ich einen Namen, warum benutzt er ihn nicht mehr?

»Und außerdem«, er wandte sich kurz um, als er an der Festtafel vorbeilief, auf der ausgebreitet das Kleid lag, »du hast ja auch etwas davon.« Ein Augenzwinkern, dann war er verschwunden.

Komm nie auf die Idee, mich in aller Öffentlichkeit »Täubchen« zu nennen, dachte sie und schloss das Fenster so heftig, dass die Scheiben klirrten.

Jola füllte eine weitere Schale mit Suppe und reichte sie mit klammen Fingern einem dickleibigen Händler, der auf seinem Wagen saß. Gierig griff er zu. Immer noch konnte sie nicht glauben, dass sie bei dieser bitteren Kälte vor dem Schloss stand und die wartenden Händler und Lieferanten verköstigte.

Gedankenverloren sah sie zum Schloss hinüber. Seit der Vater des Barons verstorben war, glich das Leben einem Sonnentag nach dunkler Regennacht. Amédé de Troyenne hatte mit Umbauten begonnen, denn aus der Trutzburg sollte nun ein Schloss werden. Tatsächlich hatte er ein gutes Händchen bei seinem Vorhaben bewiesen: Alles war heller und wärmer geworden, und ein Ende der Arbeiten war noch nicht abzusehen.

Nachdem der alte Küchenmeister eines Tages umgefallen war und seinen letzten Atemzug getan hatte, war durch den Baron veranlasst worden, dass ein neuer Küchenmeister eigens aus Nantes geholt wurde. Einer, den man nicht beim Namen rief, sondern den man stets als »Küchenmeister« anzusprechen und dabei das Wort »Meister« zu betonen hatte.

Die Arbeit war vor dem Fest ungleich mehr geworden, und die Mägde Babette, Ania und Jola hatten des Nächtens kaum noch ein Auge zugetan, so lange hatten sie schuften müssen. Und heute war die Stimmung nahezu unerträglich, denn der Küchenmeister war ins Schwitzen geraten. Das war kein gutes Zeichen. Vielmehr war es eine Anklage an seine drei Mägde, dass ihre Arbeit noch immer nicht ausreichte, ein Grund, Worte durch Schläge zu ersetzen.

Jola hatte am Vormittag gleich zwei Körbe mit Eiern gepackt, die von Bäuerinnen geliefert worden waren. Trotz der Schlepperei war ihr nicht entgangen, dass der Baron, als er den Schlosshof betrat, dem Küchenmeister entgegenlief und wünschte, dass eine Suppe verteilt werde. Vor dem Tor. Unter den wartenden Händlern. Wann hatte es so etwas gegeben?

Suppe für alle! Genau das machte ihn aus, den Baron. Ein gutes, großes Herz, aber keine Vorstellung davon, was er ihnen damit zusätzlich an Arbeit bescherte. Im Laufschritt eilte sie mit den schweren Körben in die Küche.

»Schnell, schnell, wir müssen den Händlern und Lieferanten eine Suppe reichen«, rief sie Babette und Ania zu, die Flusskrebse wuschen. »Holt einen der größten Töpfe und reichlich Wasser, stellt ihn schon auf die Feuerstelle.« Der Ofen, mit dem inmitten des Raumes ununterbrochen gebacken, gebraten und gekocht wurde, hatte den Raum mit seiner dampfenden Wärme inzwischen erfüllt. Bei den Umbauten hatte man ihn vergrößert und sogar noch einen Spieß angebracht, auf dem man Vogelvieh und Kleintiere bis hin zum Ferkel aufspießen und über Kohlen wenden konnte, bis das Fleisch knusprig wurde, dass einem das Wasser im Munde zusammenlief.

Babette schob eine feuchte Strähne ihres dunklen Haares unter die speckige Haube und schaute mürrisch herüber. Anias hübsches Köpfchen rührte sich nicht, unbeirrt wusch sie die Flusskrebse weiter.

»Der Baron hat's angewiesen, beeilt euch, der Küchenmeister kommt gleich«, Jola holte Luft, um ihren Worten Nachdruck zu verleihen, »und er schwitzt wieder.« Sofort ließen Babette und Ania die Flusskrebse stehen – zu oft hatten sie den hölzernen Löffel schon zu spüren bekommen – und verschwanden in verschiedene Richtungen.

So waren sie schon inmitten der Vorbereitungen, als der Küchenmeister die Küche betrat. Doch trotz des vorauseilenden Gehorsams seiner Mägde musste er sich abreagieren. Mehrfach hatte er mit einem der Holzlöffel auf Babettes knochigen Rücken eingeschlagen. Schweigend hatte sie die Dresche ertragen, und ihr Gesicht hatte noch kantiger und hohlwangiger als sonst gewirkt.

Es war die Kälte, die Jola aus ihren Gedanken zurückholte. Die Kälte begann inzwischen in den Füßen zu schmerzen und zog sich immer weiter den Leib hinauf. Nur ihre Finger waren von den Suppenschüsseln, die sie verteilte, gewärmt. Sie hörte Babette fluchen, beugte sich vor und half ihr, den Handwagen, auf dem der Topf stand, aus einer Schneewehe zu schieben. Dann griff sie erneut nach der Kelle.

»Schenke die Suppe nicht so großzügig ein. Die Händler können sich später woanders ihre Wänste vollschlagen. Die Kinder dort hinten, sie sollen die Suppe bekommen.«

Vor Schreck glitt Jola die Kelle aus den Händen. Ein sternförmiger gelber Fleck zeichnete sich im leuchtenden Weiß des Schnees ab.

Die Baronin, die Nörglerin persönlich, war hier.

Bei ihnen.

Vor dem Schloss.

Um Kinder zu verköstigen.

Zu dritt starrten sie die Baronin an, bis Babette sich fasste und den Wagen in Richtung der Bettelkinder lenkte.

Ania hob die Kelle auf, klopfte den Schnee ab und eilte ihr hinterher.

»Frau Baronin, dürfte ich Euch bitten, mir wieder ins Schloss zu folgen? Ich sehe keine Veranlassung, dass Ihr Euch ohne Begleitung inmitten des Pöbels bewegt.« Ebenso unbemerkt wie zuvor Bérénice de Troyenne hatte sich Hauptmann Bouchet durch die Menge geschoben. Die Hände in die Seiten gestemmt, das Schwert sichtbar vor den Leib gegürtet, wanderte sein Blick abschätzig über die Menschenmenge.

»Nun seid Ihr doch da. Folgt mir!«, befahl die Baronin und wandte sich dem Handwagen zu. Sie nahm Ania eine Schale aus der Hand und reichte sie einem Mädchen, das zum Dank knickste und umgehend die Suppe auszutrinken begann.

Der Hauptmann stieß Jola in die Rippen. »Beweg dich, und sieh zu, dass ihr fertig werdet«, sagte er, ohne die Baronin aus den Augen zu lassen.

Jola wiederum beobachtete den Hauptmann. Er stand der Garde des Barons vor, aber er war ein Mann mit bösem Blick, um den sie sonst einen großen Bogen schlug. Er musterte die Kinder, die, verhüllt in Schichten verdreckter Kleidung, inzwischen den Handwagen umringt hatten. Der Anblick der gereckten Köpfe und glänzenden Augen hatte anscheinend auch ihn nicht unberührt gelassen, denn seine Körperhaltung wirkte inzwischen entspannter. Er beugte sich vor, um einem Mädchen über das verfilzte Haar zu streichen, und seine Hand blieb auf ihrer Schulter liegen. Neben der Kleinen, die ungefähr zehn Jahre alt sein mochte, stand ihr Abbild. Zwillinge, die als hübsch zu bezeichnen gewesen wären, wenn man sie tüchtig mit heißem Wasser geschrubbt und in saubere Kittelchen gesteckt hätte. Beide lächelten zu Hauptmann Bouchet auf.

»Macht langsam, wenn ihr in den letzten Tagen wenig gegessen habt«, mahnte er.

Jola sah ungläubig zu ihm hinüber. Der Hauptmann verteilte zwar keine Suppe, aber gut gemeinte Ratschläge, und das, obwohl er doch sonst kein Mann des Wortes war.

Die Mädchen nickten brav.

»Wie heißt ihr denn?«

»Ich heiße Nene«, sagte eines der Mädchen und zeigte dann auf seine Schwester, »und das ist Nana.«

Die linke Augenbraue des Hauptmannes zuckte bedenklich. Beschwichtigend hob Nene die Hände und versicherte: »Wir nennen uns nur so. Wir waren sehr klein, als unsere Mutter verstarb, sodass wir uns nicht an unsere Namen erinnern können.«

Jola atmete durch, denn die Braue des Hauptmannes schob sich wieder an ihren Platz zurück.

Derweil waren die Zwillinge an der Reihe. Sie erhielten ihre Schüsseln und wurden dann von der Baronin grob aus der Reichweite des Hauptmannes geschoben.

Hauptmann Bouchet verschränkte die Arme und musterte die Nörglerin. Und da war er wieder: sein böser Blick.

Saint Mourelles

Die durchdringende Tonlage des Schreis, das weit aufgerissene Mündchen und die winzigen Hände, die, zu Fäustchen geballt, in der Luft herumruderten, weckten eine Sehnsucht in Catheline, die sie immer wieder spürte. Aber irgendwann würde sie es sein, das wusste sie, über die sich die Frauen des Dorfes beugten, um sie bei der Geburt ihres Kindes zu begleiten. So Gott wollte, vielleicht schon im übernächsten Sommer.

Catheline lehnte sich vor, wischte Ysa mit einem Tuch den Schweiß aus dem Gesicht und streichelte ihr die Wange. »Du hast es geschafft«, flüsterte sie, »aber jetzt musst du ein wenig essen, um dich zu kräftigen.« Aus einer Schale neben sich, die eigens bereitgestellt worden war, nahm sie ein Brot, brach es und reichte es Ysa.

Grete, die Dorfälteste, füllte derweil den Holzzuber mit Wasser. Mit der Hand prüfte sie, ob es warm genug war, und als sie nickte, begann Blanche, den Säugling zu baden. Wiegte den Kopf zu der Melodie, die sie summte. Stets war ihr Mundwerk, in dem bereits einige Zähne fehlten, in Bewegung, und wenn sie es schloss, dann nur, um zu summen, zu kauen oder, wie ihr Sohn Avel behauptete, mit bebenden Lippen zu schnarchen.

Kurz darauf übernahm Grete das schreiende Menschlein und hob es in die Höhe. Gemeinsam mit Blanche betrachtete sie im züngelnden Licht der Feuerstelle den kleinen Körper, bewegte seine Arme und Beine, zählte die Finger und Zehen und betastete kurz das, was ihn unverkennbar zum Jungen machte. Dann rieb sie seine Haut mit warmem Öl ab und wickelte ihn fest in eine ebenfalls vorgewärmte Leinendecke.

»Ich habe die Nabelschnur abgebunden. Es ist ein recht kräftiger kleiner Mann, dem es offensichtlich an nichts mangelt.« Grete strich sich eine ihrer silbergrauen Locken aus der Stirn und bettete den Jungen in eine längliche Futterschale aus Holz, die sie zuvor mit einem Schaffell ausgelegt hatte. Sie lächelte Ysas Tochter Rachel zu, doch das Mädchen rührte sich nicht und blieb abseits stehen.

Catheline fasste die Hand der leise aufstöhnenden Ysa. Doch diese schenkte dem Schmerz keine Aufmerksamkeit, sondern ließ ihre Tochter Rachel nicht aus den Augen. Während der gesamten Geburt hatte das Mädchen, vom Wehklagen der Mutter unbeirrt, Öl bereitgestellt, das Feuer geschürt, Wasser erhitzt und Tücher herbeigeschafft. Obwohl Rachel erst elf Jahre alt war, hatte sie jede Aufgabe, die ihr übertragen worden war, erledigt, als sei sie eine erfahrene Geburtshelferin. Doch nun schob sie die Arme hinter ihren Rücken und wirkte selbst im gedämpften Licht auffällig bleich. Das tiefbraune Haar fiel ihr ins Gesicht, und ihr kleiner Brustkorb hob und senkte sich viel zu schnell.

Blanche lachte auf. »Rachel, mein Herzchen! Du hast uns so wunderbar bei der Geburt deines Brüderchens beigestanden. Du darfst ihn, wie es sich für eine Geburtshelferin gebührt, nehmen und für einen Moment in deinen Armen wiegen. Das ist der Lohn der Mühen: ein Geschenk Gottes in den Händen zu halten, das noch so rein und unschuldig ist.« Sie nickte dem Mädchen aufmunternd zu. »Währenddessen werden wir deine Mutter waschen und ein wenig aufräumen. Du weißt doch, wie die Männer sind. Wenn wir deinen Vater holen, würde er ob der blutigen Tücher erschrecken.«

Zögernd schob Rachel ihre Arme hinter dem Rücken hervor, und kaum dass sie das greinende Kind an ihrem Leib spürte, ging ein Lächeln über ihr zuvor so ernstes Gesicht. Sie schob einen Finger in das Mündchen des Kleinen und lachte auf, als er zu saugen begann. »Das kitzelt«, flüsterte sie und lief, jeden Schritt achtsam setzend, zu Ysa hinüber.

»Nimm du ihn, Mama, er ist so schön. Schau ihn dir an.«

Catheline half Ysa, die Mühe hatte, ihre Leibesfülle aufzurichten, sich hinzusetzen, dann reichte Rachel ihr den Kleinen. Ungelenk schob das Mädchen sich unter die Decke, schmiegte sich an die Mutter, und gemeinsam bestaunten sie das kleine Menschenkind.

»Rachel, was hältst du davon, wenn du zu Eve und Gabin läufst, um die Männer abzuholen? Sicher möchte dein Vater dein Brüderchen auch gern begrüßen. Und vergiss mir Avel nicht, du weißt, mein Sohn kann sehr ungeduldig werden«, sagte Blanche. Mit einem Seitenblick auf Catheline fügte sie hinzu: »Und wenn Mathis dort ist, soll er auch herüberkommen.«

Das Mädchen küsste erst seine Mutter, dann das Brüderchen, kletterte aus der Bettstatt, legte sich den Umhang um und war flugs verschwunden.

Catheline lächelte in sich hinein und stieg über das kleine Laufgestell hinweg, mit dem schon Rachel ihre ersten Schritte gemacht hatte und das nun für den kleinen Bruder bereitstand. Sie raffte die Tücher zusammen und warf sie in einen Beutel. Ich werde die Tücher mitnehmen und wieder herbringen, wenn ich sie gewaschen habe. Doch der Gedanke taugte nur kurz, sich von dem Flattern in ihrem Bauch abzulenken. Gleich würde Mathis durch die Tür treten. Er würde diesen kleinen Säugling sehen, vielleicht auf den Arm nehmen, ihn herzen und auf den winzigen Kopf küssen. Ob er sich wohl auch vorstellte, wie ihre Kinder aussehen würden?

»Wir beide, Catheline, müssen noch ein ernstes Wörtchen reden«, sagte Blanche, während sie behutsam Ysas massige Schenkel auseinanderdrückte und ihr den Schoß zu waschen begann. »Du kannst nicht weiterhin beständig zu Mathis laufen, die Leute fangen an, darüber zu reden.«

»Er ist krank, und ich kümmere mich um ihn«, erwiderte Catheline, erstaunt, dass die Kräuterfrau sich darum scherte, was andere dachten.

»Nein, meine Liebe, er war krank, und so lange war es auch rechtens, dass du nach ihm gesehen hast.«

»Du weißt genau, dass wir im Mai heiraten wollen.« Ungeduld ließ Cathelines Stimme lauter werden, als sie beabsichtigte. Sie suchte Gretes Blick, doch die scheuerte den Tisch, ohne aufzusehen.

Blanche richtete sich auf, schob den Hocker zurück und legte den Lappen in die Schüssel, die neben ihr stand. »Dann müsste Mathis sich langsam darum kümmern, das Einverständnis des Barons einzuholen. Du weißt, dass es nicht nötig ist, aber schon sein Vater hat stets darauf bestanden, seine Einwilligung zu geben, und so solltet ihr daran festhalten. Und bis das geschehen ist, solltest du dich zurückhalten.«

»Rachel wollte den Kleinen nicht nehmen, weil sie Angst hat«, sagte Ysa in die Stille hinein, die nun zwischen ihnen stand. Es waren die ersten Worte, die sie nach der Geburt sprach, und ihre Stimme zitterte.

Beunruhigt beobachtete Catheline Ysas Finger, die über den Kopf des Jungen strichen, der inzwischen an der riesigen Brust die Warze gefunden und zu trinken begonnen hatte. Fünf Kinder hat Ysa inzwischen zur Welt gebracht, fuhr es Catheline durch den Kopf, und man sieht es jeder Handbreit ihres Körpers an. Alles an ihr ist aus der Form geraten, und ihrem Leib entspringen dennoch kerngesunde Kinder. Muss eine Frau nach der Geburt deshalb nicht stolz und glücklich klingen? Irritiert von ihren abschweifenden Gedanken schaute sie zu Blanche hinüber, die sich zu Ysa auf die Bettstatt setzte, nicht ohne sich vorher noch einmal zu Catheline umzudrehen und deutlich den Kopf zu schütteln. Eine stumme Wiederholung ihrer letzten Worte.

»Drei Geschwister hat mein Mädchen nun schon sterben sehen, ihr wisst darum«, flüsterte Ysa, und Tränen rannen ihr die Wangen herab. »Aber ihr wisst nicht, wie sehr sich Rachel davor fürchtet, dass Gott auch dieses Geschwisterchen zu sich holen und uns damit einmal mehr das Herz zerreißen wird.«

»Jetzt hör auf zu weinen, was sollen die anderen denken, wenn sie dich so sehen«, sagte Blanche. »Überlege dir lieber, wie dein Sohn heißen soll. Du musst ihm einen Namen geben, damit die Feen ihn sich nicht holen. Also, wie soll er heißen?«

»Luc, nach Martins Vater. Er wurde alt und war ein glücklicher Mann.«

»Wir werden deine Schuhe mit Stroh auslegen, das gibt dir ein wenig Schutz gegen böse Mächte. Dein erster Gang mit deinem Sohn wird zur Kirche führen, und wenn Pfarrer Jeunet den Kleinen getauft hat, dann ist alles in deiner Macht stehende getan, dass Luc ein alter, glücklicher Mann werden kann. Der Rest liegt in Gottes Händen.«

Catheline sah, dass Ysa zu Blanches Worten nickte, die Augen schloss und am schwarzen Flaum des Köpfchens roch.

Die Überraschung war Amédé gelungen, stellte Bérénice fest: Es war tatsächlich totenstill im Festsaal. Die Dunkelheit schien auch die Geräusche geschluckt zu haben, nicht einmal mehr das Rascheln der Kleider war noch zu vernehmen. Ein jeder schien die Luft anzuhalten und wie gebannt auf eine Erklärung zu warten, warum nach dem Mahl das Licht gelöscht worden war.

Als die Tür an der Stirnseite des Saales sich öffnete, stürmte ein Mann herein, der zwei brennende Fackeln trug. Noch im Laufen warf er sie in die Höhe, zwei Feuerbälle, die umeinanderkreisten. Ein Raunen ging durch die Menge, als sie im Fallen dicht am entblößten Oberkörper des Spielmannes vorbeirauschten. Erst im letzten Augenblick, kurz bevor sie den Boden berührten, fing er sie auf, um sie sofort wieder in die Lüfte zu werfen. Bérénice lief ein Schauer den Rücken hinab.

Erneut öffneten sich die Türen. Mehrere Spielleute stolzierten in den Saal, sie trugen Kienspäne bei sich, mit denen sie die Kerzen und Feuerschalen im Raum wieder entzündeten. Es folgten weitere Spielleute, die mit Drehleier, Rotte, Flöten, Psaltern und Trommeln einen Wirbelsturm der Klänge entstehen ließen. Der Mann mit den Fackeln sprang in die Höhe und begann, Feuer zu schlucken, um es in hohen Fontänen wieder hinauszuspeien. So eine Darbietung hatte selbst Bérénice noch nicht erlebt, und auch einigen der Gäste schien es so zu ergehen, denn Schreie der Begeisterung waren im Saal zu hören. Der Feuerschlucker verneigte sich und tänzelte mit seinen Fackeln unter Applaus aus dem Saal.

Bérénice sah neben sich. Auf Amédés Teller lagen Reste vom Entenfleisch, ein gebratener Hühnerflügel und Flusskrebse.

Flusskrebse!

Sie ließen den Zorn in Bérénice wieder aufflackern. Unzählige von ihnen, zur Bourbonenlilie geformt, hatten das Schaustück der Speisen gebildet. Vier Männer waren vonnöten gewesen, um das Kunstwerk hereinzutragen. Ja, es war ein Kunstwerk gewesen. Eines, das jeden der Gäste daran erinnerte, dass Amédé de Troyenne von König Karl VII. die Ehre verliehen bekommen hatte, die königliche Lilie im Wappen zu tragen. Wir sind ein königstreues Haus, das war die Botschaft an die Gäste. Wer es noch immer mit den Engländern hielt, der sollte an diesem Abend seine Worte mit Bedacht wählen.

Amédé beugte sich zu Francine, die zu seiner Linken saß, und lauschte ihren Worten. Bérénice konnte nicht verstehen, worüber sie sprachen, aber beide lachten, und es war offensichtlich, dass sich ihre Schwester wie auch ihr Mann schon eifrig am Wein bedient hatten. Francine schaute an Amédé vorbei, schenkte ihr ein Lächeln, das die Augen nicht erreichte. Bérénice wandte den Blick ab. Soll sie doch ersticken an den Flusskrebsen, dieses Aas.

Eine der Mägde eilte vorbei. Bérénice gab ihr ein Zeichen, dass sie noch einen Schluck Wein wünschte, und konzentrierte sich dann auf den ersten Basse danse, einen der Tänze aus dem Hause Burgund. In Reihen schritten die Paare Hand in Hand, verneigten sich nach rechts, verneigten sich nach links, ließen sich los, liefen einen Kreis und begegneten einander wieder.

»Schwesterherz, darf ich dir Pater Bertrand, der die Schlosskapelle leiten wird, vorstellen?«

Anscheinend war Francine nicht an den Flusskrebsen erstickt. Vielmehr stand sie neben ihr, tief vorgebeugt, und hauchte ihr säuerlichen Atem ins Gesicht. Seufzend erhob Bérénice sich. Ein neuer Pater für die Kapelle, wieder ein hungriger Wanst mehr, der durchgefüttert werden muss. Was interessiert mich das heute? Hat das nicht Zeit bis morgen?

Sie erstarrte fast, als sie sich zum Pater umdrehte.

Ein junges Gesicht. Ein sehr junges und überaus anmutiges Gesicht. Ein wohlgeformter Leib und auffällig feingliedrige Hände. Als er das Wort an sie richtete, perlte der Inhalt seiner Sätze an ihr ab.

Gab sie etwa Antwort?

Ja, sie sprach.

Und lachte.

Jetzt, da sie sich von ihrem Platz erhoben hatte, spürte sie es: Sie hatte ebenfalls zu viel des guten Weines getrunken. Ein wohliger Schwindel erfasste sie, oder war es die weiche Stimme, vielleicht die elegante Ausdrucksweise des Paters, die sie so einlullte?

»Ich dachte mir«, flüsterte Francine und blies ihr erneut ihren stinkenden Atem ins Gesicht, »dass du erfreut sein wirst, unseren neuen Seelsorger kennenzulernen.« Sie legte die Hand auf den Oberarm des Paters und führte ihn weiter.

Da ging sie hin, die Witwe im schwarzen Gewand, das sie zum Zeichen der Trauer trug um einen Mann, der, dreiundzwanzig Jahre älter als die Braut, zwei Wochen nach der Hochzeit einem Fieber erlegen war. Sechs Monate lag dieser Abschied zurück, und noch immer folgte Francine dieser neu aufgekommenen Angewohnheit, ihre Trauer mit schwarzen Gewändern zur Schau zu stellen. Eine Trauer, die es nie gegeben hatte, die ihr aber die mitfühlende Aufmerksamkeit ihres Umfeldes einbrachte. Wie eine schwarze Spinne sah sie aus, deren Beute bereits im Netz hing.

Bérénice schüttelte den Kopf ob des sonderbaren Vergleichs und sah sich um. Wohin war eigentlich Amédé verschwunden? Nicht dass er bemerkte, dass der neue Leiter der Kapelle auch ihr Wohlwollen erregte. Und sie brauchte Wasser. Dringend ein Glas Wasser.

Ich muss ihr die Wahrheit sagen.

Ich muss ihr heute die Wahrheit sagen.

Nein, ich muss ihr jetzt die Wahrheit sagen.

Mit jedem Schritt durch den Schnee fühlte Mathis sich elender, obwohl das Bein endlich einmal nicht schmerzte. Aber wie auch immer er sich fühlte, es gab keinen besseren oder schlechteren Moment, Catheline die Wahrheit zu offenbaren. Dass er die Erlaubnis, sie zu heiraten, nicht beim Baron einholen würde. Dass es keine Trauung, kein Fest im frühlingswarmen Mai geben würde, so wie sie es sich erträumt hatten. Kein trautes Heim, kein gemeinsames Lager, keine Finger, die seine Haut zum Glühen bringen würden. Sie hatte etwas Besseres verdient als einen Einbeinigen.

Einen Mann.

Einen Mann, der mit ihr gemeinsam Kinder aufziehen und durchbringen konnte. Einen Mann, der in der Lage war, seine Familie zu verteidigen. Einen Mann, wie er selbst einer gewesen war. Die Erinnerung, er suchte und fand sie.

Die Lichtung an der Quelle. Das Gesicht verzerrt, schlägt Amédé de Troyenne auf zerlumpte Söldner ein, die ihn attackieren. Sein Pferd tänzelt, scheut. Der Baron brüllt auf, stürzt, verliert sein Schwert und landet im Morast. Das Johlen der Zerlumpten geht in Mathis' eigenem Brüllen auf. Er hört seine Stimme, sieht sich selbst, wie er zwischen den Bäumen hindurchbricht. Die Sichel zum Schneiden der Ähren, die Mathis zieht, ist klein, lächerlich klein gegen die Schwerter, die die Söldner mit sich führen. Söldner, die niemand mehr braucht. Die umherziehen und sich gewaltsam nehmen, was sie zum Überleben benötigen. Mathis trifft einen von ihnen an der Schulter und sticht, ohne zu zögern, auf einen zweiten ein. Die

Sichel versinkt in verschmutzter Haut, direkt am Hals. Die letzten Worte des Getroffenen, gebrüllt in einer Sprache, die Mathis nicht versteht, gehen im Gurgeln des Blutes unter, das aus der Stichwunde quillt.

Mathis reißt den Kopf herum. Direkt vor ihm braunes Fell, dicht und glänzend. Er sieht die Beine des Pferdes einknicken, spürt die Wärme des schweren Leibes, der zusammensackt und neben ihm aufschlägt. Der Boden bebt unter dem Aufprall. Der Pferdeleib so dicht neben ihm lässt Mathis einen Wimpernschlag lang erstarren. Erst die Axt im Bein, die unter seinem Knie herausragt, holt ihn zurück. Zurück in den Kampf. Das Rot des Blutes, das seine Hose färbt, und der grellweiße Schmerz in seinem Kopf gehen über in erlösendes Schwarz. In eine beruhigend stille Dunkelheit.

»Mathis?«

Er fühlte die weiche Hand auf seiner. Catheline zwang ihn stehen zu bleiben und sah ihn an. »Hörst du mir überhaupt zu?«

Sein Bein schmerzte noch immer nicht, aber der Druck in seinem Kopf war unerträglich. Er schwitzte trotz der Kälte und des strengen Windes so stark, dass der Kittel an seinem Körper klebte. Doch die Dunkelheit war ihm gnädig und schien vor Catheline zu verbergen, dass er seine Sinne nicht mehr beieinanderhatte.

»Diese kleinen Händchen«, fuhr sie fort, »mir wurde ganz warm ums Herz, als ich diese Fingerchen gesehen habe. Es ist einfach immer wieder ein Wunder, wenn so ein kleines Menschenkind auf die Welt kommt. Denkst du, dass unsere Kinder auch so hinreißend werden?«

Du bist eine wunderbare Frau, aber du hast etwas Besseres verdient als mich! Wenn ich das sage, lacht sie mich aus. Gott hat einen anderen Plan mit uns, das hat er uns gezeigt, indem er mich zum Krüppel gemacht hat. Ob dieser Anfang besser ist?

»Mathis? Was ist denn los? Hörst du mir eigentlich zu?«

»Natürlich höre ich dir zu«, sagte er.

Sie lachte, stellte sich auf die Zehenspitzen und küsste ihn auf den Mund. »Danke, dass du mich nach Hause gebracht hast.«

Inzwischen hatten sie das Pfarrhaus erreicht, und Catheline öffnete die Tür. Wärme schlug ihnen entgegen, auch wenn die Feuer und Lichter im Pfarrhaus bereits gelöscht waren. Kurz glitten ihre Finger über seine Wange.

»Schlaf schön«, sagte sie leise und zog seinen Kopf zu sich heran. Küsste ihn nochmals, weich und fordernd. Mathis fühlte ihre Zunge, die sanft seine Lippen berührte. Er schloss die Augen und erwiderte ihren Kuss. Hörte, dass sein Atem schneller ging, umarmte Catheline und spürte ihre Brüste trotz der unzähligen Lagen Stoff, die sie von ihm trennten.

»Wir müssen damit aufhören«, flüsterte er heiser.

»Warum?«, gurrte Catheline und fuhr mit den Lippen seinen Hals entlang. »Vater Jeunet schläft.«

»Wir müssen damit aufhören, weil wir nicht heiraten werden.« Er schluckte, und in seinem Kopf war eine Leere, die einer blitzblank gewischten Tischplatte glich. »Es tut mir leid, aber wir werden nicht heiraten«, stieß er noch einmal hervor, so als hätte Catheline ihn nicht verstanden.

Mathis hörte nur ihren Atem und den eigenen Herzschlag, der bis in seine Ohren dröhnte. »Ich kann dich nicht ernähren, erst recht keine Familie, genau genommen nicht einmal mich selbst. Ich bin«, er brach ab und setzte erneut an, »nein, du … du bist zu gut für mich.«

»Seit wann weißt du, dass du mir das sagen willst?«, fragte sie, und ihre Stimme klang seltsam beherrscht.

»Ich weiß es nicht genau, aber ich habe schon länger darüber nachgedacht.«

»Ist das dein letztes Wort?«

»Ja, Catheline, das ist mein letztes Wort«, flüsterte er und suchte ihre Hand in der Dunkelheit. Er ertastete ihre Finger, die sie ihm entzog, hörte, dass sie einen Schritt zurücktrat. Dann schloss sie die Tür.

Jetzt war sie weg.

Aber er wollte es so.

Es ging um Catheline, und irgendwann würde sie das auch verstehen. Er musste sie freigeben, damit sie ein Leben führen konnte, das sie verdiente.

Mathis schüttelte den Kopf und traute seinen eigenen Gedanken nicht.

Im Wald bei Saint Mourelles

»Warum sind sie schon weg? Diese widerwärtigen Lumpen, warum sind sie schon weg?« Marie lief um die erloschene Feuerstelle herum und zeigte auf den verschmutzten Schnee. »Sagt mir doch«, schrie sie, »warum ist dieses gottlose Pack so eilig aufgebrochen? Das Fest hat doch erst gestern Abend stattgefunden.«

Catheline schaute zu Yann hinüber. Der Schmied war ein Koloss von einem Mann, doch neben seiner keifenden Frau schien er kraftlos in sich zusammenzufallen. Er rieb sich die Stirn, atmete durch, um dann Marie hinterherzueilen. »Warum sollen sie denn nicht aufgebrochen sein?«, fragte er.

Maries Haube hatte sich gelöst, wirr schauten vereinzelte Haarsträhnen hervor. Haare, die bis zu den Oberschenkeln reichten und die Maries ganzer Stolz waren, die sie jetzt jedoch unwirsch zur Seite schob. Abrupt drehte sie sich um und fixierte Yann. »Sieh halt hin, du bist doch sonst nicht so tumb. Die

Bettler, die Huren, sie alle sind noch da. Nur die Spielleute sind bereits weitergezogen. Sie haben Raymond mitgenommen. Sie haben unserem Sohn mit ihren ruchlosen Darbietungen den Kopf verdreht und ihn mitgenommen.«

»Da sind wir, da sind wir«, rief Avel laut und stapfte einen schneeverwehten Hang herab. »Ich habe Mathis geholt, wie ihr es gesagt habt. Ich bin zu ihm hingeflogen, aber zurück sind wir beide gelaufen. Denn er kann ja nicht fliegen.«

Auch Marie schaute auf, als Mathis ihnen entgegenhinkte. Er war die Ruhe selbst und erinnerte wieder an den Mann, den Catheline so gut in Erinnerung hatte: voller Tatkraft und fernab von Selbstmitleid. »Worum geht es?«, fragte er nur.

»Raymond hat gestern eine Lieferung zum Schloss gebracht«, sagte Yann. »Es wurden Schürhaken und Spieße für die Küche verlangt, Arbeiten, die eilends ausgeführt werden mussten. Er ist seitdem nicht mehr zurückgekommen.«

Liegt es an Mathis' Anwesenheit, dass Yann mit einem Mal gelassener wirkt?, fragte Catheline sich und ließ die schwieligen Hände des Schmieds nicht aus den Augen, die eben noch miteinander gerungen hatten und nun still ineinanderlagen.

»Er kam nicht am Abend, ich dachte, er würde sich beim Schloss herumtreiben, um noch etwas vom Fest mitzubekommen. Wir haben uns schlafen gelegt, aber heute Morgen war er nicht da«, ergänzte Marie, der Selbstvorwurf in ihrer Stimme war unüberhörbar. »Wir haben ihn überall gesucht, aber niemand hat ihn gesehen.«

»Gerade sagtest du, die Spielleute hätten ihn mitgenommen. Wie kommst du auf diesen Gedanken?«

»Raymond hoffte, die Spielleute zu sehen. Ich habe ihm verboten, mit diesem Pack zu sprechen. Aber du weißt ja, wie Jungen in seinem Alter sind. Nicht Kind, nicht Mann, hören sie nie auf Vater und Mutter. Du weißt, dass er ein schmucker

Bursche ist: das schwarze Haar, die braunen Augen. So einen nehmen diese Halunken mit, sofort. Ob er will oder nicht.«

Der gequälte Ausdruck kehrte in das Gesicht des Schmieds zurück. Hilfe suchend blickte er zum Tagelöhner Gabin und seiner Frau Eve, die mit Fackeln in den Händen auf der Lichtung erschienen.

Eine Welle dunkler Müdigkeit überrollte Catheline. Sie hatte in der Nacht kein Auge geschlossen, hatte auf Tränen gewartet, die nicht kamen, und dann den halben Tag damit zugebracht, bei der Suche nach Raymond zu helfen. Sie war durchgefroren, und Mathis' Nähe, die Notwendigkeit, an ihm vorbeizuschauen, kein Wort über seinen feigen Rückzug zu verlieren, kosteten sie die letzte Kraft.

»Wir sollten die Dämmerung nutzen und in kleinen Gruppen noch einmal die Umgebung absuchen«, hörte sie die vertraute Stimme. »Es ist bei dieser Kälte unwahrscheinlich, dass sich Raymond irgendwo herumtreibt. Gabin und Eve, ihr lauft nach Süden bis zum Fluss hinunter. Avel und ich suchen die Lichtung weiter ab, und ihr«, Mathis zeigte auf die verzweifelten Eltern und Catheline, »geht zur Schmiede zurück. Falls Raymond dort auftaucht.«

Eine warme Hütte, ein Schluck heißer Würzwein, so ließ sich das Warten vielleicht überstehen, dachte Catheline und empfand doch ein Unbehagen, die Zeit allein mit Yann, Marie, ihren Kindern und der Angst zubringen zu müssen.

»Ich bin sicher«, sagte Gabin zu Eve, während er sich abwandte, um mit ihr zum Fluss hin aufzubrechen, »dass der Junge freiwillig mit den Spielleuten gegangen ist. Alt genug ist er ja, sich selbst zu versorgen. Yann hat ihn bei der Arbeit in der Schmiede oft zu hart rangenommen.«

Erschrocken sah Catheline zu Yann hinüber, der versuchte, seine Frau mit sich zu zerren. Durch Maries lautstarkes Gezeter schien er die Anschuldigung des Nachbarn nicht vernommen zu haben.

Doch Mathis hatte die Schmähung erreicht. Er hob seinen Treibstecken in die Höhe und stieß ihn gegen Gabins Brust. »Solltest du noch einmal falsches Zeugnis ablegen über Menschen, die in Sorge um ihr Kind vergehen, werden wir ein ernstes Wort miteinander reden müssen. Also, wenn du im Frühjahr wieder meine Schafe auf die Weiden treiben willst, um für deine Frau und Kinder Sorge zu tragen, solltest du darauf achten, dass wir gute Nachbarn bleiben.«

Gabin schob den Treibstecken beiseite, zuckte die Schultern und setzte seinen Weg, eine Antwort schuldig bleibend, fort.

Jetzt kamen die Tränen. Catheline blieb auf der Lichtung stehen. Hinter ihr stritten Yann und Marie sich weiter, vor ihr verschwanden Mathis und Avel in der Dunkelheit des Waldes. Genau deshalb liebe ich dich, Mathis, rief sie ihm in Gedanken hinterher. Du bist noch der Mann, der du vor dem Überfall warst. Streng sicherlich, aber gerecht durch und durch. Du kannst mir glauben, dass das letzte Wort noch längst nicht gesprochen ist.

Bischofspalast in Nantes

Der Schnee, den er an seinen Schuhen hereingetragen hatte, war inzwischen zu Wasser geworden und bildete eine gräuliche Pfütze auf dem Marmorboden. Julien rutschte auf der dunklen Holzbank, die mit feinen Schnitzereien verziert war, hin und her. Sein Blick glitt von der Tür, die kein Geräusch preisgab, durch den weitläufigen Flur. Farbenprächtig, aber wahllos in ihren Darstellungen hingen großflächige

Teppiche an den Wänden. Desinteressiert musterte Julien sie: der brennende Dornenbusch, Mariä Verkündigung, die Taufe Jesu durch Johannes den Täufer im Jordan. Für einen Moment zog die Darstellung von Jesus am Kreuz seine Aufmerksamkeit auf sich, über der eine Zeile aus dem Johannesevangelium eingewebt war: Siehe, das ist das Lamm Gottes, das der Welt Sünde trägt.

Julien seufzte. Wann würde er es fertigbringen, Bischof du Clergue zu begegnen, ohne dass seine Hände vorher schweißnass wurden? Dem Mann, von dem man sich zuflüsterte, dass er die Geschicke des Herzogtums der Bretagne in Händen hielt. Von dem man behauptete, dass Herzog Johann ihn den eigenen Brüdern vorzog, ihn als »geliebten Gevatter« bezeichnete. Gedankenverloren begann er, die Schneepfütze mit den Schuhen zu verwischen, und brach ab, als er bemerkte, dass die Nässe sich mit weiterem Schmutz vermengte und immer breiter und dunkler über den Boden zog.

Als die Tür sich öffnete, sprang Julien hastig auf und griff nach seiner Tasche. Der Generalvikar der Diözese, ein schweigsamer Mann mit stets tadellos rasierter Tonsur, ließ ihn eintreten, bevor er sich mit einem Kopfnicken verabschiedete.

Julien verbeugte sich, und noch während er die rechte Hand ergriff, die ihm der Bischof zum Kuss des Siegelrings entgegenhielt, rechnete er nach. Vor gut zwölf Wochen war er direkt nach der Beendigung des Studiums der Rechte im italienischen Bologna in Nantes eingetroffen. Doch bisher hatte er Seine Exzellenz nur selten zu Gesicht bekommen. Und noch immer überkam Julien in dessen Gegenwart das Gefühl, dass er selbst, auch wenn sein Vater ein wohlhabender Tuchhändler in Paris war, mit einem Makel behaftet war. Magister Lacante entstammte keinem Adelsgeschlecht und war kein Geistlicher, sondern der Sohn eines Bürgerlichen.

Der Bischof saß an seinem Rechentisch. Eine der zahlreichen Laden, gefüllt mit Rechensteinen, stand offen. Ein Schreibbüchlein lag aufgeschlagen vor ihm, Zahlenkolonnen darin. Dies wie auch der Abakus und das geöffnete Tintenfass zeugten davon, dass der Bischof soeben gearbeitet hatte.

Doch nun schaute er über den Rechentisch hinweg zum Fenster hinaus, das einen beeindruckenden Ausblick auf die Dächer Nantes' und das Schloss des Herzogs eröffnete. Die Hände hatte der Bischof wie zum Gebet geschlossen und ließ die Daumen umeinanderkreisen. Es schien, als hätte er vergessen, dass er seinen Schreiber und Notar zu sich hatte rufen lassen. Auf seiner hermelingefütterten Soutane ruhte das Brustkreuz, hob und senkte sich unter den gleichmäßigen Atemzügen. Hier saß er, der Mann, der zudem Schatzmeister, Generalsteuerpächter und Kanzler Herzog Johanns war und seinen Palast prächtig ausgestattet hatte. Das handbreite Zingulum, das in einem kräftigen Violett glänzte, hatte er eng um den Leib gebunden. Schmal, fast mager war der Leib des Bischofs geblieben, obwohl er die fünfzig weit überschritten haben musste.

Abrupt schaute er zu Julien auf, der neben den Schreibtisch getreten war und darauf wartete, angesprochen zu werden.

»Nehmt doch Platz, Magister Lacante. Und lasst uns gleich anfangen. Wie seid Ihr vorangekommen?«

Verärgert spürte Julien, dass seine Hände noch feuchter wurden. Er öffnete die Tasche und blätterte in seinen Unterlagen, um ein Anschreiben hervorzuziehen. »Eure Exzellenz, der Baron Amédé de Troyenne hat bestätigt, dass wir den Vertrag nun endgültig zu den ausgehandelten Bedingungen abschließen können. Ich reise dafür zum Schloss, sobald mir ein Datum seitens des Barons genannt wird.«

»Vorzüglich, vorzüglich!« Der Bischof rieb sich die Hände. »Auf welchen Preis habt Ihr Euch geeinigt?«

»Auf zehntausend Gold-Ecus«, sagte er. Er ist sicherlich ein guter Christ, dachte Julien, aber wenn er nicht aus einer Adelsfamilie stammen würde, hätte er ebenso gut Kaufmann werden können. Er ist geschäftstüchtig, wie es wenige Männer sind.

»Das habt Ihr gut gemacht, sehr gut sogar. Es dürfte wohl das Vierfache wert sein.« Wohlwollend schaute Bischof du Clergue ihn an, das erste Mal schien er ihn wahrzunehmen. »Ja, ich muss sagen, dass ich beeindruckt bin. Sehr sogar.«

Julien senkte den Kopf, da er fürchtete, der Bischof könne ihm das Wohlgefühl vom Gesicht ablesen.

»Seine Hoheit Herzog Johann ist sehr an diesem Erwerb interessiert«, setzte der Bischof nach, faltete erneut die Hände und ließ wieder die Daumen kreisen.

Schlagartig löste sich das Wohlgefühl in Juliens Innerem auf. »Verzeiht mir«, wandte er behutsam ein, »aber soweit ich informiert bin, ist es Seiner Hoheit untersagt, von seinen Vasallen Land zu erwerben.«

Die Stirn seines Gegenübers legte sich in Falten. »Nein, es ist nicht untersagt, und gelegentlich sind solche Ankäufe durch den Herzog sogar sehr sinnvoll, wenn es einem Vasallen an Geld mangelt. Der Herzog möchte dieses Stück Land aber ohnehin für seinen Sohn Pierre erwerben.« Der Bischof schüttelte leicht den Kopf. »Ich ging davon aus, dass Euch Euer Studium zu einem Fachmann für vertragliche Finessen gemacht hat. Jedenfalls wurdet Ihr mir aus diesem Grund empfohlen. Aber schon öfter vernahm ich, dass das Studium der Rechte in Bologna nachgelassen hat. Vielleicht wäret Ihr mit dem Studium in Orléans besser aufgehoben gewesen.«

»Selbstverständlich, Eure Exzellenz, so werden wir es machen. Der Vertrag für Port Boureton wird auf den Sohn des Herzogs ausgestellt.« Julien wischte die nassen Hände über den Stoff seiner Schecke.

Der Kopf des Bischofs fuhr herum, dass das goldene Brustkreuz ruckartig von seinem Platz gerissen wurde. »Ihr redet doch jetzt von Saint Millieux, dem Anwesen rechtsseitig der Loire?«

Julien suchte nach Worten, suchte nach Erklärungen, die es nicht gab. Niemals hatte der Bischof erwähnt, dass Saint Millieux erworben werden sollte. Und nun saß er hier mit der Aussicht auf einen Vertrag für ein Stück Land, das niemand haben wollte. Was sollte er diesem Mann entgegnen, der nur mit der Hand zu winken brauchte, um ihn seines Amtes zu entheben und nach Paris zurückzuschicken?

Der Bischof schüttelte den Kopf. »Da nützt kein Studium der Welt, wenn es einem an Verhandlungsgeschick mangelt. Aber vielleicht könnt Ihr ja in der praktischen Tätigkeit Euer Gespür für diese Angelegenheiten schärfen. Noch habe ich Nachsicht mit Euch, Magister Lacante. Sicher ist Port Boureton für diesen Preis ebenfalls interessant, und wir werden es auch gern erwerben. Aber hier geht es um Saint Millieux. Habt Ihr mich verstanden? Saint Millieux! Das Tor zur Kornkammer Frankreichs, das darüber hinaus noch Einnahmen durch Schiffszölle zu bieten hat. Nun geht und seht zu, dass Ihr dieses Stückchen Land erwerbt. Herzog Johann rechnet auf Euch. Und nicht nur er, seid Euch dessen gewiss!«

Schloss Troyenne

Man sieht ihnen an, dass sie die Nacht und den Tag durchgearbeitet haben. Dass sie klaglos und freundlich die Wünsche der Gäste erfüllt und ihre eigenen Bedürfnisse hintangestellt haben. Ob sich die Müdigkeit auch so tief in mein

Gesicht gegraben hat?, überlegte Jola und strich mit den Fingerspitzen über ihre Stirn. Eine widerliche Fettschicht blieb auf ihren Fingern kleben. In die Küche hinunterzugehen und aus dem Bottich einen Krug Wasser zu holen, um sich über der Schüssel zu waschen, war undenkbar. Zu weit schien ihr der Weg. Auch Ania, die viel Wert darauf legte, sauber und gepflegt zu sein, sogar einen doppelreihigen Holzkamm mit zahlreichen Zinken ihr eigen nannte, mit dem sie sich gegenseitig immer wieder Knoten und Filz aus den Haaren herauslösten, sah heute darüber hinweg, dass sie verschwitzt und stinkend ins Bett fiel.

Jola lauschte. Es war tatsächlich Ruhe im Schloss eingekehrt, und vor ihnen lag der kärgliche Rest einer Nacht, die mit tiefem und traumsattem Schlaf lockte. Die Kammer der Mägde befand sich direkt über der Küche und war vom Ofen, der unentwegt gebollert hatte, gewärmt. Im Sommer war diese Küchenhitze, die ihren Weg überall hinzufinden schien, ein Fluch. Sobald jedoch der Herbst Einzug hielt und die Kälte des Winters vorankündigte, fürchtete Jola, dass irgendwer im Schloss bemerkte, wie warm und trocken sie es hatten. Dass irgendwer die Kammer für sich beanspruchte und sie in eines der kalten und zugigen Nebengelasse abschob. Sie deckte sich mit dem Schaffell zu und vernahm das Knistern des Strohsacks, den sie kurz nach Erntedank frisch gefüllt hatte, sodass sie meinte, noch immer den Sommer zu riechen.

Es war die Stimme des Hauptmannes, die Jola und die beiden anderen Mägde aufhorchen ließ, dieser stets unterkühlte Tonfall, der aufdringlich laut im Hof erklang.

Ania erreichte zuerst die kleine Luke und entriegelte die Holzlade, um sie vorsichtig aufzuschieben. Kalte Luft wehte ihnen entgegen, als sie sich zu dritt drängten, um in den Hof zu spähen.

Jola entdeckte Mathis, den sie fast nicht erkannt hätte, denn die Schwärze der Nacht und der wollene Umhang gaben ihm ein beliebiges Aussehen. Aber seine Stimme war unverwechselbar, sie wärmte wie kaum eine andere. Catheline weiß zu schätzen, was für einen Mann sie an ihrer Seite hat, sie muss es wissen, dachte Jola und bemerkte, dass Ania starr auf den Schatten im Hof schaute und mit schräg gelegtem Kopf lauschte. Ihr Haar fiel von der Schulter herab, honigfarbenes Haar. Ein Farbton, der selbst nächtens noch zu leuchten schien und die Männer verrückt machte. Und wenn ich mich nicht spute, werde ich eine der Übriggebliebenen sein. Werde mir mit Babette dieses Kämmerlein teilen, bis wir eines Tages bei der Arbeit umfallen.

»… vielleicht kennt Ihr ihn, es ist der Sohn des Schmieds, ein Bursche von gut zwölf Jahren. Habt Ihr ihn gesehen?«

»Weil bei dir, Bauer, im Dorf ein Halbwüchsiger verschwunden ist, kommst du zu mir und verschwendest meine Zeit?« Hauptmann Bouchet schien direkt unter der Fensterluke zu stehen. Erschrocken wichen die Frauen einen Schritt zurück, damit er sie nicht beim Lauschen erwischte. »Vielleicht war er hier«, fuhr er fort, und Spott mischte sich in seine Stimme, »vielleicht auch nicht. Und sollte er hier gewesen sein, wer weiß, ob er sich nicht von irgendwelchen Gästen als Page hat anwerben lassen. Dem wird es überall besser gehen als in eurem kleinen Drecksdorf.«

Es war mitnichten so, dass Jola etwas von Pferden verstand, aber den Hufschlag, der nun im Hof ertönte, meinte sie stets unter Hunderten von Pferden heraushören zu können: Es war das Pferd des Barons.

Fragend schauten Babette, Ania und Jola einander an, jede von ihnen schien zu überlegen, woher der Schlossherr zu der späten Stunde und bei dieser Kälte kam.

»Dieser Bauer wollte gerade wieder gehen«, begrüßte Hauptmann Bouchet den Baron.

»Dieser Bauer heißt Mathis, das wisst Ihr sehr wohl, und Ihr wisst auch, dass seine Belange bei mir Gehör finden. Insofern weise ich Euch an, ihn stets so zu behandeln, wie ich es machen würde«, entgegnete der Baron.

Mit aufgerissenen Augen schauten die Frauen einander an, Ania schlug sogar die Hand vor den Mund. Gut, dass wir bereits Nachtruhe haben, fuhr es Jola durch den Kopf, und keine von uns mehr dem Hauptmann begegnet. Sicherlich glüht er vor Wut darüber, dass ihn der Baron vor einem Bauern maßregelt.

Sie lächelte. Wunderbar! Zu schön, dass wir diesen Augenblick miterlebt haben.

Mathis bedankte sich förmlich. Mit wenigen Worten wiederholte er sein Anliegen, so gewandt, als würde er Tag um Tag mit dem Baron das Wort wechseln. Jola war beeindruckt. Sobald die Baronin oder gar der Baron sie ansprachen, versagten ihr zumeist die Worte, sodass nicht mehr zur Antwort blieb als ein stummes Kopfschütteln oder Nicken.

»Hauptmann, lasst die Suche nach dem Sohn des Schmieds durch einige Männer der Garde unterstützen. Sie sollen Fackeln mitnehmen«, befahl der Baron. »Wenn die Suche beendet ist, wünsche ich über das Ergebnis unterrichtet zu werden.« Der Baron stieg vom Pferd und verschwand.

Leise schloss Babette den Fensterladen. »Solltet ihr es nicht ohnehin jeden Abend tun, dann schließt wenigstens heute den Baron in eure Gebete mit ein«, sagte sie und löste ihren Haarknoten.

Sie hat recht, stellte Jola fest, wir müssen dankbar sein, dass Amédé de Troyenne der Hüter unserer Leben ist, dass wir ihm dienen und niemand anderem.

Eilends fiel Jola auf die Knie und schloss die Hände zum Gebet.

Mathis beugte sich über den Tisch zum Schmied vor, blickte dabei zu Marie hinüber, die ihre Haarpracht heute nicht zu einem Zopf zusammengebunden hatte, der den Umfang eines Kinderarmes hatte. Vielmehr hatte sie es nachlässig zu einem Knoten im Nacken gedreht, der einem zerrupften Vogelnest ähnelte und schwer in ihrem Nacken hing. »Hat sie überhaupt geschlafen?«, fragte er mit gesenkter Stimme.

Yann schüttelte den Kopf und strich seiner Tochter gedankenverloren über den Kopf, als sie einen Becher Wasser an ihm vorbeitrug.

Mathis beobachtete die Kleine und fragte sich, warum er sich die Namen der drei kleineren Kinder des Schmieds nie merken konnte. Das Mädchen, das Cécile hieß oder auch Camille, war vor gut sechs Jahren auf die Welt gekommen. Die Zwillinge, zwei Jungen, waren kaum ein Jahr später gefolgt. Jeder, der von ihnen sprach, nannte sie kurz und knapp »die Zwillinge«. Ob außer Yann und Marie überhaupt irgendwer ihre Namen kannte?

Cécile, die vielleicht aber auch Camille hieß, trug den Wasserbecher zu Yanns Mutter hinüber, die in einem Lehnstuhl in der Nähe des Feuers saß. Ihr Blick ging ins Leere, und Speichel rann ihr das Kinn herab. Das Kind nahm einen Lappen, der auf dem Brustkorb der Alten lag, wischte den Speichel fort und setzte den Becher an den halb offenen Mund. Seit Yanns Mutter im Herbst wie vom Blitz gefällt gestürzt war, wusste niemand, ob sie noch imstande war, ihre Umgebung wahrzunehmen. Die Zwillinge hockten neben der Bettstatt auf einem Kuhfell, vor ihnen lagen Tannenzapfen, Steine, und irgendwer hatte aus Stroh Figürchen gebunden. Nichts davon rührten die beiden an, saßen Schulter an Schulter und ließen ihre Mutter nicht aus den Augen.

Marie lief um die Feuerstelle, immer wieder und wieder. »Die Spielleute haben ihn entführt«, sagte sie unvermittelt. »Ich sage es euch. Bestimmt haben sie ihn entführt, ich spüre das.« Sie blieb stehen und rang die Hände. »Sie haben ihn als Sklaven nach Algerien verkauft! Ja, ich habe gehört, dass der Pfarrer davon sprach. Algerien ist weit weg, sehr weit weg, und das gibt es tatsächlich, dass Menschen dorthin verschleppt werden. Überlegt einmal, Raymond ist durch seine Arbeit in der Schmiede schon sehr kräftig für sein Alter. Und hübsch ist er mit seinem schwarzen Haar obendrein.«

Sie schob eine Strähne, die sich aus dem Knoten gelöst hatte, zurück in das Wirrwarr, das in ihrem Nacken baumelte, und ihr Blick schien nach innen gerichtet, als sie fortfuhr: »Der Schnee, der heute Nacht gefallen ist, hat auch die letzten Spuren, die man hätte finden können, verwischt. Wir hätten die Suche nicht abbrechen dürfen.« Maries Stimme wurde brüchig. »Denn wenn Raymond irgendwo erschöpft liegt, vielleicht verletzt ist, dann ist er jetzt erfroren.« Jetzt wandte sie den Blick auf die Männer. »Wisst ihr, was das heißt?«, schrie sie auf.

Cécile, die vielleicht auch Camille hieß, versteckte sich hinter Yanns Mutter, die erschrocken kehlige Laute von sich gab. Die beiden Jungen auf dem Kuhfell begannen zu brüllen.

»Beruhige dich. Denk an die Kinder. Du weißt, dass der Schneefall zu stark war. Die Reiter wie auch die Suchtrupps, die zu Fuß unterwegs waren, konnten kaum die Hand vor Augen sehen«, erwiderte Yann kraftlos. Gegen das Brüllen seiner Söhne kam er nicht an.

»Mein Kind ist weg!«, schrie Marie erneut auf. »Wisst ihr, was das für mich heißt? Was hockt ihr dann hier noch herum? Geht los und sucht meinen Sohn, bevor es mich zerreißt.«

»Wirst du zurechtkommen?«, fragte Yann behutsam, und die Wut in Maries Augen war Antwort genug.

Langsam erhoben sich die Männer, streiften ihre Umhänge über. Mathis ergriff seinen Treibstecken, und gemeinsam traten sie vor die Tür. Noch immer schien der neue Tag in einer nicht endenden Dämmerung zu liegen, die sich über die Glieder bis hinab ins Gemüt senkte.

»Ich werde dem Suchtrupp von Gabin folgen«, sagte Yann und wies gen Süden. »Sie sind vor nicht allzu langer Zeit aufgebrochen.« Der Schmied schwieg einen Augenblick und setzte erneut an. »Ich nehme an, dass du wieder Schmerzen in deinem Bein hast, sonst wärst du sicher im Wald, um unseren Sohn zu suchen. Aber sollte sich dein Zustand bessern, Mathis … Könntest du dann mein Pferd nehmen, um den Spielleuten zu folgen? Marie wird keine Ruhe geben, bis man nach ihnen sucht, doch ich kann sie in ihrem Zustand nicht länger allein lassen. Du hast sie ja gesehen.«

»Wie geht es dir, Yann? Wirst du denn zurechtkommen?« Mathis sah das Erstaunen auf dem Gesicht des Schmieds, dass irgendwer darüber nachzudenken schien, wie es ihm, dem Vater, erging.

»Es wird schon gehen.« Yann nickte, und seine Unterlippe zitterte.

Schloss Troyenne

Das neue Jahr begann wie das alte, als wäre es nicht viel mehr als die gelungene Nachbildung eines begnadeten Kopisten. Bérénice hatte gehofft, dass der Druck auf ihrer Brust nachlassen würde, doch nichts dergleichen geschah. Stattdessen würde es noch Tage dauern, bis die letzten Gäste endlich abgereist waren, Tage voller sinnentleerter Gespräche und öder Gesellschaftsspiele mit Menschen, die sie kaum kannte. Doch es waren nicht die Gäste, die Bérénice unruhig machten, der Grund hierfür saß neben ihr, direkt vor dem Kamin und starrte ins Feuer. Die auf und ab springenden Flammen warfen zuckende Schatten über sein nahezu erstarrtes Gesicht.

»Hat das Fest dir gefallen?«, fragte Amédé in die Stille hinein.

Tagelang hatte Amédé kein Wort über das Fest verloren, und nun war es so weit: Er wollte ihre Meinung hören. Bérénice wog die Möglichkeiten einer Antwort ab. Einfach war die dreiste Lüge, gleichermaßen denkbar auch eine verpackte Mahnung. Sie entschied sich für die Wahrheit: »Das Fest hat mir sehr zugesagt, es war wohlfeil vorbereitet, alles war gut gewählt und sehr gefällig arrangiert.«

Ein Lächeln huschte über Amédés Gesicht, als er den Kopf hob und zu ihr hinaufschaute.

Für einen Moment kam sie sich schäbig vor, doch sie konnte nicht an sich halten und schob nach: »Es war alles schön, wirklich schön, aber aus diesem Grund auch schön teuer.«

Das Lächeln, dieses kleine Fünkchen Glückseligkeit, erstarb.

»Ja, du warst ein guter Gastgeber. Wieder einmal hast du allen gezeigt, dass der Baron de Troyenne großzügig und wohlhabend ist, dass er zu feiern versteht. Aber ich sagte es dir schon einmal: Wir haben das Geld nicht. Wie willst du all den Firlefanz bezahlen?«

»Für Geld ist gesorgt«, antwortete Amédé und wandte sich wieder dem Feuer zu. »Auch ich habe dir schon einmal gesagt, dass du dir um diese Dinge keine Gedanken machen musst.« Eine Falte bildete sich zwischen seinen Brauen. »Nein! Ich muss es dir wohl deutlicher sagen: Du hast dir gefälligst keine Gedanken um diese Dinge zu machen!«

Bérénice lachte auf, und selbst in ihren Ohren klang es gehässig. »Lass mich raten, du bist wieder dabei, eines der Anwesen zu verkaufen. Habe ich recht?«

Das Nicken war kaum erkennbar.

Bérénice sog die Luft ein. »Wer ist der Käufer? Ist es wieder Herzog Johann und vorneweg sein geldgieriger Bischof?«

Erneut sah sie ein schwaches Nicken.

»Zu welchem Preis? Hast du dieses Mal wenigstens verhandelt? Sie haben dich schon beim letzten Mal übervorteilt.«

Amédé zuckte die Schultern, sah sie weiterhin nicht an.

»Hast du jemals darüber nachgedacht, deine Garde zu verkleinern? Die Kerle, wie viele sind es? Egal, jeder von ihnen ist einer zu viel, das ist sicher. In Zahl und Ausstattung stünden diese Berittenen eher einem Herzog an. Amédé, was glaubst du, was wir dadurch an Geld sparen könnten, wie viele Gold-Ecus uns dann zur Verfügung stünden? Wir könnten endlich wieder einen Kämmerer in unsere Dienste nehmen, der sich um unsere Finanzen kümmert.«

»Nein, das kommt nicht infrage. Die Engländer, dieses elende Pack, sie werden nicht eher Ruhe geben, bis sie ihren König auf unserem Thron sehen. Ich habe eine Verantwortung dem König und dem Land gegenüber, gerade jetzt, wo der König die Engländer so erfolgreich zurückgedrängt hat.«

»Wen interessiert da noch deine Garde? Der König hat sein Heer, sein eigenes stehendes Heer, und dafür ruft er Steuern auf. Und der Bretagne geht es gut, so gut wie schon lange nicht mehr. Seit Jahren ist hier Frieden, es gibt keinen Hunger, und für die Söldnerbanden, die umherirren, sollte auch eine herkömmliche Wachmannschaft genügen. Sieh es ein: Herzog Johann versteht sich nicht nur gut darauf, sich deine Ländereien anzueignen, er versteht sich auch auf das Paktieren, das der Bretagne Frieden beschert. Niemand braucht diese Garde mehr. Der König und der Herzog nicht und wir schon gar nicht.«

Nun sprang Amédé auf, wobei er den Stuhl, auf dem er gesessen hatte, umwarf. »Was ist nur aus uns geworden? Wie kannst du es wagen, derart mit mir zu sprechen? Es gab Zeiten, in denen …«

»Es gab Zeiten, in denen hast du das Geld nicht zum Fenster hinausgeworfen und dich zum Narren gemacht«, unterbrach Bérénice ihn. »Was ich vergaß zu fragen: Welches Stück Land ist es dieses Mal?«

»Es ist Port Boureton.«

Port Boureton, eine der schönsten Ländereien, die er besaß. Dort hatten sie kurz nach der Hochzeit einen Sommer verbracht. Eine arrangierte Hochzeit, und doch hatten sie sich gefunden und geliebt. Wieder und immer wieder. Es war eine Zeit gewesen, in der sie noch gewusst hatte, wie seine Haut sich anfühlte, wenn er atemlos über ihr lag. Eine Zeit, in der sie sich Amédé so schamlos hingegeben hatte, dass sie Gott nach jedem Akt in ihren Gebeten reumütig um Vergebung bat. Gut neun Jahre lag das zurück. Neun lange Jahre, in denen sie einander unmerklich langsam fremd geworden waren.

Port Boureton.

Er musste doch die gleichen Erinnerungen haben.

»Dort wollten wir unser Kind taufen lassen, wenn wir eines bekommen hätten.«

Bérénice konnte sehen, dass er das Wort eher an sich selbst denn an sie gewandt hatte. Das ist es also, was du mit Port Boureton verbindest, schrie es als Antwort in ihr auf. Der Schoß deiner Frau, der sich nicht füllen wollte, obwohl du kaum von ihr gelassen hast. Über die Jahre sind deine Versuche, einen Sohn zu zeugen, seltener geworden, bis du sie ganz eingestellt hast. Sie spürte, dass ihre Wangen anfingen zu glühen. Wir haben also nicht die gleichen Erinnerungen an diesen Sommer. »Verkaufe Port Boureton, wenn das alles ist, was du mit diesem Stück Land verbindest.«

»So habe ich das nicht gemeint«, Amédé kam auf sie zu und versuchte, sie an sich zu ziehen. »Das war ein schöner Gedanke, den wir damals hatten. Ich wollte nicht …«

Mit einer hastigen Bewegung schüttelte Bérénice ihn ab. »Damals! Ja, das ist lange her. Und ich sage es dir nur einmal: Wage es nie, auch nur eine der Ländereien zu verkaufen, die ich mit in die Ehe gebracht habe. Sonst geschieht ein Unglück.« Sie hatte keine Vorstellung, wie dieses Unglück aussehen sollte. Doch die Worte klangen gut, waren sie doch groß und gewaltig, und die Wut, die sie mit einem Mal fühlte, passte in sie hinein.

Saint Mourelles

In der Nacht hatte Catheline kaum Ruhe gefunden und sich ihren Gedanken gefügt, die zwischen dem verschwundenen Raymond und dem verloren gegangenen Mathis hin- und hergeirrt waren. Und als wolle sie ewig währen, trotzte die Dunkelheit der Nacht heute der Sonne, die nicht hinter den Wolken hervorkommen wollte. Obwohl die Bäume kein Laub trugen, schienen sie das wenige Licht des Tages zu schlucken.

Müde schaute Catheline nun auf Gabins Rücken, und ein Gefühl der Feindseligkeit stieg in ihr auf. Dieser Maulheld trieb die Suchenden durch das Unterholz des Waldes, als würde es kein Morgen geben. Grete schnaufte mit hochrotem Kopf, und selbst der Bauer Martin hatte sich ihnen angeschlossen. Ohne Aufhebens hatte er Ysa, Rachel und den kleinen Luc allein zu

Hause gelassen, doch auch seine Tatkraft war erloschen. Unwirsch stapfte er, seine dichten Augenbrauen vor Anstrengung zusammengezogen, durch den kniehohen Schnee. Gabin bemerkte von alledem nichts und ließ an seiner Überzeugung, dass Raymond sich den Spielleuten angeschlossen hatte, keinen Zweifel aufkommen.

Seit sie aufgebrochen waren, fror Catheline. Ihre Füße waren kalt, denn das Leder der Schuhe war längst durchnässt. Ein anschwellender Hunger machte sich bemerkbar, und der Drang, endlich Wasser zu lassen, schmerzte inzwischen. Sie passte einen Felsvorsprung ab, hinter dem sie sich flugs zurückzog und den Rock anhob. Nur einen Moment hatte sie die Suchenden aus den Augen gelassen, und als sie wieder auf die Lichtung zurückeilte, zuckte sie erschrocken zusammen: Wohin waren Gabin und die anderen verschwunden?

Sie folgte den Spuren im Schnee den Pfad hinab, den sie die Männer und Grete zuletzt hatte entlanglaufen sehen. Wenig später erreichte sie den Hauptweg. Eine dunkle, von Viehwagen festgefahrene und von Füßen zertretene Schmutzspur, die nicht darauf schließen ließ, in welche Richtung die Suchenden weitergegangen waren. Ihrem Bauchgefühl folgend, bog sie nach links ab, weg vom Schloss und weg vom Dorf.

Angespannt suchte Catheline mit ihrem Blick die Umgebung ab. Waren Gabin und seine Weggefährten dort hinten, wo der Wald besonders dicht und unwegsam wurde? Dort, wo der Baum der Feen sich verbarg? Um den viele Bewohner des Dorfes im Sommer tanzten, den sie mit Blüten schmückten, um Morgana, der Fee aller Feen, zu huldigen? Das würde Gabin ähnlich sehen, so könnte er später sagen, sie hätten jeden Winkel durchsucht. Ja, sie konnte es sich lebhaft vorstellen, wie der dürre Tagelöhner später seinen Leib zu voller Größe aufrichten und sich damit in den Vordergrund spielen würde, dass er selbst um Morganas Hilfe gebeten hatte. So war er schon als Junge gewesen: Auch wenn er Gutes tat, blieb er ein Prahlhans. Schlichtweg unausstehlich.

Ein lautes Knacken, dicht hinter ihr.

Catheline fuhr herum.

Niemand war zu sehen, nichts war mehr zu hören. Nur ihr Herz schlug mit einem Mal unerhört laut. Sie hielt den Atem an, als ein dumpfes, sattes Geräusch sie erneut dazu brachte, sich in die entgegengesetzte Richtung umzuwenden.

Ein Stein. Fast neben ihr lag ein schwarzer Stein, der sich aus dem Schnee deutlich heraushob. Sie wusste, dass er zuvor noch nicht dort gelegen hatte. Sofort wich sie Schritt für Schritt zurück, versuchte, in die Richtung des ausgetretenen Hauptweges zurückzukehren, als sie neben sich ein Schaben und seufzenden Atem hörte. Sie schrie auf.

Im selben Moment sprang ein Mann hinter einem Baum hervor, die Kapuze des Umhangs hatte er tief ins Gesicht gezogen. Bevor der Verstand erkannte, was geschah, spürte der Bauch die Erleichterung: Avel! Es war Avel!

Er warf die Kapuze zurück. »Da habe ich dir aber einen Schrecken eingejagt, oder?«, fragte er vergnügt.

Ja, das konnte Catheline nicht leugnen, er hatte sie erschreckt und zwar gehörig. Aber seit wann war sie so schreckhaft?

»Gabin und die anderen sind auch vorbeigekommen, da hinten sind sie lang. Zum Baum der Feen sind sie gelaufen. Aber ich habe ihnen nicht gesagt, dass ich hier bin. Das ist ein Geheimnis, weißt du?«

»Ein Geheimnis? Das ist ja schön, Avel. Aber ich muss mich sputen, um die anderen noch einzuholen.«

»Darf ich dir mein Geheimnis zeigen?« Avels Tonfall hatte sich verändert. Das Sonnige, das Unbekümmerte fehlte mit einem Schlag. Er sprang ihr in den Weg, breitete die Arme aus und überragte sie um gut einen Kopf. »Bitte, darf ich es dir verraten?«

Unsicher sah Catheline in die Richtung, in die Avel wies. Würde sie Gabin noch einholen können? Dann schaute sie zu Avel auf, dessen Blick herzerwärmend war. Der dem eines verspielten Hundes ähnelte und ein wenig unterwürfig wirkte. Sie lachte, schüttelte den Kopf, und Avel wusste sofort, dass er seinen Willen durchgesetzt hatte.

Er machte sich umgehend auf den Weg, schlug sich durch mehrere Büsche, kletterte über kleinere Felsvorsprünge hinweg und blieb hin und wieder stehen, um sich zu vergewissern, dass Catheline ihm folgte. Kurz darauf bog er das dichte Geäst eines Busches beiseite und winkte aufgeregt. Ein Felsspalt tat sich vor ihnen auf.

»Du hast hier eine Höhle entdeckt? Bisher ging ich immer davon aus, dass ich jeden Winkel um Saint Mourelles kenne.«

Vielleicht hat Raymond sich hier versteckt und lässt sich von Avel versorgen, durchfuhr es Catheline. Denkbar war bei einem Jungen, der just zum Mann wurde, und einem Mann, der stets Junge geblieben war, alles.

Avel beugte sich vor und schob sich durch den Felsspalt. Catheline zögerte nicht und folgte ihm. Sie musste nur zwei Schritte machen, dann öffnete sich das Gestein zu einer Höhle, die es in ihrer Mitte sogar erlaubte, aufrecht zu stehen. Oberhalb war eine kleine Öffnung auszumachen, durch die Licht drang, sodass Catheline augenblicklich erkennen konnte, dass Avel sich hier allein aufhielt. Ihr Herzschlag verlangsamte sich, und enttäuscht wischte sie die in ihr aufgeflackerte Hoffnung beiseite.

Gemütlich wirkte dieser Ort, Avel hatte den Boden mit getrocknetem Gras und Moos ausgelegt, auf einem steinernen Absatz lag sorgsam gefaltet eine wollene Decke.

Umgehend hielt Avel sie ihr entgegen. »Das ist nicht die Decke, die Mama sucht. Die sieht nur so aus, die hat ein Ritter mit goldenem Helm gebracht, und sein Pferd hatte Flügel. Singen konnte es auch.«

Catheline bemühte sich, ernst zu bleiben, als Avel bekräftigend nickte. »Natürlich. Das ist ein Ort, an dem einem solche Ritter begegnen. Und du hast ihn dir sehr schön hergerichtet.«

»Sieh mal«, Avel griff neben sich und zog unter dem Moos eine kleine Holzfigur hervor. Eine Figur, nicht länger als seine Handfläche, deren Gesicht nur angedeutet war. Tatsächlich war der Mund zum Lachen geöffnet, und zwei winzige Löcher deuteten die fehlenden Schneidezähne an. Alles an dieser Figur war derart liebevoll gearbeitet, dass es das Herz erwärmte. Der Leib war schmalgliedrig geformt, genauso zerbrechlich, wie Blanche stets wirkte.

»Wie hast du das hinbekommen?«, fragte Catheline und nahm behutsam die Figur aus Avels Hand. Das Holz war so glatt geschliffen, dass es sich nahezu weich anfühlte.

»Das hier«, noch einmal langte Avel neben sich, »hat Raymond gemacht und mir mal geschenkt.« Er hielt einen gebogenen Eisenhaken in die Höhe, denen ähnlich, die Catheline bei einem fahrenden Löffelmacher gesehen hatte, der vor zwei Sommern seine Waren im Dorf angeboten hatte. »Die Mama darf natürlich nicht wissen, dass ich so einen Haken habe, sie sorgt sich sonst wieder. Aber wenn die Figur fertig ist, schenke ich sie ihr. Das soll nämlich Mama sein.«

»Weißt du, wo Raymond ist? War er hier, bei dir und dem Ritter?«

Kopfschüttelnd ergriff Avel einen Schachtelhalm und zog ihn über das Holz. »Das benutze ich zum Schleifen, so wird es ganz glatt. Aber das weiß auch niemand.«

»Du hast anscheinend viele Geheimnisse.«

»Ja«, ernst sah er sie an, »und bitte verrate sie niemandem.«

Catheline erhob sich. »Versprochen. Aber jetzt komm, wir müssen zurück, es wird bald dunkel, und zudem ist es zu kalt, um länger zu verweilen.«

Avel nickte, griff sich die Figur, den Haken samt Schachtelhalm und schob alles wieder unter die Moosdecke, strich sie glatt und folgte ihr.

Kaum hatten sie den Weg erreicht, der zum Dorf führte, sahen sie einen Reiter nahen. Auch auf die Entfernung hin erkannte Catheline, dass es sich um Mathis handelte. Er reitet. Er reitet wieder. Ist das ein gutes Zeichen?, überlegte sie und konnte nicht aufhören hinzusehen. Zu sehen, wie sein Oberkörper auf und ab wippte, wie er die Zügel hielt, wie sein Atem in der kalten Luft in die Höhe trieb.

Als er abstieg, wischte Catheline sich kleine Flocken vom Umhang. Seinen Blick, den sie auf ihrem Gesicht spürte, wollte sie nicht erwidern. Aus den Augenwinkeln nahm sie wahr, dass er den Kopf schüttelte. Sie senkte die Lider vor Scham. Sobald Mathis in der Nähe war, kreisten ihre Gedanken nur um ihn. Als würde hinter seinen Schultern die Welt versinken.

Dabei war sein Kopfschütteln Antwort auf eine von ihr nicht gestellte Frage: Nichts hatte er in Erfahrung bringen können über Raymonds Verschwinden. Mathis verlor kein Wort darüber, denn er wollte Avel nicht beunruhigen, der die Zügel ergriffen hatte und das Pferd führte. Als der Junge außer Hörweite war, sagte er leise: »Ich fürchte mich, Marie gegenüberzutreten. Die Spielleute sind gastfreundlich gewesen. Nette Menschen, die mich verköstigt und mir eine Schlafstätte auf einem ihrer Wagen angeboten haben. Sie haben Raymond nicht gesehen, er ist ihnen nicht einmal aufgefallen in all dem

Treiben, das sich während des Festes um das Schloss herum abgespielt hat.«

»Warum sind sie so schnell weitergezogen?«

»In Nantes wird in den kommenden Tagen ebenfalls eine große Festlichkeit stattfinden, irgendeine Zunft feiert. Wegen des widrigen Wetters wollten sie sich genug Zeit für die Fahrt dorthin nehmen.«

Die Schmiede erschien in Cathelines Blickfeld. Dort, vor der Hütte, in der Kälte stand, den Umhang eng um sich gezogen, Marie. Sie trug keine Haube, und durch ihr schwarzes, schwer herabhängendes Haar spielte der Wind. Es war, als hätte ihr jemand von Mathis' Ankunft berichtet. Die Tatsache, dass er sie nicht ansah, war Botschaft genug. Marie nickte nur und verschwand in der Hütte.

Yann, der aus dem überdachten Stand der Schmiede heraus alles verfolgt hatte, nahm mit der Zange ein glühendes Stück Eisen vom Amboss und drehte sich abrupt zur Feuerstelle um. Er hielt das Eisen in die Flammen und forderte seine Tochter Cécile grob auf, schneller mit dem Blasebalg zu pumpen. Die Kleine hatte die Lederschürze des Bruders umgebunden und verschwand fast darin. Nach Kräften mühte sich das Kind und zerrte unbeholfen an dem Griff des Balgs herum. Kurz loderten die Flammen auf, und Catheline spürte, dass ihr Magen einen Satz machte. Cécile sollte im Haushalt aushelfen, kochen lernen, Reisig sammeln oder die Zwillinge versorgen, statt im Lederschurz Männerarbeit zu verrichten. Armer Yann. Nicht genug damit, dass Raymond verschwunden ist und deine Frau Marie den Verstand darüber zu verlieren droht, dir fehlen zudem zwei helfende Hände, zwei junge, starke Arme in deiner Schmiede.

Wie viele Tage waren vergangen, seit er von dem Ritt zu den Spielleuten zurückgekehrt war?

Wie viele Tage hatte er es vermieden, nach dem kurzen Aufeinandertreffen Catheline wieder zu begegnen, und dabei nichts als eine sinnlose Leere verspürt? Eine Leere, die er selbst hatte entstehen lassen und die er mit seiner Liebe zu ihr begründete.

Nun stand sie wieder vor ihm. Hatte die Tür zum Stall aufgerissen, dass ihm fast die Heugabel aus den Händen geglitten war. »Da bist du ja!«, hatte sie gerufen.

Mathis war sich sicher: Es musste der Schreck sein, der ihm tief in die Glieder gefahren war und mit einem Schlag die Hitze durch seinen Körper trieb. Trotz der Kälte glühten auch Cathelines Wangen, und was für einen Augenblick gesund und lebensfroh gewirkt hatte, wurde umgehend durch ihren gehetzten Blick ausgelöscht. Ohne zu zögern, trat sie in den Mist und schob sich an den Schafen vorbei.

»Du musst mit mir kommen«, sagte sie, »schnell! Ist Gabin auch hier? Wir können ihn brauchen.«

»Nein, Gabin ist heute zu Hause, und du siehst, dass ich hier nicht wegkann. Viel zu lange sind die Stallungen nicht mehr gesäubert worden. Und heute Nacht ist noch ein Lämmchen geboren worden.« Kurz erwartete er, dass sie wieder davon anfangen würde, dass die Schafe den Winter auch im Freien zubringen könnten. Mehrfach hatte er ihr erklärt, dass er die Lämmer vor der Kälte dieses Winters schützen wollte, und sich dabei geärgert, dass sie ihre Meinung zu Dingen kundtat, die sie nichts angingen.

»Bitte, du musst sofort mitkommen«, riss sie ihn aus seinen Gedanken. Der schrille Ton ihrer Stimme ließ ihn aufmerken, und er spürte, dass sich in seinem Nacken die Haare aufstellten.

»Avel ist vorhin mit Rachel in den Wald gegangen. Die beiden wollten Reisig sammeln, die Vorräte bei Ysa werden knapp, da sie wegen des kleinen Luc beständig feuern muss.«

»Ja, ich habe die beiden gesehen. Sie sind in den Wald gelaufen, und Avel versprach mir, nachher bei den Schafen zu helfen.«

»Sie sind aber nicht mehr zurückgekommen. Nein, falsch. Avel ist zurückgekommen, aber Rachel nicht. Wir, Blanche, Grete, Eve und ich, waren bei Ysa, um zu spinnen, ein wenig Handarbeit zu erledigen. Aber jetzt beginnen die Frauen, einander die Augen auszukratzen.«

Mathis fühlte eine Welle der Müdigkeit über sich zusammenschlagen. Raymond war noch immer verschwunden, nun fehlte Rachel, und anscheinend erwartete jeder im Dorf von ihm, dass er erneut die Zügel in die Hand nahm. Er hatte doch schon bei Raymonds Verschwinden nichts ausrichten können, was erhofften sie sich von ihm? Sah denn niemand, dass er erschöpft war? Kaum in der Lage, sein eigenes auf ein Nichts verkümmertes Leben zusammenzuhalten? Doch er wusste, dass er Catheline nichts entgegenzusetzen hatte, und schon gar nicht, wenn eines der Kinder des Dorfes fehlte. Selbst wenn es sich dabei um einen Zufall handeln musste.

Avel hatte den Kopf in Blanches Schoß vergraben, und an seinen zuckenden Schultern erkannte Mathis, dass der Junge weinte. Ysa stand am Feuer und wiegte den schreienden Säugling. Grete, die einem Wall glich, der Blanche Schutz bot, zwirbelte unablässig Wolle vom Rocken in die Länge und ließ die Spindel springen. Eve hatte die Arme vor der Brust verschränkt und stand breitbeinig neben dem Tisch. Das Gezänk der Frauen war zu einem Schweigen verebbt, das Mathis frösteln ließ, obwohl die Hütte behaglich warm war.

»Was ist hier los?« Auf dem Weg hatte Mathis sich darum

bemüht, die passenden Worte zurechtzulegen, und wieder einmal mehr sprangen ihm andere über die Lippen.

»Du hast es sicher erfahren«, antwortete Blanche ruhig. »Rachel ist vom Reisigsammeln nicht zurückgekommen. Avel erwähnte einen schwarzen Reiter, der das Mädchen angesprochen hat. Er sagte, sie sei dann weg gewesen.«

Mathis spürte die Unruhe der Frauen. Sie sprang auf ihn über und kroch durch seinen Körper. Ein Reiter. Nun gut, er könnte durch das neuerliche Schneetreiben den Weg aus den Augen verloren und sich bei Rachel erkundigt haben, versuchte er sich zu beruhigen. Viele Menschen werden bei dem Wetter nicht unterwegs sein, die man nach dem Weg fragen kann, und Avel kommt dafür nicht infrage.

»Wir müssen gemeinsam mit Avel den Weg abgehen und nach Rachel suchen. Aber Eve hat darauf«, Blanche machte eine Pause, um das folgende Wort zu betonen, »verwiesen, dass Avel auch Raymond begleitete, als dieser die Haken zum Schloss geliefert hat.«

Eve hob ihren Kopf in die Höhe und schob das Kinn vor. »So war es aber, da könnt ihr Gabin und meine Söhne fragen. Als Raymond die Lieferung zum Schloss machte, war er in Begleitung von Avel. Ich habe sie gesehen.«

»Warum sagst du das jetzt erst?« Mathis fühlte, dass er Eve diese Frage nur stellte, weil ihm keine andere einfiel.

»Ja, weil es nicht wichtig war. Aber eben, da fiel es mir halt auf.« Eve kniff die Augen zusammen. »Und dann sage ich es, auch wenn es keiner hören will.«

»Himmel, das ist ein Dorf und nicht Nantes. Hier begegnen sich alle im Laufe eines Tages. Was redest du da?«, fuhr Grete sie an, dass ihre grauen Locken wippten. »Bist du von Sinnen? Denkst du auch nach, bevor du dein Schandmaul öffnest?«

Catheline stand, seit sie die Hütte betreten hatten, an der

Tür. Nun ging sie an Eve vorbei, die ansetzen wollte, Widerworte zu geben, sich aber anscheinend eines Besseren besann. Stattdessen beobachtete sie Catheline, die sich neben Avel kniete und ihm über den Rücken strich. »Eve ist aufgeregt, da sagt man schon mal Dinge, die man nicht so meint. Niemand denkt, dass du etwas Böses getan hast. Wir wissen alle, dass du ein Guter bist.«

Avel hob den Kopf von Blanches Schoß und sah Catheline unsicher an.

»Wir brauchen deine Hilfe. Magst du uns zeigen, wo du den Reiter gesehen hast? Der Schnee fällt dicht und schnell. Wenn wir nicht bald aufbrechen, sind die Spuren verschwunden. Deshalb müssen wir uns beeilen, nach Rachel zu suchen.«

Avel stand auf und ergriff Blanches Hand. »Komm, Mama«, sagte er, »ich zeige dir alles, dann wirst du sehen, dass ich recht habe.«

Gerührt von Cathelines Einfühlsamkeit, senkte Mathis den Kopf, doch just in diesem Moment sank Ysa auf die Knie. Stöhnend presste sie den immer noch greinenden Luc an ihren schweren Leib. »Der Teufel ist unter uns«, stieß sie hervor und rang um Luft. »Er kommt immer wieder, um sich meine Kinder zu holen. Nun auch noch meine Rachel. Was habe ich getan? Sagt mir doch: Warum hat Gott mich verlassen?«

Grete hockte sich zu Ysa, umfasste sie mit beiden Armen und zog sie samt dem Säugling an ihre Brust. »Wirst du wohl schweigen und uns nicht das Böse herbeirufen«, flüsterte sie und legte ihr Kinn auf Ysas Kopf, wobei sie Eve fixierte. »Geh und hol Martin, er hilft Yann in der Schmiede. Sag ihm, dass seine Frau ihn braucht. Deinetwegen.«

Sie schwebt, dachte Julien und zögerte, auf sein Pferd zu steigen und das Schloss zu verlassen, um nach Nantes zu reiten. Warum sollte er Bischof du Clergue so eilig einen unterzeichneten Vertrag über ein Anwesen präsentieren, das eigentlich niemand erwerben wollte? Das nur gekauft wurde, weil man es dem Baron derzeit für wenig Geld abknöpfen konnte. Warum sollte er die Heimkehr überstürzen, wenn er für einen Moment Bérénice de Troyennes Gegenwart genießen durfte?

Der Page, der sein Pferd aus den weitläufigen Stallungen geholt hatte und ihm die Zügel entgegenhielt, hüstelte. Julien ignorierte ihn. Während andere Frauen im Angesicht von Schnee und Eis durchs Leben trippelten und schlitterten, schwebte diese Frau, den Rocksaum des Kleides ein wenig angehoben, über den vereisten Schlosshof. Die Baronin bemerkte ihn nicht, lief weiter, ihm entgegen. Kam näher und war nun auf seiner Höhe. Ehe er sich versah, war sie an ihm vorbeigeeilt. Doch die Schwester, die ihr folgte, blieb vor ihm stehen.

Ja! Ja!, jubilierte es in ihm. Nun musst du innehalten und dich umwenden. Sieh mich an. Bitte, auch wenn es nur kurz ist.

Und sie wandte sich um und sah ihn an.

Erleichtert atmete er aus und befand, dass die gewonnene Aufmerksamkeit der richtige Moment war, die Schwester in Augenschein zu nehmen. Sie trug, wie viele Witwen es neuerdings vorzogen, schwarze Trauerkleidung. Unter der Haube schob sich seitlich ein geflochtener Zopf hervor. Rötlich schimmerndes Haar, das einen hübschen Kontrast zum dunklen Kopfputz bildete. Eine schöne Frau, bemerkte er, die der Schwester aber nicht das Wasser reichen konnte. Obwohl die beiden einander ähnelten, war alles an Bérénice intensiver: das Haar rötlicher, die Haut heller, die Sommersprossen kecker.

Lange bevor Bérénice zur Baronin de Troyenne geworden war, hatte er sie schon in Paris bewundert. In regelmäßigen Abständen war ihre Mutter, stets die beiden Töchter im Schlepptau, im Kontor seines Vaters erschienen. Berühmt dafür, die edelsten Stoffe des Landes anzubieten, hatte der Vater ihre Aufmerksamkeit so manchen Nachmittag in Anspruch genommen. Gelangweilt hatten die beiden Mädchen herumgesessen, und schon damals hatte sich Julien an Bérénices Anblick nicht sattsehen können. Obwohl sie mindestens vier oder fünf Jahre älter sein musste als er, war sie ihm stets wie eine Madonna vorgekommen. Dass sie eine Frau aus Fleisch und Blut war, hatte er bei ihrem Wiedersehen in Nantes bemerkt. Ein wenig belustigt hatte Bérénice gewirkt, als sie den ehemals so verschämten Sohn des Tuchhändlers nun in Brokat und Seide im Dienste des Bischofs wiedererkannte. Doch auch ein wenig Anerkennung, gar Wohlwollen glaubte er in ihrem Blick ausgemacht zu haben.

»Oh, Magister Lacante, welche Überraschung, Euch hier anzutreffen«, unterbrach die Schwester seine Erinnerungen. »Wann haben wir uns das letzte Mal gesehen? War es im September zu Michaelis in Nantes?«

Er begrüßte die Frau und nickte freundlich, obwohl er wusste, dass er das letzte Mal vor wenigen Wochen im Schloss derer von Troyenne gewesen war. Auch bei dieser Begegnung hatte der Baron eines seiner Anwesen versetzt. Julien blickte zu Bérénice hinüber. Er nahm an, dass auch sie sich erinnerte, zu welcher Gelegenheit sie einander zuletzt begegnet waren, wann er den Ausverkauf ihres Hab und Gutes vorangetrieben hatte. Sicher hatte sie nicht vergessen, dass er es war, der Vertrag um Vertrag schloss, dass er die Bedingungen aushandelte und die dreisten Preisvorschläge des Bischofs durchzusetzen verstand. Nach jeder Vertragsunterzeichnung hatte er sich gewünscht, ihr sagen zu können, wie leid es ihm tat, dass diese Aufgabe ihm zufiel. Doch nie hatte sich die Gelegenheit ergeben, und Julien war unsicher, ob er den Mut gefunden hätte, sich ihr gegenüber zu äußern.

Es war gut, dass sie auch heute nicht hatte miterleben müssen, wie ihr Mann mit Schweißtropfen auf der Stirn und in den Haaren seines Bartes das Papier unterzeichnet hatte. Der Baron hatte schon gewusst, warum er darauf bestanden hatte, dass das Treffen ohne Begleitung stattfand. Keine weiteren Schreiber, Winkeladvokaten oder sonstigen Lakaien hatte er gefordert.

»Was führt Euch bei diesem widrigen Wetter zu uns?«, vernahm er die Stimme der Schwester.

»Dieses und jenes, meine Beste.«

»Männer und ihre Geschäfte«, lachte sie auf, während Bérénices Miene unbestimmt blieb. War das Neugier in ihren Augen? Hatte sie gerade den Blick an ihm hinab- und wieder hinaufwandern lassen?

Oder hatte er zu viel Wein getrunken? Nein, er hatte gar keinen Wein getrunken. Auf dem Tisch hatte eine Karaffe Weißer gestanden, aus der sich der Baron Glas um Glas eingeschenkt hatte, ohne aber seinem Gast einen Schluck anzubieten. Mit zitternder Feder hatte der Mann den Vertrag unterschrieben. Das Wohlgefühl, das sich bei Julien einstellte, sobald er eine Aufgabe zu Ende brachte, hatte sich auch bei diesem Grundstücksankauf nicht eingestellt. Stattdessen hatte er die Muster der Glasfenster betrachtet und sich gefragt, wo sich die Frau seines Gegenübers gerade aufhielt.

»Herzog Johann lässt Euch ausrichten, dass er ebenfalls an dem Anwesen an der Loire, Saint Millieux, interessiert ist«, hatte er dem Baron zum Abschied ausgerichtet und ergänzt: »Ein wunderschöner Landstrich, den er von Kindesbeinen an zu schätzen weiß. Für den Fall, dass Ihr Euch irgendwann entschließt, auch dieses zum Verkauf anzubieten, würde er Euch einen guten Preis nennen.«

Der Blick, mit dem der Baron ihn bedacht hatte, war die Vorankündigung dessen gewesen, was als Antwort gefolgt war: »Ihr seid neu beim Bischof, Ihr kennt aber seine Methoden sicher längst. Gemeinsam mit dem Herzog bereichert er sich an mir, sagen wir, auf rechtlich gelegentlich fragwürdige Weise. Und Ihr wisst, dass es nicht darum geht, dass dieses Stück Land so lieblich ist: Vielmehr können hier Schiffszölle erhoben werden. Und dass der Herzog einen fairen Preis zahlt, wäre eine Neuigkeit. Oder ist er über Nacht zum rechtschaffenen Mann geworden? Dieses Stück Land werden diese raffgierigen Säcke nie von mir erhalten. Habt Ihr verstanden? Das könnt Ihr auch so weitergeben.«

Mit diesen Worten hatte er Julien zurückgelassen.

Es war nicht mehr und nicht weniger als der unerfreulich unsouveräne Abgang eines Mannes, der einst einer der großen, edlen Ritter Frankreichs gewesen war und es nicht verstanden hatte, zur rechten Zeit die Seiten zu wechseln, dachte Julien. Ganz anders seine Frau. Selbst der Bischof ist überzeugt, dass sie es insgeheim mit den Engländern hält. Immer noch.

Ziegen wurden an ihnen vorbeigeführt. Gackernd rannte ein Hahn über den Schlosshof, dicht gefolgt von einer Magd mit sonnengelbem Haar, die ihn einzufangen versuchte. Ein Pater eilte vorbei.

Alltag. Gewöhnliches und gewohntes Treiben.

Nur für ihn, das wusste Julien, war es ein Tag, von dem er wieder lange zehren würde.

»Magister, verübelt es uns nicht, aber wir werden erwartet«, leitete die Schwester den erahnten Abschied ein.

Bérénice nickte. »Haltet uns auf dem Laufenden, Magister.

So wie es aussieht, werden wir Euch ja demnächst öfter zu Gesicht bekommen«, fügte sie ungerührt hinzu. Dann setzte sie ihren Weg fort. Anmutig wie zuvor.

Saint Mourelles

Catheline seufzte. Am Morgen war sie beim Anfeuern mit dem Zündeisen vom Feuerstein abgerutscht und hatte sich auf den Daumen geschlagen. Erst beim vierten Versuch war es ihr gelungen, Funken springen zu lassen, die sich im Zunder verfangen und zu glimmen begonnen hatten. Eilig hatte sie Reisig und Holzscheite im Kamin gestapelt und das Feuer entfacht, damit die Pfarrei durchgewärmt war, bevor Vater Jeunet sich in seiner Schlafkammer erhob und den Tag begann.

Um nicht noch mehr Zeit zu verlieren, war sie ohne ihren Umhang über den Pfarrhof geeilt, hinüber zum Schuppen, in dem sie Brennholz lagerten, und nun, beim Stapeln der Scheite im Korb, stellte sie fest, dass sie fror und ihr Daumen bei jeder Bewegung schmerzte. Sie schüttelte den Kopf, seufzte erneut, schulterte den Korb und schloss die Tür.

Die Kinder, es waren Pierre und Marcel, spielten bereits. Sie liefen den Weg entlang, warfen ausgelassen den Schnee in die Höhe und sahen zu, wie er im Fallen zerstäubte. Catheline lächelte. Die Sonne schien, und Eiszapfen hingen glänzend vom Dach der Pfarrei. Das Blau des Himmels erinnerte an Glockenblumen, die sie im Sommer während der Spaziergänge mit Ysa gepflückt hatte, während sie über Männer geredet und gelacht hatten. Es war ein Himmelsblau, das die Sehnsucht nach dem Sommer in ihr weckte und die Hoffnung schürte, alles würde sich wieder so fügen, wie es einst gewesen war.

Ein Jaulen unterbrach ihre Tagträumerei jäh. Sie stand bereits auf der Schwelle der Pfarrei, als sie nochmals den jammernden Laut hörte. Ein Klageton, der ihr durch und durch ging. Sie stellte den Korb ab und blickte über die Steinmauer des Pfarrhofs hinweg. Pierre und Marcel warfen Schneebälle. Catheline beugte sich weiter vor. Die beiden Jungen warfen ihre Schneebälle Avel hinterher. Ein Spiel, das er schätzte und in das er sonst begeistert einfiel. Einer der Schneebälle schlug gegen einen Baum, ein zweiter landete im Garten der Pfarrei. Der Schnee stob auseinander, und ein Stein fiel heraus.

Sie werfen Schneebälle mit Steinen nach Avel, durchfuhr es Catheline. Im Vorbeilaufen griff sie nach dem Reisigbesen, der neben der Tür stand, und schon jagte sie den Weg hinauf.

»Seid ihr wahnsinnig?«, brüllte sie den Jungen entgegen und schwang den Reisigbesen. »Wenn ich einen von euch erwische, dann gnade euch Gott! Avel mit Steinen zu bewerfen!«

Der Weg gabelte sich – Pierre und Marcel bogen nach rechts ab, sicherlich wollten sie zu Hause Schutz suchen. Avel rannte nach links in Richtung Wald, das schneebedeckte Schindeldach seiner Hütte lugte bereits durch die winterkahlen Baumwipfel. Catheline beschloss, Avel zu folgen, weil Blanche morgens meist unterwegs war, um nach Ysa zu sehen, Grete getrocknete Kräuter zu liefern oder einen der Körbe, die sie hin und wieder flocht, am Schloss zu verkaufen.

Das Laufen hatte Catheline ins Schwitzen gebracht und kurzatmig gemacht. Sie schnaufte, als sie Avel erreichte.

»Haben sie dich getroffen?«

Sein Blick war dunkel, die Wimpern waren tränennass. Er schüttelte den Kopf und wischte sich mit dem Handrücken den Rotz von der Nase. »Sie sind böse auf mich, weil der Wind und der Schnee schon alle Spuren verwischt hatten. Weil mir niemand glaubt, dass da ein Reiter war, der Rachel mitgenommen hat.«

Er hat recht. Was soll ich ihm sagen? Dass er in einer Welt lebt, in der sich Wahrheit und Fantasie nicht trennen lassen? Dass wir darum wissen, ihn dafür lieben, dass sich aber Eve und Gabin genau deshalb nun vor ihm fürchten? Dass ihre Kinder diese Furcht aufsaugen und versuchen, sie ihm mit Steinen hinterherzuwerfen?

Bevor sie die rechten Worte gefunden hatte, schrie Avel auf. Auf der Schwelle der Hütte lag eine schwarz-weiße Katze.

Avels Katze.

Jeder im Dorf kannte das anhängliche Tierchen, das nun jedoch steif gefroren war. Die Augen des Tieres starrten mit leerem Blick, die sonst rosige Nase war weiß.

Erneut brach Avel in Tränen aus. »Das ist mein Unglückstag«, schrie er. »Der schlimmste Unglückstag in meinem Leben, bestimmt!«

»Das ist wirklich ein schlimmer Tag für dich. Aber es kann vorkommen, dass ein Tier stirbt, dass Gott es zu sich ruft«, sagte Catheline. Sie erinnerte sich, was man ihrer Schwester Jola und ihr gesagt hatte, nachdem die Eltern gestorben waren. »Avel, hör auf zu weinen, denn alle deine Tränen landen im Totenhemdchen der Katze. Das wird dann schwer und nass, und dann hat das Kätzchen keine rechte Freude im Himmel.«

»Meinst du wirklich?«

»Ja, dem Kätzchen geht es bei Gott gut, er weiß, warum er es zu sich gerufen hat. Vertraue ihm und weine das Totenhemdchen nicht nass, dann machst du der Katze eine Freude.«

Avel zog den Rotz hoch und nickte, sah zu, wie Catheline die Katze aufhob.

»Wenn du magst, setzen wir die Katze im Garten bei, wenn der Boden wieder auftaut. So lange legen wir sie im Garten ab. Vielleicht unter der schönen, großen Eiche, was meinst du?«

»Was ist das da?«, fragte Avel und zeigte auf den Kopf der Katze.

Vorsichtig drehte Catheline das Tier und sah das Blut. Krustiges Blut, das sich aus einem nussgroßen Loch am Hinterkopf bis ins Rückenfell hinabzog. Der Katze war der Kopf eingeschlagen worden.

Schloss Troyenne

Wenige Tage nach Antritt seines Dienstes hatte der Küchenmeister im Saal einen Wandschirm aufstellen lassen, um einen Tisch dahinter zu verbergen. »Hier, auf diesem Tisch, richtet ihr die Teller her und stellt das schmutzige Geschirr ab. Hier habt ihr zu warten, während die Herrschaften speisen«, hatte er angewiesen. »Niemand will beim Essen eure Fratzen sehen. Solltet ihr doch an den Tisch treten müssen, haltet den Kopf gesenkt und sprecht nur, wenn das Wort an euch gerichtet wird.« Seufzend hatte er angefügt: »Wenn der Herr Baron doch nur mehr Personal einstellen würde, wäre es für uns alle einfacher.«

Der Knappe war in diesem Moment an ihnen vorbeigelaufen und hatte verwundert den Wandschirm betrachtet.

»Du, komm her«, hatte der Küchenmeister ihn herangewunken. »Die Mägde liefern das Essen bis hierher, und du siehst zu, dass du dem Herrn Baron ab jetzt das Essen zu Tisch bringst. Das ist deine Aufgabe, hast du verstanden?«

Was waren das für Zeiten, als wir einfach das Essen gereicht haben, ohne bestandig darüber nachzudenken, ob das, was wir tun, auch recht ist, dachte Jola. Sie nahm mit dem Messer eine dicke Scheibe Fleisch vom Brett mit dem Braten, legte sie auf den Teller und goss Soße darüber.

Der Knappe war trotz der Anweisung des Küchenmeisters so gut wie nie erschienen, um die Herrschaften bei Tisch zu bedienen. Auch heute war er wieder nicht zugegen, und der Küchenmeister würde toben, wenn er davon erfuhr. Aber solange der Baron im Hinblick auf den Knappen weiterhin Nachsicht walten ließ, blieb Jola nicht viel mehr übrig, als den Teller selbst zu Tisch zu bringen.

Als sie hinter dem Wandschirm hervortrat, bemerkte sie, dass die Nörglerin noch immer am Fenster stand. Was gab es dort zu sehen? Wohin sollte sie nun den Teller stellen? Wo gedachte die Baronin Platz zu nehmen? Sofort verschwand Jola wieder hinter dem Wandschirm. Nicht dass irgendwer auf den Gedanken kam, sie würde glotzend herumstehen. Die Schultern zuckend, schaute sie zu Babette hinüber, die dabei war, ihre Schürze zu richten.

»König Karl bleibt dabei, dass seine Heeresreform, die er im November letzten Jahres erlassen hat, weiterhin Gültigkeit besitzt. Er hält daran fest, sein stehendes Heer auf- und weiter auszubauen«, hörte sie Ludwig de Troyenne sagen. Der Bruder des Barons war seit dem Neujahrsfest zu Gast, doch da er freundlich war und wenig Arbeit machte, konnte er noch eine Weile bleiben, befand Jola.

»Es gibt Gerüchte«, fuhr er fort, »dass sich Widerstand unter Teilen des Adels regt. Dass sich eine Horde Unbelehrbarer unter der Leitung von Johann von Alençon zusammenrottet, die dem König entgegentreten will.«

»Wenn es eine Verschwörung gibt, muss man dem König und dem Heer beistehen, notfalls auch mit einer Schar bewaffneter Söldner«, erwiderte die Witwe.

Jola verdrehte die Augen. Dieses Frauenzimmer war unerträglich. Auch die Nörglerin schien ihrer Meinung zu sein, denn sie lachte auf. Erschrocken schob Jola den Kopf hinter dem Wandschirm hervor. Sie hatte richtig gehört: Die Nörglerin hatte Platz genommen. Sofort ergriff sie den Teller und eilte zu Tisch.

»Halte dich da raus, Francine. Davon verstehst du nichts«, sagte die Baronin, als Jola den Teller vor ihr abstellte. »Denn darum geht es ja: Der König hat sich in seinem Erlass vom November gegen Söldnerheere ausgesprochen.«

»Aber du verstehst etwas davon? Seit wann verstehst du etwas von Frankreich und seinem König? Du … du kennst dich doch nur mit den Engländern aus und ihrem Heinrich VI. Du denkst, weil er irgendwann in Paris gekrönt wurde, ist er der König dieses Landes, oder?«

»Er wurde 1431 in Notre-Dame de Paris gekrönt, meine Liebe, wenn du es genau wissen willst.«

»Oh, was bist du schlau. Aber mir kannst du nichts vormachen, du redest doch noch heute dem Hause Burgund nach dem Mund, obwohl die längst klein beigegeben haben. Dich interessiert es anscheinend nicht, auf welcher Seite sie stehen. Gestern waren sie aufseiten der Engländer, heute stehen sie auf der Frankreiches. Aber wer weiß, wem Burgund sich morgen anschließt?«

Erschrocken trat Jola einen Schritt zurück und sah die Nörglerin an, die nur eine Braue hob. »Im Sommer sind es sechs Jahre, dass der Vertrag von Arras Gültigkeit besitzt, Schwesterherz. Genau genommen wurde er im August im Kloster Saint-Vaas geschlossen. Hier hat Burgund sich auf Frankreichs Seite geschlagen, aber das ist ein alter Hut. Ludwig spricht von anderen Dingen. Ich sagte ja, dass du davon nichts verstehst. Lass es doch einfach gut sein.«

Die Schwester der Baronin schluckte ihre Widerworte, weil der Baron und Hauptmann Bouchet den Saal betraten. Sofort knickste Jola, um sich dann rückwärts laufend hinter dem Wandschirm in Sicherheit zu bringen.

»Ist dir das auch aufgefallen? Dass der Hauptmann den Baron nicht mehr aus den Augen lässt, seit er sich vom Überfall der Söldner erholt hat? Ob er in Gefahr ist?«, wisperte Babette ihr zu.

Jola legte den Finger auf die Lippen und schüttelte den Kopf, während Babette Bratenstücke aufspießte und auf zwei Teller häufte. Noch einmal strich sie ihre Schürze glatt, ergriff die Teller und eilte los.

Konzentriert lauschte Jola dem Gespräch, das die Männer wieder aufgenommen hatten.

»Wenn es darum geht, den König gegen Aufständische zu unterstützen, werde ich stets zur Verfügung stehen«, sagte indessen der Baron. »Es ist Johannas Vermächtnis, das es zu verteidigen gilt. Wir müssen Frankreich zusammenhalten, auch wenn wir dabei gegen die eigenen Landsleute vorgehen müssen.«

Stolz wallte in Jola auf. Der Baron hat die Jungfrau Johanna gesehen, er hat an ihrer Seite gekämpft. Recht hat er, unser Land muss verteidigt werden.

»Und hierfür werde ich auch gern wieder ein schlagkräftiges Heer ausstatten. Es gibt genug ehrbare Ritter, die darauf brennen, für Frankreich zu kämpfen. Ja, ich zahle dafür, dass diese Mannen und ich ins Feld ziehen werden, sobald sich ein Aufstand formiert.«

»Amédé, erstens entscheidet der König, mit wem er in den Kampf zieht, und sicherlich ist das Heer Seiner Majestät ausreichend groß. Zweitens ist, was uns betrifft, kein Geld mehr da, um auch nur irgendwen mit irgendetwas auszustatten. Lass uns beten, dass es keinen Aufstand gibt und dass der König nicht nach deiner Unterstützung verlangt, denn er will dann lediglich dein Geld«, erwiderte die Nörglerin.

Babette, die wieder hinter den Wandschirm zurückgekehrt war, hielt sich die Ohren zu, als die Witwe aufschrie: »Du elendes Weib, was nimmst du dir heraus, in dieser Art das Wort gegen deinen Mann zu richten?«

Erneut schob Jola den Kopf hinter dem Wandschirm hervor.

Die Baronin hatte sich erhoben. »Das überlässt du mir, wie mein Mann und ich den Umgang miteinander pflegen.« Sie wandte sich dem Baron zu, Ludwig de Troyenne und den Hauptmann würdigte sie dabei keines Blickes. »Francine und ich werden nach Gut Lemoine reisen. Ich werde Anweisung geben, dass unser Gepäck hergerichtet wird.«

Die Witwe sprang auf, aber die Baronin wischte mit der Hand durch die Luft, eine Geste, die keinen Zweifel ließ, dass sie noch nicht zu Ende gesprochen hatte. »Wir werden zurückkehren, wenn wir Gewissheit haben, dass du nicht an Kampfeshandlungen teilnehmen wirst, Amédé.« Sie winkte die Schwester zu sich, um mit ihr den Saal zu verlassen.

Sie muss wirklich aufseiten der Engländer stehen, durchfuhr es Jola, während sie den beiden Frauen nachsah. Wie kann sie es sonst wagen, ihrem Mann zu untersagen, dass er für Frankreich kämpft?

Der Hauptmann schob seinen Stuhl zurück und stand auf. Hastig zog Jola den Kopf ein, doch sie hörte seine Schritte, die immer näher kamen.

»Verschwindet gefälligst. Auch wenn ich euch nicht sehe, weiß ich, dass ihr da seid. Und wenn irgendwer vom Gesinde von diesem Gespräch erfährt, weiß ich auch, wen ich dafür zur Verantwortung ziehe«, sagte er nur und griff sich das Brett mit dem Braten, das er zu Tisch trug.

»Wenn ich euch finde, ihr gottverdammten Bengel, dann schlage ich euch windelweich. Pierre! Marcel! Kommt her, sofort! Avel hat mir alles erzählt.«

Mathis zuckte zusammen, fuhr auf, entriegelte den Fensterladen und stieß ihn auf. Kalte Luft schlug ihm entgegen, Schneeflocken trieben in die Hütte und landeten als Tropfen auf dem Boden. Blanche, die stets mit Sanftmut ihren Willen durchsetzte und niemals die Hand gegen irgendwen erhob, rannte mit wutverzerrtem Gesicht und erhobenen Fäusten durchs Dorf. Ihr Geschrei war sicherlich noch weit in den Wald hinein zu hören. Hastig riegelte Mathis den Laden wieder zu, um die Wärme in der Hütte zu halten, warf sich den Umhang über und lief, so schnell es der Treibstecken und das lahme Bein zuließen, der Wildgewordenen hinterher.

Gabin stand bereits mit verschränkten Armen vor seiner Hütte, auch er hatte offensichtlich das Geschrei vorab vernommen. »Was willst du? Warum gebärdest du dich wie ein rasendes Weib?«, rief er der Kräuterfrau entgegen.

Ohne ihren Schritt zu verlangsamen, rammte sie Gabin mit der Schulter und begann, auf ihn einzudreschen. Ihre Stimme überschlug sich: »Dein Weib, das ist eine Giftmischerin, die mischt mit ihrem Mundwerk Gift an, das selbst deine Kinder vergiftet. Sieh doch hin, sie werfen mit Steinen nach meinem Jungen, und sie haben seine Katze erschlagen.«

Blanche versuchte, an Gabin vorbeizukommen, doch er hatte sie an den Schultern gepackt und hielt sie auf Armeslänge von sich. Hinter ihm öffnete sich die Tür, und die beiden Jungen spähten durch den Spalt.

»Da seid ihr ja«, schrie Blanche auf, »ihr habt meinem Jungen das Herz gebrochen. Wie konntet ihr nur? Wie konntet ihr nur seine Katze totschlagen? Ich habe euch aus dem Leib eurer Mutter gezogen, und ist das der Dank dafür?«

Eves Kopf tauchte über Pierre und Marcel auf. »Verschwinde!«, rief sie, die Angst war ihrer Stimme deutlich anzuhören. Sie zog die Jungen zurück und warf die Tür zu.

Inzwischen waren auch Catheline, Grete und Ysa angekommen. Selbst Yann, noch die Lederschürze umgebunden, erschien vor der Hütte. Mathis zögerte, als er sah, dass Grete auf die immer noch fluchende Blanche zuging.

»Liebes«, sagte sie sanft, »niemand wird mehr Steine nach deinem Sohn werfen, da bin ich sicher. Aber von deinem Geschrei wird die Welt sich nicht ändern und das Kätzchen nicht lebendig. Lass uns zu dir nach Hause gehen. Wir erzählen Avel, dass er sich von den Maikätzchen eines aussuchen darf. Eines nur für sich, das er wieder liebhaben kann.«

Auch wenn die Dunkelheit inzwischen die Sicht trübte, erkannte Mathis, dass Blanche erschöpft und um Jahre gealtert schien, als sie sich von Grete nach Hause begleiten ließ.

Schweigend standen sie beieinander, Yann, Catheline und Ysa. Gabin nickte ihnen zu, und kaum dass die Tür der Hütte hinter ihm zugefallen war, konnten sie die Maulschellen hören, die er verteilte.

»Ruhe jetzt, ich will keinen Ton mehr von euch hören! Morgen werdet ihr euch entschuldigen, bei Avel und bei Blanche. Und ihr werdet euer Fehlverhalten bei der Beichte erwähnen«, übertönte Eve das Heulen der Jungen.

»Hier wird sich niemand entschuldigen«, brüllte nun Gabin, »solange wir nicht Gewissheit haben, dass Avel nichts mit dem Verschwinden von Raymond und Rachel zu tun hat.«

Mathis' Kopf fuhr herum. Erleichtert stellte er fest, dass Blanche die letzten schmähenden Worte des großmäuligen Tagelöhners nicht vernommen hatte.

Was ist hier los? Was geschieht mit uns?, fragte Mathis sich und ließ seinen Blick auf Cathelines Rücken ruhen, die sich aufgemacht hatte, zur Pfarrei zurückzukehren.

»Wenn es so weitergeht, wirst du mich füttern müssen, mein Kind«, sagte Pfarrer Jeunet und blickte auf den zitternden Löffel in seiner Hand. »An manchen Tagen gelingt es mir kaum noch, den Becher zum Mund zu führen.«

Wie er es schafft, selbst seine Gebrechen als Prüfung anzunehmen, als eine Gelegenheit, Gott sein Wohlwollen und seine Liebe zu offenbaren, wird mir immer ein Rätsel bleiben, dachte Catheline und goss einen Schluck Milch in den Becher. Sein Verstand ist klar und messerscharf, sodass er jede Veränderung seines Leibes, jede weitere Unzulänglichkeit genauestens wahrnimmt.

»Kind, nun schau nicht so besorgt drein. Sieh zu, dass Mathis dich heiratet, dann weiß ich dich gut versorgt, und alles wird seiner Wege gehen …«

Offensichtlich waren ihr die Gesichtszüge entglitten, denn Vater Jeunets Augenbrauen hoben sich unvermittelt in die Höhe. Vielleicht lag es auch einfach daran, dass er ein kluger Mann war, der in ihrem Gesicht lesen konnte, was sie im Herzen trug.

»Komm zu mir, mein Kind, komm her.«

Mit gesenktem Kopf kniete Catheline sich neben seinem Stuhl auf den Boden und ergriff seine Hand, die er ihr entgegenhielt. Wie so oft schmiegte sie ihre Wange gegen die faltige Haut seines Handrückens.

»Nun sage mir, was geschehen ist. Ich sehe doch, dass dich etwas belastet.«

»Mathis will, dass ich einen anderen Mann nehme. Er sagt, er ist ein Krüppel, und er kann nicht für mich sorgen.«

»Sieh an«, sagte der Pfarrer und strich ihr beiläufig eine Strähne aus der Stirn. »Jetzt verstehe ich, warum du so fahrig warst in den vorangegangenen Tagen, und jetzt verstehe ich auch, warum Mathis nicht mehr zu Besuch vorbeischaut.«

»Vater Jeunet, es ist so viel Streit im Dorf, den er zu schlichten versucht. Verzeiht ihm seine Abwesenheit. Und verzeiht mir, falls ich es bin, die Euch um Eure Abendgesellschaft bringt. Ich kann mich zurückziehen, wenn Mathis kommen soll. Vorher bereite ich Euch ein Mahl und …«

»Es ist alles gut. Du liebst ihn immer noch, sehe ich das recht?«

Sie nickte und sah kurz zu ihm auf.

»Das ist gut.«

Nein, es ist nicht gut, es schmerzt so, dachte sie und lehnte sich wieder an Vater Jeunets Hand.

»Denn er ist ein guter Mann, lass ihm Zeit. Und nun erzähle mir bitte, worüber es Streit im Dorf gibt.«

»Niemand glaubt nach Rachels Verschwinden mehr daran, dass Raymond sich mit den Spielleuten abgesetzt hat oder als Page nach Nantes gegangen ist. Blanche hat mir berichtet, dass die Kinder Avel weiterhin mit Steinen beworfen und durchs Dorf gejagt haben. Er verlässt die Hütte nicht mehr, und noch immer weint er um seine tote Katze. Sein Gemüt hat sich verdunkelt, und ich fürchte, um Blanche steht es nicht viel besser. Sie vergeht vor Sorge um ihrem Sohn. Aber nicht nur sie, alle haben Angst – um sich, um ihre Kinder, vor der Dunkelheit, vor Avel. Einfach vor allem.« Catheline hielt inne, überrascht, dass die Worte nur so aus ihr heraussprudelten, aber es war wohltuend, einmal über die Veränderungen zu sprechen, die sie beobachtete. »Viele flehen wieder die alten Heiligen an«, fuhr sie fort. »Vor allem an die Fee Morgana wenden sie sich, die Hüterin der Vergangenheit, die auch die Geheimnisse bewahrt.«

»Du hast Angst, dass sie nicht mehr auf Gott vertrauen, wenn sie sich an Morgana wenden?«

Catheline nickte, ohne Vater Jeunets Hand loszulassen.

»Kennst du die Geschichte vom Heiligen Malo und Morgana?«

Nun schüttelte sie den Kopf und fühlte abermals ihre Wange dabei über den faltigen Handrücken gleiten.

»Der Heilige Malo war auf einer Reise, die ihn mit dem Schiff über das Meer führte. Mit einem Mal erhob sich aus den Tiefen des Wassers eine Insel, die zuvor nicht da gewesen war. Die Insel war umgeben von dichten Nebeln, sodass man von der Ferne kaum etwas erkennen konnte. Malo ging dennoch von Bord und betrat die Insel.

Aus dem Nebel löste sich Morgana, direkt vor ihm stand sie, neben sich ihr Einhorn. Es war leuchtend weiß und wunderschön. Morgana hielt in ihrer Hand einen kargen Weißdornzweig, und ich kann dir sagen, dass sie den armen Mönch wahrhaftig nicht freundlich begrüßte. Schnell begriff der Diener Gottes, dass diese Insel, eingewoben in seinen für das Auge undurchdringlichen Nebel, der Zufluchtsort derer war, die bereits vor Gott da gewesen waren.

Malo wollte Morgana davon überzeugen, dass sich auch ihr Gottes Reich öffnen würde, dass es in ihm viel Platz gäbe, aber die stolze Fee wies ihn ab. Sie sagte, dass Gott dann auch ihrem Einhorn Einlass gewähren müsse, und forderte, Malo solle die Insel verlassen. Sie werde mit dem Einhorn und all den Sagen und Träumen hier auf der Insel auf die von den Zauberern angekündigte Morgenröte warten.

Der Mönch fragte, ob er Morgana zum Abschied segnen dürfe, und weil sie keine Antwort gab, schlug er das Zeichen des

Kreuzes über ihrem Haupt. Und da geschah es: Langsam verschwanden die Nebel, und die Sonne hüllte alles in ein warmes Licht, das in einen Wunderglanz überging.

Morgana lächelte. Sie und das Einhorn lösten sich im Gegenlicht der Sonne auf, gemeinsam verschwanden sie und mit ihnen all die Träume, Sagen und Geheimnisse.«

Vater Jeunet fuhr erneut mit der freien Hand über Cathelines Haar. »Als Malo zum Schiff zurückkehrte, hatte er ein Geschenk von Morgana in der Hand. Ihren Weißdornzweig. Er blühte inzwischen.«

Sie schwiegen.

Dann beugte sich der alte Mann vor. »Du weißt, an wen uns der Weißdornzweig erinnert?«

»Ja, die Krone Christi bestand aus Weißdornzweigen.«

»Genau. Diese Krone, also der Weißdorn, ist das Zeichen der Hoffnung. Verstehst du, was ich damit sagen möchte?«

»Dass sie alle Platz gefunden haben in Gottes Reich? Die Träume, Sagen, die Geheimnisse, Morgana und ihr Einhorn? Und dass die Hoffnung immer noch unter uns ist?«

»So ist es. Lass die anderen auch Morgana um Hilfe bitten. Gräme dich nicht, dass sie ihren Glauben an Gott verlieren könnten. Aber du hättest mir gegenüber früher erwähnen müssen, dass das Böse die Zwietracht so breitflächig in unserem Dorf ausgesät hat. So soll es nicht sein. Meinst du, ich sollte etwas dazu in der Predigt heute sagen?«

Catheline nickte und wischte sich über die Augen. »Oh ja, bitte, seid so gut.«

»Gut, mein Kind, ich werde das aufgreifen. Hilf mir hoch, ich muss mich vorbereiten.«

Zufrieden saß Bérénice auf der Holzbank ihres Gemachs und sah zum Fenster hinauf. Seit ihrem letzten Besuch waren Umbauten vorgenommen worden. Ein Fensterkreuz war gesetzt worden, und der Glasmacher hatte in die beiden oberen Vierecke rautenförmig gemustertes Glas eingefügt. Nun fiel Tageslicht in ihr Gemach, und das, obwohl die unteren Läden des Fensters noch geschlossen waren. Es war zwar ein gedämpftes Licht, aber in eigener Weise stimmungsvoll.

Schwerfällig erhob sie sich, zog die Vorhänge ihres Podestbettes zu und ging dann zum Kamin. Mit dem Schürhaken schob sie ein Holzscheit weiter in die Flammen hinein.

Vor nunmehr drei Wochen waren sie auf Gut Lemoine angekommen, und noch immer fiel Bérénice jeden Morgen auf die Knie, um Gott zu danken, dass er ihr die Kraft gegeben hatte, sich zu dem Entschluss durchzuringen, das Schloss zu verlassen. Hier, außerhalb der Bretagne, gab es ein Leben ohne Amédé, das in ruhigen Bahnen verlief. Ein Leben, in dem sie nicht ihr gesamtes Handeln auf ihren Mann ausrichtete, sondern wieder eigene Schatten warf.

Es klopfte, und Francine betrat das Zimmer.

»Wo ist dein Umhang? Wir wollten spazieren gehen«, erinnerte Bérénice die Schwester.

»Das werden wir verschieben müssen. Wir haben Besuch bekommen. Es ist Ludwig, er wünscht dich zu sprechen.«

»Sage ihm, ich bin unpässlich. Ich will ihn nicht sehen.«

»Das werde ich nicht. Es ist wichtig«, antwortete Francine und winkte Ludwig herein. Er trug noch die Kälte des Ritts mit sich, als er Bérénice zur Begrüßung umarmte.

»Ich will nicht lange herumreden, denn die Zeit drängt«, sagte er und blickte sie ernst an. Er hatte das gleiche schwarzbraune Haar wie sein Bruder Amédé, in dem jedoch frühzeitig erste graue Strähnen aufgeleuchtet waren. Auch wenn Ludwigs Gesicht kantiger war und ihn männlicher als Amédé wirken ließ, hatte er das ruhigere, ausgeglichenere Gemüt. Sosehr Bérénice ihren Schwager schätzte, den verstorbenen Bruno hatte sie stets noch ein wenig mehr gemocht. Er war der Sonnenschein unter den drei Brüdern gewesen, bis die Söldner im Herbst seinem Leben ein Ende gesetzt hatten. Bruno, der verwöhnte Nachzügler, dessen Charme sich niemand hatte entziehen können. Ein tolldreister, witziger und …

»Ich möchte dich bitten«, unterbrach Ludwig ihren Vergleich, »nach Troyenne zurückzukommen. Noch heute.«

Bérénice fühlte sich unfähig, auf diese Bitte, die in ihren Augen einem Überfall glich, angemessen zu reagieren.

Francine reichte derweil dem Schwager einen Becher Weißwein und blieb an seiner Seite.

Ludwig nahm einen Schluck und fuhr fort: »Neuerdings redet Amédé nur noch über Alchemie und Geomantie. Ich befürchte, dass es der Pater ist, der ihn auf krude Gedanken bringt.«

»Nein, ich glaube nicht, dass der Pater ihn auf krude Gedanken bringt«, erwiderte Bérénice und sah das liebliche Gesicht des Geistlichen vor sich. »Aber es ist auch gleich, was ich glaube. Fest steht nur, dass ich nicht abreisen werde, weil mein Mann sich, wie so viele, ein wenig mit Alchemie und Geomantie befasst.«

»Er ist dein Gatte, und du musst ihm zur Seite stehen, ganz gleich, worum es geht.«

»Sei still, Francine, du willst nur wieder aufs Schloss zurück.«

»Und selbst wenn, daran ist doch nichts verkehrt. Bin ich jetzt diejenige, die deinem Mann zur Seite stehen muss?«

»Sie hat nicht ganz unrecht, Bérénice. Aber es geht noch um mehr. Auch wenn Amédé nicht darüber spricht, ich weiß, dass er mehrere Ländereien zu Spottpreisen verkauft hat. Inzwischen versetzt er auch Hausrat. Es mussten inzwischen Bücher seiner Bibliothek daran glauben. Kannst du dich an das Prunkstück der Bibliothek meines Vaters erinnern? Ovids ›Metamorphosen‹? Das war das Buch, das in vergoldetes Leder eingebunden war, mit feinsten Pergamentseiten. Zudem hat er zwei seiner Wagen und mindestens drei goldene Leuchter aus der Kapelle verkauft.«

»Treibt dich die Sorge um dein Erbe hierher?«, fragte Bérénice. Das Flackern in Francines Augen verriet ihr, dass sie dabei war, anmaßend zu werden.

»Wenn man dich nicht kennen würde, könnte man dich als bösartig bezeichnen«, stellte Ludwig fest, ohne dass sich der Gleichmut in seiner Miene änderte. »Gut, es geht noch um weit mehr als das schwindende Familienerbe, das mich zugegebenermaßen auch nicht unberührt lässt. Du weißt, dass Amédé seit dem Überfall kaum noch schläft. Seit du nun weg bist, betrinkt er sich zudem unentwegt. Die Anzeichen verdichten sich, dass es in Frankreich erneut zu kämpferischen Handlungen kommen wird, dass es tatsächlich eine Verschwörung gegen König Karl gibt. Und um es noch einmal deutlich zu sagen: Es geht dich nichts an, inwieweit Amédé in diesen Konflikt eingreift oder wie er all das bezahlt. Was für dich wichtig ist: Er wird gebraucht. Aber momentan ist er außerstande, sich an Kampfeshandlungen zu beteiligen.«

Genau das will ich. Ich will nicht, dass mein Mann erneut in den Krieg zieht, egal, ob er gegen Engländer oder die eigenen Landsleute kämpft, antwortete Bérénice ihm in Gedanken. Sieh ihn dir doch an, sieh, was der Krieg, all die Gewalt aus ihm gemacht haben. Aber das wirst du nie verstehen, das ist für dich weibisches Gewäsch. Denn du bist auch einer von denen, die denken, dass die Welt durch Blutvergießen besser wird.

»Nun hat Amédé sogar angeordnet, dass ich an seiner Stelle den König gegen Alençons Widerstand unterstützen soll«, sagte Ludwig in Bérénices Schweigen hinein.

»Das ist durchaus erfreulich!«, rief Bérénice aus und ignorierte Francine, deren Kinnlade schlaff herabsackte. »Ja, das ist es doch, was ihr von mir erwartet. Dass ich mit meinem Mann einer Meinung bin, und in diesem Fall bin ich es. Ich begrüße Amédés Entscheidung, sich aus Kampfhandlungen jeder Art herauszuhalten. Und dir, Ludwig, wünsche ich, dass Gott dir gewogen ist und seine schützende Hand über dich hält. In meine Gebete werde ich dich einschließen, aber nun möchte ich dich bitten zu gehen. Es gibt für dich viel vorzubereiten, denn so wie es aussieht, wirst du dir einen Grund einfallen lassen müssen, um dem König klarzumachen, warum Amédé dieses Mal nicht als Retter des Landes auftreten kann.«

Saint Mourelles

Es musste eine Nachtmahr sein. Eine besonders bösartige Nachtmahr, die stets wiederkehrend damit ihren Anfang nahm, dass Catheline bei ihm auftauchte. Dass sie vor ihm stand, außer sich vor Angst. Dass sie davon sprach, dass irgendwer verschwunden war. Er musste sich nur einen Ruck geben. Schon oft hatte er sich selbst geweckt, wenn die grausamen Bilder ihn des Nächtens überfielen. Träume, die mit einem Mann auf einem Pferd begannen, in denen Geschrei und Schwertschläge das Gehör betäubten und die Luft nach Schweiß und Blut stank.

Doch dieser Traum war neu und nicht weniger hartnäckig. Zum dritten Mal suchte er ihn binnen kürzester Zeit heim.

»Mathis, Mathis! Hörst du mich?«

Cathelines Gesicht war dicht vor seinem. Er spürte ihre Hände auf seinen Schultern, spürte, dass sie ihn schüttelte. Und begriff, dass es keine Nachtmahr war, dass sie wirklich vor ihm stand, dabei, ihn abzuholen, weil Avel verschwunden war.

Avel, das von Gott geliebte Kind.

Vor der Kirche hatten sie sich versammelt, und dieses Mal standen alle beisammen. Erneut schneite es, doch niemand schien die Kälte zu spüren.

Grete umklammerte Blanches Arm, um sie daran zu hindern, sich auf Eve zu stürzen. »Wenn ihm etwas zugestoßen ist«, brüllte Blanche so heftig, dass Spucke durch ihre Zahnlücke flog, »dann hast du das zu verantworten. Gnade dir Gott, und vor allem Gnade deinen Kindern.«

Der Pfarrer trat hinzu, gestützt auf seinen Gehstock, und legte ebenfalls die Hand auf Blanches Arm. »Sage nichts, wofür du dich später verantworten musst. Folgt mir lieber in die Kirche. Dort ist es zwar nicht wärmer, aber immerhin sind wir vor dem Schneetreiben geschützt.«

»Vater Jeunet, wir müssen Avel suchen. Er würde bei solchem Wetter das Haus nie verlassen, schon gar nicht momentan, wo böse Menschen unter uns nach seinem Leben trachten.«

»Blanche, niemand trachtet deinem Sohn nach dem Leben! Beruhige dich!«, entgegnete Grete streng und schüttelte den Kopf, dass ihre grauen Locken wippten.

Als Gabin die Luft einsog und ansetzen wollte, etwas zu erwidern, schlug Mathis ihm den Ellbogen in die Seite, sodass dieser von seinem Vorhaben abließ und sich unwirsch umsah.

Und wenig später wiederholte sich, worin sie in letzter Zeit bereits Übung bekommen hatten: Die Wartenden teilten sich in Suchgruppen ein. Erst haben wir Raymond gesucht und dann Rachel, und tatsächlich verbessern wir unsere Vorgehensweise, bemerkte Mathis und beobachtete Yann, der zwischen sich und Cécile, die vielleicht auch Camille hieß, ein Seil befestigte, damit ihm nicht auch noch dieses Kind im Dickicht des Waldes verloren ging.

»Ich habe eine Idee, wo Avel sein könnte. Er hat mir eine Höhle gezeigt, komm mit.« Ohne auf eine Antwort zu warten, griff Catheline Mathis' Hand und zog ihn mit sich.

Schweigend folgte er ihr. Der Schnee war inzwischen an vielen Stellen verharscht, sodass er es ertrug, dass sie ihm Halt gab.

»Dabei habe ich gedacht, ich würde jeden Winkel der Umgebung kennen«, sagte Mathis, legte den Treibstecken in den Schnee und schob sich durch die Öffnung.

»Das habe ich auch gesagt«, stellte Catheline fest und drängte sich neben ihn. Das spärliche Licht ließ keinen Zweifel: Avel war nicht hier.

Enttäuscht verließen sie die Höhle. Was sollten sie hier auch noch weiter herumstehen?, fragte Mathis sich. Im Halbdunkel, so dicht beieinander, dass er ihre Körperwärme spüren konnte. Umgehend meldete sich die innere Leere, die ihn fortwährend begleitete, seit er sie von sich gewiesen hatte, besonders schmerzhaft.

Der Wind hatte aufgefrischt und zog kalt unter den Umhang, kaum dass Mathis auf der Lichtung stand. Ein wenig Kälte, die das erhitzte Gemüt kühlte und die Erinnerung an ihre Wärme mit sich nahm. Er trat beiseite und griff nach seinem Treibstecken.

Catheline schlüpfte aus dem Felsspalt und steuerte einem Schneehügel, der rechter Hand lag, entgegen.

Jetzt sah er, was sie hatte aufmerksam werden lassen: Fußspuren im Schnee. Ein wenig verweht, aber erkennbar führten sie den Hang hinauf.

Einzelne Fußspuren, sie stammen von jemandem, der allein unterwegs war, bemerkte Mathis. Es hat in den letzten beiden Tagen nicht geschneit. Die Spuren könnten älter sein, aber wir müssen ihnen folgen. Denn wer soll hier herumklettern? Im Sommer treibt Gabin die Schafe den Hang hinauf, aber im Winter?

Mathis beugte sich vor und besah sich die länglichen Vertiefungen. Sie sind recht groß, sie könnten zu Avel gehören, dachte er. Oder auch zu Raymond. Jedenfalls zu einem Mann. Rachel hat kleinere Füße. Mathis fiel auf, dass sie beide, Catheline und er, neben den Vertiefungen liefen, sie nicht zu berühren versuchten.

Catheline blieb stehen, bot ihm ihren Arm an, und gemeinsam erklommen sie den Kamm des Hanges. Blickten in die Umgebung und sahen es sofort. Aus dem Weiß des Schnees, dem Grün der windschiefen Kiefern, dem Braun der blattlosen Bäume und dem Grau der Felsen stach ein anderer Farbton hervor. Ein greller Rot-Ton. Direkt unter ihnen.

Der Körper eines jungen Mannes, in seinen Umhang verwickelt, beide Beine angewinkelt. Das Gesicht in den Schnee gedreht, der sich auf Kopfhöhe rot gefärbt hatte.

Avel.

Sollte dies eine Nachtmahr sein, war sie direkt aus der Hölle gesandt. Sollte dies keine Nachtmahr sein, war die Hölle auf Erden gekommen …

Jola drehte die Winde und ließ den hölzernen Eimer in den Brunnen hinabgleiten, während sie beobachtete, wie der Baron über den Hof eilte. Direkt auf sie zu. Sie wandte sich dem Eimer zu, der sich inzwischen mit Wasser gefüllt hatte, und begann, ihn hochzuziehen. Eisstücke schwammen im Wasser. Am Morgen hatten die Knechte mit einem schmalen Holzstamm die Eisschicht im Brunnen durchstoßen müssen, die sich über Nacht gebildet hatte.

Der Baron eilte an ihr vorbei, hielt aber nur wenige Schritte von ihr entfernt inne. Jola folgte seinem Blick: Einer der Männer der Garde mühte sich mit seinem Pferd ab, das unruhig schnaubte und sich dann aufbäumte.

Ein leichtes Zittern durchlief den Baron. Jola war unsicher, ob ihre Augen sie täuschten, aber als er die Hand hob und über seine Stirn wischte, sah sie, dass das leichte Beben, das seinen Leib erfasst hatte, bis in die Finger hineinreichte. Der Knappe hatte erzählt, dass der Baron kaum noch schlief, sondern in seinem Gemach auf und ab wanderte, ihn sogar mitten in der Nacht, weit nach der Matutin, hatte rufen lassen, um eine Partie Schach zu spielen. Er leidet. Seit die Frau Baronin weg ist, leidet der arme Mann, dachte Jola und fühlte sich bei diesem Gedanken selbst unglücklich.

Die Tür der Kapelle öffnete sich. Pater Bertrand. Der schönste Mann Gottes, so nannten ihn die Frauen des Schlosses hinter seinem Rücken. Sie taten recht daran, denn es war immer wieder eine Freude, ihm zu begegnen. Mit seinem kurzen Nicken und dem warmen Lächeln, das er ihr zuwarf, löste sich das Mitleid in Jolas Bauch in Erleichterung auf. Denn der Pater sprach den Baron an, legte seine Hand auf dessen Schulter, und das Zittern verebbte.

Wasser schwappte über Jolas Hände, als sie den Eimer aus dem Brunnen zog und vom Haken löste. Genug, schalt sie sich. Ich darf nicht säumig sein. Sie seufzte und machte sich auf den Weg zur Küche. Pater Bertrand ist ein guter Mann, überall hilft er, hat immer ein offenes Ohr. Ihm liegt wirklich etwas an unserem Seelenheil. Doch vor allem ist er dem Baron eine große Stütze. Gott hat wohlfeil ihn auserkoren, um ihn nach Troyenne zu schicken. Sie schmunzelte, als sie daran dachte, wie der Pater letzthin Holz gehackt hatte und fast jedes der Weiber, das auf dem Schloss lebte, meinte, mit einem Mal auf dem Hof schaffen zu müssen.

»Meine Gute, hast du einen Schritt am Leib, so warte doch! Warte kurz.«

Die Stimme des Paters. Ob er mit ihr sprach? Sollte sie sich vergewissern, oder würde das vermessen erscheinen? Das Blut schoss Jola in die Wangen, aber sie verlangsamte den Schritt.

Eine Hand legte sich auf den Ärmel ihres Kittels, direkt neben ihr tauchte das Gesicht des schönsten Mannes Gottes auf. »Du hast es aber eilig«, lachte er.

Jola knickste und genoss das Kitzeln, das sich durch den kratzigen Stoff hindurch auf ihrer Haut ausbreitete. Dabei starrte sie auf den Wassereimer in ihrer Hand.

»Eben habe ich mit dem Baron gesprochen. Ich habe ihm empfohlen, auf Reisen zu gehen. Da er auf Port-Saint-Luc ohnehin noch einiges zu erledigen hat, bietet sich das an. Kannst du bitte dafür sorgen, dass sein Gepäck zusammengestellt wird und dass man einen Boten losschickt, der auf dem Gut sein Kommen ankündigt?«

»Gern, das werde ich machen. Wann gedenkt der Baron abzureisen?«

»Oh, in den kommenden Tagen, das hat Zeit. Das wird sich noch finden.«

Wir. Da war ein Wir, du wirst also mitreisen, dachte Jola. Schade, du wirst mir fehlen, hoffentlich bleibt ihr nicht zu lange weg.

»Vielleicht kann einer der Knechte mir auch noch eine Truhe bereitstellen. Denn wir werden einige Bücher und Folianten mitnehmen. Ach, und besorge mir bitte Essig, reichlich Essig, ich möchte noch einen Sud anrühren vor der Abfahrt. Habt ihr in der Küche vielleicht auch getrocknete Brennnesseln?«

»Essig können wir Euch abfüllen, aber Brennnesseln haben wir leider nicht«, sagte Jola und versuchte, ihre Irritation zu verbergen. Da sie keine Erklärung finden konnte, wozu er Essig und Brennnesseln brauchte, aber nicht zu neugierig erscheinen wollte, wies sie, auch um sich selbst abzulenken, auf den vollen Eimer. »Der Küchenmeister wartet dringend darauf. Aber ich kümmere mich gleich danach um alles Weitere.«

Der Pater griff sich den Eimer, wobei er ihre Hand berührte. »Lass mich das machen, ich bringe ihm das Wasser. Vielleicht hat er ja etwas Ähnliches wie Brennnesseln, ich werde ihn fragen.«

»Nein, bitte, Ihr könnt doch nicht das Wasser schleppen. Ich muss das …«

»Und ob ich das kann!« Pater Bertrand winkte ab. »Mach dir keine Gedanken, ich werde dem Küchenmeister ausrichten, dass ich dich angewiesen habe, einer Bitte des Barons nachzukommen. Los, los!« Wieder zeigte er sein gewinnendes Lächeln. Dann verschwand er in Richtung der Küche.

Verwirrt sah Jola sich um. Vielleicht sollte ich Babette holen, damit sie mir zur Hand geht. Sie könnte zu den Knechten laufen und dafür sorgen, dass eine Truhe zum Pater geschafft wird. Ich werde derweil veranlassen, dass der Knappe das Reisegepäck des Barons zusammenstellt. Sie nickte, so würde sie es machen. Die Schürze und den Rock bis zu den Knien hoch gerafft, rannte sie zu den Stallungen. Dorthin war Babette gegangen, um die Ziegen zu melken.

Jola lächelte. Die Begegnung mit Pater Bertrand würde Stoff geben für das nächtliche Getuschel. Sie konnte es schon vor sich sehen, wie Ania und Babette nachts auf ihren Strohsäcken hockten, die Schaffelle um die Schultern gelegt, und ihrer Geschichte lauschten. Was würde es da nicht alles zu berichten geben: die vollen Lippen, diese Augenfarbe, die im Licht moosgrün erschien, und erst die gepflegten Hände und Finger.

Saint Mourelles

Kaum dass Blanche ihren Sohn auf dem Karren entdeckt hatte, war sie zusammengesunken. Nun saß sie im Schnee, wiegte wie von Sinnen den Oberkörper vor und zurück und stieß Klagelaute aus, die Mathis das Herz gefrieren ließen. Irgendwer musste ihr aufhelfen. Sollte sie noch länger dort verharren, würde die Kälte ihr den letzten Rest Kraft rauben. Kraft, die sie brauchen würde für den Abschied.

Pfarrer Jeunet kam, auf seinen Stock gestützt, zum Karren. Unter dem Arm trug er ein gefaltetes Leintuch, das er dem Schmied Yann übergab. »Sei so gut, decke den Jungen damit zu«, bat er. Dann wandte er sich an Blanche. »Wir werden Avel zu dir bringen, dann kannst du die Totenwaschung vornehmen«, sprach er, ohne die Stimme anzuheben, in ihr Klagen hinein. »Geh mit Grete und Catheline, es wird ein wenig dauern, bis wir den Karren durch den Schnee bekommen. Bereitet derweil alles vor.«

Das Klagen verstummte. Blanche schüttelte den Kopf. Erhob sich, schwankte und hielt sich am Karren fest, warf einen Blick auf das Tuch, unter dem sich der Leib ihres Sohnes abzeichnete. Sie zog den Stoff beiseite und hob die Hand. Schloss Avel die Augenlider und dann den Mund, wobei sich ihre Finger rot färbten. Dann setzte sie einige taumelnde Schritte, bis Grete neben sie trat und sie stützte.

»Komm, wir gehen jetzt«, sagte die Dorfälteste nur und nickte Catheline zu, die, noch immer weiß wie frisch gefallener Schnee, abseits stand und sich an der Unterlippe herumzupfte, die bereits blutete.

Zurück blieben Yann, Gabin, Martin und Pfarrer Jeunet. Wie auch Mathis starrten sie alle auf das Tuch, das sie nicht freiwillig anheben würden, um den Jungen in die Kirche zu tragen. Für den Moment sollte es ein Schild sein zwischen ihnen, ihrem Schmerz und dem grausamen Anblick des zertrümmerten Schädels.

»Wo habt ihr Avel gefunden?«, fragte der Pfarrer und wischte sich Schneeflocken, die wieder zu fallen begonnen hatten, aus dem Gesicht.

»In der Nähe des Feenbaums, wir haben ihn vom Abhang aus gesehen«, sagte Mathis leise.

»War er bereits tot?«

Vor seinem inneren Auge sah Mathis, wie Catheline sich angeschickt hatte, den Hang hinunterzuklettern, sah, wie er sie hatte abhalten wollen. Hörte noch einmal, wie sie ihn anschrie, dass Avel vielleicht nur verletzt sei. Entsann sich der Hilflosigkeit, die ihn erfasst hatte. Es war seine Aufgabe, dort hinunterzuklettern, neben dem Blut in die Knie zu gehen und die Hand aufzulegen. Zu spüren, ob der Leib ausgekühlt war oder noch Wärme in sich trug. Es war seine Aufgabe zu fühlen, ob es noch einen Herzschlag gab, zu lauschen, ob der Atem ging oder stand. Zurückgeblieben war er mit seinem verfluchten Bein, während sie hinabgestiegen war. Konnte ihr nicht folgen, sie nicht an sich ziehen, als sie sich weigerte, wieder zu ihm hinaufzuklettern. Sah sich selbst, wie er auf dem Hang gestanden und schweigend gewartet hatte, weil es keinen Grund mehr gegeben hatte, zu gehen und Hilfe zu holen.

Mathis nickte.

Langsam ging der Pfarrer um den Karren herum und beugte sich über Avel. Zog das Tuch auf Hüfthöhe beiseite, nahm die rechte Hand, die seltsam weiß und starr aussah. Musterte sie eingehend. Hob das mit Bartstoppeln überzogene Kinn des Jungen, der dem Alter nach ein Mann gewesen war, und legte den Hals frei. »Es gibt keine Kampfspuren«, stellte er fest.

»Um ihn herum waren auch nur Cathelines Fußspuren. Oben am Hang konnte man erkennen, dass nur drei Leute dort entlanggelaufen sind: Catheline, denn sie hat kleinere Füße. Dann waren da Mathis' Abdrücke, eben die mit dem Treibstecken, und noch die von Avel.«

Mathis blickte den Schmied an, verwundert, was ihm im Angesicht des Todes, einem derart blutigen dazu, aufgefallen war.

»Was willst du damit sagen?«, fragte Gabin, und sein schmaler Leib spannte sich sichtbar an.

»Niemand hat ihn gejagt. Er war allein.«

»Was hast du denn gedacht? Dass ihn meine Söhne dort hinabgestürzt haben?«, fuhr Gabin auf.

»Es geht nicht immer um dich und deine Söhne«, schnitt der Bauer Martin ihm das Wort ab und zupfte unruhig an einem einzelnen Haar herum, das aus seiner Braue herausragte und ihm vor dem Auge hing. »Yann will damit sagen, dass er allein war und selbst gesprungen ist.«

»Er hat sich selbst getötet?« In seinem Entsetzen blähte Gabin die Nasenflügel, und seine Augen schienen fast aus den Höhlen zu springen. »Aber dann darf er nach der Totenwaschung nicht in der Kirche aufgebahrt werden. Und auf den

Friedhof darf er auch nicht. Wir können ihn nicht in geweihtem Boden beisetzen.«

»Das entscheide noch immer ich, mein Sohn, wenn ich dich daran erinnern darf. Und ich sehe hier nur den tragischen Unfall eines jungen Mannes, der stets ungestüm und lebhaft war. Dem wir, um seiner Seele und der seiner Mutter willen, nun sein letztes Geleit zu Gott geben werden.« Die Stimme des Pfarrers hatte eine Schärfe angenommen, die Mathis nicht kannte.

»Das könnt Ihr nicht machen, Vater Jeunet«, erwiderte der Tagelöhner. »Es ist eine Sünde, die er begangen hat. Verrückt war er! Und wer weiß, was er noch für Sünden begangen hat? Seht doch hin, was im Dorf für schreckliche Dinge geschehen …«

Auch in der Miene des Schmieds zeigte sich nun Unruhe, fragend sah er zwischen Mathis, Martin, Pfarrer Jeunet und Gabin hin und her.

»Avel war eines der von Gott geliebten Kinder, Gabin. Das sage ich dir nur noch dieses eine Mal. Sie stehen unter dem besonderen Schutz des Herren, und du solltest dich lieber vor den Kräften fürchten, die hier«, der Pfarrer hob seinen Stock und zeigte um sich, »im Dorf ihr Unwesen treiben und nicht vor diesem reinen Herzen, das der Junge einmal war.«

Mathis war sich nicht sicher, ob es Kälte oder Scham war, die das Gesicht des Schmieds von einem Moment auf den anderen gerötet hatte. »Mit dem Karren brauchen wir zu lange«, sagte Yann nur. »Denn vor Blanches Haus ist der Weg stark vereist. Ich werde ihn tragen.« Er trat vor und nahm Avel auf die Arme, als würde er ein Kleinkind anheben. Ein zu groß geratenes Kleinkind mit starr gewordenem Körper.

Bérénice beugte sich vor, um den Schlamm von ihrem Kleid zu schlagen. Eine der Säue hatte sich aus dem Verschlag befreit und war über den Gutshof gerannt. Mehrere Knechte und Mägde hatten mit lautem Geschrei versucht, das verängstigte Tier zurückzutreiben, ohne ihm jedoch Herr zu werden. Der Lärm hatte Bérénice in den Hof eilen lassen, wo sie dem Schauspiel gefolgt war, das sie prächtig unterhalten hatte. Bis zu dem Zeitpunkt, an dem die Sau direkt auf sie zugestürmt war. Viel mehr als aufzuschreien und mit den Armen zu wedeln war Bérénice nicht eingefallen, aber immerhin hatte das Tier seinen Lauf gebremst, zur Kehrtwende angesetzt und war dabei ins Schlittern gekommen. Der Schneematsch war in die Höhe gespritzt, ein schwarzbrauner Bogen fliegenden Drecks, und hatte den Rockteil ihres Kleides mit einer dunklen Spur überzogen.

Noch immer kicherte Bérénice, und noch immer schlug ihr Herz so schnell, dass sie es als Rauschen in den Ohren spürte.

»Lasst mich das machen«, lachte eine der Mägde, deren Wangen hochrot von der Treibjagd waren, und ging in die Hocke. Sorgsam klopfte und rieb sie am blauen Samt. »Den Rest werden wir bei der Wäsche entfernen. Soll ich Euch beim Umkleiden behilflich sein?«

»Das ist nicht nötig. Geh dir die Hände waschen, und trinkt auf dieses Abenteuer alle einen Schluck Apfelwein, ja?«

Wie wunderbar einfach das Leben auf diesem Gut war. Das Gesinde hatte sich daran gewöhnt, dass sie gemeinsam mit ihm in der Küche speiste, um Feuerholz zu sparen. Die Mägde und Knechte hatten verstanden, dass es der Gutsherrin darum ging, so wenig wie möglich Umstände zu bereiten. Inzwischen erstarrten sie nicht mehr, wenn sie ihnen begegnete, sondern kümmerten sich zuvorkommend und herzlich. Eigentlich war ihr Gut Lemoine im Ehevertrag als Witwensitz zugeschrieben worden, aber wer sollte sie daran hindern, einfach einige Jahrzehnte früher das zukünftige Leben hier zu beginnen? Warum noch warten?, fragte Bérénice sich und fühlte eine innere Zufriedenheit, als sie sich zu ihrem Gemach aufmachte, um ein neues Gewand anzulegen. Danach würde sie Francine aufsuchen, vielleicht könnten sie gemeinsam ein wenig musizieren oder Schach spielen.

Sie stieg die Treppen ins obere Stockwerk hinauf und bemerkte, dass die Tür zu Francines Gemach nicht geschlossen war. Wütend trat sie ein und sah die Schwester erschrocken zusammenzucken.

»Wie oft habe ich dir schon gesagt, dass du die Tür geschlossen halten sollst? Die Wärme treibt in den Gang, und wir müssen unnötig …«

Die Stirn runzelnd brach sie ab, als sie bemerkte, dass Francine versuchte, ihre rechte Hand, die einen Brief hielt, hinter den Rücken zu schieben.

»Was hast du da?«

Missbilligend sah die Schwester an ihr herab. Musterte das abgeschabte, alte Kleid samt der Schlammspritzer.

»Findest du nicht, dass du diesen Sack ablegen kannst, nachdem du dich mit den Schweinen gesuhlt hast?«

»Lenk nicht ab. Was hast du da? Was versuchst du vor mir zu verstecken?«

»Das geht dich nichts an, du zänkisches Weib«, sagte Francine und schob sich immer näher in Richtung des Kamins.

»Gerade du musst mich ein zänkisches Weib nennen«, schrie Bérénice. Mit wenigen Schritten war sie neben der Schwester, zerrte ihren Arm hinter dem Rücken hervor und verdrehte ihn. Drehte ihn höher und höher, so wie es die Jungen damals beim

Spielen immer wieder mit ihren Armen gemacht hatten, wenn die Erwachsenen nicht in der Nähe gewesen waren.

Drei dicht beschriebene Blätter fielen zu Boden, und Francine trat auf sie, versuchte den Brief mit den Füßen zu zerreißen. »Du brauchst es nicht zu lesen, ich hätte es dir ohnehin erzählt.« Sie keuchte, riss ihren Arm los und blieb auf den Papieren stehen.

Francines Gesichtsausdruck ließ erahnen, dass sie die Wahrheit sprach. Dass es in diesem Brief um Dinge ging, die sie Bérénice zu gerne entgegengeschleudert hätte, um ihre Demütigung zu erleben.

»Der Brief ist von Ludwig. Er hat mitgeteilt, dass er nach Paris aufgebrochen ist, um sich ein Bild der Lage zu machen. Die Gerüchte borden inzwischen über, dass der Aufstand gegen den König unter der Leitung von Johann von Alençon seinen Lauf nimmt. Auch Karl von Bourbon soll sich ihnen inzwischen angeschlossen haben. Seine Majestät sammelt indessen seine Getreuen um sich. Ludwig will in Erfahrung bringen, wie er zu Diensten sein kann. Ohne deinen Mann. Dabei wäre es seine Aufgabe, dem König zur Seite zu stehen.«

»Ich sagte dir bereits, dass ich es begrüße, dass sich Amédé aus dem Krieg heraushält, egal, welcher Art er ist. Seit dem Überfall und Brunos Tod ist er ein kranker Mann ...«

»Dein Mann ist nicht krank!«, schnitt Francine ihr empört das Wort ab. »Auch wenn Ludwig jetzt in Paris behaupten muss, dass Amédé noch immer unter den schlecht ausgeheilten Verletzungen des Söldnerangriffs leidet. Lass uns ehrlich sein: Wir wissen beide, dass du schuld bist! Du bist der Grund, dass er schwermütig geworden ist! Du und deine Herzlosigkeit und deine Untreue.«

»Wie bitte?« Einen Atemzug lang nahm Bérénice an, sich verhört zu haben. »Untreue? Wovon redest du da?«

»Spiel nicht das Unschuldslamm. Ich weiß, dass es dir dieser Notar, dieser Weichling des Bischofs, angetan hat. Schon als Jüngling hat er dich angebetet. Ja, ich kann mich sehr wohl erinnern, dass er der Sohn des Pariser Tuchhändlers ist, bei dem wir oft zu Besuch waren. Damals war dieser Hungerhaken Luft für dich, aber jetzt ist er doch recht ansehnlich geworden. Glaube mir, ich habe dich beobachtet, meine Gute. Auch du hast das bemerkt und findest ihn anziehend, selbst wenn du weiterhin versuchst, die Unnahbare zu spielen. Es ist widerlich, und selbst ein Blinder würde es erkennen.«

»Da ist nichts …«, sagte Bérénice kraftloser, als sie gehofft hatte. In Gedanken sah sie den Notar vor sich. Julien Lacante. Nein, er war kein blasser Jüngling mehr, und er war in ihren Augen auch kein Weichling. Vielmehr war Julien sanftmütig. Eine Eigenschaft, die Bérénice selten bei Männern entdecken konnte, aber eine, die sie ansprach. Anscheinend zu augenfällig ansprach. Vielleicht hatte sie die Schwester aber auch in der einen oder anderen Hinsicht bisher schlichtweg unterschätzt.

»Du bist sicher nicht die erste Frau, die sich einen jüngeren Liebhaber zulegt, aber er ist unter deiner Würde, ein Bürgerlicher, der Sohn eines gewöhnlichen Händlers. Aber eine Frau wie du …«, Francine ließ erneut ihren Blick über den schlammverdreckten Rock streifen, »weiß das sicher nicht.«

Bérénice schlug Francine mit der flachen Hand ins Gesicht.

»Habe ich es doch gesagt«, lachte Francine auf und hielt ihr die andere Wange entgegen. »Hier ist noch eine. Schlag zu, zeig mir, dass ich richtig liege. Aber das ist noch nicht alles. Vielleicht solltest du den Brief doch lesen.« Sie trat beiseite und blickte auf das schmutzige Papier. »Denn dein Mann will erneut ein Anwesen verkaufen, und rate, welches das sein wird? Saint Millieux. Vielleicht hat er es auch schon verkauft, und schon wieder fehlt eine satte Einnahmequelle.«

Bérénice ging in die Knie, wobei ihr Herz erneut viel zu schnell schlug, und riss den Brief an sich. Wischte die Seiten glatt, fühlte den Dreck an ihren Fingern und begann zu lesen. »Der Brief war an mich gerichtet, nicht an dich. Was fällt dir ein, ihn zu öffnen?«

»Du siehst, meine Gute«, überging Francine den Vorwurf gleichgültig, »du wirst, wenn Amédé so weitermacht, nichts mehr besitzen, wenn er vor dir geht. Aber vielleicht hält dich ja dann der Weichling aus.«

Bérénice schwieg. Diesen Kampf hatte die Schwester für sich entschieden. Kein Wort, das sie jetzt erwiderte, würde an diesem Zustand etwas ändern.

Doch Francine ließ noch immer nicht von ihr ab. »Weißt du, was man vor gar nicht allzu langer Zeit mit solch untreuen Weibsstücken wie dir gemacht hat? So viel ich weiß, war es in Meißen, vielleicht auch in Münster, aber das ist egal. Jedenfalls zu weit weg von hier, leider, aber ich wünschte, dieses Gesetz würde auch bei uns gelten: Wenn ein Mann sein Weib, also eine wie dich, mit einem anderen erwischte, dann durfte er sie totschlagen. Und den Ehebrecher auch. Es war dem Gehörnten erlaubt, das gierige Paar aufeinanderzubinden, bevor er sie zum Galgen schaffte. Dort musste er eine Grube ausheben und sie mit Geäst füllen, jedes einzelne Zweiglein davon voller Dornen. Darauf legte er das Weib, mit dem Rücken voran. Im Anschluss daran warf er den Ehebrecher auf das Weib. Du kannst dir vorstellen, welche Qualen sie erlitt, falls sie noch lebte. Aber auch auf dem Mann wurden Dornenzweige ausgebreitet.«

Bérénice legte die Hände auf ihre Ohren und schloss die Augen.

»Was ist los mit dir? Willst du das Ende nicht hören? Es lohnt sich, hör zu: Ein Pfahl aus Eiche wurde durch beide hindurchgeschlagen. Und sollte es den Schändlichen noch immer nicht gelungen sein, ihren Verletzungen zu erliegen, dann mussten sie miterleben, wie das Grab zugeschaufelt wurde.« Francine beugte sich vor. »Also, wenn du dem Weichling schreiben solltest oder ihm gar erneut begegnest, dann grüße ihn doch recht herzlich von mir.«

Saint Mourelles

Ihr werdet alle noch sehen, was ihr davon habt. Wenn ihr vor Gott tretet, werdet ihr euch verantworten müssen. Für den Tod meines Sohnes. Allesamt werdet ihr euch verantworten müssen«, keifte Blanche und sprengte mit einer von Kälte und Nässe geröteten Hand Weihwasser über Avels Grab.

»Das reicht. Hier bilden sich bald Weihwasserbäche, wenn du so weitermachst. Lass mich dich nach Hause bringen. Es ist zu kalt, um hierzubleiben«, sagte Catheline. Es war der dritte Tag in Folge, an dem Blanche an Avels Grab Weihwasser versprengte, das der Pfarrer eigens für sie gesegnet hatte, sich ins Gebet vertiefte und dann das Kreuzzeichen schlug. Doch die letzten beiden Male hatte sie im Anschluss laut fluchend und klagend am Grab gestanden, dass Pfarrer Jeunet um die Totenruhe gefürchtet hatte.

Bei der Waschung des Leibes ihres Sohnes hatte Blanches Gesicht die Farbe des Leichentuches angenommen, mit dem er abgedeckt gewesen war. Ein milchig heller Ton, den ihre Haut bis heute nicht verloren hatte. Mit zusammengepressten Lippen saß sie in ihrer Hütte über Avel gebeugt auf einem Schemel. Wusch zuerst mit einem Tuch die klaffende Wunde auf seiner Stirn, und die anderen Frauen, die ihr helfend zur Hand gehen wollten, schob sie beiseite.

»Komm, meine Liebe«, sagte Grete und beugte ihren silbergrauen Lockenkopf zu Blanche hinab. »Wir sollten deinen Sohn vielleicht schon vor der Aufbahrung ins Leichentuch einnähen.«

Blanche fuhr auf. »Warum? Damit niemand seinen zerschmetterten Schädel sieht? Das entstellte Gesicht? Sollen sie doch alle daran erinnert werden, was sie meinem Avel angetan haben.«

»Bitte, denk an die Kinder, denen sollten wir diesen Anblick nicht zumuten. Sie werden im Schlaf von diesen Bildern heimgesucht werden. Das haben sie nicht verdient.«

»Das sehe ich anders«, hatte Blanche entgegnet und dann mit blutverschmierten Fingern das verkrustete Haar ihres Sohnes aus der Wunde gezupft, bis diese in ihrer vollen Größe offen gelegen hatte.

Catheline schauderte erneut bei dieser Erinnerung. Sie packte Blanche härter am Arm, als sie es eigentlich wollte, und zog sie mit sich fort. Wie ein verbocktes Kleinkind führte sie die schmächtige Frau, in der ungeahnte Kräfte erwuchsen, durchs Dorf. Vorbei an der Schmiede, die wieder einmal verwaist lag. Sicher hatte Marie von Yann abermals gefordert, weiter nach Raymond zu suchen. Oft nahmen sie Martin mit, der noch immer nach Rachel Ausschau hielt. Seit Mathis und sie Avel tot aufgefunden hatten, waren Marie und Ysa krank vor Angst, die Nächsten zu sein, die ihr Kind zu Grabe tragen mussten.

Erneut fing Blanche an, vor sich hin zu fluchen, sodass die Spucke aus der Zahnlücke hervorstob. Mit grimmiger Miene blieb sie stehen und sah den Weg hinunter, der zu Gabins Hütte führte.

Gott, bitte gib mir die Kraft, dieses gebrochene Mutterherz nach Hause zu bringen, ohne dass ich nochmals aus der Haut fahre, flehte Catheline in Gedanken und krallte sich in Blanches

Umhang. Schob und zerrte, bis sie die am Waldesrand gelegene Hütte erreichten. Schweißnass öffnete Catheline die Tür, setzte Blanche auf einen Schemel und suchte Schlageisen samt Feuerstein, um in der eiskalten Hütte anzufeuern.

Als sie sich wieder erhob, hatte Blanche sich auf die Bettstatt gelegt, das Schaffell an sich gezogen, roch daran und strich mit den Fingern über die angegraute, fusselige Wolle.

Catheline schluckte. Nichts hatte in den letzten Tagen etwas an Blanches Schmerz geändert. Weder der Leichenzug zur Kirche, in dem die Frauen und Kinder, Blanche in ihrer Mitte, den Männern vorangegangen waren, noch die Gesellschaft während der dreitägigen Totenwache. Vor dem Altar war Avel, bereits ins Leichentuch eingenäht, aufgebahrt und von Lichtern umstellt worden. Bei manch anderer Totenwache, die Catheline miterlebt hatte, hatten die Trauernden gesungen, geredet und manches Mal sogar miteinander gelacht, so herzlich und laut, dass der Pfarrer sie ermahnt hatte, die Totenruhe zu wahren. Bei Avels Totenwache hatte Stille geherrscht. Drei Tage lang.

Blanche hatte sich anfangs geweigert, die Kirche zu verlassen. Die Zeit, die ihr auf Erden noch mit ihrem Sohn gegeben war, hatte sie bei ihm zubringen wollen, auch wenn sie dabei mehrfach im Sitzen eingeschlafen war.

Der Leichenschmaus, der nach der Beisetzung von den Frauen des Dorfes ausgerichtet worden war, hatte ebenfalls keinen Deut Linderung des Verlustes oder Trost verschafft. Dumpf vor sich hin brütend hatte Blanche inmitten der Trauerschar gesessen und kein Wort zu den schleppenden Gesprächen beigetragen.

Ein Schnarchen erklang. Catheline fühlte ein kleines, eher zaghaftes Lächeln auf ihrem Gesicht. Avel hatte recht gehabt: Seine Mutter schnarchte, und das auch noch beeindruckend laut. Erschöpft ergriff Catheline den Schemel, zog ihn an die Feuerstelle und stocherte mit dem Schüreisen in den Flammen. Die sich langsam ausbreitende Wärme beruhigte sie.

»Wach auf. Geh nach Hause. Nun bleibe ich hier«, flüsterte Grete.

Erschrocken schüttelte Catheline den Kopf und sah sich um. Sie war eingenickt, trotz Blanches Schnarchen.

»Vater Jeunet sagte mir, wo ich dich finde. Er erzählte mir, dass Blanche wieder auf dem Friedhof herumgestanden und mit sich selbst gesprochen hat. Vergiss deinen Umhang nicht. Mache einen Spaziergang, Vater Jeunet will einen Mittagschlaf halten, soll ich dir ausrichten. Ich werde mich derweil um Blanche kümmern«, fuhr sie fort, während sie sich die Haube aufband.

»Wollen wir hoffen«, sagte Catheline und reckte sich, dass ihre Gelenke knackten, »dass Blanche bald wieder zu Sinnen kommt. Denn wer soll sich im Frühjahr um sie kümmern, wenn die Arbeit mehr wird und uns wieder die Tage wegfrisst?«

Für einen Moment sahen beide auf Blanche hinab und hatten keine Antwort auf diese Frage. Wortlos wandten sie sich voneinander ab.

Das Licht der Sonne blendete, als Catheline aus der dunklen Hütte trat. Tautropfen glitten an den Eiszapfen entlang, die vom Dach der Hütte herabhingen, und glänzten in den Zweigen der Bäume.

Die oberste Schneeschicht des Weges war nass und matschig. Catheline lief um die braunen Flecken herum, die einen Vorgeschmack auf das gaben, was die kommenden Tage mit sich bringen würden, sollte das Wetter sich halten.

Ohne recht darüber nachgedacht zu haben, stand sie wenig später vor Mathis' Hütte. Sie war größer als die meisten der

Umgebung, und in Cathelines Augen war sie auch die schönste. Schon seine Eltern hatten damals Ställe angelegt, um das Nutzvieh aus dem Wohnraum zu schaffen. Der Schafstall kannte keinen Vergleich in der Umgebung, und die Scheune war nahezu riesig. Den Lehmboden der Tenne hatte Mathis vor zwei Sommern mit Holz ausgelegt. Viele der anderen Bauern droschen seither gern hier mit ihren Dreschflegeln das Getreide. Doch der Hof, der einst von Leben und emsigem Treiben erfüllt gewesen war, lag seit dem Unfall verwaist danieder. Die Knechte hatten sich aufgemacht und anderweitig verdingt, nur Gabin ging Mathis noch während der Wintermonate gelegentlich als Tagelöhner zur Hand. Erst wenn das Wetter sich bessern würde, würde Gabin wieder die Schafe auf die Weiden treiben, eine Aufgabe, bei der ihm Avel oft geholfen hatte. Avel, der sich die Zeit beim Hüten der Schafe mit den lebhaften Geschichten seiner Fantasie vertrieben hatte.

Jetzt stehe ich hier wie eine verliebte Halbwüchsige, starre über den Zaun und hoffe darauf, dass Mathis sich zeigt. Prüfend glitt Cathelines Blick zum Stall, dann zur Scheune. Die Tore waren geschlossen, und aus dem Abzug der Hütte stieg kein Rauch. Er ist nicht da. Nun mach, dass du weiterkommst, bevor dich irgendwer hier sieht und es wieder Grund gibt, sich das Maul darüber zu zerreißen, mit wem und wo du deine Zeit verbringst.

Mit zügigem Schritt, die Hände unter den Umhang geschoben, lief sie los. In den Wald hinein. Heute ließen die Zweige den Sonnenstrahlen ihren Weg, dass es eine Pracht war. Catheline blieb stehen, schloss kurz die Augen, atmete ein und vermeinte das Wispern der Feen, allen voran Morgana, zu vernehmen, die bereits vom nahenden Frühling erzählten.

Der dumpfe Knall ließ Jola und Babette zusammenfahren, die Kiste, in der sie Feuerholz in die Küche schaffen wollten, entglitt ihnen. Knallte zu Boden, und einige der Scheite fielen heraus, doch weder Jola noch Babette scherten sich darum.

»Was war das? Das klang, als hätte der Blitz ins Dach geschlagen«, flüsterte Babette, während sie die Arme ängstlich vor dem Brustkorb kreuzte.

Jola schaute zum Himmel hinauf. Er war grau, und die Baumwipfel, die über das Schlossgemäuer hinweg zu erkennen waren, standen still, kein Windhauch rührte sie. Nirgends regenschwere Wolken. »Ich weiß es nicht, aber lass uns den anderen nachlaufen«, rief sie. Ohne darüber nachzudenken, folgte sie dem Knappen und zwei Knechten, die an ihnen vorbeirannten.

Warum die Männer wussten, woher das Geräusch gekommen sein musste, war Jola rätselhaft. Als hätte der Knappe ihre Gedanken vernommen, brüllte er den Knechten zu: »Es muss aus dem Gemach von Pater Bertrand gekommen sein, ich habe eine Rauchfahne aus seinem Fenster aufsteigen sehen.«

»Feuer! Oh Gott, hilf uns, wenn es im Schloss brennt, dann sind wir verloren«, wimmerte Babette auf, die dicht hinter Jola lief.

Just als der Knappe die Tür zum Gemach des Paters aufreißen wollte, lugte der Baron durch einen Spalt in den Gang hinaus.

»Ich habe schon nach Pater Bertrand geschaut. Es geht ihm gut, es klang schlimmer, als es war. Macht euch keine Sorgen.«

Erleichtert blies Babette ihren Atem aus, und alle sahen sich zu ihr um. Verlegen senkte sie den Kopf.

»Pater Bertrand hat beim Anmischen seiner Heilpasten …«, der Baron sah hinter sich, ohne jedoch den Blick ins Innere des Gemachs freizugeben. »Jedenfalls gab es ein Problem, aber das ändert nichts daran, dass wir heute Nachmittag nach Port-Saint-Luc aufbrechen. Also steht nicht herum, es gibt genug zu tun. Bringt uns einen Eimer Wasser und einen Wischlappen, damit wir hier endlich fertig werden.« Kurz blickte er zu Jola und Babette herüber, dann schloss er die Tür.

Den Schreck noch in den Gliedern, eilten sie mit dem Knappen und den beiden Knechten die Treppe hinab. Niemand sprach ein Wort.

Kaum waren die Männer außer Hörweite, verzog Babette das Gesicht. »Heilpasten! Wenn Pater Bertrand da Heilpasten mischt, dann bin ich die heilige Babette.«

Erstaunt blieb Jola stehen. »Was meinst du damit?«

»Der Pater hat unzählige Schüsseln in seinem Gemach stehen, und der Sud in jeder nächsten ist ekliger als in der davor. Da gibt es einen Haufen seltsamer Geräte, Krüge und Rührstäbchen, was weiß ich, wie man dieses ganze Zeug nennt. Aber da werden keine Heilpasten angemischt, das sage ich dir.«

Inzwischen hatten sie die Kiste erreicht. »Lass sie uns mitnehmen. Denn wenn wir ohne die Feuerscheite zurückkommen, schlägt uns der Küchenmeister gleich wieder den Holzlöffel aufs Kreuz. Danach können wir den Eimer und die Lappen zum Baron bringen«, sagte Babette, bückte sich und begann die verstreuten Scheite einzusammeln.

»Jetzt lenke nicht ab. Was soll der Pater denn sonst mit dem Zeug machen, wenn er nicht Heilpasten anmischt?«

»Er betreibt Alchemie.«

Jola schnaubte auf und verschränkte die Arme. »Unser Pater Bertrand soll Alchemie betreiben? Wir dürfen sein Gemach nicht betreten. Woher willst du das alles wissen?«

Babette hob das letzte Scheit auf. Ein Grinsen huschte über ihr Gesicht, aber sie gab keine Antwort mehr.

»Wie willst du Alchemie und das Anrühren von Heilpasten unterscheiden? Du weißt doch von beidem nicht, wie man es macht. Sicherlich hat der Knappe dir wieder einen Bären aufgebunden, und du glaubst auch noch daran«, entgegnete Jola und glaubte zu hören, dass ihre Stimme schnippisch klang.

Gut Lemoine, Anjou

Die Luft im halbdunklen Stofflager des Kontors war heiß und roch staubig. »Wie heißt du?«

»Julien.«

Der Junge fragte nicht nach, wie sie hieß. Er wusste es. Die Lider hielt er gesenkt, doch Bérénice hatte bemerkt, dass seine Augen glänzten, wenn er sie ansah. Wie alt mochte er sein? Elf, vielleicht zwölf Jahre. Ein Kind noch.

»Dein Vater hat gestattet, dass ich mir den Garten anschaue, während Mutter und Francine die Stoffe begutachten.«

Nun blickte er sie direkt an. Blaugraue Augen, die aufmerksam waren und einen Kontrast zu seiner Haltung bildeten, die linkisch wirkte. »Darf ich ihn dir zeigen?«, fragte er.

»Nein, ich habe es mir anders überlegt. Ich hätte gern noch ein Glas Wein.«

Sofort drehte der Junge sich um und trat an einen abseits stehenden Tisch heran, nahm eine Karaffe und einen Becher, goss Rotwein ein und reichte ihn ihr. Belustigt bemerkte Bérénice, dass die Hand des Jungen sacht zitterte. Der Staub im Raum begann in ihrer Nase zu kribbeln.

»Julien. Wo bist du?«, erklang die Stimme des Tuchhändlers. »Wir brauchen noch den grünen Brokat, kannst du ihn mir bringen?«

Ohne zu zögern, ergriff der Junge einen sorgfältig aufgerollten Stoffballen und schob sich an Bérénice vorbei. Just in diesem Moment wurde das Kribbeln in ihrer Nase unerträglich, und sie musste niesen. Der Becher in ihrer Hand geriet ins Schwanken, und Rotwein schwappte heraus. Auf den grünen Brokatstoff, den Julien in den Armen hielt.

Erschrocken sah Bérénice ihn an. Er legte die Rolle auf einem Zuschneidetisch ab und wischte mit der Hand über den Stoff, wodurch er den Fleck nur vergrößerte.

»Julien, wo bleibst du?«, erklang erneut die Stimme des Vaters, nun schon deutlich näher. Bérénice hielt den Atem an. Gleich würde der Tuchhändler in das Stofflager treten und die Bescherung entdecken.

»Gib her«, flüsterte Julien nur, riss ihr den Becher aus der Hand und stellte ihn auf dem Zuschneidetisch ab. Mit schuldbewusster Miene sah er zur Tür, als sein Vater eintrat.

Der blieb stehen, sah das Malheur, und augenblicklich spiegelte sich blanke Wut auf seinem Gesicht. »Wie oft habe ich dir gesagt, dass du den Wein nicht anrühren sollst?«, brüllte er. »Der Wein steht dort für mich. Jetzt ist genau das geschehen, was ich befürchtet habe. Das bekommen wir nie herausgewaschen. Der Stoff ist ruiniert.«

»Es tut mir leid, ich war unachtsam«, sagte Julien mit fester Stimme, ohne sie anzusehen.

Bérénice zog die Decke bis an ihr Kinn hinauf und genoss die Wärme. Die oberen Fensterläden hatte sie nicht geschlossen, so konnte sie den Mond durch die Scheiben in ihr Gemach schimmern sehen.

Julien. Sie seufzte. Noch heute rollte eine Welle der Rührung durch ihren Bauch, wenn sie an diesen Nachmittag im Kontor des Tuchhändlers dachte. Julien hatte den Zorn seines Vaters auf sich gezogen, um ihr Ungemach und Vorhaltungen zu ersparen.

In der Dunkelheit erschien sein Bild vor ihren Augen. Er war damals ein guter Mensch, und er ist es noch heute. Stets so ruhig und zurückgenommen. Das schlechte Gewissen steht ihm förmlich ins Gesicht geschrieben, wenn er erscheint, um Amédé erneut einen Kaufvertrag unterzeichnen zu lassen. Ich muss ihn morgen anschreiben und fragen, ob all das, was Schwager Ludwig und meine Schwester berichten, den Tatsachen entspricht. Er wird mir Auskunft erteilen. Doch wie sollte sie den Brief beginnen? Wie sprach sie einen Mann an, den sie seit ihrer Jugend kannte und der sich damals schützend vor sie gestellt hatte? Den sie Jahre nicht gesehen hatte und der noch heute ein wenig verlegen wurde, wenn er sie sah. Ein Mann, der ihr gefiel und der inzwischen dabei war, als Notar des Bischofs die Ländereien ihres Gatten aufzukaufen?

Sie seufzte ob der verfahrenen Situation und drehte sich auf die Seite. Noch einmal sah sie zum Mond hinauf.

Ich werde ihn in der Anrede des Briefes mit Julien ansprechen, dachte sie und fühlte, dass dieser Gedanke stimmig war. Sie schloss die Augen und lächelte.

Saint Mourelles

Der heilige Michael. Ihm war die Kapelle seitlich der Kirche geweiht worden. Ihm, der die Seelen der Verstorbenen ins Paradies geleitete, der sie auf dem Weg dorthin vor bösen Geistern schützte. Eigentlich ein schöner Ort, ein Ort der Stille und des Gedenkens an die Vorangegangenen. Heute jedoch war es ein Ort des Entsetzens. Ein neuer Schauplatz der Nachtmahr, die abermals mit Cathelines Auftauchen begonnen hatte.

Noch immer zitterte sie am ganzen Körper, selbst die Zähne schlugen aufeinander. Ein Klappern, in das sich ihr Atem, der schnell und hart ging, seltsam passend einfügte. Der Blick flackerte, sprang zwischen Babettes Leiche und unbestimmten Punkten der Kapelle hin und her. Abrupt sprang sie auf und öffnete das kleine Fenster. »Damit ihre Seele entweichen kann«, flüsterte Catheline und ging dann wieder in die Hocke.

»Wie sollen wir das den anderen beibringen?«, fragte Martin, dem der Schweiß von der Stirn in seine buschigen Augenbrauen tropfte. Er sprach aus, was auch Mathis umtrieb. Die Angst zerfraß inzwischen jeden, machte schweigsam und – was vielleicht noch schlimmer war – einsam. Schaffte Abstand untereinander, der trotz der Enge des Dorfes Gräben schuf, die zunehmend unüberwindlich wurden. Auch die Ansprache des Pfarrers bei der letzten Messe hatte daran nichts geändert.

Nochmals unterbrach Martin das Schweigen. »Ich kann nicht lange bleiben«, sagte er. »Ysa braucht mich zu Hause, ihre Brüste sind heiß und geschwollen. Der Kleine trinkt nicht richtig …« Er stockte und schien zu ahnen, dass niemand das so genau wissen wollte.

Pfarrer Jeunet nickte nur, ohne den Blick von der Frau zu nehmen, die vor ihm auf einem aus Brettern und Böcken aufgestellten Tisch lag. »Danke, dass du Mathis geholfen hast, Babette … sie hierherzubringen. Geh nach Hause, deine Familie braucht dich, ihr habt genug Kummer zu ertragen. Aber bitte schweig, bis ich die Glocke läute, um alle zusammenzurufen. Ich möchte meine Worte mit Bedacht wählen. Gib mir die Zeit, diese zu finden.«

»Gern, Vater Jeunet«, sagte Martin, bevor er behutsam die

Tür schloss. Zurück blieb sein Geruch, ein bitterer Gestank aus Schweiß und Angst. Manchmal erfasst die Nase mehr als Auge und Ohr zusammen, bemerkte Mathis und atmete flacher.

Pfarrer Jeunet seufzte und trat einen Schritt vor. »Die arme Seele ist erwürgt worden?«

Wortlos wies Mathis auf die Flecken am Hals.

»Wo habt ihr sie gefunden?«

»Catheline hat sie während eines Spazierganges gefunden. In einer Senke, die Martins Hanffeld begrenzt, lag Babette. Sie war von Schnee bedeckt, aber die einsetzende Schmelze hat ein Stück ihres Kittels freigelegt«, antwortete Mathis an ihrer statt.

»Babette«, Pfarrer Jeunet beugte sich zu Catheline herab, »das ist eine Freundin deiner Schwester Jola, oder?«

Mathis' Leib krampfte sich zusammen, als Catheline, ohne mit den Wimpern zu schlagen, durch den Pfarrer hindurchzusehen schien. Unfähig, ihren Blick von Babette zu lösen.

Wieder gab Mathis die Antwort: »Jola und Babette, sie arbeiten beide beim Baron als Gesinde. Mägde in der Küche.«

»Willst du nicht gehen, Catheline? Willst du nicht drüben warten, mein Kind, bis wir hier … bis wir hier fertig sind?«

Das Schütteln ihres Kopfes war kaum zu erkennen.

Nochmals seufzte Pfarrer Jeunet, richtete sich wieder auf und zeigte auf Babette. »Die Hände der Magd, hast du es gesehen, Mathis? Auch an ihren Unterarmen … Sie hat sich gewehrt.«

Mathis' Kopf fuhr herum. Der Pfarrer hatte recht! So alt er auch sein mochte, sein Blick war scharf geblieben.

»Das ist mir noch nicht aufgefallen. Das bedeutet, dass wir nach Grete schicken müssen. Vielmehr werde ich sie holen.«

»Wozu?« Cathelines Stimme klang mit einem Mal laut und klar.

»Vater Jeunet meinte, du wartest besser drüben.«

»Wozu willst du Grete holen? Sie ist bei Blanche, die sie dringend braucht.«

»Wir müssen prüfen, ob mit ihr ...« Die Worte fielen in Mathis' Mund durcheinander wie die Körner überreifer Ähren, die der Wind in alle Richtungen verstreut.

»Du meinst, irgendwer muss schauen, ob Unzucht mit ihr getrieben wurde?« Catheline sprang auf und schob ihre Ärmel in die Höhe. »Ich habe schon so einige Kinder mit auf die Welt gebracht. Grete hat mich ausführlich in die Geburtshilfe eingewiesen, und so weiß ich sehr genau, wie Frauen aussehen. Ich kann das machen.«

»Nein, mein Kind. Bitte lass das, wir werden nach einem Bader schicken.«

»Wir haben keine Zeit. Bald werden die anderen im Dorf wissen, dass eine Tote in der Kapelle liegt. Bis bei diesem Wetter irgendeiner dieser Quacksalber aus Nantes eintrifft, vergeht zu viel Zeit. Ein Mädchen ist verschwunden, ein Junge fehlt schmerzlich. Und das von Gott geliebte Kind ist ...«, sie zögerte, »verunglückt.«

Mathis wusste, worauf Catheline hinauswollte. Eindringlich schüttelte er den Kopf und fixierte den Pfarrer, wobei er darauf achtete, mit seiner Meinung von Catheline unbemerkt zu bleiben.

»Nun haben wir die Magd Babette bei uns in der Kapelle«, fuhr sie fort. »Die erwürgt wurde. Mord. Das ist Mord. Es ist ein Mörder unter uns. Vielleicht ist es auch Ankou mit seiner Sense höchstselbst, der seinen Karren durchs Dorf und die Wälder schiebt. Sich holt, was ihm in den Weg kommt.« Catheline trat einen Schritt vor und zündete eine weitere Lampe an. »Vater Jeunet, bitte lasst mich diese Aufgabe übernehmen! Sollte Martin sein Wort nicht halten, wird diese Nachricht ohne Eure begleitenden Worte wie ein Lauffeuer durchs Dorf jagen und auch den kleinsten Rest an Gemeinschaft vernichten, den es noch unter uns gibt.«

Der Pfarrer nickte.

Mathis fluchte.

Ohne auf seine Worte zu achten, die nicht in eine Kapelle gehörten, packte Catheline den Stoff von Babettes Rock und hob die Lampe an. »Würden die Männer jetzt bitte den Blick abwenden?«

Das Gesicht zur Wand gedreht, einen kalten Luftzug vom geöffneten Fenster her im Gesicht, überlegte Mathis, ob er vor die Kapelle treten sollte, um sich im Schutz der herabsinkenden Dunkelheit zu erbrechen.

Es dauerte nur zwei, drei Atemzüge lang, dann stürmte Catheline, den Kittel weit übers Knie gerafft, an ihnen vorbei. Sie öffnete die Tür, und ohne sich noch einmal umzublicken, rief sie: »Sie ist, Gott hab Dank, wenigstens nicht … Sie ist … Da ist nichts.«

Kurz sah Mathis das Zucken ihrer Schultern, dann stieß sie die Tür zu. Er war versucht, ihr zu folgen, denn es zerriss ihn fast, sie derart leiden zu sehen, zugleich wagte er nicht, Pfarrer Jeunet allein bei der Verstorbenen zu lassen.

Der schien seine widerstreitenden Gefühle zu erahnen. »Geh. Geh und tröste sie. Dann lauf hoch zum Schloss, man muss, auch wenn der Baron auf Reisen ist, Bescheid geben, was hier geschehen ist. Wenn ich sehe, dass du dich auf den Weg zum Schloss machst, werde ich die Glocken läuten. Doch jetzt möchte ich für Babette beten. Damit sich der heilige Michael ihrer annimmt.«

Herzog Johann scheint kein Mann der langen Fußwege zu sein, dachte Julien, als sie die Baustelle der Kathedrale, die den beiden Heiligen Peter und Paul geweiht werden sollte, betraten. 1434, vor nunmehr gut sechs Jahren, hatte Seine Hoheit den Grundstein gelegt, und bis heute scheute er keine Kosten, um die Arbeiten an diesem Prachtbau vorangehen zu lassen. Von seinem Schloss aus konnte der Herzog die Baustelle beobachten und sich jeden Tag wieder daran ergötzen, dass seine hochfliegenden Pläne Form annahmen. In der Höhe sollte das Gewölbe des Mittelschiffs es mit den Kathedralen von Amiens und Beauvais aufnehmen können. Steinmetze waren angefordert worden, die das Maßwerk der Fenster flammenförmig anordnen sollten. Alles bis hin zu den Balustraden und Emporen stand dem Herzog, wie er stets betonte, schon in seiner Ausgestaltung vor Augen.

Auch der Bischof wurde bei den Besichtigungen stets von Begeisterung gepackt. Wie so oft, wenn der Baumeister die beiden über die Baustelle führte, waren sie Julien einige Schritte voraus. Ohne Unterlass ergingen sie sich in Feinheiten und immerfort neuen Plänen, die selbst eine Außenkanzel nicht ausschlossen. Julien sah es schon vor sich, wie der Bischof in luftiger Höhe über den Vorplatz hinweg predigte.

»Und man muss es sich auf der Zunge zergehen lassen: Das hier ist der einzige Kathedralenbau, der momentan in Frankreich stattfindet«, hörte er den Herzog sagen, der stehen blieb und an sich herabschaute. »Aber inzwischen ist mein Schuhwerk durchnässt, ich finde, es ist nicht das richtige Wetter, die Besichtigung fortzusetzen.«

Die Männer drehten sich um und liefen Julien entgegen. Herzog Johann winkte ihn heran.

»Magister Lacante, wie ich vom Bischof hörte, steht eventuell das Anwesen an der Loire von Baron de Troyenne zum Verkauf?«

»Entschieden ist es noch nicht, Eure Hoheit, aber er hat eine Anfrage an Bischof du Clergue gerichtet, welchen Preis jener für Saint Millieux bieten würde. Ein erstes Angebot ist ihm übersandt worden, eines das niedrig genug ist, um noch einen Verhandlungsspielraum nach oben zuzulassen. Insofern sind wir guter Hoffnung, dass er Saint Millieux verkaufen will, ansonsten hätte er sich die Blöße dieser Anfrage nicht gegeben.«

»Das habt Ihr wunderbar gemacht. Einfach wunderbar! Wie ich hörte, plant der Baron gemeinsam mit seinem Bruder, im Falle eines aufflammenden Aufstandes erneut König Karl als treuer Diener zur Seite zu stehen. Ja, er braucht Geld, unsere allseits verehrte Majestät, viel Geld für sein Heer und um sich zu verteidigen. Er hat es nicht leicht.« Der Herzog lachte, blieb stehen, strich seine Handschuhe glatt und tippte mit der in einen braun glänzenden Stoff gewandeten Fingerspitze auf Juliens Brustkorb. »Und Ihr seht mir zu, dass der Baron das Geld nicht von mir bekommt, um es dem König in den Rachen zu werfen. Geld kann er ja bekommen, aber viel Geld will ich – oder vielmehr mein Sohn – nicht ausgeben.«

»Ja, vielleicht macht unser Magister Lacante noch Fortschritte und entwickelt ein wenig Verhandlungsgeschick«, sagte der Bischof, während er zusah, wie der Herzog sich in den Sattel schwang.

Julien schluckte, und seine Schultern zogen sich schmerzhaft zusammen. Doch der Herzog schien die Spitze nicht vernommen zu haben.

Kaum hatte er seinem Pferd die Sporen gegeben, um in Begleitung mehrerer Berittener die kurze Strecke zum Schloss zurückzulegen, schritt der Bischof aus. Schon jetzt zog der

Geistliche, zu Fuß in Nantes' Gassen unterwegs, Blicke von Passanten auf sich.

Diese Bretonen! Der Bischof ist der Schlimmste von ihnen. Warum können die Männer dieses Landstrichs nicht einmal etwas so machen, wie es andere auch machen? Ein Wagen bei diesem Wetter wäre doch durchaus angemessen für einen Kleriker, dachte Julien und hastete ihm nach. »Verzeiht mir, ein Anliegen würde ich gern noch mit Euch besprechen.«

Der Bischof blieb stehen, aus seiner Körperhaltung sprach deutlicher Unwillen. »Meine Spaziergänge dienen der Gedankenertüchtigung, also fasst Euch kurz.«

»Pfarrer Jeunet, er leitet die Gemeinde Saint Mourelles, hat mich informiert, dass es einen Mord gab. Eine Magd des Schlosses Troyenne wurde erwürgt aufgefunden.«

Die Augen des Bischofs weiteten sich kurz. »War es ein Lustmord?«

»Nein, das war es wohl nicht, erschwerend kommt aber hinzu, dass noch zwei Kinder, ein Mädchen und ein Junge, vermisst werden. Der Pfarrer befürchtet, dass auch diese nicht mehr am Leben sind.«

»Ein Mord in meiner Diözese. Vielleicht auch mehrere. Das ist unerfreulich. Warum hat er sich an uns gewandt? Saint Mourelles, das unterliegt doch der Gerichtsbarkeit von Amédé de Troyenne. Welche Vorkehrungen hat er getroffen?«

»Er ist derzeit auf Reisen, und wie es scheint, gibt es momentan niemanden, der sich der Sache annimmt. Ich gehe nicht davon aus, dass Pfarrer Jeunet Erwartungen an Euch stellt, das Anschreiben erweckte eher den Eindruck, als wolle er Euch lediglich darüber in Kenntnis setzen.«

Der Bischof verschränkte die Arme auf dem Rücken und setzte seinen Weg fort, dieses Mal jedoch langsamer. »Es ist eine Schande. Der Vater von Amédé de Troyenne hat sein Lehen damals mit harter Hand geführt, aber sein Sohn lässt die Zügel schleifen. Ich kann mich nicht daran erinnern, dass er bisher über irgendwen zu Gericht saß, und wenn es stimmt, was man sich erzählt, ist er sogar nachlässig im Eintreiben der Abgaben. Angeblich hat der Baron seine Zinseintreiber beim letzten Mal erst auf Drängen seiner Frau losgeschickt.«

Julien spürte, dass seine Schultern sich lockerten. Der Bischof hatte, wenn er denn wollte, eine angenehme Stimme, der man gern zuhörte.

»Demnach«, fuhr der Bischof fort, »befürchte ich, dass Pfarrer Jeunet doch Erwartungen hat. Reitet hin und hört Euch um. Ich will wissen, was sich beim Baron de Troyenne abspielt.«

Da war sie wieder: diese bretonische Unberechenbarkeit. Ob es das wechselhafte Wetter war, das die Menschen hier so sprunghaft machte? Was stellte dieser Mann sich vor? »Eure Exzellenz«, Julien bemühte sich, beherrscht zu klingen, »was möchtet Ihr wissen? Worauf legt Ihr Wert?«

Der Bischof hielt noch immer die Arme hinter dem Rücken verschränkt. »Lasst Euch was einfallen. In meiner Position habe ich andere Aufgaben, mit denen ich mich befassen muss.« Dann setzte er seinen Spaziergang zur Gedankenertüchtigung fort.

Die Schmerzen waren wieder in Juliens Schultern zurückgekehrt.

Schloss Troyenne

Es waren die Abende, die Jola besonders zu schaffen machten. Tagsüber hatte sie, seit Babette nicht mehr unter ihnen weilte, so viel Arbeit, dass in ihrem Kopf nur noch

Platz für Angst blieb. Angst, etwas vergessen zu haben und damit den Küchenmeister wieder in seine Raserei zu treiben. Am Tag nach Babettes Beisetzung hatten Anias rot geweinte Augen genügt, dass er mit dem Kochlöffel auf sie eingeprügelt hatte. Sie sei nicht bei der Sache, hatte er gebrüllt und seiner Magd mit dem honigfarbenen Haar einen weiteren guten Grund gegeben, sich erst recht in Tränen aufzulösen. Angewidert hatte er dann von ihr abgelassen und vielleicht geahnt, dass sich sein Wille nicht jedes Mal mit dem Holzlöffel durchsetzen ließ.

»Hier, das ist die Neue«, sagte der Küchenmeister nur, als er an diesem Morgen die Küche betrat. Vor sich her schob er ein Mädchen, das nicht älter als dreizehn Jahre alt sein mochte. Er ließ das Kind neben der Tür stehen und war schon wieder verschwunden.

»Hallo, Kleines, wie heißt du?«, fragte Ania.

Jola sah zu Boden, zu gern hätte sie sich die Ohren zugehalten, um die Antwort nicht zu hören. Sie wollte nicht wissen, welchen Eltern man dieses Mädchen abgeworben und wie viel Geld man ihnen gezahlt hatte, damit ihre Tochter beim Baron arbeiten durfte. Sie wollte den Namen nicht wissen, denn es gab neben dem Hämmern in ihrem Kopf keinen freien Platz mehr, ihn sich zu merken.

»Ich bin Émelie«, sagte das Mädchen, ihre Stimme war so leise und kläglich, dass sich in Jola ein Fünkchen Mitleid regte.

»Kennst du dich aus in Küchenarbeiten?«, hakte Ania nach, und das Kind nickte.

»Dann komm, hilf mir ein wenig, damit ich dir alles andere, was du wissen musst, zeigen kann. Jola, würdest du die Ziegen melken gehen?«

Umgehend griff Jola sich den Holzeimer. Diese Aufgabe, die früher Babette zugefallen war, gab ihr ein wenig Trost. Wenn sie bei den Tieren war, fühlte sie sich der Freundin – denn das war sie gewesen, auch wenn es erst jetzt so richtig auf der Hand lag – nahe.

Sie wollte gerade die Küche verlassen, als der Knappe hereinstürzte. Hastig blickte er sich um, ob der Küchenmeister anwesend war, da dieser ihn umgehend hinauswerfen würde. Auch wenn er Knappe war, hatte er hier, bei den Mägden, nichts zu suchen. Hatte hier nicht herumzulungern und noch weniger, wie er es so oft machte, Essen zu schnorren. Atemlos hielt sich der Knappe die Seiten. »Er ist davon unterrichtet worden, und jetzt reiten sie abends immer los«, keuchte er.

Erstaunt schaute Ania den Knappen an. »Wovon redest du?«

»Der Baron wurde gestern Abend, kurz nach seiner Rückkehr, darüber unterrichtet, dass Babette …« Er stockte, zeigte in die Küche und ruderte mit dem Arm herum. »Jedenfalls hat er angewiesen, dass nun jeden Abend zwei Männer der Garde, wenn möglich sogar mehr, durch die Gegend reiten. Sie sollen alles im Auge behalten und kontrollieren, ob umherziehende Söldner, Diebesbanden oder Spielleute unterwegs sind. Sie sollen sich umhören und sich jeden vornehmen, der ihnen merkwürdig erscheint. Und sie sollen Ausschau halten, ob sie das Mädchen und den Mann finden, oder war es ein Junge? Eben die beiden, die noch vermisst werden. Na, wie auch immer, ich hoffe, das freut euch.«

»Woher weißt du das?« Jola bemerkte, dass das Hämmern in ihrem Kopf nachließ. Sollten die Berittenen den Täter finden, und sollte er dann gehängt werden, würde sie in der ersten Reihe stehen und jubeln, schwor sie sich.

»Einer aus der Garde ist mein Freund, er hat es mir erzählt. Bekomme ich jetzt ein wenig Brot?«

Ania riss ihm ein Stück vom Brotlaib ab, und als der Knappe hineinbiss, trat die Neue einen Schritt vor.

»Warum sollen wir uns freuen? Was ist denn passiert?«, fragte sie.

Der Knappe verschluckte sich und begann zu husten.

Saint Mourelles

Bitte geh nach Hause heute! Wir wollen nicht, dass du einen Schrecken davonträgst und dass Luc Schaden nimmt«, sagte Mathis mit sanfter Stimme, die keinen Zweifel ließ, dass er es gut meinte.

Erschrocken presste Ysa den Kleinen an sich und blieb zurück, ihr schwerer Leib bebte unter den tiefen Atemzügen. Ängstlich sah sie ihrem Mann Martin nach, der gemeinsam mit Mathis die Kirche betrat.

Catheline hastete den beiden hinterher. Während sie sich zu den anderen Frauen gesellte, bemerkte sie, dass viele von ihnen und auch ihre Kinder heute nicht zur Messe erschienen waren. Sie fröstelte.

Grete schob sich seufzend neben sie und beugte sich vor. »Hast du es gesehen? Selbst ein Abgesandter des Bischofs ist heute zugegen.«

Cathelines Blick fuhr über die Gemeindemitglieder, und dann sah sie ihn: Er hatte rasierte Wangen, glatt und eben wie ein frisch vom Baum gepflückter Apfel.

Grete stieß ihr den Ellenbogen in die Seite, anscheinend eine Aufforderung, damit aufzuhören, den Mann mit dem prächtigen Umhang und Brokatwams anzustarren.

»Warum ist er hier? Was ist heute los?«, flüsterte Catheline.

»Du bist die Haushälterin des Pfarrers. Ich dachte, du wüsstest es. Heute wird es eine Abmahnung geben.«

Entsetzt zuckte Catheline zusammen und wollte sich an den Frauen vorbeischieben, um umgehend die Kirche zu verlassen, doch Grete packte ihren Arm. »Du bleibst. Wir brauchen jedes einzelne Gebet, jeden einzelnen Ruf an Gott, uns zu helfen.«

Vater Jeunet betrat die Kirche, und das Flüstern erstarb.

»Einige von euch werden es wissen, heute ist keine gewöhnliche Messe. Wir werden eine Abmahnung vornehmen, und aus diesem Grund haben wir einen Gast. Einen vom Bischof gesandten Gast, der uns bei unserer Aufgabe beistehen wird.« Vater Jeunet nickte dem Mann in dem prächtigen Brokatwams zu. »Magister Julien Lacante, seid mir gegrüßt. Vielen Dank, dass Ihr heute erschienen seid.« Kurz räusperte Vater Jeunet sich. »In unserem Dorf sind in den letzten Wochen viele schreckliche Dinge geschehen. Wir vermissen Raymond und Rachel, auch wenn wir noch Hoffnung in uns tragen, sie lebend wiederzusehen.«

Er schwieg einen Moment und stieß die Worte dann hervor: »Doch nun ist eine Frau, die als Magd auf dem Schloss derer von Troyenne lebte, getötet worden. Babette. Der Name dieser Frau war Babette! Habt ihr das gehört?«

Auch wenn es inzwischen ein jeder im Dorf wusste, ging ein Raunen durch die Kirche. Irgendwer schluchzte auf.

Über Avel verlor Vater Jeunet kein Wort, und Catheline war beeindruckt von seinem klugen Vorgehen. Damit war dieser Tod ein tragischer Unfall, die Beisetzung des von Gott geliebten Kindes auf geweihtem Boden somit unanfechtbar.

»Bischof Gregor du Clergue wurde von mir unterrichtet, dass das Böse unter uns ist. Über seinen Notar und Schreiber, Magister Lacante, lässt er ausrichten, dass man die Vorfälle gründlich untersuchen wird, schließlich ereigneten sie sich unter seiner Gerichtsbarkeit.«

Nochmals richteten sich alle Blicke auf den Mann mit den glatt rasierten Wangen. Auch Mathis, der aufrecht auf seinem Schemel saß, als wäre er inzwischen ein Teil von ihm geworden, musterte den Magister eingehend.

Doch nun würde die Abmahnung ihren Lauf nehmen.

Übelkeit wallte in Catheline auf, dass sie es kaum schaffte, dem Evangelium zu folgen, das von Vater Jeunet für den Tag gelesen wurde.

Als er eine Kerze anzündete und die Kanzel hinaufschritt, die er gewöhnlich kaum nutzte, weil ihm der Aufstieg Schwierigkeiten bereitete, konnte Catheline nicht mehr an sich halten. Sie zitterte, und die Tränen liefen ihr die Wangen hinab.

»Ich habe es vorhin bereits angesprochen«, sagte Vater Jeunet mit harter Stimme, und sein Blick strich über jeden Einzelnen hinweg. »Wir vermissen schmerzlich ein Mädchen und einen Jungen. Und ein Leben wurde grausam beendet. Babette starb qualvoll, wir wissen nicht genau, was diese arme Seele bis zu ihrem Abschied alles erleiden musste. Aber so ist es von Gott, Unserem Herrn, nicht vorgesehen worden. Wir, allesamt Sünder, ziehen seinen Zorn auf uns, und erst recht, wenn wir zulassen, dass solche Gräuel in unserer Mitte geschehen!«

Er schwieg und schaute in die Flamme der Kerze, die von seinem Atem flackerte.

»Sehet euch um. Sehet die Sünder, die ihr selbst seid, kleine und große Sünder, die darauf hoffen, trotz allem Gottes Gnade zu erfahren. Doch einer von uns, eben derjenige, der Babettes Tod zu verantworten hat, sollte jetzt vortreten. Es ist der rechte Zeitpunkt, sich zu offenbaren. Jetzt und hier ist Gott, Unser Herr, zugegen. Wir werden gemeinsam für die verirrte Seele um Vergebung durch Gott, Unseren Herrn, beten.«

Die Stille, die nach diesen Worten entstand, lastete so bleischwer auf Cathelines Schultern, dass sie kaum zu atmen wagte.

Sie fasste Gretes Hand, die ihr mit festem Druck ein wenig Halt gab.

Niemand trat vor.

Schmied Yann betete lautlos, seine Lippen bewegten sich unaufhörlich, und der Rosenkranz wanderte durch seine Finger. Seine Frau Marie schluchzte ebenso haltlos wie Blanche. Die eine unfähig, die andere nicht willens, sich zu beherrschen. Verstohlene Blicke huschten durch den Raum.

»Ein letztes Mal fordere ich denjenigen auf, vorzutreten, der diese Tat zu verantworten hat«, rief Vater Jeunet von der Kanzel herab, dass es Catheline in den Ohren dröhnte. Sie spürte, dass Grete zusammenzuckte und sich der Druck auf ihre Hand verstärkte, bis er schmerzhaft wurde.

»Tritt vor und gestehe die Wahrheit, mache den Weg für deine Seele zu Gott frei. Gib dir und auch uns Ruhe und Frieden.«

Niemand trat vor.

Vater Jeunets Gesicht verzog sich. »Dann sehe ich mich gezwungen, dich zu verurteilen. Gott, Unser Herr, wird entscheiden, ob er dir das Fegefeuer versagen muss, das dich auf deinem Weg zu ihm reinigen könnte. Du wirst fernab von Gottes Herrlichkeit in der Unterwelt die ewige Höllenpein erleiden, man wird dich in den Ofen werfen, in dem das Feuer niemals erlischt.«

Einige der Frauen schrien auf, und Catheline schloss die linke Hand zur Faust, führte sie zum Mund und biss sich auf den Daumen.

»Lasst uns zum Abschluss beten«, rief Vater Jeunet und stimmte das »Vaterunser« an, in das ein jeder einfiel.

Catheline schloss die Augen, und ihre Beine fühlten sich an, als würden sie dem Gewicht des Leibes bald nachgeben. Jetzt war es so weit. Sie atmete flacher, um gegen die Übelkeit anzukämpfen.

Sie hörte, dass Vater Jeunet Luft holte, und öffnete die Augen wieder. Mit gespitzten Lippen blies er in die Flamme. Sie zuckte und erlosch.

»Die Seele des Bösen«, brüllte Vater Jeunet, »egal, wo sie ist, hier unter uns oder wo auch immer in Gottes Reich, soll erlöschen wie dieses armselige Lichtlein!« Er ließ die Kerze fallen, und seine krummen Finger krallten sich an der Kanzel fest. Sein Blick jagte durch die Kirche.

Doch nichts geschah.

Kein Mund öffnete sich, um vom Schmerz zu künden, niemand sank zu Boden, kein letzter Atemzug wurde getan.

»Vielleicht ist irgendwo anders jemand nun von Gottes Zorn getroffen worden«, flüsterte Catheline Grete zu und rückte näher an sie heran.

Grete schüttelte den Kopf. »Nein, das glaube ich nicht. Ich befürchte, es ist noch nicht vorbei«, sagte sie nur.

Vater Jeunet sah zum Fürchten aus. Sein Gesicht war weiß, die Falten um seine Augen hatten sich vertieft, und der angespannte Zug um seinen Mund hatte sich auch nach der Messe nicht gelöst. Als Catheline das Essen auftischte, erschien er ihr fremd in seinem Schweigen, mit den herabhängenden Mundwinkeln und den unruhig auf die Tischplatte klopfenden Fingern. Doch auch an Mathis, der heute Abend wieder zu Besuch gekommen war, war die Abmahnung nicht spurlos vorübergegangen. Kraftlos und abwesend wirkte er.

Hatte sich Catheline sonst mit an den Tisch gesetzt, um mit ihnen zu speisen und später im Hintergrund Handarbeiten erledigt, während die beiden sich unterhielten, zog sie sich heute zurück. Vor die Tür. Und hier stand sie nun, zupfte an ihren

Lippen und presste ihr Auge gegen ein Astloch im Türholz. Schäbig kam sie sich vor, konnte es aber nicht lassen, das Gespräch der Männer zu belauschen. Zudem wollte sie, wenn sie ehrlich war, ihren Blick nicht von Mathis nehmen. Sie lauschte wegen all der Grausamkeiten, die um sie herum geschahen, und gaffte aber schlichtweg um ihretwillen. Sie schwor sich, ihr schäbiges Vergehen zu beichten, ließ von ihren Lippen ab und legte das Ohr auf das Holz der Tür.

»Es ist doch ausgeschlossen, dass Avel etwas mit Babette zu tun hatte. Sie lebte auf dem Schloss und er hier im Dorf. Soweit ich mich erinnern kann, hat er nie das Schloss aufgesucht«, hörte sie Vater Jeunet sagen.

»Vielleicht sind sie sich im Wald begegnet?«

»Das ist möglich. Ich befürchte, das ist es auch, was die anderen annehmen. Aber wir beide wissen, dass Avel niemandem etwas angetan hätte. Er war die Hilfsbereitschaft selbst.«

Catheline nickte und schaute wieder durch das Astloch, das nur einen begrenzten Ausschnitt der Studierstube zeigte.

»Wir sollten vielleicht in Erwägung ziehen«, fuhr Vater Jeunet fort, »dass wieder Söldnerbanden durch die Gegend ziehen. Wenn sie dieses Mal ihr Lager in der Nähe aufgeschlagen haben, kann es sein, dass Babette ihnen begegnet ist.«

»Verzeiht, dass ich es so offen anspreche. Aber ich nehme an, dass dieses Lumpenpack sich an ihr vergangen hätte. Es gibt jedoch keine Hinweise darauf, denn Babette war nicht verletzt im …« Mathis geriet ins Stocken und sah Vater Jeunet hilflos an.

Der neigte den Kopf und knetete an seiner Lippe herum. Diesem Argument schien er sich, wie auch Catheline, nicht verschließen zu können. »Es gibt noch eine Möglichkeit, die wir zumindest durchdenken sollten«, sagte er. »Es könnte doch sein, dass Raymond noch lebt, Babette ihn erkannt und Jola berichtet hat, dass sie ihm begegnet ist. Dann wäre die Nachricht, dass er nicht verschwunden ist, über kurz oder lang bei seinen Eltern gelandet.«

»Aber das wäre doch kein Grund, solche Gräueltaten zu begehen. Warum sollten seine Eltern nicht erfahren dürfen, dass er lebt? Sich irgendwo in der Nähe aufhält?«, fragte Mathis nachdenklich.

Ja, das wäre schön, wenn sie das erfahren dürften. Marie ist am Nachmittag durchs Dorf gelaufen und hat behauptet, ihr Sohn sei am Waldesrand entlanggehuscht, fügte Catheline in Gedanken hinzu. Und nun grämt sich das Mutterherz, dass der Sohn nichts mehr mit ihr zu tun haben will. Aber vielleicht sieht die Ärmste auch nur das, was sie sehnlich zu erblicken wünscht?

Vater Jeunet beugte sich vor, stützte sich auf den Tisch und nahm Catheline die Sicht auf Mathis. »Ja, und auch er ist ein guter Junge, auf dem besten Wege, ein gottesfürchtiger Mann zu werden.«

»Mehrfach habe ich einige Berittene der Garde des Barons gesehen, die in den Wäldern unterwegs sind. Vielleicht schaffen es diese Männer, den zutiefst verängstigten Gemütern um uns herum ein wenig das Gefühl von Sicherheit zu geben.«

Ja, das ist ein Gefühl, das auch mir abhandengekommen ist. Aber Gott ist unser Hirte, der uns aus der Angst und Dunkelheit führt, dachte Catheline und bekreuzigte sich.

Die Lücken, die hier gerissen werden, können wir nicht mehr schließen, dachte Mathis und hinkte dem Wagen hinterher. Noch einmal war der Winter mit aller Wucht zurückgekehrt, und eine bittere Kälte hatte erneut alles durchdrungen. Die letzten Reste Schnee, verdreckt von auftauender Erde, waren zu Eisklumpen verharscht. Sie schienen ein schmutziger Triumph des Winters zu sein, den Frühling noch einmal verdrängt zu haben. Der böige Wind riss an dem Tuch, das auf dem Wagen lag, ein Bild, das Mathis inzwischen fast vertraut erschien. Nur dass dieses Mal nicht Avel oder Babette darunter verborgen lag. Graue Locken schoben sich unter dem Stoff hervor und tanzten im Wind.

Grete.

Ausgerechnet Grete.

Durfte er das denken?

»Wir werden sterben, wir werden alle sterben. Der Teufel ist unter uns.« Eves gellende Stimme riss Mathis aus seinen Gedanken.

»Beschreie es nicht noch, hör auf, seinen Namen im Munde zu führen«, entgegnete Yann.

Der Satz war kaum ausgesprochen, da baute Gabin sich vor dem Schmied auf. »Wie redest du mit meiner Frau? Und sie hat doch recht, den Teufel kann sie nicht mehr herbeirufen, er ist längst hier. Im Wald, im Dorf, bei uns.«

In Yanns Gesicht zuckte es, er kniff kurz die Augen zusammen und ließ Gabin und Eve dann wortlos zurück. Schob den Wagen, der in einer Schneekruste hängen zu bleiben drohte, und schlug kräftig auf das Kummet, damit das Pferd noch einmal mit aller Kraft anzog.

Er wandte sich zu Mathis um. »Ich schäme mich so, dass ich das denke«, flüsterte der Schmied, »aber jetzt habe ich Angst. Noch mehr Angst. Die Berittenen haben keine Söldner, kein Diebesgesindel ausgemacht, nichts und niemand Fremden entdecken können, der sich in den Wäldern aufhält, sonst hätten wir es erfahren. Was ist, wenn Gabin recht hat und jemand von uns einen Pakt mit dem Teufel eingegangen ist? Und was ist, wenn dieser Jemand mein eigener Sohn ist?«

Mathis wechselte den Treibstecken in die andere Hand und schaute zu Boden.

»Was ist schlimmer? Was meinst du? Ein Sohn, der nicht mehr unter uns weilt, oder einer, der gemeinsam mit dem Teufel Todsünden begeht, aber noch lebt? Ich kann auf diese Frage keine Antwort finden.«

Wir zerfleischen uns. Gegenseitig. Uns selbst. Und ich habe keine Kraft mehr, einzuschreiten oder Halt zu gebieten, dachte Mathis und fand ebenfalls keine Antwort auf Yanns Frage.

Catheline, die auf der anderen Seite des Wagens lief, hatte die Kapuze des Umhangs tief ins Gesicht gezogen, ihr Rücken war rund gebeugt. Als der Wagen vor der Kirche hielt, schloss Eve zu ihnen auf. »Du hast sie gefunden? Es ist schon sonderbar, dass es wieder du warst, die …«

»Wage es nicht, diesen Gedanken auch nur zu Ende zu denken, geschweige denn, ihn auszusprechen«, hörte Mathis sich selbst dazwischenfahren. Er hinkte um den Wagen herum, sein Treibstecken war ihm entglitten. Die anderen wichen zur Seite.

Mit offenem Mund hielt Eve inne, klappte ihn zu und riss ihn dann wieder auf. »Es ist doch wahr«, kreischte sie, »sie hat Avel gefunden, dann Babette und nun auch noch Grete.«

»Jetzt, da man mit Sicherheit sagen kann, dass es nicht Avel ist, der hier umhergeht und mordet, suchst du dir ein neues Opfer? Verbreitest Lügen und Häme? Ist es vielleicht dein Mann, den du decken willst? Hast du uns was zu sagen, das wir wissen sollten?«

»Das ist doch alles Unsinn!«, erklang Blanches Stimme, kalt, wie Mathis sie noch nie gehört hatte. »Mathis, mäßige dich.« Sie sah in die Runde, und als sie sich sicher war, die Aufmerksamkeit aller zu haben, fuhr sie fort. »Nutzt euren Verstand, eure Augen. Oben an der Fundstelle führten Reitspuren vom Tatort weg. Ihr seid darübergetrampelt in eurem Schrecken. Aber mir kann nichts mehr Angst machen und die Augen verschließen. Und deshalb habe ich sie gesehen: Spuren von mindestens zwei Pferden, und ich bin ihnen nachgegangen. Sie führten zum Schloss. Warum denkt niemand an das Naheliegende? An die Berittenen?«

»Sie sollen uns schützen, sie müssen durch den Wald reiten«, entgegnete Yann lahm.

»Aber was ist, wenn die Berittenen nicht nur zu unserem Schutz durch die Wälder ziehen? Wenn einer von ihnen, vielleicht sogar mehrere Gott abgeschworen haben und Sünden auf sich laden? Lasst uns zurückgehen, ich zeige euch, was ich meine.«

»Das ist sinnlos«, antwortete Catheline, hob den Kopf zum Himmel und wies auf erste Flocken, die herabsanken. »Sicherlich ist alles zertreten, und den Rest hat der Neuschnee unter sich begraben, bis wir dort sind. Und selbst wenn der Täter irgendwo mit einem schriftlichen Geständnis am Baum hängen würde, was würde das ändern? Hier hat doch jeder seine eigene Meinung, wer die Schuld an all diesen Unsagbarkeiten trägt.«

Pfarrer Jeunet schob sich zwischen den dicht gedrängt stehenden Leibern hindurch. »Geht nach Hause«, rief er. »Geht zu zweit oder zu mehreren, und lasst die Kinder nicht mehr allein vor die Tür.«

Er nickte Yann und Martin zu, die zögerten und dann Grete packten, um sie in die Kapelle zu tragen.

Der Tisch, den sie für Babettes sterbliche Hülle errichtet hatten, stand noch. Mathis' Nackenhaare stellten sich auf, als die beiden Männer nun Grete dort ablegten.

»Wir hätten den Tisch abbauen müssen«, sagte Catheline, als hätte sie Mathis' Grauen gespürt. Sie sank in der Ecke, in der sie schon letzthin gekauert hatte, in die Hocke. »Wenn Vater Jeunet es gestattet, verbrenne ich ihn hiernach hinter der Pfarrei, damit nichts von dem Tisch überbleibt außer Asche, die ich dann vergrabe.«

»Es ist schon zu dunkel, um etwas zu erkennen«, sagte Pfarrer Jeunet, der an den Tisch gelehnt stand und Gretes Schulter streichelte, als wäre sie lediglich krank und bräuchte Zuwendung. »Catheline, würdest du bitte hinüberlaufen und uns zwei Lampen holen? Über den Tisch sprechen wir später.«

Sie erhob sich schwerfällig und verschwand. Ließ die Männer, die sich nicht rührten, im Halbdunkel zurück. Die wortlos beieinanderstanden, froren und warteten. Auf Catheline und ein wenig Licht.

Niemand, auch Mathis nicht, versuchte, sie wegzuschicken, als sie kurz darauf zurückkam. Jeder wusste, dass sie gleich wieder gebraucht werden würde.

Bischofspalast in Nantes

»Johann von Alençon bleibt unbeirrbar. In Niort im Poitou versammelt er nun die edlen Herren und ihre Truppen. So wie es aussieht, stehen auch Johann von Armagnac und Karl von Bourbon hinter ihm«, sagte der Bischof. Wieder saß er an seinem Rechentisch, den Blick aus dem Fenster gerichtet, und seine Finger trommelten einen fahrigen Rhythmus auf das geölte Holz.

Seine Hoheit Herzog Johann wie auch der Bischof haben es jahrelang mit den Engländern gehalten, dachte Julien und runzelte die Stirn. Seit dem Frieden von Arras, der endlich Ruhe in die Auseinandersetzungen zwischen König Karl und Burgund gebracht hatte, mussten sie ihre Position kaum ändern und mitnichten die Hälse verrenken, um die Gunst des Königs wiederzuerlangen. Dafür haben sie all die Jahre zu geschickt taktiert. Warum also beunruhigt den Bischof nun diese Verschwörung, die momentan nicht mehr als ein Gerücht ist?, überlegte er, ohne eine Antwort zu finden.

Er musste etwas entgegnen, konnte nicht wortlos über die Bemerkung des Bischofs hinweggehen. »Ihr fürchtet um Eure Majestät?«, fragte er deshalb in einem sachlichen Ton.

»Es ist naheliegend, um den König zu fürchten. So wie es aussieht, hat Johann von Alençon den Thronfolger Ludwig für sein Vorhaben gewonnen. Dieser siebzehnjährige Taugenichts plant, Seine Majestät unter Vormundschaft zu stellen. Der König verweigert ihm bisher die Apanage, das wird die offizielle Begründung sein. Zudem lassen Johann und Ludwig nun allerorten streuen, dass König Karl verrückt ist, wie es auch schon sein Vater war.«

»Ihr meint, der Sohn wendet sich gegen seinen Vater? Der Thronfolger stellt sich gegen den König?«

»So ist es. Nicht ohne Grund nennt man den Sohn inzwischen Ludwig der Listige. Und deshalb fürchte ich um Arthur de Richemont.«

Diese Antwort verwirrte Julien vollends, sodass er sich wie ein Blinder vorkam, der sich auf fremdem Terrain vorantastete: »Richemont ist, wenn ich mich recht entsinne, Connétable von Frankreich? Des Königs rechte Hand?«

»Ja, er ist einer der engsten Berater Seiner Hoheit. Er ist es, der den König bestärkt, das Heer mit seinen Ordonnanzkompanien weiterhin auszubauen.« Der Bischof nahm zwei Rechensteine und legte sie mittig auf den Tisch. »Stellt Euch vor, das wären der König und Richemont.«

Dann ließ er rechts davon mehrere Steine aufs Holz fallen.

Schob sie in eine Reihe. »Hier, das sind die Barone und Herzöge. Die edlen Herren fürchten um ihr Vorrecht, sich weiterhin Söldnerheere zu halten.« Der Bischof öffnete eine weitere Lade und holte neue Rechensteine hervor. Er stapelte sie vor den hölzernen Adeligen übereinander. »Das hier, das sind die Söldnerheere. Ihr Unterhalt verschlingt Unsummen.«

Nun fiel die Hand des Bischofs linker Hand des Königs nieder. »König Karl wiederum baut nun ein stehendes Heer auf. Auch das kostet Unsummen, und was macht er da? Er erhebt Steuern. Nun sollen die Adeligen Frankreichs Steuern zahlen für ein Heer, das dem König untersteht und sich ihrem Zugriff entzieht. Und eine weitere wichtige Frage, die diese Männer umtreibt: Wie sollen sie neben den nun erhobenen Steuern noch ihre eigenen Söldnerscharen finanzieren, mit denen sie auch gern ihre eigenen kleinen Konflikte klären?«

Der Bischof wischte mit der Hand die Söldnerheere beiseite, sodass sich die Rechensteine über den Tisch verteilten. »Magister, Ihr wart lange zum Studium in Italien, deshalb will ich Euch den Ursprung des Problems erklären: Mit dem Friedensschluss von Arras wurden die Söldnerheere überflüssig, denn wir erlebten überwiegend friedliche Jahre in Frankreich. Ohne Aufgabe und Sold ergossen sich Scharen dieser Kämpfer über das Land und zogen eine Spur der Verwüstung hinter sich her. Sie rafften an sich, was ihnen in die Finger kam, um es irgendwann wieder zu versilbern. Ihre Art, den nun fehlenden Sold einzufordern. Sie trieben es so arg, dass im Oktober letzten Jahres die versammelten Generalstände forderten, diesen Horden Einhalt zu gebieten. König Karl reagierte, und es kam zur Bildung der Ordonnanzkompanien. Und noch immer ist es niemand recht zu machen. Söldnerbanden will niemand, und einen König mit militärischem Monopol will anscheinend auch niemand. So steht er auf recht verlorenem Posten.«

Langsam zog der Bischof aus dem Wirrwarr der hölzernen Steine diejenigen hervor, die für den König und Arthur de Richemont standen. Er stellte sie aufrecht an die Tischkante. Links den König, rechts dessen Berater. »Da stehen sie, die beiden. Am Abgrund. Sollte es dem Thronfolger Ludwig gelingen, den König unter Vormundschaft zu stellen, wird in erster Linie Arthur de Richemont im Fokus der Aufständischen stehen.«

Mit einem Fingerzeig stieß der Bischof den Stein des Königs um. Nun stand nur noch der Stein Arthur de Richemonts aufrecht. »Er hat den größten Einfluss auf den König, man wird ihn entmachten, und es ist nicht auszudenken, was dann mit ihm geschieht.«

Die Hand des Bischofs ruhte auf dem Tisch neben dem einzig aufrechten Stein. Langsam hob er den Finger, stieß ihn sanft an, sah zu, wie er schwankte und dann über die Tischkante in die Tiefe stürzte.

Woher weiß dieser Mann um solche Dinge? Wer informiert ihn?, fragte sich Julien. Die Verschwörungen sind noch im Entstehen, und er sitzt hier am Rechentisch, als hätte er das zweite Gesicht.

»Richemont ist der Bruder des Herzogs«, sagte der Bischof in das Schweigen hinein und bemerkte nicht, dass Juliens Augenbraue in die Höhe sprang. Tatsächlich war er beeindruckt. Dieser Mann war ein Puppenspieler, und offensichtlich hielt er auch Fäden in der Hand, von denen nicht einmal sein Notar und Schreiber wusste. Fäden, die von Nantes, also vom Ende der Welt, bis weit in den Palast des Königs hineinreichten.

Der Bischof richtete sich auf, wischte die Rechensteine zusammen und warf sie in die offenen Schübe zurück. »Gut, genug der Spielereien. Ich denke, dass wir für heute fertig sind. Ihr könnt jetzt die vorhin besprochenen Schreiben aufsetzen, oder gibt es von Eurer Seite noch Anliegen?«

»Ja, eine Kleinigkeit«, antwortete Julien und wusste schon in diesem Augenblick, dass es ein nahezu lächerliches Anliegen war. »Der guten Ordnung halber wollte ich Euch darüber unterrichten, dass Pfarrer Jeunet sich erneut an uns gewandt hat. Nochmals wurde eine erwürgte Frau in den Wäldern Saint Mourelles aufgefunden. Es war abermals kein Lustmord, und es ist völlig unklar, was dort vor sich geht.«

»Ich sagte doch bereits, dass Ihr Euch damit befassen sollt. Ich kann hier nicht die Aufgaben des Barons übernehmen.«

»Ja, Eure Exzellenz, ich werde mich der Sache annehmen, vielmehr bin ich bereits dabei«, sagte Julien und ahnte, dass seine nächste Beichte ein Fest für den Pfaffen seiner Gemeinde werden würde. Denn wer, außer ihm, konnte schon von sich behaupten, den Bischof von Nantes belogen zu haben?

Während Julien seine Unterlagen zusammenraffte, überlegte er, den Vorstoß zu wagen und zu erwähnen, dass er dieser Aufgabe nicht gerecht werden konnte ohne Unterstützung. Dass des Bischofs Versprechen eine leere Geste blieb, solange der Tisch seines Notars sich durchbog von Folianten und unerledigten Aufträgen. Innerlich schüttelte er den Kopf. Der Bischof war nicht nur mit den Gedanken, sondern auch mit dem Herzen in Paris, vielleicht auch im Poitou. Das Fleisch und Blut des Herzogs, seines Zöglings, waren dem Bischof letztendlich doch näher als die allseits gepredigte Nächstenliebe.

Kurz schaute der Bischof noch einmal auf. »Sind die Kinder gefunden worden, die vermisst werden?«

Julien schüttelte den Kopf.

»Nun gut. Die Eltern werden neue Kinder machen, sie wissen ja, wie es geht«, sagte der Bischof. »Aber wie gesagt, es wäre besser, wenn Ihr, Magister, die Verschwundenen noch findet.«

Irgendein Fieber hatte vor langer Zeit in einem einzigen Winter Gretes gesamte Familie dahingerafft. Drei Jungen, ein Mädchen und den Mann. Einfach so. Nahezu über Nacht war Gretes Lockenpracht damals vor Kummer ergraut. Nie hatte sie sich danach einem anderen Mann zugewandt, hatte sich geweigert, den einen durch den anderen zu ersetzen, noch einmal ein Kind zu empfangen, es in die Welt zu pressen und von vorn zu beginnen. Sie hatte ihre Familie überlebt und keinen Gedanken daran verschwendet, dass sie nun ohne Nachkommen blieb. Niemanden, der einen Anspruch auf das bisschen Hab und Gut erheben würde, das von ihrem Leben und den Vorangegangenen ihrer Familie zurückgeblieben war. So war Catheline bisher die Einzige, die sich in Gretes Hütte wagte.

Die schmalen Luken waren geöffnet und tauchten den Raum in ein gräuliches Halbdunkel. Alles, der halb volle Becher, der neben dem angebrochenen Brot inmitten der Krümel auf dem Tisch stand, und die zerwühlte Schlafstätte, erweckte den Eindruck, als wäre Grete nur kurz außer Haus. Als würde sie jeden Moment wieder durch die Tür hereinkommen und sich auf den Schemel neben sie setzen.

Cathelines Finger strichen über die Platte des Tisches, mit dem Fingernagel begann sie, einen angetrockneten Breirest vom Holz zu kratzen. Ihr Blick schweifte durch die Hütte, vorbei an einem alten Umhang, der an einem Haken neben der Tür hing, vorbei am Webstuhl, dessen Bänder sich verknotet hatten und darauf warteten, entwirrt zu werden.

Was war, wenn Blanche recht hatte? Wenn der Täter vom Schloss stammte? Sowenig Catheline bei Rachel einen Zusammenhang zum Schloss erkennen konnte, sowenig war in dieser Hütte auf den ersten Blick einer auszumachen.

Sie zuckte zusammen.

Auch wenn sie es bisher nur in ihren Gedanken formuliert hatte, bemerkte sie, dass sie inzwischen davon ausging, dass auch Rachel und Raymond nicht mehr unter den Lebenden weilten. Wenn es keine direkten Verbindungen zum Schloss gab, dann kamen doch tatsächlich nur die Berittenen infrage. Sie waren es, die neuerdings regelmäßig in den Wäldern unterwegs waren. Aber woran sollte sie auch erkennen, ob es irgendeine Verbindung zum Schloss, zu irgendeinem Knecht, zu irgendeiner Magd oder wem auch immer gab?

Sie lief durch die Hütte, brachte es aber nicht über sich, etwas zu berühren.

So würde sie nicht weiterkommen.

Aber so war es derzeit: Nichts half weiter. Weder Gebete und Hoffnungen noch ihre einfältigen Versuche, auf eigene Faust Antworten zu finden.

Sie blieb vor der Wäschetruhe stehen. Hier würde sie anfangen, beschloss Catheline und öffnete den schweren Holzdeckel. Eines der Kleider von Gretes Tochter lag darin. Gretes nie gezeigte Einsamkeit schien Catheline in diesem Moment anzuspringen. Sich wie ein Aufhocker auf ihren Schultern niederzulassen, wie er es sonst bei einsamen Wanderern tat, die er heimsuchte und auf ihrem Weg entkräftete, bis sie vor Erschöpfung zusammenbrachen. Sie bekreuzigte sich. In der Hütte gab es keinen Aufhocker, der auf ihre Schultern sprang und schwerer und schwerer wurde. Sie musste sich beruhigen.

Langsam beugte sie sich vor und hob das zerschlissene Leinenkittelchen in die Höhe. Ein Hauch Stoff als Erinnerung. Catheline spürte Dankbarkeit, als das Kleidchen in ihren Händen lag. Dass das Schicksal ihr gnädig gewesen war und ihr wenigstens Jola gelassen hatte, als es ihnen die Eltern nahm, die, das wusste sie nur aus Erzählungen, sich zu Tode gespuckt und geschissen hatten. Dass sie nur vage Erinnerungen an ihre Mutter und den Vater hatte und den Verlust nicht in seiner brutalen Gänze hatte erfassen können.

Die Tür wurde mit aller Kraft aufgestoßen. Das Kleid fiel in die Truhe zurück, und während Catheline herumfuhr, stieß sie den Schemel um. Schreiend stand sie im Raum. Sah Mathis hineinstürmen und konnte nicht aufhören zu schreien. Es war, als würde die Angst der letzten Wochen über sie hereinbrechen und mit sich reißen.

Mathis packte ihre Schultern und schüttelte sie. Erst begann ihr Leib zu zittern, dann die Beine, die einzuknicken drohten. Das Zittern wurde schlimmer und die Angst fast zur Raserei.

Mathis hob die Hand.

Es klatschte laut.

Ein Geräusch, das das Schreien durchdrang.

Es hallte in ihrem Kopf nach, und dann war Ruhe. Nur ihre Wange brannte.

Das Zittern verebbte. Sie lehnte die Stirn gegen Mathis' Brust, gegen den kratzigen, vom Schneeregen nassklammen Umhang.

»Verzeih mir. Ich war so erschrocken, Fußspuren im Schnee zu sehen. Zu ihrer Hütte. Und dann bist es du. Du und dieses Schreien … Ich wusste mir nicht anders zu helfen«, flüsterte er und strich sanft über ihre Schultern.

Sie schüttelte nur den Kopf, schloss die Augen, roch nasse Wolle und ging darin auf, wie sich sein Brustkorb hob und senkte. Schob sanft die Finger zwischen den Treibstecken und seine Hand.

Mathis legte seinen Kopf auf ihren, presste sein Gesicht in ihr Haar. Sein freier Arm lag fest um ihren Leib geschlungen, und er zog sie noch enger an sich.

Dann trat er einen Schritt zurück.

Ihre Finger verloren den Halt, ihre Stirn schwebte in der

Luft. Zurück blieb nichts als ein Kribbeln, hervorgerufen von nassklammen Wollfasern, die nicht mehr auf ihrer Haut lagen.

Hatte die Angst, die sich gerade auflöste, eine fast wohlige Leere hinterlassen, so wurde diese jetzt mit dem sorgfältig in ihr versenkten Schmerz ausgefüllt, diesen Mann verloren zu haben. Ihn an sein verdammtes Bein verloren zu haben.

Er schaute sie nicht einmal an, sondern zeigte auf die Truhe. »Was machst du da?«

»Ich suche Antworten.«

»Deshalb bin ich auch hier. Aber ich nehme an, dass es keine gibt, oder?«

Catheline schüttelte den Kopf, nicht verwundert, dass er aus dem gleichen Antrieb hierhergekommen war. Sie kannte ihn und wusste, was folgen würde. Er würde, wie so oft in letzter Zeit, verkrampft versuchen, sich ihr gegenüber freundlich zu verhalten. Als gäbe es einen Alltag zwischen ihnen in diesem neuen Leben, das sie niemals miteinander teilen sollten. Er musste doch wissen, wie vergebens seine Bemühungen waren.

Um nicht länger herumzustehen und ihn anzugaffen, bückte sie sich erneut über die Truhe und zog das Kleid eines Mädchens hervor, das sie nie kennengelernt hatte.

Schloss Troyenne

Erstaunt blickte Jola auf. Sie konnte sich nicht erinnern, wann Catheline, seit sie beim Pfarrer in Saint Mourelles als Haushälterin tätig war, das letzte Mal das Schloss aufgesucht hatte. Der Baron hatte damals zugestimmt, dass die junge Magd des Pfarrers rechte Hand wurde, da diesem das Alter zunehmend zu schaffen machte. Sie war gegangen, einen Beutel mit ihren Habseligkeiten auf dem Rücken, und war seitdem nicht mehr zurückgekehrt. Es wurde gemunkelt, dass der Baron sogar die Kosten für ihre Verköstigung trug, da der Kirchenzehnt seit der Pest drastisch zurückgegangen war und der Bischof von Nantes sich wenig interessiert an den Gebrechen seiner Landpfarrer zeigte.

Doch nun stand Catheline vor ihr, im Stall bei den Ziegen, und sie tat recht daran, sie hier aufgesucht zu haben. Hätte der Küchenmeister erfahren, dass Jola Besuch erhielt, wäre er davon ausgegangen, dass sie ihrer Arbeit nicht nachging.

»Brictius stand vorn am Tor, er hat den Wachdienst und konnte kaum glauben, mich hier zu sehen. Es war wahrscheinlich schwerer, an ihm vorbeizukommen als an einer fremden Wache«, lachte Catheline, »denn er bestand darauf, erst einmal in aller Ausführlichkeit zu erfahren, wie es mir ergangen ist, seit ich bei Vater Jeunet lebe.«

Ihr Lachen ist angestrengt, dachte Jola, während sie das restliche Futter verteilte, sich dann die Hände an der Schürze abwischte und die Schwester umarmte. »Komm, wir setzen uns einen Moment hin«, sagte sie nur, zog den Melkschemel herbei und drehte einen der Eimer um, in denen sie sonst die frisch gemolkene Milch auffingen. »Hier haben wir Ruhe, hier wird der Küchenmeister niemals vorbeikommen.« Aufmerksam betrachtete sie Catheline und fragte sich, was der Grund war, dass ihre Schwester im Schloss auftauchte.

»Ich will dir nicht mehr Zeit stehlen als nötig, deshalb verzeih, wenn ich direkt frage, ja?«, leitete Catheline ihr Anliegen ein. »Wir machen uns Gedanken, wer hinter all diesen schrecklichen Taten steckt, die geschehen sind.«

»Wer ist wir?«

»Na ja, wir alle im Dorf«, antwortete die Schwester ausweichend, und ihre Wangen röteten sich. »Vor allem Mathis und Vater Jeunet ...«

»Geht es dir und Mathis gut?«

Ein flüchtiges Nicken, der rechte Schuh der Schwester scharrte im Stroh, das den Boden bedeckte. »Es ist nicht leicht seit dem Überfall, aber lass uns jetzt über Babette sprechen. Du musst zurück in die Küche, oder?«

Jola nickte und sah das Gesicht der Verstorbenen vor sich. Schmal und blass. Ein wenig jungenhaft hatte sie gewirkt, und schön war sie nur gewesen, wenn sie gelacht hatte, wenn ihre dunklen Augen zu glühen begonnen hatten.

»Hatte Babette einen Freund auf dem Schloss?«, fragte Catheline unvermittelt.

»Du meinst einen Liebhaber?«

»Ja, irgendjemanden, dem sie nahestand.«

»Nein.«

»Hatte sie häufig mit den Berittenen zu tun?«

»Nein.«

»War sie öfter vom Schloss weg? Also, vielleicht im Wald, um Beeren oder Pilze zu sammeln, Reisig zu brechen oder Ähnliches? Wurde sie mit nach Nantes geschickt, um Einkäufe zu erledigen?«

»Nein, auch das nicht. Warum stellst du diese Fragen? Es steht dir nicht zu, dir solche Gedanken zu machen.«

»Irgendwer muss sie sich machen«, entgegnete Catheline, und Jola konnte an ihren Gesichtszügen ablesen, dass die Schwester enttäuscht war über die bisherigen Antworten. »War irgendetwas anders an ihr in letzter Zeit als sonst?«

Dieses Mal schüttelte Jola nur den Kopf, denn sie fürchtete, ein erneutes schlichtes Nein könnte unfreundlich oder gar abweisend wirken.

Cathelines Schultern sanken herab, gedankenverloren zupfte sie an ihrer Lippe.

Jola lächelte. Der Pfarrer war bekannt dafür, dass er, sobald er sich konzentrierte, stets an seiner Lippe herumzupfte. Nun hatte die Schwester diese Angewohnheit übernommen und schien es nicht einmal zu merken. »Kurz vor ihrem Tod hat sie behauptet, dass Pater Bertrand Alchemie betreiben würde, aber das ist nicht wahr.«

»Wer ist Pater Bertrand?«, fragte Catheline, und die Aufmerksamkeit war in ihr Gesicht zurückgekehrt.

»Er ist der Geistliche unserer Schlosskapelle, ein großartiger Mann. Er rührt Heilpasten an, und sicherlich hat der Knappe wieder seine Scherze mit Babette getrieben. Sie war leichtgläubig.«

»Nur weil er Geistlicher ist, heißt das ja nicht, dass er nicht auch verborgene Seiten hat«, entgegnete Catheline und klang streng dabei.

Jola zog die Augenbraue in die Höhe, erwiderte aber nichts.

»Babette hat also selten das Schloss verlassen«, fuhr die Schwester fort.

»Babette hat nie das Schloss verlassen«, korrigierte Jola die Feststellung.

Cathelines Finger ließen die Lippe los, und ihr Rücken straffte sich. »Aber warum ist sie dann im Wald aufgefunden worden?«

»Das weiß ich doch nicht«, antwortete Jola harscher als beabsichtigt. Gleichzeitig bemerkte sie, dass sie noch nie darüber nachgedacht hatte. »Sie hat das Schloss nie verlassen, anscheinend nur das eine Mal, und das war ein Mal zu viel.«

Catheline war aufgestanden und lief unruhig auf und ab. »Oder ihr ist hier etwas zugestoßen, und sie wurde vom Schloss weggebracht, weil es hier nur so vor Menschen wimmelt.«

Jola lachte auf. »Du kommst mir vor, als wärest du die Inquisition selbst.«

Die Schwester hielt inne und blieb direkt vor ihr stehen. »Du kannst mich gern verlachen. Aber bitte versprich mir, dass du auf dich aufpasst und mir alles zuträgst, einfach alles, was dir auffällt, jede Änderung oder Neuerung.«

Jola nickte, und gemeinsam mit der Schwester verließ sie den Stall.

Nach wenigen Schritten kam ihnen Pater Bertrand entgegen. »Sieh mal«, flüsterte Jola und stieß Catheline den Ellenbogen in die Seite. »Das ist die beste Neuerung hier: Das ist Pater Bertrand. Der schönste Mann Gottes lebt nun bei uns auf dem Schloss.«

Zufrieden registrierte Jola, dass selbst Catheline beeindruckt schien vom Antlitz dieses Mannsbildes. Nun würde auch für sie sicherlich außer Frage stehen, dass Pater Bertrand Schattenseiten hatte.

Saint Mourelles

Vielleicht hatte Eve ja recht, vielleicht würden sie alle sterben. Warum aber, fragte sich Mathis, hatte Gevatter Ankou nicht ihn zuerst geholt? Warum den Vater zweier Kinder? Und warum wurden die Abstände, in denen Ankou die Sense schwang, immer enger?

Catheline kniete im Schnee, der erneut weich und matschig geworden war, und übergab sich. Immer wieder schüttelte das Würgen ihren Leib. Blanche stand, ihm den Rücken zugewandt, neben Catheline und hielt ihr die Stirn, um den Kopf zu stützen.

Welches Spiel trieb der Teufel mit Catheline, dass es immer wieder sie war, die zuerst auf die Ermordeten traf? Und es stand außer Zweifel, dass auch Gabin ermordet worden war. Seinen Hinterkopf zierte eine klaffende Wunde, aber auch die Würgemale, die sie bei den anderen entdeckt hatten, leuchteten am Hals. Was ging hier vor sich?

Kreidebleich erhob sich Catheline. »Sie werden mich am Baum aufknüpfen, wenn sie erfahren, dass schon wieder ich es war, die ...«

»Rede keinen Unsinn, Kind«, sagte Blanche. »Wir waren die ganze Zeit zusammen, wir haben Gabin gemeinsam entdeckt. Und sieh hin, er ist ganz rosig.« Sie beugte sich vor und legte die Hand auf Gabins Wange. »Er ist warm, es ist noch nicht lange her. Du kannst ihn also nicht allein angetroffen haben, du warst vorher bei mir.«

Sie hätten dem Mörder begegnen können, sie hätten es sein können, dachte Mathis und sog die Luft tief ein. Auch wenn er Catheline um ihretwillen nicht heiraten durfte, nahm ihm der Gedanke, sie auf solch grausame Weise verlieren zu können, den Atem. Ein Leben in ihrer Nähe schien ihm schmerzlich, aber immerhin denkbar. Eines ohne sie führen zu müssen war schlichtweg undenkbar, erkannte er mit einem Schlag.

Rastlos jagte sein Blick umher und streifte dabei den Boden. Hier hatte ein Kampf stattgefunden, bemerkte er und versuchte, sich zu konzentrieren. Die Angst beiseitezuschieben, um denken zu können. Niemandem war damit geholfen, wenn er sich in seinen Ängsten verlor. Er musste einen klaren Kopf bewahren.

Langsam atmete Mathis aus und rief sich Gabins Bild vor Augen. Schmal war der Tagelöhner gewesen, fast dürr, aber gleichermaßen auch flink und wendig. Es war nicht zu übersehen, dass er sich gewehrt hatte. Mathis ging in die Knie, wobei er sich an seinen Treibstecken klammerte, um das Gleichgewicht halten zu können. Der aufgewühlte Boden zeigte zahlreiche Fußspuren, man erkannte die Abdrücke von Gabins unförmigen Schuhen und von wohlfeil geformten ledernen Stiefeln.

Blanche nickte. »Ich habe es auch gesehen. Stiefel. Ich habe es dir doch gesagt, dass der Mörder auf dem Schloss zu suchen ist. Denn Stiefel tragen die Herren und die Berittenen. Also nur die Menschen, die sich so etwas leisten können.«

Schmied Yann kam den Hang herauf. »Ich habe mich beeilt, aber ich musste den Wagen weiter unten stehen lassen, da der Weg hier zu eng und steil ist.« Er schaute auf Gabin, das Blut, die schlammige Erde, den graubraunen Schnee und schüttelte den Kopf. »Ich ertrage es nicht mehr, ich ertrage es einfach nicht mehr«, flüsterte er. »Heute Morgen war er noch bei mir. Er wollte wildern, eine Falle aufstellen, damit die Kinder mal wieder ein Stück Fleisch auf dem Teller haben.«

Unter anderen Umständen hätte Mathis darauf verwiesen, dass das Jagen nur dem Baron vorbehalten war. Doch er schwieg. Was nützte es, altkluge Reden zu führen, wenn man selbst nicht besser war, wie unschwer an seinem hinkenden Bein zu erkennen war? Was nützte es, daran zu erinnern, dass der Pfarrer befohlen hatte, dass sich niemand mehr allein auf den Weg machen sollte? Gabin war tot.

»Hier sind Abdrücke von Pferdehufen zu erkennen«, sagte Yann und wies auf eine Stelle, an der die Erde bereits großflächig freilag. Nass glänzte sie in der Sonne und zeigte die Abdrücke so deutlich, als wären sie mit dem Messer in ein Stück Holz getrieben worden.

Catheline wischte sich mit dem Umhang durch das Gesicht, erhob sich und lief um den Erdflecken herum, um die Abdrücke zu betrachten.

»Mein Sohn, er ist weg und doch noch immer überall«, sagte Yann, und seine Stimme klang unvermittelt brüchig. »In der Schmiede ist es sein Schurz und in der Hütte ist er ohnehin überall. Die Kerben, die er als kleiner Junge mit einem Stein in die Bohlen des Tisches gehauen hat, den ich gerade neu gebaut hatte. Die Kratzspuren auf der Tür, als er die Sichel zu packen bekam und meinte, sie ins Holz schlagen zu müssen, bis sie hängen bleibt. Er ist immer überall, versteht ihr?«

Mathis nickte und schaffte es nicht, den Blick des Schmieds, den er auf sich spürte, zu erwidern.

»Und jetzt, jetzt ist er auch hier.« Yann zeigte auf die Hufabdrücke. »Nachdem der Schmied des Schlosses im letzten Frühling gestorben war, hat der Baron die Schmiede verkommen lassen, und man gab mir den Auftrag, die Pferde der Garde zu beschlagen. Vielleicht erinnert ihr euch, ich hatte alle Hände voll zu tun. Also habe ich Raymond erlaubt, mir zu helfen. Und er wollte es besonders gründlich machen. Deshalb hat er jeweils einen Hufnagel mehr eingeschlagen, als ich es ihm gesagt habe. In jeden Huf. Ich bin damals außer mir gewesen. Wisst ihr, wie viele Pferde mein Junge beschlagen hat? Wisst ihr, was mich das gekostet hat? Wisst ihr, dass ich mich dafür verfluche, dass ich ihm damals am liebsten das Kreuz wund geprügelt hätte?«

Noch nie hatte Catheline Angst vor Eve gehabt. Doch als jene bei der Rückkehr ins Dorf vor dem Eingang zum Friedhof stand, setzte Cathelines Herz einen Schlag lang aus, um dann in einen Galopp zu verfallen, der sie schier atemlos machte. Pierre und Marcel klammerten sich an den Rock der Mutter, während der Wagen den Weg hinabrollte. Direkt auf sie zu.

Noch nie hatte Catheline sich gewünscht, dass Eve ihren Mund öffnen und wieder ihr Gift verspritzen, laut zetern und schreien würde. Doch sie schwieg, stürzte vor, wobei ihre beiden Söhne, die den Rockstoff nicht aus den Händen gaben, hinter ihr herstolperten.

Yann umfasste Eve und versuchte, sie vom Wagen wegzuzerren. »Das solltest du nicht sehen! Bitte, Eve, glaube es mir. Lass es auf sich beruhen. Lass die anderen Frauen die Totenwaschung vornehmen.« Doch er stolperte über Pierre, und beide stürzten zu Boden.

Eve beugte sich indes vor und zerrte das Tuch von ihrem Mann.

Bitte, schrei mich an. Schrei mich an, dass ich es war, die ihn gefunden hat. Schrei uns an, dass du es uns doch gesagt hast, dass wir alle sterben werden. Schrei uns an, dass es Raymond ist, der hier sein Unwesen treibt. Egal was, bitte mach etwas, das du sonst auch machst, flehte Catheline sie stumm an.

Aber Eve schwieg. Mit zum Strich gewordenen Lippen stand sie am Wagen, streichelte Gabins Wange, fuhr mit dem Finger seine Augenbrauen nach und umschloss dann seine Hand. Ohne ihren Mann loszulassen, kletterte Eve auf den Wagen und setzte sich neben ihn. »Bringt ihn zu mir nach Hause. Sofort!«, sagte sie, ohne die Stimme zu heben.

Jetzt begannen Pierre und Marcel zu schreien. Die angsterfüllten Stimmen klirrten in Cathelines Kopf. Sie nahm die Hände hoch und presste sie auf die Ohren, sah, dass Mathis Yann zunickte. Sofort trieb der Schmied das Pferd an.

Pierre und Marcel versuchten, auf den anfahrenden Wagen zu klettern, rutschten aber ab. Weinend liefen sie, sich am Holz des Karrens festklammernd, hinterher.

Eve schien es nicht zu bemerken, still und steif saß sie neben Gabin, jenseits aller Tränen.

Wärme schlug Mathis entgegen, als er den Unterstand der Schmiede betrat. Das Feuer loderte, und die kleine Cécile, die vielleicht auch Camille hieß, hielt mit der Zange ein glühendes Stück Eisen auf dem Amboss fest. Yann drosch mit einem schweren Hammer darauf ein, dass die Funken flogen. Als er Mathis' Anwesenheit gewahr wurde, setzte er den Hammer ab und nickte seiner Tochter zu. Sie tauchte das glühende Eisen in einen Wasserbottich. Laut zischend erlosch die Glut. »Geh bitte und hilf deiner Mutter«, sagte er, und das Mädchen verschwand.

»Wann wirst du wieder einen Lehrling bekommen?«, fragte Mathis.

Der Schweiß stand Yann auf der Stirn, er wischte ihn mit dem Unterarm weg, stellte den Hammer beiseite und band sich den Lederschurz ab.

»Wir haben so viele Sorgen, was glaubst du, wie viel Zeit mir da bleibt, mich nach einem geeigneten Lehrling umzusehen? Nicht jeder ist für diese Arbeit gemacht.«

Ob er noch darauf hofft, dass sein Sohn zurückkehrt?, überlegte Mathis und sah sich um. Eine Holztruhe stand auf dem Boden.

»Wir fertigen gerade Beschläge für eine Hochzeitstruhe«, sagte Yann, der seinem Blick gefolgt war. »Aber du bist sicher nicht gekommen, um mit mir über die Arbeit zu sprechen. Was führt dich zu mir?«

»Ich brauche dein Pferd. Für ein paar Tage, wenn es dir möglich ist, es zu entbehren.«

»Es ist noch zu früh, die Felder zu bestellen, und du hast auch zwei tüchtige Ochsen im Stall. Also, was hast du vor?« Yann griff sich die Zange, die noch im Bottich hing, und zog den Beschlag hervor. Das Wasser tropfte vom schwarz glänzenden Eisen.

»Der Pfarrer zeigt sich besorgt über Blanches Gedanken, dass irgendwer vom Schloss der Täter sein könnte.«

»Du weißt, dass ich Blanche schätze. Sie versteht sich auf die Kräuterkunde, und ich weiß nicht, wie oft sie den Kindern damit schon bei ihren Krankheiten geholfen hat. Zudem ist sie gutherzig und geduldig«, sagte Yann und wischte das Metall mit einem Tuch trocken. »Aber seit das mit Avel passiert ist, ist sie nicht mehr ...« Er hob die Hand und tippte sich an den Kopf. »Seitdem ist sie halt seltsam, ein wenig verwirrt.« Er ging in die Knie und hielt den Beschlag gegen die Holztruhe.

»Das mag sein, aber die Spuren um Gabins Fundstelle haben uns nachdenklich gestimmt. Uns ist aufgefallen, dass in der Zeit, in der ein Teil der Schlossgarde in Port-Saint-Luc weilte, kein Mord geschah. Kaum sind die Männer wieder zurückgekehrt ...«

»Ja, du hast recht«, rief Yann aus, wobei ihm der schmale Metallstreifen fast aus den Fingern glitt. »Und nur die Männer der Garde wissen, wann wieder Berittene durch die Gegend ziehen, um nach dem Rechten zu sehen. Du musst mit dem Baron reden. Denn wenn einer seiner Männer ...« Er geriet ins Stocken und zog die Stirn kraus. Schwieg einen Moment und überlegte. »Nein, das kannst du nicht machen«, fuhr er dann fort. »Wenn wirklich einer seiner Männer der Täter ist, wäre das grauenvoll. Man wird dir sagen, dass man letzthin Pferde verkauft hat, und damit nützt es uns auch nichts mehr, dass wir die Spuren der Hufe den Pferden des Schlosses zuordnen konnten. Sie werden sich immer eine Ausrede einfallen lassen, denn eine Krähe hackt der anderen kein Auge aus. Man wird eher uns in die Bäume knüpfen, als in den Reihen der Berittenen nach einem Schuldigen zu suchen.«

»Nein, ich würde es wagen, mit dem Baron darüber zu sprechen. Ich bin sicher, dass er für Recht und Ordnung sorgen wird. Aber bevor ich einen solch ungeheuerlichen Verdacht vortrage, will ich mich vergewissern, ob es auch in Port-Saint-Luc Vorkommnisse gab.«

»Vorkommnisse! Was für ein dämliches Wort. Nehmen wir an, dass es dort Vorkommnisse«, Yann dehnte das Wort in die Länge, »gab, solltest du nicht darüber sprechen. Mit niemandem. Es wäre zu gefährlich.«

»Doch, das werde ich machen, und wenn der Baron meint, mich in den Baum knüpfen zu müssen, wer fehlt dann schon? Ein Einbeiniger. Es gab in letzter Zeit schwerer zu verschmerzende Verluste.«

»Ach, halt dein Maul, diese Leier will ich nicht hören. Sag mir lieber, ob du mit deinem Bein so lange reiten kannst. Nach Port-Saint-Luc ist schon ein ordentliches Stück Weg zurückzulegen.«

Die Wärme in der Schmiede hatte Mathis' Gesicht gerötet, doch nun wurde es heiß. Alle Erwiderungen, die ihm auf der Zunge lagen, schluckte er hinunter und wartete, bis er neue Worte fand.

»Vorerst soll niemand davon erfahren, dass ich nach Port-Saint-Luc unterwegs bin. Wen irgendwer fragt, dann behauptest du einfach, ich hätte dir nicht gesagt, wohin ich reiten wolle«, sagte er nur.

»Weiß Catheline davon?«

»Warum sollte sie?«

Yann schaute ihm direkt ins Gesicht. »Verstehst du es nicht? Es ist kindisch, was du da machst. Du quälst sie und dich. Siehst du nicht, wie schnell alles zu Ende sein kann?«

»Gerade weil ich das so gut weiß, mache ich das, was ich für richtig halte. Und jetzt bring mich bitte zu deinem Pferd«, sagte Mathis. Er wollte sich abwenden, übersah die Truhe und blieb mit dem lahmen Bein daran hängen. Ehe er sich versah, fiel er.

Yann ignorierte, dass er einem Käfer gleich auf dem Boden lag. Stattdessen hob er den Hammer, schlug ihn dreimal auf den Amboss. »Wusstest du, dass Luzifer, der Herr des Feuers, an den Amboss gekettet ist?«, fragte er. »Diese drei Schläge sollen verhindern, dass seine Ketten sich lockern. Solches Zeug hat mein Vater mir erzählt, und weißt du was? Ich habe ihn damals innerlich verhöhnt. Und nun? Nun stehe ich hier und beende mein Tagewerk ebenfalls mit drei Schlägen. Selbst den Hammer lege ich inzwischen auf den Amboss und lehne ihn nicht mehr dagegen, um zu verhindern, dass bösartige Kobolde über Nacht damit Unheil stiften.«

Mathis saß noch auf dem Boden und zog den Beinling zurecht, der verrutscht war.

»Nun los, steh auf, du alter Sack«, forderte Yann ihn auf. »Und höre auf, solchen Mist zu reden. Es reicht, wenn ich hier zum Tor werde.«

Frühling, 1440

Saint Mourelles

Die Sonne des anbrechenden Frühlings zerrte alles ans Licht: den Schmutz, der den Winter über ins Haus getragen worden war und der sich bis in die letzten Ecken ausgebreitet hatte. Catheline saß auf dem Schemel in der Küche und schaute den Sonnenstrahlen zu, die durchs geöffnete Fenster fielen und den Tanz des Staubs in Licht tauchten. Sie wusste, dass sie sich aufraffen und zum Brunnen laufen musste, dass es Zeit war, einen Eimer Wasser zu holen und einen ordentlichen Großputz zu beginnen. Doch ihre Glieder waren von einer Schwere erfasst worden, schon seit Tagen, die nicht mehr weichen wollte. In den Nächten lag sie wach, starrte ins Dunkel, und am Tage drohten ihr die Augen zuzufallen. Nicht mit einem Wort ging Vater Jeunet darauf ein, dass er am Morgen den Vorhang beiseitezog, der Cathelines Schlafstätte von der Küche trennte. Dass er sie weckte und daran erinnerte, sein Bett zu richten, und dass er sie mittags darauf aufmerksam machte, dass das Essen angebrannt roch. Er wusste, dass sie darunter litt, dass Mathis sich aufgemacht hatte, wohin auch immer, ohne einen Abschied. Er war weg, und kaum jemand hatte bisher ein Wort darüber verloren, wann er wiederkommen würde. Catheline fehlte die Kraft, danach zu fragen, weil sie ahnte, dass niemand die Antwort kannte. Ein Schweigen hatte sich nach Gabins Beisetzung über dem Dorf ausgebreitet, das nur mit Mühe zu durchbrechen war. Jeder war mit sich beschäftigt und mit den Heiligen, die beschworen wurden, damit das Böse endlich weichen möge.

Der Eimer. Neben der Tür stand er und schien sie aufzufordern, sich zu erheben, um endlich ihr Tagwerk zu beginnen. Die Beine des Schemels schabten laut über den Holzboden, als Catheline die Tischkante packte und sich in die Höhe zog. Sie ergriff den Eimer, öffnete die Tür, und schon nach diesen wenigen Schritten musste sie erneut innehalten. Die Augen schließen, die sanfte Wärme der Sonne spüren und den Geruch der aufgetauten Erde einsaugen, in die sich bereits der zarte Duft erster Blüten zu mischen schien.

Ein Wiehern. Ein Schnauben. Scharrende Hufe.

Catheline öffnete die Augen und sah nach rechts. Yanns Pferd stand dort, der Leib des Tieres dampfte im Gegenlicht. Erleichterung machte sich in ihr breit: Offensichtlich war Mathis zurückgekommen.

Sofort stellte sie den Eimer ab. Ihr Herz, das den ganzen Tag vor sich hin gebummelt war, trommelte nun hastig. Eilig schlich sie auf Zehenspitzen zur Tür der Studierstube des Pfarrers und beugte sich vor. Lauschte, aber alles war still. Sie lugte durch das Astloch. Kein Mathis. Sie huschte weiter, zur Tür des Schlafgemachs des Pfarrers und öffnete sie. Die Fensterläden, die sie am Morgen geöffnet hatte, standen nach wie vor offen. Und endlich vernahm sie den tiefen Klang der Stimme, die zu hören sie erhofft hatte.

Die beiden Männer standen im Garten.

Catheline duckte sich neben die Bettstatt des Pfarrers. Die Decke musste ausgeschüttelt, das Laken glatt gezogen und die Waschschüssel geleert werden. Gute Gründe, sich hier und jetzt im Schlafgemach aufzuhalten, versuchte sie sich zu rechtfertigen, um ihre innere Unruhe zu unterdrücken. Sie schob sich auf die Bettkante, legte den Kopf schräg und lauschte.

»Wer hat dir das erzählt?«, hörte sie Vater Jeunet fragen.

»Der Stallmeister. Vielleicht könnt Ihr Euch an ihn erinnern, ein ruhiger Mann, der aus Nantes stammt und lange im Schloss tätig war. Er war hin und wieder auf den Dorffesten zugegen, beim letzten Maitanz war er dabei. Er erinnerte sich an mich, selbst er hat inzwischen Geschichten vom Überfall durch die Söldner vernommen. Er wusste alles und vieles mehr, das so nie stattgefunden hat.«

»Das glaube ich gern, dass die Geschichten, die von diesem Überfall erzählt werden, inzwischen mit allerlei Beiwerk ausgeschmückt worden sind. In einigen Jahren wird dein Eingreifen von Morgana befohlen worden sein, und du kamst auf einem geflügelten Pferd daher.« Das Lächeln war aus Vater Jeunets Stimme herauszuhören. »Aber nun sag mir: Wie heißt die Magd, die vermisst wird?«

Cathelines Hand griff ins Laken, und sie vergaß das Atmen. Eine vermisste Magd. Nicht schon wieder!

»Das ist ja das Schlimme. Sie ist nicht einmal vermisst worden, bis ich nachfragte. Ein Mädchen noch, namens Soazig. Als einer der Tagelöhner, ein Jungspund, mit ihr anbandelte, gingen alle davon aus, dass sie die Gelegenheit beim Schopfe gepackt und sich mit ihm davongemacht hat. Sie war ein wenig frühreif, erklärte man mir.«

»Und woher weißt du, dass sie eben dies nicht getan hat?«

»Wir sind zu den Steinbrüchen im Wald von Theil geritten. Es war ein mühseliger Ritt durch Schneereste und aufgeweichte Erde, vorbei an den Sümpfen. Aber dort, im Schiefersteinbruch, trafen wir den Tagelöhner an. Wenn die Mär gestimmt hätte, wäre auch er weg gewesen. Aber er war noch da. Er hat den ganzen Winter dort zugebracht, in einer derart armseligen

Hütte, dass es mich jetzt noch schaudert. Wir, der Stallmeister und ich, haben ihn zur Rede gestellt, und er wusste wahrlich nichts. Er hat Soazig am Schloss Port-Saint-Luc kennengelernt, als er im Herbst für einige Tage beim Neubau der Stallungen aushalf. Sie hat für ihn geschwärmt, doch sie war ihm zu jung und auch ein wenig zu derb, wie er sagte.«

Die beiden Männer schwiegen.

Wassertropfen glänzten auf dem hölzernen Boden. Vater Jeunet hatte bei seiner morgendlichen Wäsche wieder einen Großteil des Wassers verschüttet.

Noch eine, die nicht mehr unter uns weilt.

Vor dem Bett lagen kleine Erdklümpchen. Als feuchter Matsch blieb die Erde, seit der Schnee sie der Sonne wieder preisgegeben hatte, an den Schuhen hängen und verteilte sich im ganzen Haus. Es wurde Zeit, sie zusammenzufegen.

Menschen verschwinden. Erst bei uns in der Umgebung, dann in Port-Saint-Luc. Das kann kein Zufall sein.

»Der Stallmeister«, unterbrach Mathis' Stimme Cathelines Gedanken, »äußerte sich deutlich. Die Männer der Garde sind – Gott bewahre, nicht alle, aber doch die meisten von ihnen – grobe Gesellen. Der Hauptmann allerdings ist der schlimmste. Der Stallmeister meinte, dass er ihm alles zutraue.«

»Da musste ich erst so alt werden, um derart ratlos zu sein«, seufzte der Pfarrer. »Wir müssen … ja, was müssen wir tun? Was können wir überhaupt tun? Wir können wohl kaum zum Baron gehen und ihm erzählen, dass es vielleicht einer seiner Männer ist, der sein Unwesen treibt. Oder gar sein Hauptmann.«

»Doch, das habe ich vor. Und Ihr, Pfarrer Jeunet, Ihr müsst noch einmal eindringlich den Bischof um Gottes Beistand bitten.«

»Das habe ich bereits getan. Aber seitdem habe ich nichts mehr vom Bischof und dem Magister gehört. Was sollen sie auch machen? Wir haben nichts als Annahmen. Nichts als Gerüchte, die stets Schuldige, aber selten die Wahrheit finden. Doch ich werde es erneut versuchen, zu unserem Nachteil kann es nicht sein.«

Geduckt schlich Catheline zur Tür zurück. Wenn Vater Jeunet das Haus betrat, musste sie in der Küche sein, noch besser, auf dem Weg zum Brunnen. Das Schlafgemach konnte warten. Sie brauchte Luft. Frische Luft, um den Druck auf ihrem Brustkorb loszuwerden.

Schloss Troyenne

Meine Beine zittern. Zumindest das eine, und so wird, auch wenn ich es nicht mit Gewissheit sagen kann, das andere ebenfalls zittern. Mathis lauschte dem Klacken, das er bei jedem Schritt mit dem Treibstecken auf dem steinernen Fliesenboden der großen Eingangshalle verursachte. Schon dieses Geräusch schien hier nicht hinzupassen, von dem Rest, der an diesem dürren, mannshohen Stück Holz hing, ganz zu schweigen.

Hauptmann Bouchet hatte geschwiegen, als einer der Wachhabenden ihm mitgeteilt hatte, dass ein Bauer darum bitte, zum Baron geführt zu werden. Anscheinend hatte er sich an ihn erinnert, an die Begegnung an einem dunklen Winterabend und den Befehl des Barons. Wortlos, als wäre die Bewegung der Lippen eine Verschwendung, hatte der Hauptmann sich erhoben und war ausgeschritten. Mit mächtigem Schritt, der es dem Bauerntölpel in seinem Rücken unmöglich machen sollte, ihm zu folgen, ohne lächerlich zu wirken. Mathis hoffte, dass sich dieser Kerl mit dem finsteren Blick zurückziehen würde, sobald sie den Baron erreichten.

Doch weit gefehlt. Vor einer Flügeltür musste er ausharren, und Mathis fühlte, dass sein Bein noch stärker zitterte.

Wenig später stand er vor Amédé de Troyenne. Die Ruhe, die von diesem Mann ausging, minderte die bösartige Ausstrahlung des Hauptmannes, der sich neben den Baron gestellt hatte.

»Geh und hole meinem Gast einen Kelch Wein«, waren die ersten Worte, die der Baron, an seinen Knappen gewandt, sagte. Im Aufspringen stieß der Junge gegen den Tisch, dass die Steine des Mühlespiels ins Rutschen gerieten. Sorgsam schob der Baron sie wieder zurück, dann widmete er seine Aufmerksamkeit Mathis.

»Du möchtest mich sprechen? Ich hatte dir freien Zutritt zugesagt, also was führt dich zu mir?«

»Der Tagelöhner Gabin aus Saint Mourelles ist, wie Ihr bereits erfahren habt, ermordet aufgefunden worden.«

Die Augen des Hauptmannes verengten sich, der Baron nickte nur.

»Uns ist aufgefallen, dass es Spuren an der Fundstelle gab, die von Reitern hinterlassen wurden«, fuhr Mathis fort.

Hauptmann Bouchet öffnete nun doch den Mund und lachte laut auf. Der Baron winkte kurz durch die Luft, und das Lachen verebbte.

»Und was ziehst du daraus für Schlüsse?«, fragte er, schob das Mühlespiel beiseite und beugte sich vor.

Yann hat recht: In Kürze werde ich im Baum hängen, irgendwo im Wald. Was mache ich hier? Die Leere im Kopf schien die Worte verschluckt zu haben. Mathis versuchte, sich am Blick des Barons festzuhalten, der wachsam, aber ohne jede Spur von Boshaftigkeit auf ihm lag.

»Sie führten zum Schloss, und es waren eindeutig Pferde vom Schloss. Der Schmied hat seine Arbeit erkannt«, stieß er hervor. »Ja, die Spuren führten zum Schloss«, wiederholte er den Satz, weil er fürchtete, man könne ihn, den tumben Bauern, nicht für voll nehmen.

Die Braue des Barons hob sich.

»Ich bin, bitte seht mir diese Eigenmächtigkeit vor«, redete Mathis hastig weiter, »zum Schloss Port-Saint-Luc geritten, und dort wird ein Mädchen vermisst, eine Magd. Erst seit Kurzem …«

Der Sprung des Hauptmannes und das Ziehen des Schwertes waren eine Bewegung. »Du dreckiger Lump, was nimmst du dir raus?«, brüllte er, und schon stand er hinter Mathis, die Klinge an dessen Hals gedrückt.

»Es geht um die Sicherheit des Barons«, rief Mathis. »Wer auch immer diese Taten verübt, inzwischen fallen ihm auch Männer zum Opfer. Vielleicht sind es sogar mehrere Männer, die gemeinsam morden, versteht Ihr? Der Baron könnte sich in Gefahr befinden, jeder hier auf dem Schloss …« Die Klinge des Schwertes und der Arm des Hauptmannes, der um seinen Oberkörper lag, schnürten ihm die Luft ab.

Die Tür wurde geöffnet. Hastige Schritte, dann knallte der Knappe den Becher auf den Tisch, dass der Wein auf das Mühlebrett schwappte.

»Warte draußen, falls wir dich brauchen. Und du«, der Baron wies auf den Hauptmann, »lass ihn los. Es klingt, als könnte er recht haben. Aber dann bin nicht nur ich, sondern dann ist jeder, der im Schloss lebt, in Gefahr.« Amédé de Troyenne wirkte nun müde, fast kraftlos und schob den Becher über den Tisch. »Nimm einen Schluck.«

Mathis griff zu und trank gierig. Nachdem er den Becher abgesetzt hatte, fuhr er mit der Hand über seinen Hals und sah helles Blut an seinen Fingerspitzen.

Auch der Baron bemerkte, dass das Schwert seines Hauptmannes Spuren hinterlassen hatte. Er seufzte. »Nimm es ihm nicht übel, er ist ein wenig ungestüm, und jetzt berichte bitte noch einmal der Reihe nach.«

Der Wein wärmte Mathis, und mit der Wärme kehrten die Worte, eines nach dem anderen, zurück.

»Mit wem hast du in Port-Saint-Luc geredet?«, wandte der Hauptmann sich an ihn, seitwärts im Schatten einer Säule stehend.

»Verzeiht mir bitte«, Mathis sprach den Baron direkt an, »es waren kurze Gespräche mit verschiedenen Männern, einer von ihnen war älter mit dunklem Haar, der andere mittelgroß mit hellbraunem Schopf. Bei den anderen bin ich unsicher, aber eines war ihnen gemeinsam: Sie waren misstrauisch, und kaum dass ich wusste, dass eine Magd namens Soazig vermisst wird, gab ich mich als Verwandter aus. Niemand hat etwas Unrechtes getan.« In Gedanken schlug Mathis ein Kreuzzeichen. Heiliger Vater, verzeih meine Lügen, flehte er, und bitte hilf mir, den Stallmeister herauszuhalten. Soweit er sich erinnern konnte, trafen auf die Hälfte der Männer auf dem Gut die vagen Beschreibungen zu.

»Du bist ein einfacher Bauer mit großem Mut, und dumm bist du auch nicht. Das muss man dir lassen. Es wäre mir nie in den Sinn gekommen, eine Verbindung nach Port-Saint-Luc herzustellen«, sagte der Baron. »Aber wir haben ein Problem: Auf Schloss Troyenne gibt es gut hundert Pferde, für die Reise haben wir weit mehr als die Hälfte von ihnen mitgenommen. Jeweils mit einem Reiter besetzt. Männer der Garde, Knechte und selbst der Geistliche und der Knappe waren mit uns unterwegs. Wie sollen wir ergründen, wer der Täter ist? Und was machen wir, wenn der Schmied sich irrt? Spuren im Schnee oder Matsch, wahrscheinlich sind sie längst verschwunden, und niemand kann das überprüfen.«

Mathis schluckte. Die Überlegungen des Barons klangen

durchdacht. Im Gegensatz zu seinen eigenen, die wie die eines übereifrigen Jungen anmuteten, der meinte, die Weisheit mit Löffeln gefressen zu haben. Er musste zugeben, die Hufspuren nicht sonderlich genau in Augenschein genommen zu haben. Was war, wenn Yanns vom Kummer überreiztes Gemüt Dinge wahrnahm, die es nicht gab? Oder Dinge entdeckte, die es wahrnehmen wollte, um die vermeintliche Nähe des verlorenen Sohnes zu spüren? Yann hatte Ähnliches über Blanche gesagt: dass sie seit Avels Verlust verwirrt wirkte. War überhaupt noch irgendwer aus dem Dorf verlässlich in seinem Urteil?

Auf dem Gesicht des Hauptmannes, der sich inzwischen an die Steinsäule gelehnt und die Arme vor der Brust verschränkt hatte, zeigte sich ein zufriedenes Lächeln.

»Doch es ist meine Christenpflicht«, fuhr der Baron fort, »alle Sorgfalt walten zu lassen, wenn Ankou durch meine Dörfer eilt und sich den Wagen belädt, dass wir kaum hinterherkommen, auf dem Friedhof die Grabstellen auszuheben. Wir werden jeden einzelnen Mann im Schloss überprüfen.« Er nickte Hauptmann Bouchet zu. »Nun sage dem Knappen, er soll Pater Bertrand herholen. Wir wollen, bevor der Bauer uns verlässt, gemeinsam beten. Dafür beten, dass wir bald Klarheit erlangen und den Täter seiner gerechten Strafe zuführen können.«

Mathis blickte beklommen dem Hauptmann nach. Wenn es vor meinem Besuch auf Schloss Troyenne einen guten Grund gab, in den Wäldern Saint Mourelles auf der Hut zu sein, dachte er, gibt es für mich nun mindestens zwei. Einen Mörder und den Hauptmann.

Dieses Mal hob er die Hand und schlug das Kreuzzeichen.

Julien war sich sicher: Diese Bretonen würden ihn noch wahnsinnig machen. Denn noch schlimmer als die stinkenden Seeleute in Nantes' Hafen waren die Bauern dieses Landstrichs. Nicht dass er bisher viel mit ihnen zu schaffen gehabt hatte, aber seit Pfarrer Jeunet nach diesem hinkenden Trottel hatte schicken lassen, sah er seine Vorurteile bestätigt. Der Mann weigerte sich, in der Studierstube Platz zu nehmen, und hielt seinen Stock fest, als wäre er mit ihm verwachsen. Der Gesichtsausdruck war zwar nicht einfältig, aber abweisend war er allemal.

»Wenn mich Pfarrer Jeunet richtig unterrichtet hat«, setzte Julien erneut an und blieb bei der respektvollen Anrede, »wart Ihr beim Baron de Troyenne und habt ihn von Eurer Reise unterrichtet?«

Der Bauer schaute zum Pfarrer, als hätte er nichts gesagt. Erst als dieser aufmunternd mit der Hand wedelte, nickte der Mann.

Erstaunlich, dachte Julien, dass der Baron seine Bauern persönlich empfängt. Auch die Adeligen in diesem Landstrich scheinen eigen zu sein. Er wischte den Gedanken beiseite und setzte wieder an: »Und der Hauptmann, der vom Stallmeister als möglicher Täter benannt wurde, war während der Unterredung zugegen?«

Der Bauer nickte erneut.

»Meint Ihr, dass es eine gute Idee war, diese Unterredung in der Anwesenheit des Hauptmannes zu führen?«

»Der Baron entscheidet, wen er bei sich haben möchte, und das macht er auch, wenn ich zu ihm vorgelassen werde«, antwortete der Mann, und Julien zuckte zusammen. Die Stimme des Bauern war ruhig, und die Worte waren mit Bedacht gewählt. Weit entfernt vom bretonischen Genuschel und einfachstem Satzbau anderer Bauern. »Sicher hätte er seinem Hauptmann nach unserem Gespräch ohnehin alles erzählt, denn dem Baron liegt viel daran, für unsere Sicherheit zu sorgen. Und dafür braucht er den Hauptmann.«

»Man muss hinzufügen«, griff der Pfarrer in das Gespräch ein, »dass Mathis im letzten Herbst großen Mut bewiesen und das Leben des Barons gegen umherziehende Söldner verteidigt hat. Seitdem verhält sich der Baron ihm gegenüber … sagen wir es so: sehr wohlwollend.«

Julien spürte, dass ihn das Gespräch verwirrte. Ein großherziger Baron, der einen seiner Bauern schätzte; ein steinalter Landpfarrer, der seine Berufung ernst nahm, und ein hinkender Bauer, der sich auszudrücken verstand. Die Bretonen waren und blieben ihm ein Rätsel, ja nahezu unberechenbar.

»Vielleicht hält sich der Hauptmann nun zurück, da er weiß, dass man den Täter auf dem Schloss vermutet. Sollte er nichts damit zu tun haben, wird er gewissenhaft der Anordnung des Barons nachkommen, alle Männer im Schloss zu überprüfen. Er könnte mehr Wachen ausschicken oder etwas in der Art. Das könnte der Täter bemerken und ihn vielleicht abschrecken«, fuhr der Bauer mit dem lahmen Bein fort. Noch immer wollte er sich nicht setzen und schaute auf den Pfarrer und ihn herab.

»Das erscheint mir sehr einfach gedacht«, antwortete Julien und sah, dass sich die Mundwinkel seines Gegenübers in die Tiefe neigten.

»Andere Möglichkeiten haben wir nicht. Und verzeiht mir den Hinweis, aber die von der Kirche zugesagte Unterstützung ist bisher dürftig.«

Die Röte stieg Julien in den Kopf. Dreist. Sie waren dreist, die Bretonen, und dieser hier schlug dem Fass den Boden aus. Er pumpte die Lungen voll Luft, doch bevor er zu einer Antwort ansetzen konnte, griff der Pfarrer erneut ein.

»Mathis, halte an dich. Der Herr Magister sucht uns bereits das zweite Mal in dieser Angelegenheit auf.«

»Bischof Gregor du Clergue«, Julien betonte jedes seiner Worte, »hat sehr wohl Anweisung gegeben, dass sich dieser Angelegenheit angenommen wird. Und das, obwohl – wenn ich es noch einmal hervorheben darf – die Diözese Nantes zu den größten des Landes gehört.« Wenn er ehrlich war, hatte Julien keine Ahnung, ob diese Aussage zutraf. Aber sie klang gut und führte weit weg von der Frage, wer sich der sogenannten Angelegenheit anzunehmen hatte.

Der Bauer schien nicht sonderlich beeindruckt. Er verneigte sich vor dem Pfarrer und war wieder dazu übergegangen, seine Anwesenheit zu übersehen: »Pfarrer Jeunet, die Felder müssen für die Aussaat vorbereitet werden. Es ist viel Arbeit, die auf mich wartet.«

»Bitte, bleibe noch einen Augenblick, lass uns gemeinsam überlegen, was wir zum Schutz aller unternehmen können.«

»Ich bin ein einfacher Bauer, der sein Vieh im Kopf hat, den Rücken die meiste Zeit des Jahres über den Pflug gebeugt hält, dabei seinem Ochsen hinterherläuft, um Furchen durch den Boden zu ziehen, in denen dann nichts als Stroh gedeiht. Sicher seid Ihr bei Magister Lacante in besten Händen, er wird Euch ein guter Berater in der Not sein.«

Für einen kurzen Moment hoben sich die Mundwinkel des Bauern ein winziges Stück in die Höhe, dann saß wieder die Maske des Ernstes auf seinem Gesicht.

Für einen kurzen Moment wünschte Julien, dieses Gespräch vor der Tür fortzuführen, mit den Mitteln, die Männer nutzten, wenn die Worte versagten.

Catheline stieß den Fensterladen auf, und ein Blick genügte: ein tief verhangener Himmel und ein Tageslicht, das bestenfalls als trübe durchgehen konnte. Nichts, aber auch gar nichts trug dazu bei, die Stimmung, die sich mit dem Beginn des Jahres über das Dorf gelegt hatte, zu ändern.

Die Sonne wollte nach den ersten Tagen, in denen sie warm und hell vom Himmel gelacht und leere Versprechungen vom Frühling gemacht hatte, nicht mehr hinter den Wolken hervortreten. Tag um Tag fiel immer wieder Regen, der Wege und Wiesen in braun-düsteren Morast verwandelte.

Auf dem Weg, der an der Pfarrei vorbeiführte, war Martin mit dem Wagen des Schmieds im Schlamm stecken geblieben. Sie hörte ihn fluchen, weil seine Versuche, den Wagen anzuschieben, scheiterten. Wütend drosch er auf das Pferd ein.

Catheline schlüpfte in ihre alten Schuhe, öffnete die Tür und sprang über Pfützen hinweg zum Wagen.

Martin fuhr herum, als sie ihn erreichte. Erst als er begriff, wer vor ihm stand, atmete er tief durch, fast als wäre er erleichtert. Seine Augenbrauen schienen heute noch buschiger als sonst aus seinem Gesicht zu wuchern, ein Anblick, der ihn fast bedrohlich wirken ließ.

»Was drischst du hier auf dem Pferd herum? Dadurch wird es nicht weiterkommen«, wies ihn Catheline zurecht.

Martin befeuchtete mehrfach mit der Zunge die gesprungenen Lippen, bevor er auch nur ein Wort hervorbrachte. »Hilf mir«, flüsterte er. »Lass uns den Wagen auf den Hof der Pfarrei schieben, schnell! Bevor uns jemand sieht!«

Bisher war es Catheline nicht aufgefallen, doch jetzt stach ihr die Ladefläche des Wagens ins Auge. Sie war leer bis auf ein dreckiges Tuch, eines, das sich leicht wölbte und unter dem zwei Beine hervorschauten. Verschlammte, dreckige Beine, bei denen die Fäulnis bereits eingesetzt hatte. Der Gestank war erbärmlich.

In Cathelines Bauch bildete sich ein Knoten, der sich schlagartig löste und sich seinen Weg suchte. Mit den Schuhen scharrte sie das Erbrochene zu, als Martin ihr zuraunte: »Hör auf damit, lass uns beide den Wagen hinten anpacken. Wenn wir ihn gemeinsam anschieben, könnten wir es schaffen. Du bist ein kräftiges Weib, lass es uns versuchen.«

Wie verlangt, packte Catheline das nasse, splitterige Holz und schob mit Leibeskräften. Schob mit Martin den Wagen samt Raymonds stinkenden Überresten aus dem Schlamm. Sie spürte, dass ihre Schuhe durchweichten, wie ihr Rock sich bis auf Kniehöhe mit Nässe vollsog. Kaum dass die Räder wieder auf dem Boden griffen, lenkte Martin den Wagen über den Friedhof bis hinter die Kapelle.

»Ich werde Mathis holen«, sagte er dann nur und verfiel fast in einen Laufschritt.

»Du kannst mich doch nicht hier allein lassen«, schrie Catheline auf, rannte ihm hinterher und riss wutentbrannt an seinem Umhang.

Martin fuhr herum. »Und ob ich das kann!«, brüllte er. »Ich habe ihn auch alleine gefunden, oben am Wasserlauf. Da warst du auch nicht dabei, um mir die Hand zu halten. Und ich habe ihn ausgegraben, nur ein Arm schaute heraus, ein verfaulter Arm, der Rest war noch mit Dreck und Steinen bedeckt. Allein habe ich da gestanden, da oben. Und niemand hat mein Rufen gehört. Und niemand war da, als ich das, was noch von Raymond über ist, gepackt habe. Als er mir aus den Armen glitt … und … und die Hälfte von ihm an mir hängen blieb.«

Unwillkürlich ließ Catheline Martin los und trat einen Schritt zurück. Tatsächlich war der Brustbereich seines Umhanges großflächig dunkel verfärbt, die einzelnen Fasern teils verschmiert und teils verkrustet. Ein Anblick, für den Catheline keine Worte kannte, aber ihr Magen begann erneut, sich zusammenzuziehen.

Martin zerrte sich den Umhang ab, als würde er erst jetzt begreifen, was er am Leib trug. »Den kann ich nur noch verbrennen«, sagte er und ließ ihn vor Cathelines Füße fallen. »Und wie Yanns Wagen aussieht … Ich will gar nicht daran denken. Auf ewig wird nun Raymond, sein eigener Sohn, mit ihm unterwegs sein, wenn er den Wagen anspannt. Holz wollte ich ihm für die Schmiede holen, und was bringe ich ihm mit?«

»Warum hast du nicht Hilfe geholt?« Zu gern hätte Catheline sich mit der flachen Hand an die Stirn geschlagen. Was kam aus diesem Holzschädel nur heraus? Nichts als dummes Zeug, das in seiner Einfältigkeit kaum mehr zu übertreffen war.

»Ich weiß es nicht! Ich weiß es nicht … Ich konnte ihn doch nicht dort liegen lassen, so unwürdig, und ihn den Füchsen und anderem Getier überlassen. Aber ich schwöre dir, dass ich ihn nicht mehr anpacke. Das mache ich nicht mehr.«

Und wieder lief er los, ließ Catheline zurück. Sie schaute zum Wagen, dann wieder auf den Umhang zu ihren Füßen. Sie raffte den Rock, rannte ins Pfarrhaus, wobei sie mit ihren Schuhen und dem nassen Rock eine Dreckspur auf dem hölzernen Boden hinterließ. Griff sich das Zündeisen, den Feuerstein, eine Handvoll Zunder und die Fleischgabel. Schob alles bis auf die Fleischgabel in ihre Rocktasche und lief wieder über den Pfarrhof zum Friedhof zurück.

Vor dem Umhang blieb sie stehen. Stieß die Fleischgabel hinein, hob ihn auf und trug das wollene Tuch mit gestrecktem Arm wie eine Fahne vor sich her, bis hinter die Kapelle, vorbei an Pferd und Wagen. Trug ihn bis zum Rand der Mauer, die den Friedhof säumte, ließ den Umhang fallen, ging in die Hocke und entfachte mit bebenden Händen ein Feuer.

Gierig fraßen sich die Flammen durch den wollenen Stoff, der Rauch stieg auf und brannte Catheline heiß in den Augen. Doch sie konnte sich nicht rühren, hockte da, und in ihr tauchten Bilder vom letzten Johannisfeuer auf, als die Frauen, beseelt vom Gesang der anderen, um die Wette über die Flammen gesprungen waren. So hoch und weit, die Röcke gerafft, dass hier und da sogar eines der Knie aufgeblitzt war. Und ganz weit vorn, neben den Flammen hatte Raymond gestanden. Hatte die Schultern gewiegt, geklatscht und mit schiefer Stimme gesungen, die erahnen ließ, dass er bald zum Mann werden würde.

Langsam erloschen die Flammen, und die Erinnerung an die Wärme des Johannisfestes löste sich auf.

»Des Teufels Winter. Das war des Teufels Winter. Und jetzt will es nicht einmal richtig Frühling werden. Sind das die Vorboten der Apokalypse, von der Vater Jeunet schon so oft gesprochen hat? Ist das schon Gottes Zorn, der auf uns liegt?«

Catheline sprang auf, so schnell, dass ihr schwindelig wurde. Hinter ihr stand Eve und rang die Hände. Sie zeigte zum Wagen. »Da ist er, Raymond. Ich habe ihn gesehen. Der Teufel hat ihn wieder ausgespuckt, und ihr habt ihn gefunden. Sicherlich ist Gott erzürnt, wie sollte es anders sein.«

»Was machst du hier?«, fuhr Catheline sie an.

»Gabin, ich wollte zu Gabins Grab«, antwortete Eve, griff nach Cathelines Hand und riss sie mit sich. »Ich habe so viele Fehler gemacht, so viele schreckliche Fehler. Ich werde im Fegefeuer schmoren, wenn ich überhaupt noch dorthinkomme.«

»Wo willst du hin? Was … Ich muss dem Pfarrer Bescheid geben, er ist in seiner Studierstube, er weiß noch nichts. Eve! Halt! Raymond – wir können ihn nicht allein lassen.«

Aber ihre Worte verhallten. Eves Hand ließ die ihre nicht los und zerrte und zog, bis sie das Haus des Schmieds erreichten

Eve stieß die Tür auf und blieb unvermittelt stehen, dass Catheline in sie hineinlief.

Dicht beim Feuer saß Yanns Mutter, auf dem Schoß die Zwillinge.

Marie stand über die Feuerstelle gebeugt und rührte in einem Topf, der zu tief über die Flammen gehängt worden war und heftig dampfte. Es roch nach angebranntem Essen. »Endlich!«, sagte sie nur und ließ den Holzlöffel in den Topf fallen, als sie Eve erblickte. »Endlich werden wir Frieden finden. Wo habt ihr ihn gefunden?«

»Ich weiß es nicht, aber du hast recht, dein Raymond ist da. Nun könnt ihr ihn auf geweihtem Boden beisetzen«, stieß Eve hervor. Sie ließ Cathelines Hand los, fiel vor Marie auf die Knie und vergrub ihr Gesicht in deren Schürze. »Es tut mir so leid!«, schluchzte sie auf. »Ich habe so vieles falsch gemacht, euren Sohn beschuldigt, böse Dinge gesagt.«

Dann sah sie auf und langte nach Maries Händen. »Bitte, bitte verzeih mir. Du weißt, ich bin mit dem Mund schneller als mit den Gedanken, aber ihr habt so viel Leid erfahren, und ich habe nichts getan, außer noch mehr Öl in eure Wunde zu gießen.«

Langsam strich Marie sich eine Haarsträhne aus dem Gesicht, schob sie unter das Tuch, das sie um den Kopf geschlungen hatte. Erschrocken bemerkte Catheline, dass das einst glänzende Haar, das sie der Frau des Schmieds oft geneidet hatte, stumpf und verfilzt bis in die Spitzen war.

Langsam ging Marie in die Hocke und umfasste die vor ihr kniende Eve, deren Körper wie von Krämpfen geschüttelt wurde. »Ich weiß, die Angst macht einen kirre. Es ist nicht meine Aufgabe, über dich zu richten. Zudem fehlt mir jede Kraft, das glaube mir bitte, dir zu zürnen.«

Beide Frauen umklammerten sich, und in ihre Klagen fiel die Alte mit ein, die strampelnden Zwillinge an sich gepresst.

Catheline setzte sich auf einen Schemel und wartete. Wartete darauf, dass irgendwer kommen und ihnen allen helfen würde.

Schloss Troyenne

Er saß am Tisch. Die Ellbogen aufgestützt, hielt der Baron den Kopf gesenkt, die Augen geschlossen und rieb sich die Lider.

Mathis hatte seine Hände ineinandergefaltet und kam sich nicht weniger fehl am Platze vor als bei seinem letzten Besuch. Er spürte, dass Hauptmann Bouchets finsterer Blick wieder einmal auf ihm ruhte. Langsam schob Mathis seine Hand an den Hals und tastete nach dem Lederband, das ihm Blanche umgebunden hatte.

»Es ist der Jähzorn, der den Hauptmann vergiftet«, hatte sie gesagt und ein kleines Beutelchen, gefüllt mit ihm unbekannten Kräutern, an das Band geknüpft.

»Woher weißt du, dass ich dorthin will?«, hatte Mathis entgegnet.

»Wenn du genau hinsiehst, wirst du bemerken«, fuhr sie fort, als hätte er nichts gefragt, »dass irgendetwas an ihm merkwürdig ist. Vielleicht sind die Brauen des Hauptmannes zusammengewachsen, vielleicht hat er zwei unterschiedlich farbige Augen oder eine hervorspringende Ader auf der Stirn. Man kann sie meist erkennen, die Menschen mit dem bösen Blick. Manche von ihnen wissen, dass sie den bösen Blick besitzen, andere wissen es nicht und fügen deshalb unwissentlich Schaden zu. Damit er dir nichts anhaben kann und dir keine Krankheiten anhangt, trage dieses Beutelchen bei dir, wenn du den Baron aufsuchst.« Sie schüttelte den Kopf. »Zu gern würde ich dir noch eines für den Baron mitgeben, der den Hauptmann unentwegt um sich hat, aber das kann ich wohl kaum machen.« Zum Schluss hatte sie seine Wange getätschelt, wie es nur alte Frauen konnten. Energisch hatte sie ihn dann, als wäre er ein kleiner Junge, des Weges weitergeschoben. Bevor er die Tür zu ihrer Hütte geschlossen hatte, hatte sie ihm noch hinterhergerufen: »Pass trotzdem gut auf dich auf! Vor all den anderen Gefahren, die auf dem Schloss auf dich lauern, kann ich dich nicht schützen.«

Und so stand er nun hier und fühlte sich wie ein kleiner Junge, dem eine Aufgabe zugeteilt worden war, der er nicht gewachsen war. Er bewegte den Hals und spürte den Stoff des kleinen Beutels auf seiner Brust. Das einzig beruhigende Gefühl in dieser Umgebung.

Der Baron schob die Finger von den Lidern hin zu den Schläfen, presste sie in die Haut. Dann riss er den gesenkten Kopf in die Höhe und schlug mit der Faust auf den Tisch. »Verdammt, das kann ich nicht fassen«, brüllte er den Hauptmann an. »Wie kann es sein, dass hier irgendjemand derart sein Unwesen treibt? Wenn Söldner in der Gegend unterwegs sind, warum findet ihr sie nicht? Wie oft habe ich gesagt, dass die Wachen verstärkt werden müssen? Warum wurde der Junge des Schmieds nicht von euch entdeckt? Dieser Bauer hat ihn stattdessen gefunden.«

Nur einmal hatte Mathis den Baron außer sich erlebt, sein Brüllen vernommen. Er riss die Hände in die Höhe, schob sie, den Treibstecken fest gepackt, vor sein Gesicht und hielt die Luft an, als könne er sich damit in sich selbst verbarrikadieren. Doch das Brüllen des Barons sickerte in ihn ein, setzte sich in seinem Kopf fest und brachte Bilder hervor, die er nicht sehen wollte. Er presste die Augen zu.

Der Baron zu seinen Füßen. Starr, mit geweiteten Augen, sein Körper halb unter dem verendenden Hengst begraben. Der jüngste Bruder des Barons, Bruno, der Amédé zu Hilfe eilen will. Ein Sirren in der Luft, ein Schwertstreich, direkt an Mathis' Oberarm vorbei, der Bruno trifft. Fast den gesamten Kopf vom Hals trennt. Blut, überall Blut. Mathis schwankt, sieht, dass der Baron brüllt. Hört, dass er nach seinem Bruder brüllt, der zusammensinkt und samt dem abgetrennten Kopf neben ihm auf dem Boden aufschlägt. Der Söldner, vielleicht Engländer, vielleicht auch nicht, tritt näher, hebt erneut sein Schwert, um nun auf den Baron einzuschlagen. Dieser faltet die Hände. Dankt Gott, mit seinem Bruder Bruno sterben zu dürfen, und ergibt sich seinem Schicksal. Plötzlich lässt der Söldner das Schwert sinken. Lacht und überlässt sie beide, den Lebenden unter dem Pferd und den Toten ohne Kopf, sich selbst. Flüche schickt der Baron ihm hinterher, aber der andere reißt dem Pferd nur den teuren Sattel ab und verschwindet.

Dann kommt das Fell in Mathis' Blickfeld. Direkt vor ihm. Braun und glänzend. Er sieht die Beine des Pferdes einknicken, spürt die Wärme des schweren Leibs, der zusammensackt und dicht neben ihm aufschlägt. Es ist das Beben des Bodens, der dumpfe Aufprall, der ihn einen Wimpernschlag lang ablenkt. Erst die Axt im Bein, die unter seinem Knie herausragt, holt ihn zurück. Zurück in den Kampf. Das Rot des Blutes, das seine Hose färbt, und der grellweiße Schmerz in seinem Kopf gehen über in erlösendes Schwarz.

Atmen. Ruhig atmen. Das half. Auch nachts. Ein- und ausatmen, die Augen öffnen.

Der große Saal des Barons. Immer noch saß der Schlossherr am Tisch, inzwischen in die halbrunde Lehne des Stuhles zurückgesunken. Neben ihm verbeugte sich Hauptmann Bouchet, der sich zurückzog.

Der Baron deutete Mathis mit einem Kopfnicken an, näher zu treten. »Diese Söldner, dieses Dreckspack, manchmal würde ich am liebsten mit ausreiten und ihnen die Schädel einschlagen.«

»Meint Ihr wirklich, dass es Söldner sind, die hier ihr Unwesen treiben? Aber warum haben die Berittenen Eurer Garde sie bisher nicht entdeckt?«

Im Gesicht des Barons zuckte es. »Wenn ich das wüsste, ich verstehe es auch nicht. Aber wer soll es sonst sein? Die Männer meines Schlosses wurden überprüft. Der Hauptmann ist seiner Aufgabe gewissenhaft nachgegangen, aber jeder von ihnen bezeugt die Anwesenheit des anderen.« Er stand auf und zog Mathis vom Tisch weg, hin zum Fenster. »Ich frage dich noch einmal: Die Spuren, die ihr entdeckt habt, die zum Schloss führten – seid ihr, dein Schmied und du, sicher, dass sie von meinen Pferden stammten?«

Mathis schaute zur Tür, dann wieder ins Gesicht des Barons, das zu dicht vor seinem war. Er zuckte die Schultern, denn mit Gewissheit konnte er nichts dazu sagen.

»Es klingt wirr«, setzte der Baron erneut an, ohne eine Antwort abzuwarten, »aber falls es sich tatsächlich um Pferde meines Schlosses handelt, muss ich zugeben, dass ich den Gedanken nicht ausschließen kann, dass Söldner Anschluss bei den Männern meiner Garde gefunden haben. Ich habe lange darüber nachgedacht, aber es kann durchaus sein, dass einige der Berittenen diese decken, vielleicht versorgen, sich die Beute ihrer Raubzüge teilen.«

»Die Opfer hatten nichts, was man ihnen nehmen konnte, außer ihrem Leben«, flüsterte Mathis.

Der Baron schüttelte den Kopf, fuhr sich erneut über die Lider. »Du siehst, ich weiß nicht weiter. Ich ziehe inzwischen alles in Betracht und verheddere mich immer mehr in meinen Schlussfolgerungen. Du hast mir schon einmal das Leben gerettet. Sollte mir in nächster Zeit etwas zustoßen, habe ich diesen Gedanken wenigstens einmal ausgesprochen.«

»Niemand würde mir, einem einfachen Bauern, zuhören, wenn Euch etwas zustößt.«

»Du bist ein mutiger Mann, du würdest einen Weg finden.« Der Baron klopfte Mathis auf die Schulter und kehrte zum Tisch zurück.

»Das da«, er zeigte auf Mathis' Bein, »das hast du seit dem Überfall, oder war das schon vorher?«

»Ich, also, es war mir eine Ehre …«

»Ja oder nein?«

»Ja.«

»Kannst du damit noch reiten?«

»Ja.«

»Dann lass uns am Sonntag ausreiten. Wenn wir Glück haben, entdecken wir die Täter, wenn nicht, lohnt es sich, einen lauen Frühlingsnachmittag zu genießen.« Der Baron sank in seinen Lehnstuhl zurück und füllte sich den Becher mit Wein nach. »Und jetzt lass mich bitte allein, ich bin unsagbar erschöpft.«

Mathis verabschiedete sich und spürte in seinen verspannten Gliedern, dass er nächtelang keine Ruhe gefunden hatte. Die Gedanken jagten durch seinen Kopf, haltlos, ohne sich sinnvoll miteinander zu verbinden. Amédé de Troyenne will mit mir ausreiten. Das kann er nicht machen. Er, der den König traf, der Johanna von Orléans begleitete. Das wird nicht gut gehen. Gott hat die Welt in drei Stände geordnet, jeder hat seinen Platz in diesem Gefüge. Es steht mir nicht zu …

Es war ein Schatten, vielmehr eine Bewegung im Hintergrund, die ihn aufmerken ließ.

Sie war schön.

Schlichtweg schön.

Warum hatte er die Frau vorher nicht bemerkt? Wie lange stand sie schon hier? Mit einem Besen in der Hand, rechts von ihm, im Halbdunkel der Eingangshalle, und beobachtete neugierig, wie er, an die Wand gelehnt, seine Gedanken zu ordnen versuchte.

»Du stehst da die ganze Zeit und starrst Löcher in die Luft. Was bedrückt dich, mein Hübscher?«

»Ich kenne dich doch, du bist eine der Küchenmägde und arbeitest mit Jola zusammen.«

»Du Anfänger«, lachte sie auf, trat näher und schob mit dem Besen kleine Dreckkrumen in seine Richtung. »Du trägst hier Schmutz herein und machst mir Arbeit. Und anstatt dich bei mir zu entschuldigen, sprichst du von einer anderen Frau. Das macht man nicht, weder das eine noch das andere.«

Er musste träumen. Erst die Einladung des Barons und nun dieses Frauenzimmer, das ihn derart unverfroren ansprach. Der Teufel höchstselbst musste seinen Schabernack mit ihm treiben und Träume aussenden, die ihm die Sinne verdrehten. Er musste hier weg. Und zwar schnell.

Bischofspalast in Nantes

»Sie haben zugeschlagen! Die Aufständischen haben tatsächlich das Poitou besetzt.«

Julien vergaß, Platz zu nehmen. Die Anschreiben noch immer auf dem Arm, fühlte er die Unruhe, die vom Bischof ausging.

»Wusstet Ihr, dass Seine Majestät, als er zwanzig Jahre war, alt wirkte? Dass er, der nun auf die vierzig zugeht, nachdem

Johanna ihn zum König gemacht hat, jung wirkt? Anscheinend beflügelt unseren siegreichen Karl der Erfolg, den er gegen die Engländer verzeichnen kann. Das wiedereroberte Paris beispielsweise«, redete der Bischof weiter, ohne auf die von ihm am Morgen als dringlich angeforderten Anschreiben einzugehen.

»Das königliche Heer versammelt sich nun an der Loire unter der Führung des Königs und Arthur de Richemonts. Und wisst Ihr, wer dem Bruder des Herzogs bei den Aufständischen nun auch gegenüberstehen wird? Der Baron Georges de la Trémoille, den man durchaus als Erzfeind von Richemont bezeichnen darf. Baron de la Trémoille hat bereits versucht, Arthur zu ermorden, sicher hofft er auf eine weitere Möglichkeit. Und unser König wird Jean de Dunois gegenüberstehen, der stets davon ausgeht, dass Seine Majestät sich nicht gebührend für die Freilassung seines Halbbruders einsetzt, den die Engländer immer noch festhalten.«

Der Bischof zeigte auf Juliens Arm, auf den Stapel Papier, der sacht zitterte. »Nehmt Eure Anschreiben wieder mit, ich kann mich jetzt nicht darum kümmern. Der Herzog ist besorgt um seinen Bruder Arthur, ich werde ihm einen Besuch abstatten. Ach, noch eine Frage: Gibt es irgendwelche Ergebnisse im Hinblick auf die Vorkommnisse in Saint Mourelles?«

Das Zittern der Papiere verstärkte sich. »Nein, wir haben eine Weile nichts mehr von Pfarrer Jeunet gehört.«

»Ihr habt aber ein Auge darauf, ja?«

Julien konnte sich nicht einmal erinnern, wo die Anschreiben von diesem Landpfarrer lagen. Vor seinem inneren Auge erschien ihm sein Schreibpult, auf dem es keinen freien Flecken mehr gab, nur bergeweise Arbeit. Ein Knoten bildete sich in seinem Hals, denn er wusste, dass er die falschen Prioritäten setzte. Der Angst, den Aufgaben des Bischofs nicht gerecht zu werden, setzte er die billige Hoffnung entgegen, dass es im Dorf keine weiteren Unglücksfälle gegeben hatte. Mehrfach hatte er sich selbst mit dem Gedanken zu beruhigen versucht, dass es unerheblich war, wann er sich um die Ereignisse in Saint Mourelles kümmerte. Dass es keine Rolle spielte, ob er nach drei oder vierzehn Tagen im Dorf erschien. Die Menschen waren bereits tot, daran konnte er nichts mehr ändern. Den im Hinterkopf aufflackernden Gedanken, dass er Schuld auf sich lud, wenn noch jemand umkommen sollte, hatte er stets in weite Ferne verwiesen. »Natürlich habe ich ein Auge darauf«, sagte er.

Der Bischof erhob sich mit in sich gekehrtem Blick. »Ist es nicht seltsam, dass sich jeder dieser Kriege immer auf irgendwelche persönlichen Belange zurückführen lässt?«, fragte er, und Julien wusste, dass er keine Antwort erwartete.

Saint Mourelles

Warum der Küchenmeister ihr den Tag freigegeben hatte, verstand Jola noch immer nicht. Sie hatte ihm erklärt, dass in Saint Mourelles ein Junge, den sie gekannt hatte, zu Grabe getragen werden sollte. Dass sie ihre Schwester begleiten wolle, der es sehr schlecht gehe.

Den Kopf schräg gelegt, hatte der Küchenmeister vor ihr gestanden, hatte vielleicht an Ania gedacht, die letzthin nicht aufgehört hatte zu weinen. »Ich habe gehört, was in Saint Mourelles geschehen ist«, hatte er tatsächlich gesagt und an ihr vorbeigeschaut. »Geh und steh deiner Schwester bei. Aber zum Einbruch der Dunkelheit bist du, wie es sich gehört, wieder im Schloss, in der Kammer. Und bleib auf den großen Wegen.«

Nach dem ersten Hahnenschrei hatte Jola ihr Morgengebet gesprochen, sich das Gesicht gewaschen, angekleidet und Ania und Émelie zum Dank umarmt, dass diese ihre Arbeit auf sich nahmen.

Die Luft des Morgens war klar und kalt, und endlich hatte es aufgehört zu regnen. Jola lief den Weg zur Kirche entlang, und als sie auf die Höhe des Friedhofs kam, sah sie die Männer. Am Rand der Mauer hoben sie das Grab aus. Jola blieb stehen und ging auf die Zehenspitzen. Knietief war das Grab bereits. Anscheinend der richtige Moment für die Männer, mit der Arbeit innezuhalten. Sie stellten sich neben die frisch ausgehobene Erde, bekreuzigten sich und stützten sich auf ihre Spaten. Warteten und nahmen dann erst die Arbeit wieder auf.

Sehr gut, dachte Jola. Dreimal müssen sie in ihrer Arbeit innehalten, dann können wir sicher sein, dass Raymond nicht zum Wiederkehrer wird und die ewige Ruhe findet. Grund genug, aus dem Grab zu steigen und den Mord zu rächen, hätte er ja.

Am Fenster der Pfarrei konnte Jola Catheline erkennen, die den Männern bei ihrer Arbeit zuschaute. Der Anblick der Schwester ließ Jola lächeln, eines der Lächeln, die das Glück in Wellen durch den Leib schoben. Doch heute währte dieses Gefühl nur einen Wimpernschlag lang, dann kehrte die Angst vor der Beisetzung leichtfüßig zurück.

Catheline hat es als Haushälterin gut getroffen, dachte Jola, als sie die Tür zur Pfarrei öffnete. Oft war ihr dieser Gedanke durch den Kopf gegangen, seit der neue Küchenmeister das Regiment übernommen hatte. Wärme schlug ihr entgegen, und es roch nach Fleischeintopf. Jola betrat die Küche, wo die Schwester noch immer am Fenster stand. Sie kam ihr entgegen, umarmte sie und ließ sie nicht wieder los.

»Was machst du denn hier? Bist du wegen Raymond gekommen?« Catheline schob Jola von sich. »Du darfst wirklich dabei sein? Du hast dich nicht wieder davongeschlichen wie beim letzten Johannisfest? Du weißt noch, was das für …«

Jola hob den Finger und legte ihn Catheline auf den Mund. »Ich habe gefragt, und ich darf heute dabei sein. Natürlich bin ich auch wegen Raymond hier, aber genau genommen bin ich deinetwegen gekommen. Irgendwie habe ich geahnt, wie sehr dich all das mitnimmt.«

Catheline legte die Arme um ihren Leib, als wolle sie sich selbst umarmen. »Ja, es ist entsetzlich. Sie werden Raymond an der Mauer beisetzen, ganz am Rand. Dort, wo die ungetauften Kinder liegen.«

»Warum?«

Catheline zuckte die Schultern. »So machen sie es halt, wenn jemand eines unnatürlichen Todes stirbt.«

»Du darfst das Wort nicht im Munde führen. Beschreie den Gevatter nicht noch.«

Catheline biss sich auf die Lippen. »Wie auch immer. Am Rand liegt er, nicht bei seiner Familie. Das wusste ich bisher nicht, aber ich habe es bereits bei Avels Beisetzung erfahren. Bei Gabin war es nicht anders, Eve hat Vater Jeunet fast die Augen ausgekratzt, aber trotz allem liegt er neben Raymond.« Sie drehte sich zu Jola um. »Erst hat Gabin Avel bei der Totenwache abgelöst, und nun wird Gabin diese Aufgabe an Raymond übergeben. Sein Geist wird es sein, der auf dem Friedhof für Ruhe sorgt, bis der Nächste beigesetzt wird und ihn ablöst. Ich befürchte, dass es nicht lange dauern wird, bis …«

»Schweig still«, fiel Jola ihr ins Wort. Sie schüttelte heftig den Kopf, entsetzt über den Gemütszustand der Schwester. »Setz dich«, sagte sie streng und deutete auf den Schemel, der am Tisch stand. »Wo ist der Pfarrer?«

»Er ist draußen in der Kapelle. Blanche hat sich bereit erklärt, Raymond ins Leichentuch einzunähen, bevor sie ihn in den Sarg legen. Man konnte an Raymond keine Waschung mehr vornehmen oder ihn aufbahren. Da war nicht mehr viel übrig.«

Es schmerzte, so fest schlug Jola mit der Hand auf den Tisch. »Catheline, was ist mit dir los? So widerlich hart kenne ich dich nicht. Hör auf damit!«

»Ich kann nicht mehr, Jola.« Es war nicht mehr als ein Flüstern. »Erst läuft mir der Mann weg, und mein künftiges Leben ist auf eine Abfolge von Putzarbeiten zusammengeschrumpft. Jetzt zerfällt auch noch das Leben um uns herum. Und niemand kann etwas dagegen tun. Wir warten wie verschreckte Hasen, deren Bau verschüttet ist, warten schutzlos und zitternd darauf, dass der Fuchs uns wittert, uns reißt und all dem hier ein grausames Ende bereitet.«

Jola sank auf die Holzbank, fasste über den Tisch und streichelte die Hände der Schwester. Wie war sie jemals auf die Idee gekommen, Catheline könnte es in ihrem Leben besser getroffen haben? Sie hatte nicht geahnt, dass es zum Bruch mit Mathis gekommen war, und sie wusste, dass jetzt nicht genug Zeit bleiben würde, ausführlicher darüber zu sprechen. Einsam war Jola, ganz ohne Frage, aber das schmerzte sicher weniger als der Verlust des zukünftigen Ehemannes. Und neben dieser Erkenntnis nahm sie zum ersten Mal bewusst war, leicht erstaunt, es vorher nie bemerkt oder auch nur darüber nachgedacht zu haben, wie sicher sie sich fühlte. Auf dem Schloss, in der direkten Nähe des Barons und seiner Garde, deren Schutz aber anscheinend nicht bis nach Saint Mourelles und in die umliegenden Wälder reichte. Bis dorthin, wo auch Babette ihr Leben gelassen hatte. Bei allen Überlegungen, die Catheline letzthin bei ihrem Besuch im Ziegenstall angestellt hatte, Jola fühlte sich schlichtweg geborgen in ihrem Leben.

Die Glocke begann zu läuten. Catheline sprang auf. »Wir haben über meinem Geschwätz die Zeit vergessen. Schnell, schnell, die Totenmesse beginnt.«

Jola so dicht neben sich zu wissen, ihre Schulter an der eigenen zu fühlen gab Catheline Kraft. Auch Mathis kurz gesehen zu haben tat ihr gut. Aufrecht stand sie, die Hände ineinandergefaltet, und versuchte, sich auf die Zeremonie zu konzentrieren. Auf den Abschied von Raymond. Kurz vor der Messe hatte es zur Terz geläutet, es blieb also bis zum Anbruch der Dunkelheit noch mehr als ein halber Tag. Bis dahin mussten sie das Grab geschlossen haben, damit es nicht über Nacht offen stand. Nicht, dass noch mehr Unglück über die Familie des Schmieds kam, dass noch einer von ihnen aus dem Leben schied. Mehr Leid konnten weder Yann noch Marie ertragen.

»Weil die Elenden immer wieder Gewalt erleiden und die Armen seufzen, will ich jetzt aufstehen. Ich will denen Hilfe verschaffen, die sich danach sehnen«, drang, als wäre er weit entfernt, Vater Jeunets Stimme in Cathelines Gedanken.

Es war Jolas Ellenbogen, der sie aufmerken ließ. Mehrfach stieß die Schwester sie an, und erst jetzt sah Catheline, dass Eve sich an den Frauen vorbeigeschoben hatte und im Mittelgang stand. Sie schien über Nacht kleiner geworden zu sein, und ihr Gesicht war eingefallen. Falten hatten sich um ihren Mund eingegraben, die sich wie schwarze Linien auf der blassen Haut abzeichneten.

»Das soll Unser Herr gesagt haben?«, rief sie.

Vater Jeunets erhobene Hände sanken herab. Er trat vor und nickte. »Ja, mein Kind, das hat er gesagt. Deshalb wird er auch dir Hilfe zukommen lassen.«

»Wer kann mir noch helfen? Mein Mann kann nicht mehr Mathis' Schafe hüten, meine Söhne und ich werden es versuchen, und trotzdem weiß ich nicht, wie wir genug Essen zwischen die Zähne bekommen werden. Noch ist Gabin nicht lang unter der Erde, und noch geben uns alle etwas ab, teilen das Wenige, das sie selbst für sich haben. Dafür bin ich dankbar, aber der Schrecken wird schwinden, die Gaben werden kleiner, und dann stehen wir da. Alleine. Ohne Gabin.« Eves schrille Stimme ließ keinen Zweifel. Hier wurden Dinge ausgesprochen, für die ein Gotteshaus nicht der rechte Platz war.

Blanche kam den Mittelgang hinabgelaufen und drückte Eve mit aller Kraft zwischen die stehenden Frauen zurück. Kurz traten dabei die Adern an ihrem Hals hervor.

»Es ist doch wahr, was ist das für ein Gott? Was ist mit uns, die geblieben sind und weitermachen müssen?«, schrie Eve, und ihre Söhne schoben sich nah an sie heran.

Blanche zwängte sich an Pierre vorbei und ließ Eve über den Kopf des Jungen hinweg nicht los. »Mit Gott kannst du hadern, wenn wir hier fertig sind. Wir sind hier wegen Raymond, und jetzt gibst du dem Jungen das letzte Geleit, so wie es sich gehört«, sagte sie scharf.

Eves Widerstand erlosch, sie legte ihre Wange auf Pierres Kopf und rührte sich nicht mehr.

Ein Rascheln hinter ihnen ließ Catheline und Jola die Köpfe wenden. Mit ihrer Körperfülle zwängte sich Ysa an den Frauen neben ihr vorbei zum Mittelgang. Ihr Mann Martin gab ihr Handzeichen, sie solle innehalten, aber Ysa nahm ihn nicht wahr. Die Augen zu Schlitzen verengt, sah sie Vater Jeunet an. Mit fahrigen Bewegungen nestelte sie an dem Tragetuch, mit dem der schlafende Luc vor ihrer Brust festgebunden war. Sie nahm den Kleinen aus dem Tragetuch und hielt ihn in die Höhe.

Catheline befürchtete, die Besinnung zu verlieren, so ängstigte sie dieses Bild. Zwei rasende Frauen im Haus Gottes, und das bei einer Beisetzung!

Man hätte eine Nadel fallen hören können, so still war es geworden. Selbst Vater Jeunet blieben die Worte aus. Langsam, das Kind auf Kopfhöhe erhoben, schritt Ysa den Mittelgang hinab.

»Ich weiß, was Eve meint. Wie oft habe ich mir Hilfe ersehnt«, rief sie. »Und immer wieder hat Gott in seiner sogenannten Gerechtigkeit mir die Kinder genommen. Ist das seine Hilfe? Ist das Liebe oder Güte? Nur meine Rachel nahm er mir nicht und das neue Kind. Aber jetzt ist Rachel weg.« Sie schaute in die Gesichter derer, die in den Reihen standen, an denen sie vorbeilief. Hielt ihren Sohn nach links, dann nach rechts, und ihr weicher Leib wogte ob der heftigen Bewegungen. Inzwischen war Luc aufgewacht und lachte, offensichtlich empfand er die schaukelnden Bewegungen als angenehm. Seine Augen funkelten, und er gluckste erfreut auf, als Ysa ihn nun dem Pfarrer entgegenhielt.

Catheline schaute nach Martin, er war Ysas Mann. Er musste einschreiten. Doch der stand mit gekrümmtem Rücken, das Gesicht in den Händen verborgen.

»Vater Jeunet, ich weiß, dass auch mein großes Mädchen, meine Rachel, vor mir heim zu Unserem Vater gegangen ist. Mit ihr ist nochmals ein Stück in mir gestorben. Wie viel, glaubt Ihr, ist noch von mir übrig nach vier verlorenen Kindern?«

Noch nie hatte Catheline Vater Jeunet derart erschüttert erlebt. Sein Blick jagte zwischen der schweigenden Eve, die immer noch Pierre umklammerte, und Ysa hin und her, deren Angst sich inzwischen in großen Schweißflecken auf ihrem Kittel abzeichnete. Vater Jeunets Mund klappte auf und wieder zu, seine Hände rangen miteinander. Er war am Ende seines Lateins.

»Gott hat mir dieses fünfte Kind geschenkt, aber ich will es nicht mehr haben. Denn wenn Er mir auch dieses nimmt, bleibt nichts mehr von mir über. Nehmt ihn«, sagte sie, fasste Vater Jeunet am Arm und legte den brabbelnden Luc hinein.

Ein Raunen ging durch die Kirche, einige stellten sich auf Zehenspitzen, um besser sehen zu können, doch niemand wagte es, einzuschreiten.

Noch einmal strich Ysa dem Jungen über den Kopf, dann rannte sie los, den Mittelgang hinab, stieß die Tür auf und verließ die Kirche.

Erneut traf Jolas Ellenbogen Catheline an der Hüfte. »Mach was!«, fauchte die Schwester sie an.

»Warum ich? Was soll ich denn machen?«

»Du bist seine Haushälterin, und dieser arme, alte Mann braucht jetzt deine Hilfe. Geh und mach irgendwas!«

Catheline gehorchte und stolperte in den Mittelgang. Vater Jeunet starrte auf das Kind in seinen Armen, das inzwischen angefangen hatte zu brüllen. Mit zögernden Schritten ging Catheline auf ihn zu und nahm ihm den Jungen ab. »Erinnert Euch, was Blanche sagte. Wir sind hier wegen Raymond«, flüsterte sie. »Fahrt fort und gebt ihm sein letztes Geleit.«

Luc zappelte und pumpte erneut seinen kleinen Leib mit Atem auf, um weiterzubrüllen. In diesem Moment wusste Catheline, was sie zu tun hatte. Dieses aufgelöste Bündel Mensch gehörte zu seiner Mutter, da gab es keinen Zweifel. So verließ auch sie die Kirche und machte sich auf, Ysa zu suchen.

Der Geruch der Erde war einer der Gründe, weshalb Mathis seine Arbeit liebte. Nie hatte er mit irgendwem darüber gesprochen, weil ihm diese Beobachtung abwegig erschien, aber er war davon überzeugt, dass Erde ihren eigenen Geruch hatte, der sich je nach Wetter, Jahreszeit oder gar der Beschaffenheit des Bodens änderte. Sie konnte lehmig und nach dem Regen süßlich riechen. Für den Geruch, den Erde im Sommer annahm, wenn sie von der Sonne trocken und spröde geworden war, kannte er keine Worte.

Er blickte über die großflächige Parzelle, die er zu bearbeiten hatte, und als hätten sie seine gedankliche Abwesenheit gespürt, blieben die vor den Pflug gespannten Ochsen stehen. Die Erde, die heute süßlich roch, musste in Furchen gelegt, die vom Schnee herbeigeschobenen Steine aufgeklaubt und die Hafersaat in den Boden eingebracht werden. Eine Arbeit, bei der Mathis im letzten Frühjahr noch zwei Knechte zur Seite gestanden hatten. Beide waren während seiner Genesung verschwunden. Nahezu über Nacht hatten sie ihre Beutel gepackt und sich anderswo einen Bauern gesucht. Zu verdenken war es ihnen nicht. Nur Gabin war ihm nach dem Überfall geblieben. Immer wieder hatte er den Tagelöhner herbeigerufen, damit er gemeinsam mit Avel über den Winter die notwendigen Aufgaben erledigte.

Mathis seufzte. Es waren viele Menschen, die im Dorf inzwischen fehlten, viele Hände, die er bei der Arbeit entbehren musste.

Erneut versuchte er, den Pflug durch den Boden zu schieben, aber inzwischen hatte ihn die Kraft verlassen. Nicht nur in dem gesunden Bein, auch in den Armen. Und je mehr er sich auf den Pflug stützte, um den Druck auf das Streichbrett zu erhöhen, desto stärker geriet er durch das lahme Bein ins Wanken. Er wischte sich den Schweiß von der Stirn. Mit dem heutigen Tag war der Beweis erbracht: Er war nicht mehr in der Lage, seiner Arbeit nachzugehen.

Allein hatte er sein wollen bei diesem ersten Versuch, und

nun wusste er, dass er fremde Tagelöhner heranholen musste. Die Bückhaltung beim Steineklauben war ihm ebenfalls unmöglich, und wie sollte er die Saat ausstreuen, wenn er in einer Hand stets den Treibstecken halten musste? Ob nach der Entlohnung der Tagelöhner, nach Abgabe des Zinses und Zehnts noch etwas überblieb, war zweifelhaft bis unwahrscheinlich.

Im Dorf läutete die Kirchenglocke. Mathis fluchte und sah sich um. Er war, obwohl er nun schon von der Terz bis zur Tagesmitte, der Sext, schuftete, kaum vorangekommen, aber immerhin weit vom Treibstecken entfernt, der am Feldesrand lag. Beide Aussichten waren schwierig: Er konnte den Rückweg, gestützt auf den Pflug, mit den Ochsen antreten, was reichlich Zeit in Anspruch nehmen würde. Oder er müsste über das unebene Feld wanken. Kurz zog er in Erwägung, das Stück zu kriechen, doch die Eitelkeit siegte. So wollte er nicht gesehen werden. Von niemandem!

Und augenblicklich vernahm er Stimmen. Das wäre doch ein Bild geworden, dachte er. Ein herumkriechender Bauer, der seinen Pflug inmitten des Feldes zurücklassen muss. Er behielt den Waldesrand im Auge, der das Feld südwärts begrenzte, denn aus dieser Richtung kamen die Stimmen. Allem Anschein nach Kinder.

Es waren tatsächlich Kinder, sieben an der Zahl, zerlumpt und verschmutzt, die sofort innehielten und ihn misstrauisch beäugten.

»Könnt ihr mir«, rief er und zeigte auf den Feldesrand, »meinen Treibstecken bringen? Das wäre nett.«

»Warum?«, erklang die Rückfrage von einem der Mädchen, das vortrat und mehrere kleinere Kinder hinter sich schob.

Hier, wo ihn sonst niemand hörte, konnte er ehrlich sein, entschied Mathis. »Weil ich ein Krüppel bin, meine Kraft überschätzt habe und nun ins Dorf muss, um irgendwen zu suchen, der mir hilft. Und sobald ich mich nicht mehr auf den Pflug stützen kann, fürchte ich, so erschöpft, wie ich bin, das Gleichgewicht zu verlieren.«

Der kürzeste Weg hätte an ihm und dem Pflug vorbeigeführt, doch das Mädchen schlug einen großen Bogen, und die anderen Kinder folgten ihr wie aufgescheuchte Küken. Dann hob sie den Treibstecken auf, setzte ihren Beutel ab und sagte etwas zu den Kindern, die daraufhin am Feldrand blieben. Noch einmal musterte das Mädchen Mathis im Gegenlicht, dann kam sie zu ihm herüber. Reichte ihm den Treibstecken, wobei sie darauf achtete, ihn so zu halten, dass er den Pflug loslassen musste. Als sie erkannte, dass er schwankte, wurden ihre Gesichtszüge weicher, und das Misstrauen wich aus ihrem Blick. »Du bist wirklich ein Krüppel«, sagte sie.

»Danke.«

»War nicht so gemeint.«

»Ich meinte, danke für den Treibstecken.«

Sie sahen einander an und mussten grinsen.

Mathis nickte mit dem Kopf in Richtung der Kinder. »Wo wollt ihr hin?«

»Wir waren im Winter beim Schloss. Während des großen Festes gab es gutes Essen. Jetzt, da wir wieder in die Nähe kamen, wollten wir erneut vorbeigehen. Wir hofften, uns noch mal den Wanst füllen zu können.«

Wo hatten diese Kinder den Winter verbracht?, fragte sich Mathis. Zur Antwort gab er jedoch nur eine knappe Gegenfrage: »Und habt ihr Essen bekommen? Ich nehme an, dass ihr schon beim Schloss wart?«

»Ja, es gab Brot, gutes, ausgebackenes Brot, ohne Schimmel und wunderbar weich. Meine Schwester Nene wollte es noch einmal versuchen, nun ist sie aber seit zwei Tagen nicht zu unserem Lager zurückgekehrt.«

»Vielleicht ist sie auf dem Schloss als Magd verdingt worden. Ich könnte mir das vorstellen. Dort ist letzthin eine Magd …«, er stockte, »ausgefallen.« Diese Notlüge war sicherlich verzeihbar, um die Kinder nicht zu ängstigen.

»Oh, ich habe eine der Küchenmägde, eine wunderschöne Frau mit goldenem Haar, gefragt. Sie gab mir Brot, als ich mich nach meiner Schwester erkundigte.« Die dunklen Augen des Mädchens leuchteten auf. »Sie war sehr nett. Sie erzählte von einer neuen Magd namens Émelie, aber von meiner Schwester hat sie nichts gehört. Oder sie gesehen. Es ist einfach, nach meiner Schwester zu suchen, denn sie sieht aus wie ich.«

Die wunderschöne Magd. Mathis sah sie vor sich. Den Besen in der Hand, ihren fordernden Blick. Er schob die Erinnerung beiseite. Erwartungsvoll blickte das Mädchen ihn an. Was sollte er ihr sagen? Dass ihr und den Kindern Gefahr drohte? Noch mehr Gefahr, als ihnen ohnehin schon drohte, wenn sie ohne feste Bleibe in der Welt umherstreiften? Dass sie lieber das Weite suchen sollten? Er ahnte, dass sie das nicht machen würden vor der Rückkehr der Schwester. »Wenn wir es gemeinsam fertigbringen, die beiden Ochsen und den Pflug in meinen Stall zu schaffen, könnt ihr dort euer Lager aufschlagen, bis ihr …«

Das Mädchen wich zurück wie ein zu oft getretener Hund. »Wir helfen dir gern«, sagte sie. »Aber wir bleiben lieber in unserem Lager. Das kennt keiner, und das ist besser so.«

Mathis seufzte. Das hatte er befürchtet. »Komm in ein paar Tagen noch einmal vorbei, vielleicht habe ich dann eine Antwort, wo deine Schwester sich aufhält.«

Sie nickte, ging vor zu den Ochsen und winkte die Kinder heran.

Catheline klopfte leise an die Tür, bevor sie sich in die Hütte schob. Es brauchte einen Augenblick, bis sich ihre Augen an das Dämmerlicht gewöhnt hatten. Die Fensterläden waren noch geschlossen, die Feuerstelle war erkaltet, und die Asche musste herausgenommen werden, bevor erneut angefeuert werden konnte. Auf der Bettstatt hockte Ysa, die den kleinen Luc stillte. Eingehüllt in ein gewaschenes und weich gekämmtes Schaffell. Ein Bild der Ruhe, der Eintracht.

Ysa bedeutete Catheline, dass sie sich zu ihr setzen sollte.

»Ist es dir recht, wenn ich zuvor anfeuere?«, flüsterte Catheline.

Ein Lächeln glitt über Ysas Gesicht. »Du brauchst nicht zu flüstern, der Kleine hat so viel Hunger, dass ihn, wenn er einmal angelegt ist, nichts vom Trinken abbringt.«

Catheline griff sich den Ascheeimer, Schippe und Feger. Säuberte die Feuerstelle, schichtete Holz und spürte dabei Ysas Blick auf sich.

»Bist du gekommen, um nachzuschauen, ob es Luc gut geht?«, fragte sie, als sie den Jungen an der anderen Brust anlegte.

»Ja, das auch. Aber in erster Linie bin ich gekommen, um zu schauen, ob es dir ein wenig besser geht. Denn wenn ich weiß, wie es dir geht, weiß ich auch, wie es um Luc steht«, antwortete Catheline und deckte den Ascheeimer zu.

»Du musst keine Angst um uns haben«, erwiderte Ysa, und ihre Stimme klang belegt. »Ich war so außer mir. Natürlich liebe ich meinen Sohn so wie alle meine anderen Kinder zuvor auch. Aber …«, sie runzelte die Stirn, »weißt du, woran ich gemerkt habe, dass Rachel nicht mehr unter uns weilt?«

Catheline setzte sich auf die Schlafstätte und schüttelte den Kopf.

»Kennst du das Gefühl, dass die Welt ihre Farben verloren

hat?«, fuhr Ysa mit gesenkter Stimme fort. »Dass alles Grau in Grau ist? Kein Rot, kein Gelb, nicht einmal das Blau am Himmel. Jeden Morgen, bevor ich die Augen öffne, bete ich kurz zu Gott, er möge mir die Farben wiedergeben. Aber Rachel hat sie mit sich genommen.« Ysa schob das Fell beiseite und legte Luc neben sich, der beim Trinken eingeschlafen war. Gedankenverloren schob sie den Kittel wieder über ihre ausladende Brust, aus der noch Milch tropfte. Dann setzte sie sich aufrecht hin, legte die Hände in den Schoß und forderte Cathelines Blick ein. »Als du mit dem Kleinen aus der Kirche kamst, hast du etwas getan, das mir die Augen geöffnet hat. Du hast Luc an dich gedrückt, hast an ihm geschnuppert. Diese Mischung aus aufgestoßener Milch und zarter Haut eingeatmet. Da habe ich begriffen, dass Rachel die Farben mit sich genommen hat, mir die Gerüche aber geblieben sind. Und ich hatte noch nie ein Kind, das so gut gerochen hat wie Luc. Ich glaube, das hat sie gewusst.«

Catheline schluckte und begann, an ihrer Lippe herumzuzupfen, unfähig, Ysa zu unterbrechen oder auch nur ein passendes, gar tröstendes Wort zu finden. Gegen eine Welt ohne Farben konnte sie nicht anreden.

»Also, wenn du wissen willst, wie es mir geht: Es geht mir nicht gut, aber ein wenig besser. Dafür danke ich dir. Nur wenn mir Luc noch von Gott genommen wird, dann weiß ich nicht, was ich tun werde, auch auf die Gefahr hin, dass ich mit der Hölle vorliebnehmen muss. Dann kann Gott mir gestohlen bleiben.«

Luc schmatzte kurz auf. Ein satter kleiner Mann, der glücklich ist, dachte Catheline. Gut, dass er nicht ahnen kann, welches Erbe er auf seine Schultern geladen bekommen hat.

Das Wetter schien es gut mit ihnen zu meinen. Die Sonne stand inzwischen im Zenit, die Vögel sangen erste Frühlingsweisen, und der lauwarme Wind umarmte Mathis während des Ritts.

Der Baron zügelte sein Pferd und gab ein Zeichen, dass er absitzen sollte. Vorsichtig rutschte Mathis aus dem weichen Sattel und betrachtete das Pferd, dessen hoher Widerrist und schlanker Wuchs ihn immer noch beeindruckte. Trotz des Galopps wirkte das Tier nicht ermüdet, ein deutlicher Unterschied zu den Ackergäulen, mit denen die Bauern arbeiteten.

»Hast du im letzten Herbst bemerkt, wie viele Bucheckern es gab?«, fragte der Baron und sah in einen der Bäume hinauf.

Mathis schüttelte den Kopf, verwundert über die Frage.

»Je mehr Eckern die Buchen tragen, desto härter wird der Winter. Und dieser Winter war hart.« Der Baron wies über das Tal. Die Bäume trugen erste Triebe und Knospen, ein grüner Schimmer, der sich einem Tuch gleich über die Landschaft breitete. »Aber der Winter ist überstanden, wir haben es geschafft. Und ist der Frühling in diesem Jahr nicht eine wahre Pracht? Schöner als hier ist es im Frühling nur am Meer.«

»Ich war noch nie am Meer.«

»Warst du schon einmal auf Pilgerreise?«

Als der Baron Mathis' Kopfschütteln bemerkte, runzelte er die Stirn. »Dann verbinde es miteinander. Reise irgendwann nach Saint Malo. Vor Hunderten von Jahren erschien der Erzengel Michael Bischof Aubert im Traum und befahl ihm, eine Kirche ins Meer zu bauen. Und das hat er getan. Heute thront auf den Granitfelsen eine der größten Abteien Frankreichs, umtost vom Meer. Es ist ein unvergesslicher Anblick: die Kirche und das Meer, das so weit reicht, wie das Auge blicken kann, so weit, dass es den Himmel berührt. Und die Luft, sie riecht anders am Meer, auch das solltest du einmal erlebt haben.«

Mathis schluckte. Amédé de Troyenne nimmt sich Zeit für einen Bauern, setzt sich über jeden Standesdünkel hinweg, und dennoch ist mir all dies fast unangenehm, dachte er. Ist es nicht falsch, hier zu sein und mich aus all dem, was uns im Dorf belastet, herausgelöst zu haben, in der Hoffnung, für einen Nachmittag an anderes denken zu dürfen?

»Den Weg nach Saint Malo, den könntest du schaffen, denn du reitest gut, trotz deines Beins«, sagte der Baron in das Schweigen hinein. »Es tut mir leid, dass du diese Verletzung davongetragen hast. Kannst du deiner Arbeit noch nachgehen?«

»Natürlich«, log Mathis, ohne nachzudenken.

»Solltest du Schwierigkeiten haben, lass es mich wissen, dann zahlst du weniger Zins.«

»Ihr seid ohnehin schon mehr als großzügig, was die Abgaben …«

Der Baron winkte ab und fiel ihm ins Wort: »Was nützt es mir, aus euch das letzte Getreidekörnchen herauszupressen? Seit der Pest, auch wenn seit der letzten großen Welle schon bald ein halbes Leben vergangen ist, liegen so viele Ländereien brach. Sie werden wüst und verkommen. Da bin ich dankbar, dass ihr weitermacht und nicht wie viele andere Bauern sang- und klanglos verschwindet, um in der Stadt euer Glück zu suchen.« Er wiegte den Kopf. »Die Zinseinnahmen sind ohnehin stark zurückgegangen, auch durch die schlechten Ernten der letzten Jahre. Glaube mir, da fällt es auch nicht mehr auf, wenn am Sankt Walpurgistag beim Lämmerzehnt ein Viech weniger dabei ist oder am Sankt Margaretentag beim Kornzehnt ein Sack fehlt.«

»Danke! Vielen Dank!«, sagte Mathis und wagte es nicht, den Blick vom Tal zu lösen.

»Ich weiß, dass du damals, am Tag des Überfalls, wildern warst. Meine Männer haben später Kleintierfallen in der Nähe entdeckt. Das waren doch deine, oder?«

Mathis spürte, dass er erbleichte, doch bevor er eine Antwort geben konnte, sprach der Baron weiter.

»Glaube mir, das ist mir gleichgültig. In diesen Wäldern gibt es genug Getier, in den Bächen so viele Fische. Warum sollst du dir nicht das eine oder andere Vieh fangen? Vor allem jetzt«, er zeigte auf Mathis' Bein, »da hast du es schwer genug.«

»Ihr seid ein rechtschaffener Mann …«

Der Baron lachte auf. »Nun schaue mich nicht so ergriffen an. Du hast dich damals in den Kampf gestürzt, um mein Leben zu verteidigen. Da ist es doch nur redlich, dass ich mich darum bemühe, dir deines nun ein wenig zu erleichtern. Und ich habe nicht gesagt, dass du keine Abgaben mehr zahlen sollst«, sagte er und schlug Mathis auf die Schulter.

Sie standen und lauschten dem Wind, bis der Baron sich ihm wieder zuwandte. »Wie war das … du weißt schon, in diesem Kampf? Ich meine, aus deiner Sicht?«

Mathis zögerte. Was wollte der Baron wissen? Welchen Zweck verfolgte diese Frage?

»Ich frage nur … Meine Erinnerungen, sie verschwimmen ein wenig«, fügte der Baron hinzu, als hätte er Mathis' Gedanken erraten. »Lass uns langsam zurückreiten, dann kannst du mir davon erzählen, wenn du magst.«

Mit weichen Gliedern zog sich Mathis in den Sattel hinauf, und die Gedanken in seinem Kopf rasten. Womit sollte er beginnen? Wie sollte er das Grauen in Worte fassen? »Das Gebrüll des Kampfes, es hat mich von meiner Falle weggelockt. Ich sah Euch, Ihr wart bereits in Bedrängnis, die Männer der

Garde, die Euch begleiteten, waren entweder verwundet oder tot.«

Der Baron saß in seinem Sattel, den Blick nach vorn gerichtet, doch offensichtlich weit weg mit seinen Gedanken.

»Dann stürzte das Pferd, es begrub Euch unter sich.« Mathis geriet ins Stocken. »Euer Bruder Bruno eilte zu Euch, wollte Euch …«

Ein Zittern, als hätte ein Kälteschauer ihn frösteln lassen, durchlief den Baron. »Lass es gut sein«, unterbrach er Mathis. »Was sollen wir uns diesen wunderbaren Tag mit fürchterlichen Dingen vermiesen. Aber sage mir noch, was für ein Landsmann war dieser … Weißt du es?«

Mathis betrachtete in seiner Erinnerung das vom Hunger ausgemergelte Gesicht des Söldners. Ein Bart, schwarz und verfilzt wie das Haar, das bis auf den Rücken hinabfiel. Die dunklen Augen, die Gier nach Beute in ihnen. Ein dürrer Körper in Lumpen, die vor Dreck nur so starrten. Einzig sauber gehalten war das Schwert, das sirrend in die Luft erhoben wurde. »Nein«, sagte er, »ich weiß nicht, was für ein Landsmann er war.«

Wortlos trieben sie die Pferde an, die in einen gemächlichen Trab verfielen. »Erlaubt mir die Frage«, begann Mathis, um das Thema zu wechseln, »hat bei Euch im Schloss ein junges Mädchen die Arbeit aufgenommen? Sie heißt Nene, und ihre Schwester sucht sie.«

»Oh, ich kenne beileibe nicht alle Bediensteten meines Schlosses«, sagte der Baron, und Mathis spürte, dass sich seine Wangen rot verfärbten.

Wie konnte ich den Baron mit diesem Anliegen behelligen, schalt er sich. »Ihr habt recht, verzeiht mir die Frage, sie war dumm.«

»Nein, ich verstehe das. Man macht sich derzeit um jeden

Menschen Sorgen, der in unserer Nähe ist.« Er zügelte sein Pferd. »Aber das Mädchen, an sie kann ich mich erinnern, der Name blieb mir im Kopf. Ich kann dich beruhigen: Sie ist zum Gut Lemoine geschickt worden, weil dort noch fleißige Hände für die Aussaat gebraucht werden.« Inzwischen hatten die beiden das Schloss erreicht und ritten über die Zugbrücke hinweg. »Kennst du sie?«, fragte der Baron.

»Nein, lediglich ihre Schwester, die mich nach ihrem Verbleib fragte. Gern werde ich dem Mädchen ausrichten, dass es Nene gut geht«, sagte Mathis, während er sich auf dem Schlosshof umsah. Doch der weizengelbe Schopf der Magd Ania war nirgends zu entdecken.

Saint Mourelles

Vater Jeunet war in seiner Studierstube am Tisch eingeschlafen. Behutsam legte Catheline eine wollene Decke über seinen Schoß und schlich zur Tür, die sie hinter sich schloss. Die Zeit würde sie nutzen, um die Küche auf Vordermann zu bringen, beschloss sie und blickte sich um. Das Geschirr musste gewaschen und das Essen zubereitet werden.

Ein lautes Klopfen an der Haustür schreckte sie aus ihren Überlegungen. Verärgert hastete Catheline durch den Flur. Vater Jeunet schläft, dachte sie, endlich findet er ein wenig Ruhe, da darf niemand ihn stören. Das lasse ich nicht zu. Sie spürte, dass unter ihrer Wut Angst lag: Wer stand vor der Tür und wünschte den Pfarrer zu sprechen? Würde wieder irgendwer schlechte Nachrichten überbringen? Sie verbot sich diese Gedanken und flüchtete sich erneut in ihren Ärger: Vater Jeunet schläft, und dabei bleibt es! Sie sog den Brustkorb voll Atem und riss die Tür auf. Die Luft entwich gemeinsam mit ihrer Wut, als sie einen Haufen zerlumpter Kinder vor sich stehen sah.

Das größte Kind, das durch den Schmutz und die verfilzten Haare schwerlich als Mädchen zu erkennen war, trat vor. Den Arm voller Reisig beugte sie den Kopf und knickste, wenn auch ein wenig unbeholfen. »Wir möchten nicht stören, aber wir haben Reisig gesammelt und wollten fragen, ob Ihr, gnädige Frau, davon ein wenig gebrauchen könnt?«

Catheline musste an sich halten, um nicht die Hände vor den Mund zu schlagen. Am liebsten hätte sie ein jedes der kleinen Bälger an sich gezogen, sie in saubere Kleidung gesteckt, das Haar gebürstet und sie gefüttert, bis sie satt und träge vor dem Kaminfeuer eingeschlafen wären. »Ja, ich brauche Reisig, sogar jede Menge«, sagte sie und ergriff das gesamte Bündel Zweige. »Ich habe Brot und Honig, möchtet ihr davon etwas haben?«

Die Augen der Kinder leuchteten auf, das Mädchen nickte.

Catheline trat beiseite und wies ins Haus. »Kommt rein, in der Küche haben wir genug Platz.«

Die Kleineren wollten sich an dem Mädchen vorbeidrängen, doch sie öffnete die Arme und hielt die Kinder zurück. Mit schräg gelegtem Kopf starrte sie in das hinter Catheline liegende Dunkel.

»Nana, du musst dich nicht fürchten. Das ist ein Haus Gottes, ihr könnt ruhig hineingehen. Und Cathelines Honigbrote sind die besten der Umgebung, niemand buttert das Brot so dick wie sie.«

Catheline wie auch die Kinder schraken zusammen. Mathis kam den Weg zur Pfarrei entlang und grinste jungenhaft.

Das Gesicht des Mädchens hellte sich auf. »Dann hinein mit euch«, sagte sie nur, und die Kinder stürmten an Catheline vorbei. Das Reisig noch immer auf dem Arm, schloss sie die Tür hinter Mathis.

»Ich wollte Pfarrer Jeunet sprechen«, sagte er und nahm ihr das Bündel Zweige ab. Seine Hände streiften dabei ihre Finger, und für einen Augenblick vergaß sie alle Anspannung zwischen ihnen. Sah ihn nur an und erwiderte nichts.

Das Lachen der Kinder holte sie aus ihren Tagträumen zurück. Schuldbewusst schaute sie zu Vater Jeunets Studierstube hinüber, aber bisher schien ihn der Lärm nicht gestört zu haben.

»Stell das Reisig neben die Tür, und lass uns diese kleinen Mäuler stopfen, damit Ruhe einkehrt. Vater Jeunet schläft.« Und solange er schläft, kannst du gern die Zeit bei uns verbringen, um auf ihn zu warten, fügte sie in Gedanken hinzu. Zufrieden bemerkte sie, dass Mathis ihr tatsächlich in die Küche folgte. Wie selbstverständlich setzte er sich an den Tisch, ergriff das Messer und schnitt den Brotlaib in dicke Scheiben.

Catheline füllte Becher mit Wasser, die sie den Kindern reichte, und begann im Gedränge der Küche, dicht neben Mathis, die Brotscheiben zu buttern und mit Honig zu tränken. Schön fühlte sich dieser Moment an. Lebhaft war er und fast familiär.

Mathis drehte sich zu dem Mädchen mit dem seltsamen Namen um. »Ach, ich habe noch gute Nachrichten für dich. Deiner Schwester geht es bestens.«

Ein kleiner Junge mit rübenrotem Haar, der gerade ins Brot gebissen hatte, krähte mit vollem Mund: »Siehste, Nana, sage ich doch!«

»Wo ist sie?«, fragte das Mädchen, und ihre fast kohlschwarzen Augen verengten sich zu Schlitzen.

»Sie ist zum Gut Lemoine gereist. Dort arbeitet sie als Magd oder so, man brauchte noch Hilfe bei den Frühjahrsarbeiten.«

»Wer sagt, dass sie da ist?«

Mathis zuckte die Schultern. »Diese Antwort stammt direkt vom Schloss. Mehr weiß ich auch nicht.«

»Sie wäre nie ohne mich gegangen, nie ohne die Kleinen. Das glaube ich nicht.«

»Dann lass uns doch hingehen und nachgucken«, erwiderte der kleine Junge, dem beim Sprechen die Krumen aus dem Mund fielen. Sofort sammelte er jeden einzelnen wieder ein und stopfte sie zurück.

Nana sprang auf. »Das werden wir auch!«

»Erst esst ihr auf«, sagte Catheline streng, und folgsam ließ sich das Mädchen nieder. »Derweil packe ich euch noch ein Vesperpaket, das ihr mitnehmen könnt.«

»Danke«, sagte das kleinste der Kinder, ein Mädchen, dessen Stimme einem Vogelpiepsen ähnelte.

Catheline schluckte trocken und drehte sich um.

»Die Baronin de Troyenne weilt auf Gut Lemoine. Sie ist eine gutherzige Frau, sie wird euch sicher, wenn euer Vesperpäckchen bis dahin leer ist, ebenfalls verköstigen. Mache dir keine Sorgen, Nene hat es dort gut getroffen«, erklärte Mathis. »Und wer weiß, vielleicht können sie noch mehr Hilfe gebrauchen.«

So könnte es immer sein, dachte Catheline erneut. Mathis, du und ich in einer Küche voller Kinder, unserer Kinder, alles ist erfüllt von Lärm und Lachen. Viele kleine Hände, die den Honig überallhin schmieren und die Brotkrumen bis auf den Boden verteilen. Was will man mehr vom Leben? Kannst du es dir auch vorstellen?, fragte sie sich und legte zu den Broten für das Vesperpaket noch einige Scheiben Dörrfleisch. Kannst du dir vorstellen, wie ich als Mutter wäre? Sie schaute über ihre Schulter. Mathis füllte den Becher des kleinsten Mädchens erneut mit Wasser, bemerkte Cathelines Blick und lächelte ihr zu. Vielleicht wird das ja doch noch mit uns, vielleicht hat Vater Jeunet recht, und ich muss dir Zeit lassen. Sie lächelte zurück.

Nana erhob sich und trieb die Kinder an, sich zu beeilen. Der Junge mit den rübenroten Haaren packte noch eine Scheibe Brot und biss sofort zu.

»Habt Dank für alles«, sagte das Mädchen und schob die Kinder vor sich her. Catheline folgte ihnen in den Flur, reichte ihnen die in ein altes Leintuch eingeschlagene Wegzehrung und schloss die Tür.

Stille kehrte ein, so abrupt, wie sie vom Lärm der Kinder vertrieben worden war.

Kurz blieb Catheline stehen, richtete ihr Haar und zog den Kittel zurecht. Als sie auf der Schürze einen Honigfleck bemerkte, wendete sie das um die Hüfte gebundene Tuch. Erst dann trat sie in die Küche, in der Mathis noch immer am Tisch saß. »Woher weißt du das mit dem Mädchen?«, fragte sie und bemühte sich, beiläufig zu klingen. Versuchte zu verbergen, dass es ihr noch immer schwerfiel zu akzeptieren, dass sie nicht mehr erfuhr, wie er seine Zeit zubrachte.

Mathis schob die Becher zusammen. »Vom Baron selbst. Ich war mit ihm auf einem Ausritt.«

»Was warst du?« Catheline stemmte die Arme in die Seiten. »Du warst mit dem Baron ausreiten? Glaubst du ernsthaft, er ist jetzt dein Freund? Er interessiert sich für dich? Warum machst du das?«

»Warum sollte ich das nicht machen? Er hat mich eingeladen, ich kann wohl kaum zum Baron sagen, dass ich nicht mit ihm ausreiten will.«

»Du hättest sagen können, dass dir das Reiten Schwierigkeiten bereitet!« Catheline bemerkte, dass sie erneut an ihrer Unterlippe zupfte, die einriss und zu brennen begann.

»Verstehst du das nicht? Es war gut, dass ich das gemacht

habe. Er hat mir erlaubt, Fallen im Wald aufzustellen, dann kann ich auch dir demnächst mal einen ordentlichen Hasenbraten auf den Tisch legen.«

Er lächelte, doch Catheline ließ sich nicht beirren. »Das ist gefährlich! Der Hauptmann kann dich nicht leiden, und wahrscheinlich ist einer seiner Männer ein gedungener Mörder. Oder der Hauptmann selbst.«

»Du machst dir zu viele Sorgen. Der Baron ist ein guter Mann, und er wird schon auf seine Männer achtgeben.«

»So wie bisher? Und wer sagt dir überhaupt, dass nicht der Baron selbst damit zu tun hat?« Catheline hielt die Luft an. Warum wollte sie immer das letzte Wort an sich reißen? Warum verstieg sie sich in ihrer Wut stets in die ärgsten Annahmen, die sie dann auch erbittert verteidigte?

Mathis' Gesicht war zu einer grimmigen Maske geworden. Er schob sich von der Bank und langte nach seinem Treibstecken.

»Ich gehe jetzt und komme später wieder. Und du, du solltest diese Anschuldigungen nicht noch einmal wiederholen. Sie entbehren jeglicher Grundlage.«

»Nur weil du den Baron gerettet hast, heißt das nicht, dass er ein besserer Mensch ist als andere.«

»Warum kannst du nie aufhören? Ich habe es dir schon so oft gesagt: Irgendwann wird dir dein Mundwerk noch zum Verhängnis werden«, sagte Mathis, bevor er die Küche verließ.

Wieder kehrte Stille ein, und dieses Mal war sie vollkommen.

Er nahm es ihr übel. Er nahm Catheline tatsächlich übel, was sie über den Baron gesagt hatte, selbst wenn das Gespräch schon Tage zurücklag. Mathis stand vor der Pfarrei und schaute auf den toten Hasen, dessen Ohren er umfasst hielt. Ein fetter

Bursche mit dichtem Fell und kräftigen Läufen, die er schon gebraten und knusprig vor sich sah.

Nein, beschloss er, den ersten Hasen, den ich mit Erlaubnis des Barons gefangen habe, werde ich Eve bringen. Er warf den Hasen wieder über seine Schulter und lief weiter. Dabei musste er sich eingestehen, dass es einzig darum ging, Catheline, auch wenn sie es nicht ahnte, damit zu strafen. Sie liebte Hasenbraten, aber momentan gönnte er ihn ihr nicht. Verzeiht, Pfarrer Jeunet, dass ich damit auch Euch um einen guten Braten bringe, aber ich werde dafür nach der Beichte gern den einen oder anderen Rosenkranz mehr beten. Wenn ich demnächst ein paar Eichhörnchen erwische, bekommt Catheline sie, dann kann sie daran mit spitzen Zähnchen herumnagen. Er grinste.

Den Hasen legte er, als er seine Hütte betrat, auf den Tisch. Nur kurz wollte er einen Apfelwein trinken, bevor er bei Eve vorbeischaute. Kaum einer bekam sie noch zu Gesicht, seit sie Gabin verloren hatte. Die Kinder und sie waren zu einer Einheit verschmolzen, die momentan nicht aufzubrechen war. Er sank auf den Schemel und nahm den ersten Schluck, als sich die Tür öffnete.

Catheline.

Ihre Wangen waren gerötet, und er kam nicht umhin, festzustellen, dass es ihr gut stand. Sie hielt die Tür auf. »Du hast Besuch, der dir etwas erzählen will«, sagte sie kühl.

Dicht aneinandergedrängt betraten Nana und die Kinder seine Hütte, schauten sich um und brachten kein Wort über die Lippen.

»Oh, ihr seid aber schnell zurück«, sagte Mathis.

»Spielleute haben uns auf ihren Wagen mitgenommen«, sagte das kleinste der Mädchen, während sie an Nanas Lumpenrock vorbeiäugte.

»Schön, euch wiederzusehen.«

»Ich weiß nicht, ob du das gleich noch so schön finden wirst«, sagte Catheline und nickte Nana zu. »Nun erzähl es ihm.«

Das Mädchen räusperte sich. »Wir waren auf Gut Lemoine, und Ihr hattet recht. Die Baronin ist sehr wohltätig, wir wurden reichlich verpflegt.« Dann schaute sie auf ihre Hände. Es war offensichtlich, dass sie nach den richtigen Worten suchte.

Mathis runzelte die Stirn. Der Junge mit dem struppigen Rotschopf, der bei den Honigbroten ordentlich zugelangt und Krumen gespuckt hatte, trat einen Schritt vor. »Nene war nicht da«, sagte er. »Niemals war sie da.«

Nana blinzelte gegen Tränen an. »Niemand braucht dort Hilfe bei der Arbeit«, fügte sie hinzu.

»Das kann nicht sein, er hat es mir gesagt.« Mathis sprang auf.

»Wer?«, fragte Nana.

»Der Baron selbst.«

»Dann lügt er«, stellte Catheline fest. »Damit ist es bewiesen.«

»Du sollst damit aufhören! Du sollst damit aufhören, immer wieder auf dem Baron herumzuhacken.« Wut kochte in Mathis auf, und er wusste nicht, ob auf sich oder auf Catheline, doch es war ihm gleich. Er sah, dass die Köpfe der Kinder, dem Schlagabtausch folgend, von rechts nach links und wieder zurück flogen. Der kleine Junge mit dem Rotschopf war dichter an Nana herangerückt, als Mathis die Stimme erhoben hatte. Du musst dich zusammenreißen, um ihretwegen. Doch es fiel ihm schwer, da ihn Cathelines besserwisserische Miene zur Weißglut brachte.

»Gut, dann hat er sich geirrt«, sagte er und versuchte, beim Reden zu denken. »Dafür muss es eine Erklärung geben.«

»Welche?«, tönte es hinter Nanas Rock hervor.

»Das frage ich mich auch, lass mich nachdenken. Da der Baron sich kaum darum bemühen wird, das Gesinde selbst anzuwerben, muss ihn jemand falsch informiert haben. Irgendjemand, dem diese Aufgabe zufällt.«

»Wer soll das sein?«, fragte nun Nana.

Catheline stand immer noch, die Hände ineinandergelegt, neben der Tür und sagte kein Wort. Doch ihr Blick ruhte unentwegt auf ihm.

»Das weiß ich doch nicht, da kommen wohl einige zusammen auf so einem Schloss, nehme ich an.« Mathis hinkte auf Nana zu und blieb direkt vor ihr stehen. »Es tut mir leid, ich wollte dich nicht noch unglücklicher machen, indem ich falsche Hoffnungen in dir geweckt habe. Ihr könnt gern bleiben und noch etwas essen. Catheline zeigt euch sicherlich, wo ihr was findet.«

Mit einem Seitwärtsschritt stellte sich Catheline ihm in den Weg. »Wo willst du hin?« Ihre Miene verriet, dass sie wusste, was er plante, und dass sie damit keineswegs einverstanden war. »Du willst doch nicht schon wieder zum Schloss laufen und dich mit deinem Baron beraten?«

»Genau das will ich. Wenn er belogen wird, gibt mir das zu denken. Wer immer ihn mit der falschen Auskunft versorgt hat, und es muss ja jemand vom Schloss sein, wird wissen, wo sich das Mädchen aufhält. Auch wenn du es nicht wahrhaben willst, der Baron selbst könnte in Gefahr schweben, und wir sollten froh sein, dass wir ihn haben.«

Mathis hob den Arm und schob sie beiseite. Dann verließ er die Hütte. Catheline senkte den Kopf und war sich darüber im Klaren, dass sie ihr Ziel verfehlt hatte. Die Brücke, die sie ihm hatte bauen wollen, hatte nicht standgehalten. Dümmlich, wie sie war, hatte sie gehofft, er würde einsehen, dass auf dem Schloss merkwürdige Dinge geschahen. Mehr als acht Tage hatte sie Mathis nicht gesehen. Seit dem großen Streit war er ihr aus dem Weg gegangen, und heute war er regelrecht vor ihr davongelaufen.

»Das blutet schon.«

Catheline nahm ihre Finger von den Lippen. Nana hatte recht: Hellrote Streifen überzogen die Fingerspitzen.

»Können wir was essen?«, fragte der Kleine mit den rübenroten Haaren. Er beäugte den Hasen, der auf dem Tisch lag.

Catheline legte den Umhang ab und hob das Tier in die Höhe. Ein ordentlicher Braten, der ausreichen würde, die Meute satt zu bekommen. »Das kann eine Weile dauern«, sagte sie. »Geh doch bitte hinaus und hole noch Feuerholz«, sagte sie zu dem Kleinen. Sie wandte sich Nana zu. »Bald muss ich los. Wir bereiten den Hasen zu, und ich sage dir, worauf du, wenn er über der Feuerstelle hängt, achten musst. Ihr könnt in Ruhe essen. Wenn ihr wollt, könnt ihr auf Mathis' Rückkehr warten. Wenn ihr früher geht, lösch bitte das Feuer, ja?«

Das Mädchen nickte. »Es tut mir leid, dass Ihr meinetwegen Streit hattet.«

»Du hast so viel Kummer, belaste dich bitte nicht mit meinem«, wehrte Catheline erschrocken ab. »Wir haben … Das hat mit dir nichts zu tun. Wir machen uns beide, jeder auf seine Art, Gedanken, wie wir deine Schwester finden können.«

Nana senkte die Stimme: »Stimmt es, was man sich erzählt? Dass im Dorf und in den Wäldern … dass hier, also …«

Du bist ein Widerling, schimpfte Catheline Mathis in Gedanken hinterher. Lässt mich mit den Kindern und ihren berechtigten Fragen allein zurück. »Es sind wirklich schlimme Dinge geschehen«, sagte sie und ließ Nana nicht aus den Augen. Deren Miene verzog sich nicht einmal, sodass Catheline behutsam fortfuhr: »Deshalb ist es umso wichtiger, dass ihr gut auf euch achtgebt. Wollt ihr nicht im Dorf bleiben? Sicherlich würden wir für euch Unterkünfte finden.«

Nana schüttelte den Kopf, langte nach dem Zündeisen und ging vor der Feuerstelle in die Knie. Sie zeigte mit dem Ellenbogen auf den Kleinen, der gerade wieder die Hütte betrat, die Arme voller Holzscheite. »Sieh, der Kleine heißt Johann. Ein Mann hatte ihm angeboten, ihn zu sich zu nehmen. Er sollte ihm ein wenig zur Hand gehen, aber nur an einer Stelle, wie sich später herausstellte. Als Johann das nicht wollte, wurde er wie ein Köter halb totgeprügelt und an einem Wegesrand zurückgelassen. Er hat ewig nicht gesprochen.«

Catheline erhob sich und hängte den Hasen mit den Hinterläufen an einen Haken, der am Seil von einem Dachbalken herabhing. Dann setzte sie mit dem Messer einen Schnitt, den sie bis zu den Hinterläufen führte.

»Die Kleine, das ist unsere Isabelle.« Nana wies auf das kleinste der Mädchen, das derweil neben ihr vor dem Feuer in die Hocke gegangen war und ihre Hände zum Wärmen vor die Flammen hielt. »Sie war wirklich noch winzig klein, als sie von einem Onkel nach dem Tod der Eltern aufgenommen wurde. Die Tante ließ sie Hausarbeit verrichten, und wenn Isabelle Fehler unterliefen, gab es die Rute. Von der Tante wohlgemerkt. Der Rücken ist überzogen mit Narben … Als Nene und ich anboten, die Kleine mitzunehmen, hat das garstige Weibsstück nicht einen Moment gezögert. Schaut Euch das Mädchen an: Ist sie nicht herzzerreißend? Für die Tante war sie nicht mehr als ein zusätzlicher Esser, der nichts einbrachte.« Nana strich Isabelle über den Kopf und setzte sich auf den Schemel.

Johann stapelte die Holzscheite neben die Feuerstelle. Als er sich erhob und den hängenden Hasen sah, begannen seine

Augen zu glänzen. Catheline zerrte dem Hasen das Fell von den Hinterläufen so heftig über den Rücken, dass es sich ungleichmäßig löste. Nochmals zerrte und riss sie, musste sie doch gegen die Bilder ankämpfen, die in ihrem Kopf entstanden. Bilder, in denen der rothaarige Johann vorkam und die ihr Übelkeit verursachten.

»Wir schützen uns gegenseitig, ohne einander sind wir nichts und in viel größerer Gefahr, als wir es jetzt sind. Du siehst es ja, kaum war Nene allein unterwegs …« Nana senkte die Stimme und trat neben sie. »Und sollte auch ich verschwinden, dann, und ich meine das ernst, möchte ich Euch bitten, Euch der Kinder anzunehmen. Irgendwer muss dann für sie sorgen.«

Catheline schob das Messer unter die Stellen, an denen sich das Fell nicht gelöst hatte, und durchtrennte die Zwischenhäute. Sie nickte nur. Ihr fehlten die Worte. Was sollte man einem kleinen Mädchen gegenüber auch erwidern, das in so kurzer Lebenszeit schon derart alt und nahezu weise geworden war? Das bereits ahnte, was Mathis und sie ebenfalls annahmen und nicht auszusprechen gewagt hatten.

Schloss Troyenne

Der Baron ist auf den Wiesen hinter dem Schloss bei der Ausbildung seines Knappen«, sagte die Wache nur, ohne dass Mathis überhaupt zur Frage angesetzt hatte, und zeigte rechter Hand den Hang hinab.

»Danke, das ist sehr nett«, antwortete Mathis, erstaunt, dass ihn inzwischen selbst die Wachen erkannten. Er lief an der Festungsmauer entlang, und schon bald entdeckte er den Baron. Abseits stand er und verfolgte, wie der Hauptmann den Knappen, einen dürren Jüngling, im Schwertkampf unterwies. Der Knappe trug ein altes Kettenhemd, das fast bis zu den Knien reichte, während der Hauptmann seine Rüstung angelegt hatte. Mehrere Männer standen daneben und feuerten den Hauptmann an, der auf den Knappen mit einem Holzstecken einhieb. Obwohl der Junge ein langes Schwert führte, geriet er ins Straucheln, und die silbern funkelnde Spitze fraß sich im Gras fest.

»Schwert aufnehmen!«, befahl der Hauptmann.

Die Arme des Jungen zitterten vor Erschöpfung, als er das Schwert aus dem Boden zog.

»Für den Angriff sollst du nicht den Daumengriff anwenden. Fasse um und zieh das Schwert hoch. Der erste Schlag im Angriff, der Zornhau, geht von rechts oben nach links unten. Wie oft soll ich dir das noch sagen?«, brüllte der Hauptmann.

Der Knappe schwitzte so stark, dass ihm der Schweiß in die Augen rann. Mit dem Unterarm wischte er sich über das Gesicht, während er das Schwert über seinen Kopf hob.

Mathis hielt inne und dachte an seine Schafe, seine Felder und daran, dass sein Leben ein anderes war. Ein Leben, das schuf und nicht vernichtete.

»Was führt dich her?«

Erschrocken blickte Mathis neben sich. Der Pater des Schlosses stand neben ihm. »Wenn du den Baron sprechen willst, sollten wir ihn darauf aufmerksam machen. Wenn es um seinen Knappen geht, könnten die Glocken im Sturm läuten, und er würde es nicht bemerken.«

»Ich möchte nicht stören, ich warte gern.«

Der Pater lächelte nun, verschmitzt, fast lausbubenhaft. »Glaube mir, so lange möchtest du nicht herumstehen. Ich werde dem Baron mitteilen, dass du auf ihn wartest. Dann kann er entscheiden, ob er sich die Zeit nehmen will oder nicht. Nun komm schon …«

Mit federnden Schritten eilte der Pater über die Wiese und gesellte sich zum Baron. Ein paar Worte des Paters, eine Hand, die in Mathis' Richtung wies, und schon kam der Baron auf ihn zugehastet, fast so, als wäre er, entgegen den Worten des Paters, erleichtert, der Ausbildung seines Knappen zu entkommen.

»Hoffentlich wartest du nicht schon lange, aber dieser Jungspund treibt mich in die Raserei.« Kurz zogen Schatten über das Gesicht des Barons. »Er heißt Clement und ist der Sohn meines Bruders. Bruno, du weißt schon ... Man möchte meinen, der Junge müsste verstehen, wie wichtig es ist, ein guter Kämpfer zu sein, besser zu werden, als sein Vater und ich es je waren. Aber er ist nachlässig und hält sich für unverwundbar. Da ist eine harte Hand vonnöten. Die des Hauptmannes.« Der Baron schlenderte weiter. »Meine tut es ja nicht mehr«, murmelte er, dann wandte er sich um. »Aber du bist sicher nicht hier, um dir meine Familiengeschichten anzuhören. Was führt dich zu mir?«

Inzwischen ritt der Knappe, einen Helm auf dem Kopf und eine Lanze in der Hand, auf einen Leinensack zu, der von einem Holzgerüst baumelte. Linkisch stieß der Junge die Lanze, verfehlte den Sack und erwischte nur das Seil.

Mathis sicherte mit dem Blick die Umgebung. Erst als er gewiss war, dass der Hauptmann noch immer um einiges entfernt beim Knappen stand und diesen unerbittlich anhielt, sich zu konzentrieren und einen erneuten Angriff zu versuchen, holte er tief Luft. »Ihr werdet falsch informiert. Irgendjemand in Eurem Umfeld belügt Euch.«

Der Baron sagte kein Wort, schaute Mathis nur aufmerksam an.

»Das Mädchen, über das wir sprachen, ist nicht zum Gut Lemoine gebracht worden, zumindest ist sie dort nie angekommen.«

»Und was willst du damit sagen?«

»Ich befürchte, dass dieses Mädchen ebenfalls verschwunden ist. Könnt Ihr Euch erinnern, wer Euch diese Auskunft gab?«

Der Baron überlegte einen Augenblick und schüttelte dann den Kopf. »Nein, ich kann mich nicht entsinnen, wer es war. Der Küchenmeister? Der Hauptmann? Ich weiß es nicht. Vielleicht war es auch der Knappe, der Pater oder eine der Mägde. Welche Rolle spielt das?« Er verstummte und verfolgte den nächsten Angriff des Knappen.

Auch Mathis' Blick hing an dem Jungen auf dem Pferd, während seine Gedanken sich überstürzten.

Der Küchenmeister.

Es war so naheliegend. So einfach. Dieser Mann war erst seit geraumer Zeit im Schloss. Babette hatte mit ihm zusammengearbeitet, und die Spieße für das Fest waren von ihm geordert worden. Vielleicht hatte er Kräuter bei Grete bestellt ... Blitzschnell fügte sich das Bild zusammen. Auch wenn sich noch nicht jedes Teil zum anderen fügte – Rachels Verschwinden und Gabins Tod wollten bisher nicht hinpassen –, stieg eine Vorahnung in Mathis auf. Diffus rollte sie aus den Tiefen seines Bauches empor, richtete sich auf und verdichtete sich zu der Gewissheit, dass es nur so und nicht anders gewesen sein konnte. Sein Verdacht, dass der Hauptmann mit alledem in Zusammenhang stünde, geriet mit einem Streich ins Wanken.

Der Baron bemerkte sein Zögern. »Was ist los, du bist ganz bleich geworden.«

»Ich bin sicher, dass derjenige, der Euch diese Auskunft gab, mit den Taten im Zusammenhang steht. Aber die Zahl derer, die in Frage kommen, ist groß«, antwortete Mathis ausweichend.

»An wen denkst du?«

Mathis schüttelte den Kopf und schämte sich seines Verdachts, der lediglich auf einer Annahme beruhte. Einer unausgegorenen Annahme, die ihm Catheline unentwegt einflüsterte und die den Blick darauf verstellte, dass auch noch andere Männer als Täter infrage kamen.

»Aber ich habe dich richtig verstanden: Du gehst davon aus, dass der Täter auf dem Schloss zu suchen ist? In meiner unmittelbaren Umgebung?«

Mathis nickte und spürte, dass seine Hände feucht wurden.

»Meinst du, dass ich in Gefahr bin?«, flüsterte der Baron und trat näher.

»Ich weiß es nicht genau, ich befürchte aber schon …«

Ein Schrei des Knappen unterbrach das Gespräch. Das Pferd des Jungen bäumte sich auf, sodass dieser in hohem Bogen auf die Wiese stürzte. Mehrere Männer eilten ihm zu Hilfe, während das Pferd das Weite suchte. Kaum hatte der Pater den Jungen erreicht, erhob sich dieser und klopfte mehrere Grasbüschel von seinem Kettenhemd.

»Er hat einen Schutzengel an seiner Seite«, sagte Mathis und atmete tief durch. Erleichtert sah er zum Baron hinüber und schrak zusammen.

Zitternd stand er da und konnte den Blick nicht von dem Jungen lösen, der inzwischen versuchte, sein Pferd einzufangen.

»Herr Baron?« Mathis packte den Arm des Barons und erschrak zugleich über seine eigene Dreistigkeit. Doch er spürte, dass da etwas war, das er unterbrechen musste. Dass er dem Mann neben sich die Hand reichen musste, um ihn aus seinem Schrecken herauszuholen.

Der Baron blinzelte und schüttelte sacht den Kopf, als würde er aus einem Tagtraum erwachen. Das Zittern verebbte.

»Mathis! Ja, wo waren wir stehengeblieben?« Sein Gesicht

legte sich in Falten, als er sich daran zu erinnern schien, dass er selbst vielleicht in Gefahr schwebte. Er seufzte, legte den Kopf in den Nacken und reckte die Schultern. »Ich bin so müde seit dem …« Noch einmal sah er zu Brunos Sohn, der inzwischen wieder im Sattel saß. »Wie soll ich das Gute vom Bösen unterscheiden? Wie soll ich wissen, wem ich vertrauen kann?«

Da er nichts darauf erwidern konnte, schwieg Mathis.

»Komm heute zum Essen.«

Ohne nachzudenken, hob Mathis abwehrend die Hand. Das konnte er nicht, sich an die Tafel des Barons setzen. Er, ein Bauer, der beim Essen schmatzte und dessen Umhang nach Schafen und Schweiß roch.

Bevor er auch nur ein Wort erwidern konnte, lachte der Baron auf. »Nun schau nicht so drein. Es ist meine Entscheidung, wer mit mir speist, und soll es mal jemand wagen, etwas dagegen zu sagen. Sieh dir alle aus der Nähe an, jeden Einzelnen, und sage mir, was du denkst. Amicus certus in re incerta cernitur. Ich bin dazu nicht mehr in der Lage.«

Der Baron bemerkte Mathis' Zögern und grinste. »Du hast recht, immer dieses lateinische Gewäsch. Hilf mir, zu erkennen, wer mein Freund in dieser Not ist, meinte ich.«

Mathis' Magen rumorte. Abyssus abyssum invocat, durchfuhr es ihn. Er konnte nur zwei oder drei Phrasen Latein, die ihm der Pfarrer vor langer Zeit an einem Winterabend beigebracht hatte. Ein Fehler zieht den nächsten nach sich, war der erste Satz, den Mathis sich hatte merken können. Wie seltsam passend er ihm nun erschien.

»Es war der 17. Juli 1429, und Reims war aufs Herrlichste herausgeputzt. Die Hauptstraße war frisch gepflastert, und nirgends war auch nur ein Krümel Unrat zu entdecken. Die Häuser waren frisch bemalt und geschmückt, mit Triumphbögen oder Blumengirlanden. Ein Fahnenmeer begrüßte uns. Wer keine Fahnen sein Eigen nennen konnte, hängte Tücher aus dem Fenster, die sich im Wind bauschten. Jeder, vom Greis bis zum Kleinkind, wirklich jeder, der sich an diesem Tag in Reims aufhielt, trug seine Festkleidung. Ein Farbenrausch, wie ich ihn selten erlebt habe.«

Der Baron schob mit entrücktem Blick den Teller von sich, als schiene es ihm unziemlich, beim Gedenken an diesen Tag sich den Leib vollzuschlagen. »Es gab keinen würdigeren Ort für die Krönung Karls als die Kathedrale der Engel in Reims«, hob er, im Tonfall einem Prediger gleich, erneut an. »In den Nischen über den Strebepfeilern wachte jeweils ein Engel mit ausgebreiteten Flügeln, der schönste von ihnen war jedoch der lächelnde Engel. Diese steinernen Boten Gottes sahen auf uns herab, als König Karl in die Kathedrale Notre-Dame geleitet wurde. Die Bischöfe hatten ihn von seinem Prunkbett abgeholt, auf dem er angekleidet gelegen und auf den Beginn der Zeremonie gewartet hatte. Jetzt denkt ihr sicherlich, dass er auch in Prunkgewändern zur Krönung schritt. Weit gefehlt! Er hatte nur ein einfaches Gewand angelegt, sein Kopf war unbedeckt. Man führte ihn zur Kathedrale, und aus dem Kloster Saint-Rémy brachte man derweil das heilige Öl.«

Kurz blickte der Baron zu Mathis, dem die Wangen heiß wurden, weil er bemerkte, dass er mit offenem Mund gelauscht hatte. »Das heilige Öl, musst du wissen, wird nie weniger. Es ist seinerzeit von einem Engel direkt vom Himmel herniedergebracht worden zur Taufe Chlodwigs, die in einer Taufkapelle nahe der Kathedrale stattfand. Er war der erste christliche König Frankreichs, und an diesem weihevollen Ort erschien nun fast tausend Jahre später König Karl VII.«

Der Knappe, der inzwischen sein Kettenhemd abgelegt hatte und nach Schweiß stank, war dabei, Wein einzuschenken.

Auch er lauschte ergriffen, auch sein Blick war nicht weniger entrückt als der des Barons. »Wie sieht er aus, unser König?«, fragte er.

Ein Lächeln umspielte die Mundwinkel des Barons. »Er ist nicht gerade das, was man eindrucksvoll nennt. Unter seinen kleinen Augen deuten sich Tränensäcke an, seine Nase ist dick, und seine Lippen sind so groß, dass sie an den Schmollmund eines trotzigen Kindes erinnern. Die Krönung verlief schmucklos und schien zum König zu passen: Man strich ihm das Öl auf die Stirn, dann auf seine Brust und zum Schluss in seine Handinnenflächen. Daraufhin bekam er die Krone aufgesetzt.

Alles Schöne und Ergreifende ging jedoch von der Jungfrau Johanna aus. Sie stand, und das war gegen jedes Zeremoniell, neben Karl in ihrem silbernen Harnisch. Ihr hatte der Jubel in den Gassen gegolten, ihre Gegenwart war es, die jeden, der an der Krönung teilnahm, erkennen ließ, dass Gott anwesend war. Sie war es, die das Geschick Frankreichs gewendet hatte, ein einfaches Mädchen vom Land mit den Stimmen der Heiligen im Ohr. Die heilige Katharina, das hat die Jungfrau mir selbst erzählt, aber auch die heilige Margarete und der Erzengel Michael sprachen zu ihr, sie sorgten in Gottes Namen dafür, dass die Tochter eines Bauern der Welt zeigte, wer der wahre König Frankreichs ist. Die Jungfrau Johanna hielt während der Krönung die geheiligte Standarte, die unentwegt zitterte, so ergriffen war das Mädchen. Irgendwann sank sie weinend auf die Knie, direkt vor den König, und küsste seine Füße. Und ihr werdet keinen finden, der in diesem Augenblick zugegen war, der nicht spätestens jetzt zu Tränen gerührt war. Sie war der leibhaftig gewordene Engel in der Kathedrale.«

Pater Bertrand, der die ganze Zeit über geschwiegen hatte, erhob sich. »Lasst uns Unserem Herrn dafür danken, dass der

Baron die Jungfrau Johanna auf ihrem Weg begleitet hat. Dass Er seinen Teil dazu beigetragen hat, die Krönung Karls zu ermöglichen.«

Bevor Mathis die Hände faltete, nahm er noch einen großen Schluck Wein. Berauscht von den Bildern, die der Baron in ihm entfacht hatte, schloss er die Augen und betete. Vergaß darüber den Hauptmann, der seinen grimmigen Blick kaum von ihm genommen hatte, vergaß darüber seine Unsicherheit, weil er nicht an diesen Tisch gehörte, und versank in dem tröstlichen Gefühl, dass Gott Frankreich seine Gnade erwiesen hatte.

Mit der Schnelligkeit eines Großbrandes jagte das Gerücht durchs Schloss, dass Mathis am Tisch des Barons saß. Der Knappe, der das Essen in der Küche abholte, wisperte es Ania zu, die es sofort Jola und Émelie erzählte.

Doch Zeit, sich zu wundern, blieb nicht, denn der Küchenmeister erschien, setzte sich an den Tisch und schlug sein hölzernes Buch auf. Die beiden Innenseiten waren mit Wachs bestrichen. »Was fehlt uns noch?«, fragte er.

»Mehl«, sagte Ania.

»Salz«, ergänzte Émelie leise.

Der Küchenmeister nahm den Griffel und kratzte im Wachs herum. »Ich fahre morgen nach Nantes. Falls noch etwas fehlt, sagt mir Bescheid«, wies er die Mägde an. »Émelie, spüle noch die Pfannen. Jola, mach, dass du rauskommst, die Ziegen zu füttern. Und sieh nach, ob noch Eier da sind, ich will mir ein Rührei machen«, fuhr er fort.

Dankbar ergriff Jola den Korb und verließ die Küche.

Die kühle Luft des frühen Abends war eine Wohltat. Gründlicher als nötig ging Jola den Hühnerverschlag ab und entdeckte in den Nestern noch drei Eier. Sie füllte den Korb mit Stroh, bettete die Eier hinein. Dann schloss sie das Gatter und machte sich auf den Weg zu den Ziegen.

Das Erste, was sie an ihm bemerkte, war sein schwankender Gang. Es war nicht zu übersehen, dass Mathis zu viel getrunken hatte. Immer wieder blieb er stehen, und selbst dann bewegte sich sein Oberkörper sacht wie eine Tanne im Abendwind. Bevor Jola einen Entschluss fassen konnte, was mit dem Betrunkenen zu tun sei, vor allem in Anbetracht der Tatsache, dass der Küchenmeister ihre Rückkehr erwartete, entdeckte sie Ania. Sie eilte auf Mathis zu und hakte sich bei ihm unter.

Sie kennen sich. Woher kennen sich die beiden? Und was macht Ania hier? Wie ist sie dem Küchenmeister entkommen? Jola huschte hinter einen Wandvorsprung und sog die Luft ein. Dann schob sie den Kopf vor und lugte um die Ecke.

Ania führte Mathis in Richtung der Stallungen, mehrfach schaute sie sich dabei um. Mathis' Gang wirkte mit einem Mal geradliniger, und Jola konnte es nicht leugnen: Die beiden sahen gut aus zusammen. Erschrocken hielt sie sich die Hand vor den Mund. Was waren das für Gedanken? Ihr Herz schlug unruhig, als hätte es seinen Rhythmus verloren. War Mathis von Sinnen? War Ania der Grund, dass er Catheline nicht mehr heiraten wollte? Was sollte sie jetzt machen? Ehe Jola sich besann, folgte sie den beiden, die just hinter den Pferdestallungen verschwanden.

Dort war nur noch die Kammer, in der die Wolle der Schafschur lagerte, bis sie entfilzt, gewaschen und ein Teil davon im Zwiebelsud gelb gefärbt wurde. Arbeiten, die vor dem Verkauf der Wolle noch erledigt werden mussten. Tatsächlich öffnete Ania die Tür, blickte sich erneut um und wies mit der Hand in die Kammer. Mathis musste sich ducken, um unter dem niedrigen Sturz hindurchzutreten. Dann fiel die Tür zu.

Jola raffte die Schürze über ihre Knie und rannte los, wobei eines der Eier aus dem Korb fiel und auf ihrer Schürze zerschlug. Abrupt blieb sie stehen, fluchte, wischte Dotter und Eiklar vom Stoff, zupfte verklebte Schalenreste von ihren Fingern und warf sie auf den Boden. Trat sie klein und schob Sand darüber, damit niemand bemerkte, dass ihr ein Ei zerbrochen war.

Leise schlich sie zur Wollkammer weiter und blieb vor dem Fensterladen stehen. Mit zwei Fingern packte sie das Holz und schob ihn einen Spalt auf.

Fast hätte sie aufgeschrien. Hier wurde keine Zeit verloren. Ania stand mit freiem Oberkörper vor Mathis, der soeben ihre weißen Brüste berührte. Er beugte sich vor, und Ania legte den Kopf zurück. Noch nie hatte ihr Haar so schön ausgesehen, in Wellen fiel es ihr goldgelb den Rücken herab. Die Lippen leicht geöffnet, strich sie über Mathis' Hände, schob sie auf ihre Hüfte, half ihm, ihren Kittel abzustreifen.

Unfähig, sich zu rühren, vermochte Jola weder die Augen abzuwenden noch die Ohren zu verschließen. Zu Stein geworden, beobachtete sie, wie Ania sich umdrehte und Mathis noch im Stehen in sie eindrang. Sah den Gleichklang der Leiber, der immer wilder und enthemmter wurde, mit gierigem Keuchen einherging, bis Mathis sich aufbäumte und den Kopf auf Anias rechte Schulter fallen ließ. Sie lachte und strich ihm über das Gesicht.

Erst jetzt löste sich Jolas Starre. Langsam trat sie zurück, sah nach rechts, sah nach links. So ein großes Schloss, so viele Menschen auf beengtem Raum, und trotzdem war just in diesem Augenblick niemand bei den Stallungen, niemand, dem sie zurufen, dem sie sich zuwenden konnte, der sie ablenken würde.

Sie schrak auf, als die Tür aufgeschoben wurde.

Mathis stand, den Kopf noch eingezogen, zwei Schritte von

ihr entfernt. Sah sie. Blieb stehen, öffnete den Mund und sagte nichts.

Jola duckte sich, umfasste den Korb fester und hetzte los.

Weg.

Weg von Mathis. Von Ania. Vom Ort der Sünde.

Ist das Bett beschritten, hämmerte es in ihrem Kopf, ist die Ehe erstritten.

Saint Mourelles

Mathis hob die Hand, um an die Tür der Pfarrei zu klopfen, und ließ sie wieder sinken. Kurz betrachtete er die Maserung der verwitterten Holztür und überlegte, ob er nicht doch später wiederkommen sollte. In den letzten Tagen hatte er es erneut vermieden, den Pfarrer aufzusuchen, und auch an der Sonntagsmesse hatte er nicht teilgenommen. Blanche, die bei ihm erschienen war, um nach dem Rechten zu sehen, hatte er erzählt, dass sein Bein ihm unerträgliche Schmerzen bereiten würde.

Nochmals hob Mathis die Hand. Hämmerte mit der Faust an die Tür. Zu laut, zu lang, doch er musste sichergehen, dass sein Klopfen gehört wurde. Er konnte den Besuch nicht länger aufschieben, musste ihn endlich hinter sich bringen. Es war unwahrscheinlich, dass Catheline ihre Schwester getroffen und gesprochen hatte, seit er Jola bei den Stallungen auf dem Schlosshof begegnet war. Doch der Versuch, sich selbst zu beruhigen, scheiterte. Er wusste, dass es nur eine Frage der Zeit war, bis Catheline die Wahrheit erfahren würde.

Mathis spürte, dass Wut in ihm aufkam. Er hatte Catheline deutlich gemacht, dass sie nicht heiraten würden. Es stand ihm frei, seine Zeit zu verbringen, wie es ihm gefiel, und trotzdem wurde er das Schuldgefühl nicht los. Es bohrte sich immer tiefer in ihn hinein und war neben den Erinnerungen an Anias weiße Haut und flinke Finger, die ihn kurzatmig machten, beinahe das Einzige, was in seinem Kopf noch Platz fand.

Er wollte gerade die Hand heben, um das dritte Mal um Einlass zu bitten, als die Tür geöffnet wurde. Catheline stand vor ihm. Sie hatte ein Tuch ums Haar gebunden, und ihre Hände waren tropfnass. »Oh, du bist es«, sagte sie nur, wischte die Hände an der Kittelschürze ab und trat beiseite.

Der Pfarrer blickte aus der Studierstube in den Flur. »Mathis! Geht es dir wieder besser? Das freut mich, komm doch rein.«

Erleichtert setzte sich Mathis in der Studierstube an den Tisch.

Der Pfarrer schaute zu Catheline hinüber. »Würdest du uns bitte Apfelwein bringen?«, fragte er.

Wortlos verschwand Catheline. Mathis war unsicher, ob ihr Blick heute tatsächlich undurchdringlich wirkte oder ob diese Wahrnehmung nur das Ergebnis seines schlechten Gewissens war.

Der Pfarrer klopfte ihm auf die Schulter und verjagte den Gedankengang. »Gut, dass du wieder wohlauf bist, es ist viel geschehen in den letzten Tagen«, sagte er und ließ sich neben ihm nieder. Mathis betrachtete den Pfarrer aufmerksam, der fahrig über sein Haupt strich. »Catheline hat mir berichtet, dass der Baron dich mit einer falschen Auskunft abgespeist hat. Dass ihr davon ausgeht, dass entweder der Hauptmann oder er selbst mit den Taten in Zusammenhang stehen könnte. Darüber habe ich Magister Lacante per Boten informiert.«

Die Tür öffnete sich, und Catheline trat ein, sie trug einen Krug und zwei Becher bei sich.

»Wie kommst du dazu, Pfarrer Jeunet zu erzählen, dass der Baron mit den Taten in Zusammenhang steht?«, fuhr Mathis sie an und hörte, dass seine Stimme die kaum verhohlene Wut verriet.

Catheline stellte die Becher ab, goss aufreizend langsam den Apfelwein ein, schob sie vor den Pfarrer und ihn und platzierte dann den Krug mittig auf dem Tisch. Sie machte sich nicht die Mühe, ihn anzusehen. »So ist es doch, oder? Er verbreitet Lügen, das haben wir doch festgestellt.«

Mit der flachen Hand schlug Mathis auf den Tisch, dass der Pfarrer und Catheline zusammenzuckten. »Herrgott, Pfarrer Jeunet hat den Bischof angeschrieben mit Mutmaßungen und Gerüchten. Gerüchten, die du in die Welt setzt, weil du wütend auf mich bist.«

Jetzt erwiderte Catheline seinen Blick, eine Braue steil in die Stirn erhoben. »Wie bitte? Ich soll wütend auf dich sein? Wovon redest du da?«

»Du bist wütend, weil ich so viel Zeit auf dem Schloss verbringe und weil deine Schwester dir Unwahrheiten einflüstert. Es geht dir doch nur darum, mir klarzumachen, dass ich unrecht habe. Immer unrecht habe, egal, was ich tue.«

»Was hat Jola damit zu tun?«, fragte Catheline misstrauisch und legte den Kopf schräg.

Verdammt, fluchte Mathis innerlich. Ein wahrlich gelungener Auftakt für ein Gespräch! Wie konnte ich Catheline auf Jola ansprechen? Ich bin so blöde, wie ich lahm bin. Er räusperte sich und hoffte, dass seine nächste Feststellung zur Ablenkung taugen würde. »Ich habe mit dem Baron gesprochen, und ich denke, dass ich weiß, wer als Täter infrage kommt.«

Nun beide Augenbrauen erhoben, sah Catheline auf ihn herab. »Ja, dann hättest du uns früher aufsuchen müssen, aber dir ging es ja nicht gut. Wer ist es denn, wenn es nicht der Hauptmann oder der ehrwürdige Baron ist?«

Die Abfälligkeit, mit der Catheline ihre Worte betonte, machte es Mathis beinahe unmöglich, sich zu beherrschen. Er schob seine Hände auf den Schoß und ballte die Fäuste, was dem Pfarrer nicht entging.

»Hört auf, ihr beiden, so kommen wir nicht weiter. Wir müssen in Ruhe überlegen, was zu tun ist. Mathis, was hast du erfahren?«

»Der Küchenmeister, er ist neu im Schloss. Er hat die Spieße geordert, die Raymond geliefert hat, und er könnte bei Grete Kräuter bestellt haben. Mit Babette hat er zusammengearbeitet, tagein, tagaus. Und er ist einer von denen, die dem Baron gegebenenfalls darüber Auskunft erteilen, welche Magd wo tätig ist.«

Der Pfarrer fuhr sich mit den Fingern an die Unterlippe und knetete sie, sein Blick war ins Leere gerichtet. »Aber wie passt Rachel da ins Bild? Zudem haben wir …«

»Noch fügt sich nicht jedes Detail«, unterbrach Mathis ihn, »aber auch hierfür werden sich noch Antworten finden lassen. Das Bettelmädchen, auch hier passt alles. Sie war im Schloss und hat nach Brot gefragt. Da könnte sie dem Küchenmeister begegnet sein.«

»Geht der Küchenmeister auch mit auf Reisen?«, fragte Catheline und erweckte nicht den Eindruck, als wolle sie sich zurückziehen und die Männer ihrem Gespräch überlassen.

»Nicht dass ich wüsste.«

Auf ihrem Gesicht erschien ein Lächeln, das an Hochmut kaum zu überbieten war. »Wenn du Vater Jeunet nicht ins Wort gefallen wärst, hättest du erfahren, dass wir Nachricht erhalten haben. Aus Port-Saint-Luc.«

Mathis wurde es heiß. Eine Ahnung stieg in ihm auf, dass er

etwas übersehen, dass er irgendeinen Gedanken nicht zu Ende gebracht hatte. Da war es wieder: sein Problem, dass Anias weiße Haut und seine inneren Rechtfertigungen Catheline gegenüber sein Denken blockierten.

Der Pfarrer wiegte bestätigend den Kopf hin und her. »Soazig wurde gefunden«, sagte er langsam. »Sie ist ebenfalls erwürgt worden.«

Soazig. Er selbst war nach Port-Saint-Luc geritten und hatte sich dennoch nicht gefragt, wie ihr Verschwinden ins Bild passte. »Ja, aber dafür wird es sicher auch eine Erklärung geben«, entgegnete Mathis lahm.

»Und welche, wenn ich fragen darf?«, hakte Catheline nach.

Mathis sah an ihr vorbei. »Vielleicht war der Küchenmeister bei dieser Reise ja doch dabei ... Und wir wissen es nur nicht«, stammelte er.

»Wie es dir passt, du baust dir alles zurecht, wie es dir passt«, zischte Catheline. »Aber das können wir doch ganz einfach erfragen. Gern gehe ich sofort zum Schloss hoch und ...«

»Nein, nein! Das ist nicht nötig«, fiel Mathis ihr ins Wort. »Ich glaube es auch nicht.« Seine Schultern sackten herab.

Catheline sah den Pfarrer an. »Vater Jeunet, um sicher zu sein, möchte ich jetzt zum Schloss gehen und mir weitere Unwahrheiten meiner Schwester ins Ohr flüstern lassen.«

»Catheline!«, sagte der Pfarrer warnend, doch sie ließ sich nicht beirren.

»Wann wäre es Euch denn recht, dass ich mich auf den Weg mache?«

»Gar nicht«, antwortete Vater Jeunet deutlich verärgert. »Für eure Zankereien haben wir keine Zeit.«

Mathis seufzte innerlich. Er wusste, dass jedes Verbot zwecklos war. Catheline würde bei der erstbesten Gelegenheit Jola aufsuchen, und er hatte sie selbst auf diese Fährte gesetzt.

Kaum tauchte der Dachgiebel von Gut Lemoine in seinem Blickfeld auf, fühlte Julien eine Heiterkeit in sich, die ihn das Pferd antreiben ließ. Als er am Fenster Bérénice entdeckte, erhob er den Arm und winkte. Er genoss den Anblick ihres rot schimmernden Haares, das sie noch nicht unter der Haube verborgen hatte. Es umrahmte ihr schmales Gesicht und bildete einen hübschen Kontrast zur hellen Haut.

Bérénice winkte zurück. Winkte und winkte.

Julien runzelte die Stirn, immer heftiger wedelte sie mit dem Arm und wies zum Waldesrand. Irritiert zügelte er sein Pferd. Es gab keinen Zweifel, sie zeigte auf den Waldesrand, deutete danach auf das Tor zum Gutshof und schüttelte den Kopf.

Langsam ritt Julien zu einer weit ausladenden Eiche, deren erste Blätter sich hellgrün öffneten. Als er vom Pferd absaß, um sich auf einem Stein niederzulassen, verstärkte sich die Unruhe in seinem Leib. Gleich würde er Bérénice wiedersehen, doch er musste auch zur Kenntnis nehmen, dass sie sein Erscheinen auf dem Gutshof unterband. Obwohl sie ihn angeschrieben und um einen Termin für ein vertrauliches Gespräch gebeten hatte.

Julien fixierte das Tor, und nach kurzer Zeit huschte Bérénice hindurch. Langsam schritt sie aus, als wäre sie spazieren, mehrfach hielt sie inne und schien die Aussicht zu genießen. Sie verhielt sich wie eine Frau, die etwas zu verbergen hatte. Umgehend erhob sich Julien und zog sich weiter in den Wald zurück, woraufhin sie ihren Schritt beschleunigte.

Kurz darauf stand sie vor ihm, die Haut ihres Gesichtes war vom Wind leicht gerötet. Ein wenig außer Atem lächelte sie ihn an.

»Vielen Dank, dass Ihr Euch die Zeit nehmt, mich zu empfangen. Wenn ich ungelegen komme, müsst Ihr es mir nur mitteilen«, begrüßte Julien sie.

Bérénice winkte ab. »Ich freue mich sehr über Euren Besuch. Aber bittet Euren Boten das nächste Mal, dass er Eure Schreiben unbedingt nur mir selbst übergibt. In diesem Haus kommt nicht jeder Brief bei seinem Empfänger an. Euer Brief hat mich zwar erreicht, aber es gab in letzter Zeit einige Probleme grundsätzlicher Art.«

Julien lachte kurz auf. »Auch ich wäre schon längst bei Euch erschienen, wenn der Vikar mir Euer Anschreiben früher überreicht hätte. Er hatte es entgegengenommen und schlichtweg vergessen.«

Sie schüttelte den Kopf und musste ebenfalls lächeln. »Genug davon, das Wetter ist heute so mild, ich dachte, Ihr hättet vielleicht ein wenig Freude daran, mich bei meinem Spaziergang zu begleiten? Auch hier lässt sich mein Anliegen besprechen.«

Julien bot ihr seinen Arm an und genoss die Berührung, als sie sich bei ihm einhakte. Nicht nur, dass sie meine Anwesenheit verheimlicht, sie will auch sichergehen, dass meine Briefe nicht in falsche Hände geraten, unabhängig davon, dass sie stets formell verfasst sind. Sie benimmt sich …, er schluckte trocken, sie benimmt sich tatsächlich wie eine Frau, die etwas verheimlichen will. Welchen Grund sie für ihr Verhalten auch immer haben mag, es ist ihre Entscheidung, ob und wann sie mich ins Vertrauen zieht, beschloss er und genoss die Sonnenstrahlen, die durch die Bäume fielen und den Wald in ein reizvolles Licht- und Schattenspiel tauchten. Diese Frau blieb ihm ein Rätsel. Schon die Tatsache, dass sie im Wald mit ihm spazieren ging, allein, anstatt ihn offiziell im Beisein anderer zu empfangen, war seines Erachtens nach in seiner Konsequenz kaum zu überbieten. Fast hätte er den Kopf geschüttelt, so vertieft war er in seine Gedanken, die nicht weiterführten.

»Wart Ihr schon einmal in Troyes?«, unterbrach Bérénice seine Grübeleien, deutlich um einen Plauderton bemüht.

Er nickte, musterte ihr Profil, beeindruckt vom Schwung ihrer Wimpern und den weichen Lippen. »Ja, warum?«

»Stimmt es, dass dort Hausaltare hergestellt werden?«

»Ja, man arbeitet in Troyes viel mit Elfenbein, schneidet die schönsten Diptychen und Triptychen daraus.«

Sie nickte. »In meinem Gemach habe ich ein Betpult, es ist mit Schnitzereien verziert und eine wahre Augenweide. Doch neben dem Fenster würde ich gern noch einen Hausaltar aufstellen, die Lichtverhältnisse dort sind gut. Ich habe mal einen mit bemalter Predella gesehen, er war wunderschön, besonders wenn er geschlossen war. Auf den beiden Flügeltüren sah man den Engel, der Maria erschien und ihr die Ankunft des Heilands verkündete. Das ist eine meiner liebsten Stellen in der Bibel.«

Der Gedanke an ihr Gemach ließ Julien einen Schauer den Rücken hinablaufen. Sie richtet sich hier ein, frohlockte er. Weit weg von ihrem Mann. Auf dem Hinritt war es ihm aufgefallen: Anjou war eine Idylle. Eine Landschaft, in der sich Felder und dichte Wälder abwechselten. Immer wieder unterbrach das weithin erkennbare Muster der Weinfelder, in denen die Rebstöcke Spalier standen, den Wechsel von Feld und Wald. Es war eine Umgebung, die Bérénice sichtbar glücklich machte. Zumindest wirkte sie gelöster, und die Züge in ihrem Gesicht waren weicher geworden.

Als hätte sie seine Gedanken erahnt, sagte sie: »Vielen Dank, dass Ihr den Weg auf Euch genommen habt und ins Anjou gekommen seid. Schließlich ist es nicht mehr Eurer Diözese zuzurechnen. Ich hoffe, dass der Liebreiz der Umgebung Euch ein wenig für den längeren Ritt entschädigt hat.« Sie schaute ihn direkt an und blieb erschrocken stehen. »Was bedrückt Euch? Ich sehe doch, wie sich Euer Blick verdunkelt.«

»Der Ritt hierher war mir ein Vergnügen, denn ich weiß, dass Ihr Fragen mit Euch herumtragt, die Ihr mit mir besprechen wollt. Bitte seht es mir nach, dass ich Euch vorab noch über verschiedene Unannehmlichkeiten unterrichten muss, aber ich könnte mir vorstellen, dass Eure Fragen damit in Zusammenhang stehen«, erwiderte Julien.

Bérénice schluckte und deutete mit einer knappen Handbewegung an, er solle beginnen.

»Es gibt Grund zur Annahme, dass Hauptmann Bouchet mit den Taten, die sich um Schloss Troyenne ereignet haben, zu tun haben könnte.« Er wartete ab und beobachtete Bérénices Mienenspiel, das erst Erstaunen, dann Besorgnis zeigte.

»Muss ich um Amédé fürchten?«

»Es ist schlimmer, jedenfalls sehe ich das so.« Julien war versucht, Bérénices Hand zu nehmen, unterdrückte jedoch sein Verlangen und fuhr fort: »Der Bischof vermutet, dass er involviert ist. Wir haben Nachricht vom Pfarrer aus Saint Mourelles erhalten, der dies in Betracht zieht.« Er sprach die Worte sanft und leise, als könne er damit die zerstörerische Kraft der Nachricht abmildern.

Ein abgehacktes Lachen entfuhr Bérénice. »Das ist Unsinn«, sagte sie und trat einen Schritt zurück, wobei ihr Schuh auf einer Baumwurzel keinen Halt fand. Sie geriet ins Wanken.

Julien konnte noch rechtzeitig ihre Hand ergreifen, um ihr Halt zu geben. Er schauderte wohlig, als er die weiche Haut ihrer schmalen Finger spürte, die sich um die seinen schlossen und sie nicht wieder hergaben.

»Es ist Unsinn«, flüsterte sie erneut und verstärkte den Druck auf seine Finger.

Es war ein winziger Stich, den Julien in seiner Brust verspürte, denn er musste zugeben, dass er dem Gedanken einer Mittäterschaft etwas abgewinnen konnte. Aber was hatte er sich nur erhofft? Dass eine Ehefrau ihren Mann anschwärzte und sich die Hände rieb, weil sie ihn dadurch loswurde?

Hastig sah er sich um. Was trieb er hier?

Betraut mit einer kirchlichen Untersuchung, stand er im tiefsten Wald des Anjou und hatte schon vorab ein Urteil im Kopf, das ihm zusagte. Eines, das es ihm ermöglichen würde, sich ungeniert der Frau des Verdächtigen, der Madonna seiner Jugend, zu nähern.

»Nein, das kann nicht sein«, setzte Bérénice erneut an, und ihre Augen waren noch immer vom Schreck geweitet, »das könnt Ihr mir glauben. Amédé ist sicherlich eigen, aber so etwas würde er nie tun. Aber …«, sie schien nach den richtigen Worten zu suchen. »Ich möchte jetzt nicht den Eindruck erwecken, dass ich den Verdacht, den Ihr zu haben scheint, umlenken will, aber der Hauptmann ist mir schon immer ein wenig seltsam vorgekommen. Nein, das ist das falsche Wort, vielmehr war er mir widerwärtig und unangenehm.«

»Es war mir wichtig, Eure Einschätzung zu erfahren«, sagte Julien mit belegter Stimme. Er räusperte sich verlegen, doch Bérénice schien es nicht zu bemerken.

Den Blick auf die Hände gerichtet, die sich immer noch nicht voneinander gelöst hatten, fragte sie leise: »Stimmt es, dass Ihr, damit meine ich den Bischof, erneut mit meinem Mann in Verhandlungen steht? Dass er dieses Mal seinen Grund und Boden im Loire-Tal aufgeben will?« Ihr rechter Mundwinkel begann zu zucken, eine kaum wahrnehmbare Bewegung, die ihre Anspannung nach außen trug.

Soll ich sie anlügen?, fragte er sich und wusste sofort, dass es sinnlos war und dass sie die Wahrheit ohnehin erfahren würde. Und es gab genug Lügen in seinem Leben. Wie oft hatte er in der kurzen Zeit, die er in Nantes war, schon den Bischof belogen? Vielleicht war Bérénice der Mensch, demgegenüber er ehrlich sein durfte?

»Euer Schweigen ist mir Antwort genug«, sagte sie und entzog ihm ihre Hand. Begann den Weg weiterzulaufen, noch tiefer in den Wald hinein. Dieses Mal verzichtete sie darauf, sich bei Julien einzuhaken, und achtete auf einen gebührenden Abstand. »Mein Schwager Ludwig will mich davon überzeugen, eine königliche Verfügung gegen Amédé zu erwirken, die ihm untersagt, seine Ländereien zu verkaufen. Mein Schwager und der König, sie kämpfen gerade Seite an Seite, und Ludwig ließ mich wissen, dass er es sofort erwirken könnte. Soviel ich weiß, haben sich die Kämpfe ja nun ins Bourbonnais verlagert. Aber was rede ich? Das spielt ja dabei keine Rolle. Anscheinend haben die Herren zwischen ihren Schlachten immer noch Zeit für solche Dinge.«

»Wie bitte, eine königliche Verfügung?« Julien war nicht sicher, ob er sich verhört hatte. Bérénice zog in Erwägung, ein Verbot von königlicher Seite einzuholen?

»Ja, aber ich bin nicht bereit, mich an den König zu wenden. Irgendwie finde ich den Gedanken furchtbar, familiäre Angelegenheiten durch ihn regeln zu lassen.«

Julien folgte Bérénice, während seine Gedanken sich überschlugen. Wenn der König es dem Baron überraschend kurzfristig untersagte, Geschäfte zu tätigen, wäre der geplante Verkauf gefährdet. Zumindest wenn Amédé de Troyenne sich an diese Verfügung hielt. Und es war abzusehen, wem der Bischof für einen geplatzten Verkauf die Schuld geben würde: ihm, Julien, auch wenn es nicht begründbar war. Es war bequem und deshalb naheliegend. Wäre der Verkauf jedoch abgeschlossen, würde Bérénice vielleicht im Anschluss daran die Verfügung anstrengen.

Unvermittelt blieb Bérénice stehen und drehte sich zu ihm um. »Was würdet Ihr mir raten?«

Julien rang nach einer Antwort, die zwischen Pflicht und Zuneigung verborgen lag.

»Seid ehrlich mit mir, ich bitte Euch inständig darum, seid ehrlich.«

»Meinem Gefühl nach würde ich Euch sofort dazu raten, eine Verfügung zu erwirken«, sagte Julien und war erleichtert, dass er diesen Satz ausgesprochen hatte.

»Danke«, flüsterte Bérénice und trat einen Schritt näher. »Aber Ihr habt noch mehr zu sagen, oder? Bitte, verschweigt mir nichts, ich schwöre Euch bei der Heiligen Jungfrau Maria, dass dieses Gespräch unter uns bleiben wird.«

»Ihr habt recht, das war erst der Anfang. Ich ahne schon jetzt, dass sich Herzog Johann und Bischof du Clergue nicht um eine königliche Verfügung scheren würden. Vielmehr würden sie mit aller Macht, und damit meine ich auch bessere Preise, Euren Gatten davon überzeugen, dass er mit seinen Ländereien machen kann, was er will.«

»Ihr meint, dass ein kleines Zerwürfnis mit dem König wegen eines Stück Landes den Herzog und den Bischof, die jahrelang auf der anderen Seite gestanden haben, nicht sonderlich erschüttern würde, richtig?«, fasste Bérénice zusammen und senkte den Kopf.

Julien hob den Arm, vielmehr hob sein Arm sich wie von selbst. Legten sich seine Finger unter ihr Kinn, schoben den hübschen Kopf wieder in die Höhe. »Verzeiht mir, ich wollte Euch nicht …«

»Ich weiß, du bist sehr mutig. Das warst du schon damals. Danke dafür …«, sie verstummte. Ihre Lippen zitterten.

Langsam neigte Julien den Kopf und sah, dass ihre Lippen sich sacht öffneten.

Wütend ergriff Catheline einen Bund frischer Kräuter und begann, sie mit dem Messer zu zerhacken. Vater Jeunet hatte Mathis zur Tür geleitet, der nicht ein Wort mehr mit ihr gewechselt hatte.

Was sollte das mit Jola?, fragte sie sich. So gut kenne ich dich, mein Lieber. Es gibt einen Grund, dass du sie ins Spiel bringst. Das hast du noch nie getan …

Ein Klopfen ließ sie aufhorchen. Sie vernahm Vater Jeunets schlurfende Schritte und dann das atemlose Schluchzen.

Eve!

Es war Eve, die weinend vor der Tür stand.

Sofort ließ Catheline das Messer auf den Tisch fallen und lief in den Flur. Sie verharrte, als sie bemerkte, dass Mathis zurückgekehrt war und neben Eve stand.

»Ich habe ihn eben getroffen und gebeten mitzukommen«, sagte Eve und packte Mathis' Arm. Die nächsten Worte wurden von einem schier endlosen Schluchzer verschluckt.

Hilflos blickte Vater Jeunet Mathis an, der die Schultern zuckte.

Catheline schob sich an Vater Jeunet vorbei. Legte ihre Hand auf Eves Schulter und führte sie in die Küche, setzte sie auf die Holzbank. »Eve, ist mit den Jungen alles in Ordnung?«, fragte sie und roch den bitteren Schweiß, der sich unter ihren Achseln bildete. Winzige Tröpfchen, die schlimmer stanken als jene handtellergroßen Flecken Feuchtigkeit, wie sie beim Arbeiten entstanden. Was machst du dir für Gedanken?, mahnte eine Stimme in Cathelines Kopf. Die Scham trieb den Schweiß noch schneller aus ihrer Haut. Die Arme an den Leib gepresst, versuchte sie sich zu erinnern, was sie Eve gefragt hatte.

Die nickte derweil und nahm ein herumliegendes Küchentuch, um sich die Nase zu schnäuzen. »Pierre und Marcel geht es gut, aber die beiden sind der Grund, weshalb ich hier bin.«

Mathis lehnte sich an die Wand und verschränkte die Arme vor dem Brustkorb. »Was ist mit ihnen?«

»Ich weiß nicht, warum ich das getan habe ... Ich weiß es nicht.« Eve hielt die Luft an und sah Vater Jeunet flehentlich an.

»Was auch immer dich belastet, hier«, er wies unbestimmt durch die Küche, »sind deine Sorgen bestens aufgehoben.«

Eve griff in ihren Umhang, schob ihre Hand über den Tisch, öffnete sie und zog sie dann pfeilschnell zurück. Im Licht glänzte eine silberne Spange.

Vater Jeunet beugte sich vor. »Was ist das?«

»Eine Mantelspange«, antwortete Catheline.

»Wo hast du die her?« Mathis war einen Schritt näher getreten und musterte die fein gearbeiteten Ranken, die sich ineinanderschlangen.

Eve schlug die Hände vors Gesicht, offenbarte abgekaute Fingernägel mit schwarzen Rändern. »Ich habe sie bei Gabin gefunden.«

Catheline presste die Arme noch fester an ihren Leib, konzentrierte sich und begriff trotz allem nicht, worauf Eve hinauswollte.

»Als er tot auf dem Wagen lag, strich ich über seine Hand und merkte, dass er etwas umklammerte. Dann habe ich sie an mich genommen.«

»Es kann also sein, dass diese Spange vom Täter stammt? Warum bringst du sie jetzt erst?« Sosehr Catheline sich auch bemühte, ihre Aufregung zu verbergen, es gelang ihr nicht. Sie sprach zu schnell, stieß die Worte nahezu hervor, was Eve nicht entging.

Ihre Augen füllten sich erneut mit Tränen, und ein weiterer

Schluchzer rollte durch ihren Brustkorb. »Weil ich mich so schäme. So unendlich schäme, dass ich so vieles falsch mache.« Sie wischte sich mit dem Küchentuch die Tränen aus den Augenwinkeln. »Ich dachte, diese Spange würde einer Frau gehören. Als ich sie fand, war das wie ein weiterer Schlag für mich, ich konnte nicht mehr klar denken. Der Mann tot, und dann auch noch das. Ich wollte nicht, dass bei Gabin Dinge gefunden werden, die ihn mit einer fremden Frau, mit einer Sünde in Verbindung bringen.« Eve knüllte das Tuch, zog es auseinander und strich es glatt. Dann zupfte sie an den Fäden, die sich am Rand des Leinens lösten.

Catheline nahm die Spange, hielt sie ins Licht und reichte sie dann Vater Jeunet.

»Die Jungen haben sie bei uns in der Hütte gefunden. Man kann ihnen einfach nichts mehr verheimlichen.« Schrill lachte Eve auf, aber für einen Moment glätteten sich die verhärmten Züge, als würde der Gedanke an Pierre und Marcel ihr Kraft geben.

»Das kann ich mir vorstellen«, merkte Mathis an und lächelte kurz.

Eve zupfte heftiger an den Fäden. »Erst habe ich Raymond verdächtigt, aber als sich herausstellte, dass er selbst zum Opfer geworden ist, schämte ich mich so elendig. Diese Scham ist meine Strafe, sicherlich eine gerechte Strafe.« Ihr Blick flackerte. »Sie verursacht mir Übelkeit, so sehr, dass ich nicht mehr schlafen kann.«

»Wir sind alle fehlbar, und auch dir wird verziehen werden, da bin ich sicher«, unterbrach Vater Jeunet sie und legte die Hand auf ihren Unterarm. Dankbar sah sie auf die Hand, runzelig und von Altersflecken übersät.

»Ich habe mich nicht getraut«, fuhr sie leise fort, »zuzugeben, dass ich noch mehr … Schuld auf mich geladen habe.«

»Was hat dich veranlasst, uns die Spange nun doch zu zeigen?«, hakte Vater Jeunet behutsam nach.

»Pierre und Marcel. Die beiden haben sie in meiner Truhe gefunden und dann versteckt. Ich kann sie verstehen, sie glänzt so wundervoll, so etwas kennen die Jungen nicht. Als ich sie von ihnen zurückverlangte, logen sie mich erst an und sagten, sie hätten die Spange nicht genommen. Dann gerieten beide in einen Streit darüber, wer sie mir geben darf, und ich dachte immerzu daran, dass diese Spange wahrscheinlich das Letzte war, was ihr Vater berührt hat. Da wurde mir klar, dass sie nicht in unser Haus gehört, dass sie Unglück bringt und vielleicht ein wichtiger Hinweis sein kann.« Eve nickte heftig und nahm den Blick nicht von der silbern glänzenden Spange. »Und wie soll ich von den Jungen Ehrlichkeit einfordern, wenn ich nicht besser bin?«

Ohne es zu wollen, hob Catheline bei diesen Worten den Kopf und sah Mathis an.

Er wich ihrem Blick aus.

Schloss Troyenne

Das Schlafen fiel Bérénice schwer in den letzten Nächten. Immer wieder erschien ihr Juliens Antlitz vor Augen, eine Erinnerung, die sie stets bis zum Morgengrauen wach hielt. Und wenn sie doch in einen unruhigen Schlummer glitt, quälte sie der Traum, dass Francine sie mit Julien im Wald ertappte. Dass die Schwester mit einem Spaten in der einen und einem Pfahl in der anderen Hand hinter einem der Bäume hervortrat.

Verstärkt wurde diese Unruhe noch durch die Sorgen, die sie sich um Amédé machte, sodass sie die Rückreise angetreten hatte. Zurück an den Ort, der ihr so fremd, nahezu verhasst geworden war. Kaum war die Kutsche über die Zugbrücke gefahren und im Schlosshof zum Stehen gekommen, ertappte sie sich dabei, dass der Gedanke, nun wenigstens Nantes schnell erreichen zu können, ihr eine tröstliche Zuflucht bot.

Francine stieg zuerst aus dem Wagen, ihre Stimmung hatte sich, je näher sie dem Schloss gekommen waren, deutlich gehoben. Bérénices Bemühungen, ohne die Schwester zu reisen, waren allesamt ins Leere gelaufen, und irgendwann hatte sie den Kampf aufgegeben. Ich werde sie auf Schloss Troyenne zurücklassen. Sie gehört hierher, überlegte Bérénice, während sie sich aus dem Wagen helfen ließ. Und wieder landeten ihre Gedanken bei Julien, suchten den Vorteil, den diese Entscheidung mit sich bringen würde, und fanden ihn umgehend: eine Möglichkeit, Julien auf Gut Lemoine zu empfangen, ohne die Entdeckung eines Treffens durch die Schwester befürchten zu müssen.

Amédés Anblick riss sie aus ihrem Tagtraum. Das Erstaunen über ihre Ankunft war ihm anzusehen, erfreut umarmte er Francine zur Begrüßung. Dann kam er auf Bérénice zu. »Mein Täubchen«, sagte er und lächelte, »welch schöne Überraschung! Hattet ihr eine gute Reise?«

Er konnte es nicht lassen. Immer noch nannte er sie nach einem Federvieh, das für Reinheit und Einfalt stand. Wie wenig er über sie wusste. »Danke, uns geht es gut. Bist du wohlauf?«, entgegnete sie knapp.

»Ja, leider habe ich just wenig Zeit, ich bekomme gleich Besuch.«

»Wen erwartest du?«

Für einen Wimpernschlag huschte ein Schatten über das Gesicht ihres Mannes. »Der Bauer, der mich damals im Wald … Du weißt schon, wer. Er wünscht, mich zu sprechen.«

»Oh, ich habe ihn noch nicht kennengelernt, und es ist überfällig, ihm zu danken«, sagte Bérénice und hakte sich bei Amédé unter.

Er blieb stehen. Schaute auf ihren Arm, als wäre er ein Fremdkörper, und zögerte. »Du willst mitkommen? Es wird um Dinge gehen, die nicht für Frauenohren geeignet sind, befürchte ich«, sagte Amédé und rückte ein Stück von ihr ab.

»Ich kann mich immer noch, wenn es mir zu viel wird, zurückziehen.« Bérénice bemühte sich um ein gewinnendes Lächeln.

Ein Schulterzucken, dann geleitete Amédé sie in den Saal. Seinem Knappen gab er Anweisung, dass der Bauer hereingeführt werden solle.

Interessiert beobachtete Bérénice den hinkenden Mann, der wenig später auf Amédé und sie zukam. Er hielt sich an einem Treibstecken fest, sein Haar war, wie es sich für einen Bauern gehörte, kurz geschnitten, endete auf Kinnhöhe. Seine Züge waren gleichmäßig, nicht schön, aber angenehm und vertrauenerweckend. Sein groß gewachsener Körper ließ ihn trotz des freundlichen Gesichts männlich wirken. Neugierig lehnte Bérénice sich vor. Was dieser Mann zu berichten hatte, musste wichtig sein, wenn Amédé ihn empfing. Dass der Hauptmann ebenfalls anwesend war, störte sie, und es war offensichtlich, dass es ihm nicht anders ging: Mit gerunzelter Stirn schien er darauf zu warten, dass sie den Saal verließ.

Der Bauer begrüßte die Anwesenden angemessen und lehnte es dankend ab, Platz zu nehmen. »Herr Baron, ich möchte nicht zu viel Eurer Zeit in Anspruch nehmen«, sagte er. »Es ist mir jedoch wichtig, Euch darüber zu informieren, dass die Magd Soazig, die auf Port-Saint-Luc vermisst wurde, inzwischen aufgefunden worden ist. Sie ist ebenfalls ...« Der Bauer brach ab und schaute unsicher zu Bérénice herüber, die ihm aufmunternd zunickte. Er senkte die Stimme: »Sie ist erwürgt aufgefunden worden. Pfarrer Jeunet ist darüber durch einen Boten in Kenntnis gesetzt worden.«

»Ja, auch wir wurden bereits darüber in Kenntnis gesetzt«, sagte Amédé.

Bérénice stöhnte auf. Dieses kurze, unkontrollierte Geräusch, das hörbar gewordene Entsetzen erfreute den Hauptmann. Auf seinem Gesicht zeigte sich ein abfälliges Grinsen.

Der Bauer blickte mitfühlend zu ihr herüber, holte dann aber Atem, um weitere Hiobsbotschaften zu überbringen: »Zudem wurde inzwischen eine Mantelspange aufgefunden, die der Tagelöhner Gabin in seiner Hand hielt.«

Amédé legte den Kopf schräg und rieb sich mit der Hand über die Bartstoppeln an seinem Kinn. »Können wir sie sehen? Hast du sie dabei?«

Der Bauer schüttelte verlegen den Kopf. »Verzeiht mir, dass ich nicht daran gedacht habe, sie mitzubringen. Vater Jeunet bewahrt sie auf. Sie ist aus Silber gefertigt, rund und besteht aus Ranken, die sich ineinanderwinden. Die Frau des Tagelöhners entdeckte sie in der Hand ihres toten Mannes.«

»Es ist ärgerlich, dass du die Spange vergessen hast, und ich verstehe nicht, warum wir erst jetzt davon erfahren. Wie kommt es, dass nun eine Mantelspange auftaucht?«

Der Bauer geriet ins Schwitzen, an seinen Schläfen bildeten sich kleine Schweißperlen. Mitleiderregend sah er aus, wie er sich an seinem Treibstecken festhielt und versuchte, Amédé Rede und Antwort zu stehen.

»Die Frau des Tagelöhners, sie war außer sich über den Tod ihres Mannes. Sie befürchtete, die Spange könne von einer fremden Frau stammen. Es war ein unbeholfener Versuch, kein Geschwätz auf sich zu ziehen. Ihren verstorbenen Mann zu schützen, sein Andenken reinzuhalten.«

»Das kann ich verstehen«, sagte Bérénice, den garstigen Blick des Hauptmannes ignorierend, weil sie das Wort an sich gerissen hatte.

Amédé winkte dem Knappen zu, der am anderen Ende des Saals, die Arme hinter dem Rücken verschränkt, auf Anweisungen wartete. »Geh bitte den Umhang der Baronin holen, und bringe meinen auch gleich mit«, befahl er dem Jungen.

Verwundert blickte Bérénice ihn an und begriff sein Vorhaben, als der Knappe die Umhänge auf den Tisch legte. Amédé wendete beide Umhänge, sodass die Mantelspangen gut sichtbar vor ihnen lagen. »Sahen die Spangen so aus?«, fragte er.

Das erste Mal, seit das Gespräch begonnen hatte, bewegte der Bauer sich. Trat näher an den Tisch und betrachtete die Spangen. »Ja, genau so«, antwortete er dann.

»Diese Spangen tragen Männer und Frauen, insofern hat die Frau des Tagelöhners nicht ganz unrecht gehabt mit ihren Befürchtungen«, entgegnete Amédé und gab dem Knappen ein Zeichen, die Umhänge wieder in die Gemächer zu bringen.

»Da hat mein Mann recht«, ergänzte Bérénice behutsam. »Erschwerend kommt hinzu, dass diese Verschlussspangen derzeit ausgesprochen beliebt sind. In ganz Frankreich werden sie getragen, vom Bürger bis zum Adeligen. Auch auf unserem Neujahrsempfang waren zahlreiche Gäste zugegen, die diese Mantelspangen trugen. Vielleicht hat sie irgendwer bei der An- oder Abreise verloren, und der Tagelöhner hat sie gefunden?«

Die Enttäuschung, die in diesem Moment den Bauern erfasste, berührte Bérénice. Einmal mehr gab es keine Antwort auf die Frage, was auf dem Schloss und in Saint Mourelles geschah.

Catheline erkannte am Klopfen, dass es Mathis war. Stets trommelte er ein und denselben Rhythmus aufs Holz, eine Klangreihenfolge, die früher ihr Herz erwärmt hatte, jetzt jedoch dafür sorgte, dass es sich vor Schreck zusammenzog.

Kaum hatte sie die Tür geöffnet, sah sie an den hochgezogenen Schultern und den herabhängenden Mundwinkeln, dass Mathis verstimmt war. »Catheline, ist der Pfarrer zugegen?«, fragte er nur und sah an ihr vorbei ins Haus.

Sie schüttelte den Kopf, und sofort drehte sich Mathis um. »Ich komme dann morgen wieder«, murmelte er.

»Magst du nicht auf ihn warten? Er wollte nur kurz zu Ysa und dann wiederkommen.«

»Danke für das Angebot, aber ich möchte gern zu Hause sein, wenn die Dunkelheit hereinbricht.«

Mathis will hier weg, das ist offensichtlich. Die Dämmerung hat noch nicht einmal begonnen, und seine Hütte ist nur einen Steinwurf entfernt. Er muss doch wissen, dass er mich damit kränkt, dachte Catheline und versuchte dennoch, ihn aufzuhalten. »Soll ich was ausrichten?«, rief sie ihm hinterher.

Er blieb an der Pfarrmauer stehen und sah zu ihr herüber. »Erzähl ihm halt, dass die Mantelspange nicht weiterhilft. Sowohl Bürger als auch Adelige tragen sie, diese Dinger erfreuen sich großer Beliebtheit, wenn man zu viel Geld hat.«

»Das unterstreicht doch unsere Mutmaßungen, die wir schon im Hinblick auf die Stiefel hatten«, sagte Catheline, schlang die Arme um den Körper und lief zu Mathis, um nicht lauter reden zu müssen als nötig. »Der Täter muss wohlhabend sein.«

»Sicherlich. Aber bei der Mantelspange allein müsste man in Betracht ziehen, dass auch eine Frau als Täterin infrage käme. Diese Mantelverschlüsse werden von Männern und von Frauen getragen.«

Catheline runzelte die Stirn und sah Vater Jeunet den Weg entlangkommen. »Nun kannst du auch kurz warten und ihm selbst alles berichten. Willst du nicht doch noch mit hineinkommen?«

Erneut schüttelte Mathis den Kopf. Mit zusammengepressten Lippen wartete er, bis der Pfarrer sie erreichte. Ohne Umschweife fasste er die Erkenntnisse über die Mantelspange zusammen.

»Schade, es wäre auch zu schön gewesen«, seufzte Vater Jeunet. »Aber vielleicht sollten wir den Gedanken tatsächlich einmal aufnehmen, dass auch eine Frau als Täterin infrage käme.«

Mathis und Catheline schüttelten gleichzeitig den Kopf, und wäre die Situation nicht die gewesen, die sie just war, hätten sie sicher gemeinsam darüber gelacht. So beendeten sie beide abrupt die Bewegung.

»Lasst es uns durchdenken«, hielt Vater Jeunet an seinen Überlegungen fest. »Auch Frauen reisen mit, wenn der Baron unterwegs ist. So würde auch der Mord an Soazig erklärbar.«

»Das müsste eine arg kräftige Frau sein«, sagte Mathis und runzelte die Stirn.

Catheline sah ihn von der Seite an. Wenn er wieder anfangen würde, vom Küchenmeister zu sprechen, würde sie ihn entweder anschreien oder umgehend davonlaufen, hinein ins Haus, um sich derartigen Unsinn nicht anhören zu müssen.

»Nichts ist in Gottes großem Garten unmöglich, eine starke Frau schon gar nicht«, sagte Vater Jeunet leichthin und rieb sich mit der Hand über den Bauch. »Aber mit leerem Magen denkt es sich nicht gut. Lasst uns hineingehen.«

»Ich möchte nach Hause, aber habt Dank für die Einladung«, erwiderte Mathis gereizt.

»Oh, du willst allein zu Hause herumsitzen, während wir gleich Brot mit fettem Schmalz genießen.« Vater Jeunet zuckte die Schultern. »Auch gut. Catheline, komm mit, ich habe Hunger.«

Nach einigen Schritten warf Vater Jeunet einen Blick zurück, um sich zu vergewissern, dass Mathis nicht mehr in Hörweite war. »Ein Dickschädel, dieser Mann! Unglaublich«, sagte er und strich Catheline über den Oberarm. »Verliere nicht die Geduld mit ihm, Kindchen. Vertraue mir!«

Schloss Troyenne

Vielleicht hatte Bérénice sich getäuscht. Noch einmal ging sie in ihrer Erinnerung das gemeinsame Essen mit Amédé, Pater Bertrand und Hauptmann Bouchet durch. Francine hatte, den ganzen Tag unpässlich, in der Abendrunde gefehlt. Die Schwester war eine Meisterin darin, jede Konversation in Schwung zu halten, aber auch ohne sie hatte es angeregte Gespräche mit den drei Männern gegeben. Im Vordergrund hatte selbstverständlich Seine Majestät gestanden, dem es anscheinend gelang, den Aufstand, den die Anführer vollmundig »Praguerie« nannten, einzudämmen. Im Bourbonnais hatten die ansässigen Adeligen den Aufständischen die Gefolgschaft verweigert und den königlichen Kompanien Vorschub geleistet. Selbst der maulfaule Hauptmann hatte sich immer wieder in das Gespräch eingebracht.

Bérénice schritt in ihrem Gemach auf und ab, seltsam fremd erschien ihr der Raum inzwischen, und obwohl eine gute Seele des Gesindes angefeuert hatte, fröstelte sie. Was machte sie unruhig angesichts dreier Männer, die in Gesellschaft einer

Frau versuchten, sich von ihrer besten Seite zu zeigen und sich dabei für ihren König begeisterten?

Erstens beunruhigt mich das zwanghaft aufrechterhaltene Gespräch, hielt sie in Gedanken fest. Diese Mühe machen sich die drei Männer sonst nicht, sondern überlassen die Aufgabe gern Francine und mir. Zweitens haben sich alle drei mit den unterschiedlichsten Gründen sehr früh zur Nachtruhe begeben. Sonst genießen sie, sobald Francine und ich den Tisch verlassen, noch bis tief in die Nacht ihre Weingelage. Drittens, fügte sie hinzu, verwundert mich Amédés Drängen, ebenfalls zeitig schlafen zu gehen. Seit wann interessiert es ihn, wann ich mich zur Nachtruhe begebe? Sie schüttelte den Kopf, als würde sie sich damit selbst die Antwort geben. Vor allem seine Besorgnis, sie könne zu wenig Schlaf bekommen, erschien Bérénice nahezu lachhaft. Mehrfach hatte er betont, wie anstrengend eine Reise doch sei, vor allem für Frauen. Noch tagelang könne sie Auswirkungen haben und den Leib schwächen.

Der Abend wich erheblich von den vorangegangenen ab, auch von denen, die sie vor ihrer Abreise nach Gut Lemoine mit den drei Männern verbracht hatte. Auch wenn sie nicht näher benennen konnte, was sie unruhig machte, kreisten ihre Gedanken unentwegt um das Gespräch. Um Blicke und Gesten, um gesagte und nicht gesagte Dinge.

Es war so offensichtlich: Die Männer wollten heute Abend unbedingt ungestört bleiben. Aber wobei wollten sie allein sein? Was planten sie?

Behutsam öffnete Bérénice die Tür und lauschte in den Gang hinaus. War sie nicht genau aus diesem Grund hierher zurückgekommen? Um sich einen Eindruck zu verschaffen, wie es Amédé erging und wie er seine Zeit verbrachte? Ob all die Mutmaßungen, die Schwager Ludwig und Julien von sich gegeben hatten, der Wahrheit entsprachen? Vielleicht war dies der Zeitpunkt, Näheres zu erfahren?

Leise huschte sie den Gang hinab und hielt dann inne. Warum sollte sie durch die Gänge schleichen? Mit erhobenem Kopf schritt sie aus und war dankbar, dass die Kienspäne noch nicht erloschen waren. Auch wenn das Licht, seit sie sich in ihr Gemach zurückgezogen hatte, unverändert war, erschienen ihr die Schatten länger, die Lichtkegel unruhiger. Kälte zog durch das Schloss. Oder war ihre Wahrnehmung durch die innere Unruhe getrübt? Ihr Entschluss zu handeln, Antworten auf ihre Fragen zu finden, geriet so schnell, wie er entstanden war, wieder ins Wanken. Vielleicht waren die Männer tatsächlich früh zu Bett gegangen? Vielleicht schlich sie hier herum und machte sich zur Närrin?

Bei Amédés Gemach schaue ich vorbei, er ist mein Gatte. Es ist nichts dagegen einzuwenden, wenn ich ihm am Abend noch einen kurzen Besuch abstatte, um ihm eine geruhsame Nacht zu wünschen, ermutigte Bérénice sich und schritt wieder zügiger aus.

Vor Amédés Tür zupfte sie den Ausschnitt ihres Kleides zurecht und schob sich eine Strähne aus dem Gesicht. Behutsam klopfte sie an und überlegte kurz, warum sie so zaghaft vorging, ob sie nicht gehört werden wollte. Als nichts geschah, presste sie ihr Ohr an die Tür und lauschte.

Stille.

Erneut klopfte sie an und begann zu zählen. Als sie die Zwanzig erreicht hatte, wagte sie es, einen Blick in Amédés Gemach zu werfen. Es war leer, das Bett unberührt.

Was habe ich auch erwartet?, fragte sie sich und spürte, dass Wut in ihr aufstieg. Dann werde ich jetzt Platz nehmen und ausharren, bis er erscheint, beschloss sie und trat ein. Steuerte auf den Stuhl zu und blieb abrupt stehen.

Sie kannte das Schloss und seine ihm eigenen Geräusche. Knackendes Holz, Wind, der durch die Gänge pfiff, doch hier mischten sich Stimmen darunter. Leise, aber deutlich wahrnehmbar. Sie fuhr herum. Ohne zu wissen, warum sie es tat, duckte sie sich und starrte auf Amédés angrenzendes Nebengemach.

Das Laboratorium! Hier steckten die Männer! Hierhin hatten sich diese Heuchler zurückgezogen. Hatten gedacht, dass sie das dumme Weib täuschen konnten.

Bérénice beugte sich vor, hob ihren Rock und zog sich die Schuhe aus, schauderte, als sie unter ihren bloßen Füßen den kalten Steinboden spürte. Die Schuhe in der einen Hand, den Rock ihres Kleides mit der anderen in die Höhe gerafft, eilte sie aus Amédés Gemach. Den Seitengang hinauf, von dem aus im Zuge der Umbauten kleine Durchbrüche eingelassen worden waren, die, Fenstern gleich, dem Nebengelass Licht und frische Luft spenden sollten.

Nach wenigen Stufen stutzte sie, stellte die Schuhe ab und ließ den Rock herabfallen. Wo waren die Durchbrüche? Der Seitengang war nicht beleuchtet, und nirgends war ein Lichteinfall aus dem Laboratorium zu erkennen. Mit den Händen strich sie suchend an der Wand entlang, ihre Füße tasteten sich die Stufen hinauf. Inzwischen ging ihr Atem immer lauter.

Als ihre Finger ins Leere griffen, um dann weichen Stoff zu erfühlen, seufzte sie erleichtert auf. Amédé hatte die Durchbrüche anscheinend inzwischen mit dunklem Stoff verhängen lassen.

Wenn er schlau war, hat er an den Vorhängen kleine Schellen anbringen lassen, die erklingen, sobald sie berührt werden, dachte Bérénice und fuhr mit ihren Fingern den Stoff entlang, bis sie den Saum erreichten. Kein Geräusch. Keine Schellen. Langsam schloss sie die Finger und schob den Vorhang beiseite.

Das Laboratorium war nur schwach erleuchtet. Dämmerig war es, fast dunkel.

»Gebt mir das Schwert«, hörte sie Pater Bertrand sagen.

»Seid Ihr sicher, dass wir es wagen können?«, antwortete Hauptmann Bouchet. Die Lichtverhältnisse schienen sich auf die Stimmen der Männer auszuwirken, die in gedämpftem Ton miteinander sprachen.

Ein Kratzen erklang. Bérénice schob den Stoff ein Stück weiter zur Seite und beugte sich ein wenig vor. Pater Bertrand zog mit der Klinge des Schwertes mehrere Kreise auf den Boden. Kurz hielt er inne und erhob das Schwert über seinen Kopf. Die Augen geschlossen, murmelte er leise Worte, die Bérénice nicht verstand. Dann ritzte er Symbole in die Kreise hinein: ein auf dem Kopf stehendes Kreuz und einen fünfzackigen Stern, den er mehrfach zeichnete. Als würde er zur Predigt ansetzen, erhob der Pater die Stimme: »Schon im Buch der Könige wird verkündet, dass das Gewicht des Goldes, welches Salomo, der Sohn Davids und Bathsebas, in einem Jahre erhielt, sechshundertsechsundsechzig Talente Gold betrug.« Kraftvoll ritzte der Pater die arabische Ziffernfolge 666 in einen der Kreise, legte den Kopf in den Nacken und rief: »Sechshundertsechsundsechzig Talente Gold, das fordern auch wir.«

Den Teufel!, schrie es in Bérénice auf. Sie rufen den Teufel an, um Gold herzustellen. Die reine Alchemie scheint ihnen nicht mehr auszureichen. Ein Pater betreibt eine Teufelsbeschwörung bei uns auf dem Schloss. Kurz schloss sie die Augen, spürte ihren flachen, flatternden Atem. Du musst hier weg, schnell, rief eine Stimme in ihrem Kopf, doch sie blieb, wo sie war, und öffnete die Augen wieder.

Hauptmann Bouchet hatte indessen im Kamin zwei Fackeln entzündet. Das heller werdende Licht enthüllte, dass auch die Wände bereits mit Kreisen, Kreuzen, Sternen und Ziffern versehen worden waren. Amédés Hinterkopf erschien in Bérénices Sichtfeld: Er durchschritt den Raum und kniete sich vor den Kamin, über dessen Flammen ein Topf aufgehängt worden war. Er ergriff eine kleine Schaufel und begann, den Topf mit glühenden Kohlen zu füllen, die er aus den Flammen hob.

Pater Bertrand legte das Schwert auf einem Tisch ab und nahm ein Schälchen, das er Amédé hinhielt. »Hier, das ist Aimant, ein magnetisches Pulver. Das müssen wir zuerst in die Flammen werfen und dann eine Prise über die Kohlen streuen.«

Bedächtig griff Amédé in das Schälchen und nahm eine Prise, die er, wie angewiesen, verstreute.

»Mehr, nehmt mehr«, sagte der Pater und lächelte milde. »Wir wollen ja nicht am Geiz scheitern, oder?«

Nochmals griff Amédé in das Schälchen und wiederholte die Prozedur.

Der Pater brachte drei weitere Schälchen und stellte sie auf einem kleinen Silbertisch ab, den er neben Amédé platzierte. »Weihrauch, Aloe und Myrrhe, die Reihenfolge ist gleich«, sagte er. »Ihr solltet es ebenfalls streuen wie zuvor: erst in die Flammen und dann über die Kohlen.«

Rechts und links neben der Feuerstelle bezogen der Pater und der Hauptmann Stellung, während Amédé die verschiedenen Pulver über das Feuer und die Kohlen gab.

Bérénice vernahm einen Wohlgeruch, der aus den Flammen aufstieg. Einen Geruch, den sie Zeit ihres Lebens nicht vergessen würde. Sowohl der Pater als auch der Hauptmann gingen auf die Knie. Die Zeit schien sich zu dehnen.

Worauf warteten die drei knienden und schweigenden Männer, die ins Feuer starrten? Hastig sah Bérénice sich um. Sie stand allein in einem zugigen Seitengang, und die Männer erwarteten anscheinend den Teufel persönlich. Die Kälte kroch von ihren Füßen immer weiter ihren Körper herauf. Langsam ließ sie den Vorhangstoff herabsinken.

»Belial, Herr der Finsternis, erscheine uns«, hörte sie den Pater das Wort ergreifen. »Wir bitten dich, erscheine uns. Als Geschenk erwartet dich ein lebendiger Hahn, wenn du uns bei unserem Unterfangen hilfst, Metall in Gold zu verwandeln.«

Bérénice spürte einen Druck auf dem Brustkorb, der ihr die Luft abschnürte. Atemlos tastete sie sich die Treppen hinab. Ihre Schuhe, wo hatte sie ihre Schuhe abgestellt? Sie durfte nicht darüber stolpern.

»Dann lasst uns den Teufel Barron beschwören«, erklang die Stimme des Paters. »Er erschien mir letzthin, als ich ihn für Euch, Herr Baron, befragen sollte, ob Ihr das Anwesen an der Loire verkaufen sollt oder nicht. Das ist ein Teufel, der mit Vorliebe der Eitelkeit frönt. Er trug bei unserer letzten Begegnung einen Mantel aus schwarz schimmernder Seide, am Rand abgesetzt mit einem Pelz, den ich noch nie gesehen habe. Vielleicht erreichen wir bei ihm etwas.«

»Gut, gut, dann lasst uns fortfahren«, sagte Amédé. Gierig klang er, aufgeregt und eigentümlich fremd. Bérénice bückte sich und ertastete ihre Schuhe. Packte sie und hastete die letzten Stufen hinab. Knickte um, rutschte mit der Hand die Wand entlang, in dem verzweifelten Versuch, Halt zu finden, riss sich die Haut in der Handinnenfläche auf, mehrere Fingernägel brachen. Entsetzt lauschte sie, doch nichts rührte sich. Sie atmete tief ein.

Weg hier.

In ihr Gemach, dessen Tür sie ab heute Nacht verbarrikadieren würde.

Unruhig langte Julien sich an die Brust, umfasste den Riemen seiner Umhängetasche und versicherte sich, dass sie gut verschlossen war. Die von Amédé de Troyenne unterschriebenen Verträge zum Anwesen an der Loire schlummerten in ihr. Der Auftrag des Bischofs war erfüllt: Zu einem Schleuderpreis hatte das Stück Land den Besitzer gewechselt. Eigentlich hätte Julien überlaufen müssen vor Zufriedenheit, aber er verspürte nur Unbehagen und war von dem Wunsch erfüllt, das Schloss zu verlassen. So schnell als möglich.

Kurz war das Aufeinandertreffen mit dem Baron gewesen, und er hatte dessen Verachtung gespürt. Verachtung, die der Baron eigentlich sich selbst gegenüber hätte empfinden müssen. Julien seufzte innerlich auf, sicherlich wäre es ihm nicht anders ergangen. Wer konnte schon den Tatsachen ins Auge schauen? Vor Kurzem hatte der Baron noch vollmundig verkündet, Saint Millieux nicht verkaufen zu wollen, und heute hatte er nun die Feder geschwungen, um seinen Namen auf ein Stück Papier zu setzen. Hatte seine eigenen Worte ad absurdum geführt zu einem Preis, der Julien ein Ziehen in der Magengegend verursachte, so schlecht war er: fünfundzwanzigtausend Gold-Ecus. Eine lächerliche Summe, die erahnen ließ, in welch finanziellem Desaster der Baron stecken musste. Auf ein derartiges Angebot ging man nur ein, wenn man am Abgrund stand.

Julien schlenderte über den Schlosshof zu den Stallungen, in denen der Knecht sein Pferd inzwischen sicherlich gefüttert und mit Wasser versorgt hatte.

Mit einem Schlag hielt er inne. Aus den Augenwinkeln hatte er ein blaues Kleid erblickt.

Ein blaues Samtkleid.

Bérénice. Sie war hier. Fassungslosigkeit machte sich in ihm breit, ein Gefühl, das umgehend hässliche Blüten in ihm trieb: Angst, Wut und Unverständnis. Was machte sie hier? Er hatte sie in Gut Lemoine gewähnt. Nicht in der Nähe dieses übernächtigten, schon am Morgen angetrunkenen und in seinen Augen unberechenbaren Mannes.

Er blieb stehen und starrte sie an, wusste, dass er den Blick abwenden musste, bevor jemand darauf aufmerksam wurde. Aber sein Herz stand dem Kopf im Weg und verhinderte jeden normalen Gedankenfluss.

Bérénice schien zu spüren, dass sie beobachtet wurde. Suchend sah sie sich um. Ihre Lider flatterten kurz, als sie ihn bemerkte. Dann nickte sie nahezu unmerklich und setzte ihren Weg fort.

Julien bückte sich, klopfte sich Staub von den Stiefeln und begriff, dass Bérénice in Richtung der Stallungen lief. Niemandem würde auffallen, dass auch er diesen Weg einschlug, schließlich musste er sein Pferd dort abholen. Fast hätte er gelächelt. Bérénice war nicht nur schön, sie war auch klug. Geradezu taktisch ging sie vor.

Vor den Stallungen blieb Bérénice stehen und strich einem der Pferde, das aus einem geöffneten Verschlag schaute, über den unteren Halsrand.

Julien schlenderte zum Tor der Stallungen, nun trennten sie nur noch wenige Schritte. Er sah sich um und konnte den Stallknecht nicht entdecken.

»Um diese Zeit sind die Knechte meist zu Tisch in der Küche«, zischte Bérénice ihm zu.

»Was machst du hier?« Zu gern hätte Julien sie umfasst, auf sein Pferd gezerrt und mit sich genommen.

»Ich musste hierherkommen, um zu sehen, was …« Ihre Stimme begann zu kippen, und sie blickte zu Boden. Ihre Hand lag inzwischen auf dem Widerrist des Pferdes, weiße Haut auf braunem Fell. Zwei Nägel waren bis ins Nagelbett eingerissen und bläulich verfärbt.

»Hat dir irgendwer etwas getan? Geht es dir gut?«, entfuhr es Julien.

Bérénice schüttelte den Kopf, dann nickte sie.

Es war zum Aus-der-Haut-Fahren. Wie sollte er aus diesen Aussagen schlau werden?

»Was ist los?«, flüsterte er und bemühte sich, seiner Stimme Nachdruck zu verleihen. »Kann ich etwas für dich tun?«

Sie sah auf. Ihr Blick war mit einem Mal stumpf und verharrte auf seinem Brustkorb. »Julien, sie haben gestern den Teufel beschworen. Normale Alchemie scheint ihnen nicht mehr zu reichen.«

»Du musst hier weg, und zwar sofort.«

»Ich weiß nichts mehr über meinen Mann. Gar nichts.«

Julien trat einen Schritt näher und gab vor, sich das Pferd zu besehen, dem Bérénice inzwischen die Mähne zerwühlte. »Bring dich in Sicherheit. Er ist gefährlich ...«

»Selbst wenn. Sollte ich jetzt das Schloss verlassen, erregt es mehr Unruhe und Unwillen, als wenn ich noch ein oder zwei Tage bleibe. Ich habe gesagt, dass ich eine Weile da sein werde, das heißt, ich brauche einen guten Grund, das Schloss wieder zu verlassen.«

»Gut«, sagte Julien und spürte, dass seine Gesichtszüge sich verhärteten. »Dann werde ich in Nantes einen Boten beauftragen, der eine Nachricht bringt, die angeblich von Gut Lemoine kommt und deine Anwesenheit dort erforderlich macht.« Er betrat den Stall, band eigenhändig sein Pferd los und saß auf. Als er an Bérénice vorbeiritt, zerriss es ihn fast, als er ihren dankbaren Blick auf sich spürte.

»Verzeiht, dass ich störe, aber ich möchte gern ein wenig spazieren gehen.« Catheline wusste, dass Vater Jeunet den richtigen Zusammenhang herstellen würde, und beobachtete ihn. Die Haltung seines Kopfes, die Bewegung seiner Schultern, die Geschwindigkeit, mit der er die Finger an die Lippen führte und an ihnen zu zupfen begann.

»Dein Spaziergang wird nicht zufällig zum Schloss führen?«, fragte er, ohne vom Brief, der vor ihm lag, aufzusehen.

Vater Jeunet nicht anzulügen war eines von Cathelines obersten Geboten, das jedoch weniger der Wahrheitsliebe als der Erfahrung geschuldet war. Denn es war, wie sie mehrfach erlebt hatte, deutlich unangenehmer, in der Beichte den Mut zu finden, zu ihren kleinen und großen Lügen zu stehen, als sie von vorneherein zu vermeiden und die direkte Auseinandersetzung zu suchen. So, wie beinahe alles zwei Seiten hatte, gab es eben auch Nachteile, wenn man mit einem Mann Gottes in einem Haus lebte. »Doch, sicher wird er das«, sagte sie und versuchte, dabei entschlossen zu klingen.

Die Finger hatten die Lippen inzwischen freigegeben und die Schreibfeder ergriffen. Die rechte Hand hielt die Spitze fest, während die linke über den weißen Schaft fuhr. Hinauf und hinab, hinauf und hinab. »So ähnlich muss es sein, wenn man Kinder aufzieht. Ich kann dir ja nun nicht ewig den Ausgang untersagen, aber ich bin schon geneigt, ihn dir eine Weile zu verweigern. Aus Prinzip, versteht sich.«

»Wie Ihr meint, Vater Jeunet.« Catheline drehte sich um und wollte die Studierstube verlassen.

»Aber es wird mir zu anstrengend sein, das Verbot aufrechtzuerhalten. Wenn du meinst, du willst deine Schwester aufsuchen, dann tu es.«

Ohne darüber nachzudenken, sprang Catheline mit drei Sätzen zu Vater Jeunet und drückte ihm einen Kuss auf die Stirn.

»Ich sage es ja, so muss es sein, wenn Töchter ihre Väter um den Finger wickeln«, brummte er und lächelte doch.

Unter der von Fett und Ruß verschmutzten Haube fiel gelocktes Haar hervor. Es rahmte mit seinem weizenhellen Ton das hübsche Gesicht, dessen Haut auffällig weich und weiß war. Das muss Ania sein, die ihren Dienst aufnahm, nachdem ich zu Vater Jeunet ging, dachte Catheline. Ich glaube, Jola hat sie bei einem ihrer Besuche erwähnt. Das ist die Magd, die den hölzernen Kamm besitzt und damit den anderen das Haar entwirrt.

Als die Magd sie erblickte, riss sie die Augen auf, große, leuchtend blaue Augen, und kam umgehend auf sie zugeeilt. Ihr überraschter Gesichtsausdruck veränderte sich binnen weniger Atemzüge. Wurde weich und mitfühlend. »Oh, dass ich dich hier treffe«, sagte Ania und schob eine Strähne, die ihr am Kinn klebte, unter die Haube zurück. »Ich wollte mit dir sprechen, und du weißt ja sicher, warum.« Ihre wasserblauen Augen fixierten Catheline, musterten sie von Kopf bis Fuß. »Es tut mir schon ein wenig leid, dass das mit euch nicht geklappt hat, aber du wirst sicher einen Neuen finden.«

Wovon redete diese Frau? Redete sie von Mathis? Woher wusste sie, dass er …?

Du bist wütend, weil ich so viel Zeit auf dem Schloss verbringe und weil deine Schwester dir Unwahrheiten einflüstert, erklang Mathis' Stimme in ihrem Kopf.

Just in diesem Augenblick, im Angesicht dieses Weibes fügte sich eines zum anderen, ergaben die Worte einen Sinn. Cathelines Blickfeld verengte sich. Es schien auf dem Schlosshof nur noch diese Frau zu geben, deren Anmut wie ein Gift wirkte, das, in feinen Dosen geträufelt, brennenden Neid entfachte.

»Was meinst du damit?«, fragte sie schwerfällig. Ihre Zunge schien am Gaumen zu kleben.

»Ich dachte, Mathis hätte mit dir gesprochen, aber du weißt ja, wie Männer sind. Solchen Gesprächen gehen sie gern aus dem Weg.« Glockenhell lachte sie auf, wobei sie den Kopf leicht in den Nacken warf.

Die Erwähnung von Mathis' Namen durch dieses Weib ließ in Catheline Panik aufsteigen, und für einen Moment wünschte sie, der Magd an die beim Lachen frei liegende Kehle zu gehen. Sie zu umfassen und den Hals, ja das ganze Weib zu schütteln, bis ihr klar wurde, dass sie nie wieder diesen Namen im Munde führen durfte.

»Nun gut«, fuhr Ania fort, »wir sind ein Paar. So wie ich das sehe, wird Mathis mich heiraten müssen. Du verstehst schon …«

Nichts auf dem schönen Gesicht erschien Catheline nunmehr freundlich und mitfühlend, sicherlich hatte sie diese Regungen nur zu sehen geglaubt. Zu Mitleid und Freundlichkeit war dieses Weib doch nicht fähig. Berechnend war sie und kalt, nur auf sich und ihren Vorteil bedacht, so offensichtlich, dass man es schon nach wenigen Sätzen erfasste. Inzwischen empfand sie das Lächeln sogar als widerlich anrüchig, es ließ keine Fragen offen.

Ihre Wut glich einem Funkenflug, grell und blitzend, wie er bei einem zu schnell geschürten Feuer entstand, der durch Catheline Körper raste und jeden Gedanken verschlang. Bisher verborgene Kräfte erwuchsen in ihr, die sich von allein ihren Weg bahnten, durch die Arme bis in die Hände fuhren und nun doch den Hals der Magd ergriffen.

Noch nie hatte sie, soweit sie sich erinnern konnte, jemandem Gewalt angetan.

Doch es war anders, als sie angenommen hatte.

Befriedigend war es, und sie wusste, ohne darüber nachdenken zu müssen, was zu tun war: Schütteln, immer wieder musste sie dieses Weib schütteln, Mathis aus ihr herausschütteln. Er gehörte zu ihr, zu Catheline, und nur zu ihr. Nicht ein Gedanke an Mathis durfte in diesem Miststück übrig bleiben. Sie hörte, dass ein kehliger Schrei dem eigenen Mund entschlüpfte, sah die vor Schreck geweiteten Augen der Nebenbuhlerin, in widerlichstem Wasserblau. Fühlte deren Fingernägel, die sich in die Haut ihrer Wangen bohrten, was die Wut nochmals auflodern ließ. Das Miststück wehrte sich, wollte Mathis nicht loslassen. Sollte sie doch sehen, was sie davon hatte.

Dann wurde Catheline von zwei Knechten weggerissen. Als ihre Hände sich von Ania trennen mussten, rollte eine Welle der Enttäuschung durch sie hindurch. Das Miststück rang nach Luft, spuckte, schien Zeter und Mordio zu schreien, wobei sie auf Catheline zeigte und einige Schritte rückwärtstaumelte. Keines der Worte erreichte Catheline.

Kurz schob sich das Gesicht des schönsten Mannes Gottes in ihr Blickfeld, dann bemerkte sie Jola. Direkt vor sich. Wut und Angst hatten ihr Gesicht in eine hässliche Fratze verwandelt, so hatte sie die Schwester nie zuvor gesehen. Dieser Anblick, so grotesk und fremd, löste die Starre. »Das Miststück hat … Das geht nicht …«, stammelte Catheline und schaffte es nicht, die Ungeheuerlichkeit in Worte zu fassen.

»Es ist egal, was Ania hat. Du führst dich auf wie eine Furie«, schleuderte die Schwester ihr entgegen und zerrte sie mit sich. Weg von dem Miststück, weg vom Pater und den beiden Knechten. Irgendwann blieb Jola stehen, am ganzen Leib bebend.

»Hast du davon gewusst?«, fragte Catheline nur.

»Er hat es dir also nicht erzählt. Du hast es erst durch Ania erfahren, richtig?«

»Ja, da meine Schwester es nicht für nötig befunden hat, mich aufzuklären, was vor sich geht.«

»Ich hatte …«, brauste Jola auf, wobei sie mit den Händen in der Luft herumfuchtelte.

Catheline winkte ab. Obwohl ihr ein wenig schwindlig war, zwang sie sich, die Fragen zu klären, die sie hierhergetrieben hatten. Für ihren Schmerz blieb noch genug Zeit. Ihr restliches Leben würde sie zusehen können, wie Mathis all das mit diesem goldgelockten Weib lebte, was er ihr nicht hatte geben wollen.

Halt ein, hör auf damit!, rief sie sich zur Ordnung und versuchte, die auf sie einstürmenden Gedanken aufzuhalten. Es geht um Raymond, um Rachel, um Babette. Um Gabin, um Grete und um die Magd Soazig, die ich nicht kenne. Ich muss Antworten finden, auch wenn mein Leben auseinanderbricht.

Mit zitternden Händen holte sie unter dem Umhang die silberne Spange hervor. »Jola, es gibt Dinge, denen ist nichts mehr hinzufügen. Lass es gut sein, ich will es nicht hören«, sagte sie und war erstaunt, wie beherrscht ihre Stimme klang. Dann öffnete Catheline die Hand. »Hast du diese Spange schon einmal gesehen?«

Jola warf einen flüchtigen Blick darauf. »Ja, der Baron hat diese Dinger an seinem Umhang. Letzthin habe ich eine neue Spange angenäht, weil eine fehlte.« Sie trat einen Schritt näher und versuchte, Catheline zu umarmen. »Bitte, hör mir zu. Ich wollte dir ja …«

Da war sie, die Antwort. Sie hatte eine Antwort, doch der Schmerz ließ sich nicht mehr bändigen. Der Anblick der silbernen Spange in ihrer Hand verschwamm. Vor ihrem inneren Auge erschien das Bild von Mathis, wie er sich vorbeugte, um dieses Miststück zu küssen. »Lass es gut sein«, schrie Catheline. »Geh lieber zu deiner Freundin, und lass dir das Haar von ihr richten, es ist in der ganzen Aufregung durcheinandergeraten.« Hastig schüttelte Catheline den Arm der Schwester ab und lief davon.

Bischofspalast in Nantes

So energisch kenne ich Euch ja gar nicht«, sagte der Bischof, als Julien eintrat.

Hastig küsste Julien den Siegelring. »Verzeiht, dass ich so darauf drängen musste, Euch zu sprechen, aber …«

»Ihr wollt mir den Vertrag übergeben, den der Baron hoffentlich unterzeichnet hat?«, fiel ihm der Bischof ins Wort.

Erneut tastete Juliens Hand nach dem Riemen seiner Tasche. Den Vertrag. Nicht einen Gedanken hatte er seit der Begegnung mit Bérénice darauf verschwendet. Sein Pferd hatte er im Hof stehen lassen, war zum Generalvikar geeilt und hatte gefordert, den Bischof zu sprechen. Und zwar umgehend. Ein erstauntes Brauenzucken war dem Vikar die Forderung immerhin wert gewesen, aber ohne weitere Nachfragen war er seinem Wunsch nachgekommen. »Ja, Baron de Troyenne hat den Vertrag unterschrieben. Aber sicher wird Euch auch der Umstand interessieren, dass er Teufelsbeschwörungen vornimmt.«

Das erste Mal erlebte Julien den Bischof sprachlos. Er vergaß sogar seine Hände, die wieder wie zum Gebet geschlossen auf seinem Brustkorb lagen, damit er in Ruhe seine Daumen umeinander kreisen lassen konnte. Es war deutlich zu erkennen, wie es in seinem Kopf arbeitete. »Woher wisst Ihr das?«, fragte er dann.

»Von seiner Frau.«

»Welche Art der Teufelsbeschwörung wurde vorgenommen?«

Julien schluckte. »Die Baronin und ich hatten kaum Gelegenheit, näher darüber zu sprechen. Sobald sie auf Gut Lemoine zurückkehrt, werde ich mich damit befassen.«

Der Bischof sprang auf und begann vor ihm auf und ab zu laufen. »Warum erzählt Euch die Baronin solche Dinge? Sie wird ja wohl wissen, welche Tragweite ihre Aussage hat?« Er musterte ihn eingehend, und Julien ahnte, dass ihm die Antwort ins Gesicht geschrieben stand.

»Sie erschien mir sehr erschüttert«, wagte er anzudeuten, »insofern bin ich mir unsicher, ob sie sich der Tragweite bewusst ist.«

Der Bischof ließ ihn nicht aus den Augen, denn Julien war ihm die Antwort auf seine erste Frage schuldig geblieben, auf die er nun wartete. Fordernd und wortlos.

Er ist ein brillanter Lehrmeister, stellte Julien fest. Nun demonstriert er mir die Macht des Schweigens, lässt mich am eigenen Leib erfahren, wie kraftvoll diese Waffe bei gezieltem Einsatz ist. Er kennt die Antwort, was bleibt mir, als es ihm gleichzutun?

Einer Katze gleich, die beschloss, ihre Beute zu verschonen, wandte sich der Bischof nach geraumer Zeit ab und stellte sich, den Rücken Julien zugewandt, ans Fenster. »Gut«, sagte er, »dann lasst uns überlegen. Erstens bleibt festzuhalten, dass es Gerüchte gibt, dass der Baron mit dem Verschwinden der Kinder und den Morden in Zusammenhang steht.«

Julien nickte. Irritiert sah der Bischof über seine Schulter hinweg, und sofort ergänzte Julien: »Ja, so ist es.«

»Zweitens erfahren wir nun, dass es Beweise gibt, dass er Teufelsbeschwörungen betreibt.«

»Ja, so ist es.«

»Das heißt, wir haben auf der einen Seite Beweise, auf der anderen Gerüchte. Worauf werden wir also bei der Anklage unseren Schwerpunkt legen?«

»Welche Anklage, bitte?«

Eine steile Falte bildete sich auf der Stirn des Bischofs, und Julien fühlte sich unter einer Anspannung einem englischen Langbogen gleich, der unmittelbar vor dem Abschuss des Pfeils stand.

»Natürlich werden wir auf die Teufelsbeschwörung den Schwerpunkt legen, das ist der Aufhänger! Denn diese Ketzerei ist beweisbar, sie ist die sichere Seite. Die Morde, an sich eine unsichere, weil bisher nicht beweisbare Angelegenheit, können mitverhandelt werden. Und der Clou wird sein, dass wir ihm die Bandbreite der Anklage erst zu einem späteren Zeitpunkt eröffnen. Er wird uns unterschätzen! Das sage ich Euch: Der Hochmut ist nur eine der Sünden, der sich der Baron schuldig macht. Und wie Ihr wisst, ist der Hochmut die Wurzel allen Übels.«

Nun war es an Julien, sprachlos zu sein. Er schüttelte den Kopf, ganz sachte, und die Anspannung nahm, auch wenn er das für unmöglich gehalten hatte, weiterhin zu und wurde zum altbekannten Reißen in den Schultern.

»Meine Güte, wenn ich nicht schon so viel Arbeit in Euch investiert hätte, ich würde es wirklich in Erwägung ziehen, Euch wieder nach Paris zu schicken, zurück in ein Leben, in dem Ihr Euren Vater bei seinen kaufmännischen Tätigkeiten unterstützt. Manchmal befürchte ich, dass Ihr den Aufgaben, die hier an Euch gestellt werden, nicht gewachsen seid«, seufzte der Bischof, während er sich in seinen Stuhl zurücksinken ließ. Seine Finger begannen, auf den Armlehnen einen unruhigen Takt zu trommeln. »Wir werden die Heilige Inquisition anrufen mit der Bitte, man möge uns unterstützen. In unserer Diözese wurden schreckliche Verbrechen begangen. Ja, wir haben gute Gründe, und so machen wir es.«

»Eure Anklage soll auf der Teufelsbeschwörung fußen und vorerst die Morde, die mitangeklagt werden, verschweigen, habt Ihr gesagt. Eine Anklage seitens der Inquisition ist also nur denkbar, wenn die Baronin ihre Aussage wiederholt. Ich bin unsicher, ob sie ihren Mann belasten wird«, entgegnete Julien und überlegte, kaum dass er geendet hatte, ob er heute im Gespräch mit dem Bischof schon drei Sätze am Stück hervorgebracht hatte.

»Dann werdet Ihr dafür Sorge tragen, dass sie das tut. Ihr habt ja«, der Bischof grinste süffisant, »wie es mir scheint, beste Verbindungen. Oder wie könnt Ihr mir erklären, dass die Baronin Euch solche Ungeheuerlichkeiten offenbart?«

»Ich kenne sie aus Paris, seit Jugendzeiten«, antwortete Julien bewusst vage. Gern hätte er sich gesetzt und für einen Augenblick den Rücken gekrümmt, um dem Schmerz, der jetzt in seinen Schultern wütete, nachzugeben. Er begriff, dass er unbesonnen und unüberlegt in dieses Gespräch gestürmt war. Niemals hatte er gewollt, dass Bérénice in eine derartige Situation gedrängt werden würde. Sich gegen den eigenen Mann äußern zu müssen, vor einem Inquisitionsgericht. Er wollte sie schützen, vor ihrem Mann, aber sie nicht im Gegenzug dieser Situation ausliefern. Oder ging das eine ohne das andere nicht?

»Die Morde«, wagte Julien noch einen Vorstoß, »wir haben keinen Beleg, dass der Baron sie begangen hat oder mit ihnen direkt in Verbindung steht, also beispielsweise durch eine Beteiligung oder Mitwisserschaft.«

Die Augen des Bischofs verengten sich erneut, doch dieses Mal war es kein Abwägen der Informationen, sondern deutlich zu erkennende Ungeduld. »Was ist mit Euch los? Erst gebt ihr zum Besten, dass der Baron Teufelsbeschwörungen betreibt, und jetzt rudert Ihr wieder zurück? Ich habe Euch doch soeben meine Vorgehensweise erläutert, habe, und das sei nur am Rande erwähnt, Eure Arbeit dabei erledigt. Eine Denunziation ist für die Anklage ausreichend, und die liegt vor, wenn die Baronin ihre Aussage wiederholt.«

Julien senkte den Kopf. Vielleicht war es tatsächlich besser, dachte er kurz, wenn der Bischof ihn nach Paris zurückschickte und damit aus dieser Zwangslage erlöste.

»Ihr kennt die Baronin schon lange, also sorgt dafür, dass wir ihre Aussage erhalten«, fügte der Bischof ungerührt hinzu. »Ihr werdet nun die Vorbereitungen treffen – für einen Inquisitionsprozess. Da Euer Studium ein weltliches war, will ich Euch kurz vor Augen führen, dass es die Inquisition bereits seit gut zweihundert Jahren gibt. Papst Innozenz III., seines Zeichens Jurist, der wie Ihr die Rechte in Bologna studiert hat, war Statthalter Christi auf Erden. Ihm lag die Aufgabe, die Christenheit zu ordnen, sehr am Herzen. Und wo fängt man damit besser an als in den eigenen Reihen? Denn der liederliche Lebenswandel der Kleriker ist einer der Grundsteine der Ketzerbewegungen. Wie Ihr wisst, haben wir im Kampf gegen dieses Übel, allen voran gegen die Waldenser und Katharer, enorme Erfolge zu verzeichnen. Insofern werden wir wohl auch mit einem einzelnen Adeligen in Frankreich fertig. Eure Aufgabe, davon gehe ich aus, ist Euch sicherlich bewusst. Es ist eine große Aufgabe, die Ihr da auf Euch nehmt, mein Junge. Aber ich bin sicher«, ein schmales Lächeln verzog das Gesicht des Bischofs, »dass Ihr sie bewältigen werdet. Ganz einfach, weil ich es verlange.«

Er hat es getan.

Er hat es mit ihr getan.

Er hat das mit ihr getan, was er mir versagt hat.

Und deshalb wird er sie heiraten müssen.

Vielleicht will er das ja auch. Er hat mich belogen. Er hat mich vorgeführt, mich alleingelassen.

Catheline stolperte den Weg ins Dorf entlang und gab sich den nicht endenden Bildern hin, die in ihrem Kopf entstanden, so klar und deutlich, als wäre sie dabei gewesen, hätte alles mit eigenen Augen gesehen. Mathis und Ania. Küssend. Sich berührend. Mit schnellem Atem. Hände, die einander erkundeten.

Ein Würgen beendete den Bilderreigen. Erschöpft hielt sie sich vornübergebeugt mit einer Hand an einem Baum fest, wartete darauf, sich übergeben zu müssen. Aber nicht einmal diese Erleichterung war ihr vergönnt.

Sie sah das Dach der Pfarrei. Schwarzer Schiefer, vom Wind und Regen grau gewaschen. Gleich würde sie zu Hause sein, irgendwann bei Vater Jeunet eine Beichte ablegen und sich dann ihrem Schicksal beugen. Würde für den alten Mann putzen, seine Kleidung waschen und ihn bekochen und dabei zusehen, wie ihr Leib vertrocknete.

Schluchzend ging sie in die Hocke, ließ Tränen und Rotz ihren Lauf. Wieder drängten die Bilder an die Oberfläche, und über ihnen lag ihre eigene Stimme, ein grausames Echo aus einem Leben, das es nicht mehr gab: »Wenn ich könnte, würde ich Gott bitten, für dich ein elftes Gebot in Stein meißeln zu lassen. Es würde heißen: Du sollst nicht selbstmitleidig sein!«

Die meisten ihrer Kleider waren in die Reisetruhe gepackt. Nur noch das Nötigste lag herum, ein wenig Schmuck, ein Hennin, ein Schultertuch, alles Dinge, die Bérénice hurtig verstauen konnte, um das Schloss, sobald Juliens Nachricht eintraf, schnellstmöglich zu verlassen.

»Wie ich sehe, geht es dir besser?«

Bérénice fuhr herum. In der Tür stand Amédé, und sie hatte keine Vorstellung, wie lange er schon dort stand und sie beobachtete.

»Ich habe mir Sorgen gemacht, weil ich dich gestern nicht angetroffen habe. Wie ich hörte, hast du dich nicht gut gefühlt, da wollte ich sichergehen, dass du mit allem versorgt bist«, fuhr Amédé fort, und sein Blick tastete sich aufmerksam durch ihr Gemach.

»Es ist besser«, sagte sie und strich sich ihr Haar hinter das Ohr. »Du weißt ja, die Frauenleiden.« Sie rang sich ein Lächeln ab.

»Willst du wieder fahren?«, fragte er, als er die geöffnete Reisetruhe bemerkte. Seine Mundwinkel sackten herab.

»Nein, Gott bewahre. Ich habe nur für Ordnung gesorgt. Die Reisetruhe habe ich bisher noch nicht ausgeräumt, ich war ein wenig nachlässig, eben weil ich mich nicht so gut fühlte.«

Die Mundwinkel erhoben sich wieder. »Wollen wir vielleicht etwas gemeinsam unternehmen?«

Bérénice meinte zu hören, wie die Erleichterung sie innerlich aufseufzen ließ. Sie hatte es geschafft und bis hierher den Schein gewahrt. »Gern, das können wir machen«, sagte sie und nahm hastig ihr Schultertuch. »Wie geht es Francine? Ist sie auch wieder wohlauf?«

Amédé nickte. »Ja, auch sie hat sich erholt. Ich habe es dir ja gleich gesagt, Reisen sind für Frauen anstrengender, als man gemeinhin denken mag. Das hängt manchmal noch Wochen in ihren empfindlichen Knochen.«

Bérénice rollte eine Gänsehaut den Rücken hinab, als sie an den Abend dachte, bei dem die drei Männer sich bemüht hatten, sie davon zu überzeugen, sich so früh wie möglich zur Ruhe zu begeben. Die Erinnerung an die Beobachtungen der Nacht schob sie beiseite.

»Wollen wir spazieren gehen?«, fragte Amédé und nahm ihren Arm. »Den Wald magst du doch gern.«

»Oh, dafür bin ich wohl doch noch ein wenig zu schwach. Es würde mir reichen, wenn wir uns mit dem kleinen Gärtchen begnügen und uns dort vielleicht in der Sonne auf die Bank setzen.«

»Du willst dich neben unsere Gemüsebeete setzen?« Kleine Fältchen bildeten sich beim Lachen um Amédés Augen.

Bérénice nickte nur. Dort taucht wenigstens immer wieder Gesinde auf, fügte sie in Gedanken hinzu.

Der Frühling stand inzwischen in voller Blüte, und die Sonne war so warm, dass es sich selbst im Schatten des Apfelbaumes ohne eine Decke gut aushalten ließ. Amédé stand breitbeinig vor der Bank und zeigte auf zwei Vögel, die durch eines der Beete hüpften. Er grinste. »Wenn sie wenigstens die Schnecken fressen würden, aber nein, sie zerhacken nur das Gemüse. Das ist Absicht, ich sage dir, da steckt ein Plan hinter.«

Gegen ihren Willen musste Bérénice lächeln.

Amédé sprang zum Beet und fuchtelte mit den Armen in der Luft herum, wobei er einem kleinen Jungen ähnelte, der einen Heidenspaß dabei empfand, die Vögel zu vertreiben. Zufrieden zog er seinen Wams zurecht, kam zur Bank zurück und ließ sich neben sie fallen. »Verzeiht mir«, sagte er mit verstellter Stimme. »Als Schutzheiliger des Gemüsebeetes musste ich erst meinen Aufgaben nachkommen.«

»Du bist gut gelaunt heute«, stelle Bérénice fest. Tatsächlich schimmerte ein wenig des alten Witzes durch, der Amédé einst zu eigen gewesen war.

»Ich freue mich einfach, dass du da bist, ob du es glaubst oder nicht.«

»Du bist ein Schmeichler.«

»Das habe ich viel zu selten getan in letzter Zeit, dir ein wenig zu schmeicheln.« Seine Augen leuchteten auf. Dunkelblau und schön.

Bérénice schluckte. War das wirklich der Mann, den sie vor zwei Nächten dabei beobachtet hatte, den Teufel zu beschwören? Der verdächtigt wurde, Gewalttaten zu begehen? Nie hatte sie sich Amédé im Krieg vorstellen können, wie er mit lautem Gebrüll von seinem Pferd herab Menschen metzelte. Stets hatte sie es unterlassen, nachzufragen, wenn er aus dem Kampf nach Hause kam. Immer war ein Stück von seiner Leichtigkeit im Feld zurückgeblieben, das hatte sie gespürt, aber nicht gewagt, daran zu rühren. Gänzlich verloren hatte er seine Leichtigkeit bei dem Überfall durch die Söldner, mit Brunos Verlust, dem Tod des jüngeren Bruders, für den er sich anscheinend die Schuld gab und den er sich nicht verzeihen konnte. Sie schaute zum Himmel hinauf. Vögel zogen ihre Bahnen vor dem hellen Blau, das mit weißen Wolkenfäden überzogen war. Ob es vielleicht noch Hoffnung gab? Dass die Dinge wieder werden konnten, wie sie einmal waren?

»Ich wollte dich etwas fragen«, unterbrach Amédé ihren Gedankengang.

Bérénice spürte, wie sich ihr Körper anspannte, sie drückte ihr Kreuz durch, bis sie aufrecht saß.

»Was würdest du davon halten, wenn ich auf Pilgerreise gehe?«

Ihr Rücken sank wieder ein Stück in sich zusammen. »Das halte ich für eine gute Idee, wohin möchtest du pilgern?«

»Ans Heilige Grab, das wäre mein Traum. Auch Santiago de Compostela könnte ich mir vorstellen.«

»Egal, wohin du pilgerst, ich bin überzeugt, dass dir das ein wenig Ruhe geben wird«, sagte Bérénice und sah nun in die Zweige des Apfelbaumes hinauf, deren Blätter sich zartgrün geöffnet hatten. Erste Blütenknospen wölbten sich, in einigen Tagen würden sie aufbrechen und sich leuchtend weiß der Sonne zuwenden. »Wann möchtest du die Reise antreten?«

»Das weiß ich noch nicht, momentan überlege ich, nach Johanni aufzubrechen.«

»Es freut mich wirklich, dass du darüber nachdenkst. Ich bin dankbar, dass du nicht stattdessen im Kampf durchs Land ziehst.«

»Du weißt, wie sehr ich König Karl verehre, aber ich könnte es nicht«, flüsterte Amédé nun, doch es klang nicht geheimniskrämerisch, sondern schlichtweg erschöpft. »Ich danke Gott, dass Ludwig sich dieser Aufgabe angenommen hat und dass der König klaglos darauf eingegangen ist. Mein Leib, an manchen Tagen ist er schwer, als wäre er in Blei gegossen. Vielleicht ändert eine Pilgerreise daran etwas.«

Er ist ein gottesfürchtiger Mann, ich kenne ihn doch. Das müssen alles Irrtümer sein, ein schlechter Einfluss falscher Männer, dachte Bérénice und spürte einen Funken Hoffnung, dass sich die Dinge wieder zum Guten wenden würden.

Kein Rauch ohne Feuer. Er hat den Teufel beschworen, er ist von Gott abgefallen, daran gibt es nichts zu rütteln. Auch wenn du es verdrängen willst, er hat es getan. Das gemeinsame Leben, das ihr einst geführt habt, ist längst verloren gegangen, und du wirst es nie wiederbekommen, ertönte eine gehässige Stimme in ihrem Kopf. Bérénice erhob sich. »Komm, lass uns zurückgehen, ich habe Hunger«, sagte sie, eine Spur zu laut, um die Stimme in ihrem Kopf zum Schweigen zu bringen.

Saint Mourelles

Die Einfachheit der Landpfarrei in Saint Mourelles verursachte in Julien einen Zwiespalt. Er mochte Pfarrer Jeunet und glaubte, dass sein ausgeglichenes Naturell die Stimmung in der Gemeinde prägte, andererseits stießen ihn die kargen Lebensbedingungen ab. Die Enge, die Kälte, das abgenutzte Mobiliar. Der seltsame Geruch, der sich aus schal gewordenen Küchendünsten und Kaminrauch zusammensetzte und in der Kleidung haften blieb, wenn man die Pfarrei verließ. Ein augenfälliger Gegensatz zum Bischofspalast, der mit seinem Reichtum prangte: Stein und Marmor, Glas und großzügige, lichte Räume. Aber auch das Leben im Dorf, die zurückhaltenden Bauern, die windschiefen Holzhütten, die Stille und der ständige Geruch nach Tierdung waren ihm unangenehm.

Stets fühlte er sich fehl am Platze, wenn er mit seinem prächtigen Pferd über den schlammigen Hauptweg zur Pfarrei ritt. Paris und Bologna hatten ihn geprägt, und während er die Zügel lockerte, um schneller die Pfarrei zu erreichen, begriff er, wie sehr er sich inzwischen an das durchaus vergleichbare Leben in Nantes gewöhnt hatte. An das quirlige Treiben in den engen Gassen, an die farbig gehaltenen Häuser mit ihrem kunstvollen Fachwerk, in denen alles, was das Herz begehrte, erhältlich war: Zerstreuung für Jung und Alt, eine erstklassige medizinische Versorgung, Speis und Trank aus aller Herren

Länder wie auch edle Bade- und Freudenhäuser mit einer beeindruckenden Auswahl unterschiedlichster Frauen. Nichts von alledem gab es in Saint Mourelles.

Die Haushälterin öffnete die Tür. Sie trug keine Haube, ihr haselnussfarbenes Haar war zu einem strengen Zopf geflochten und im Nacken festgesteckt. Sie hatte etwas von einem Arbeitspferd, belastbar und kräftig, ohne überschüssiges Fett. Ihr Gesicht war hübsch anzusehen, auch wenn ein Hauch von Bitterkeit darin lag, der von den leichten Schatten unter ihren Augen unterstrichen wurde. Aber weder das noch die drei Kratzer, die sich über die linke Wange zogen, trübten den erfreulichen Anblick. Innerlich grinste Julien. Gut, dass Jeunet so alt ist, sonst würde es sicherlich jede Menge Tratsch geben bei einer so jungen Haushälterin.

»Demat deoc'h!«, begrüßte diese ihn.

Julien hob die Augenbrauen. Sie muss doch wissen, dass ich kaum Bretonisch spreche, dachte er. »Guten Morgen!«, erwiderte er gedehnt und ging an ihr vorbei.

Pfarrer Jeunet lächelte, als Julien eintrat, wie es nur die Alten vermochten: weise und fast väterlich, ohne herablassend zu wirken. »Wollen wir gleich zur Sache kommen, Magister«, eröffnete der Pfarrer das Gespräch nach der Begrüßung ohne Umschweife, »denn Eure Zeit ist knapp bemessen.« Er hob den Deckel einer kleinen Kiste an und schob sie über den Tisch. »Diese Mantelspange wurde in der Hand eines der Opfer gefunden. Wir befürchten, dass sie uns nicht weiterhilft, aber es ist mir wichtig, Euch darüber zu informieren.«

»Pfarrer Jeunet, es gibt keinen Grund zur Eile, denn wir werden demnächst viel Zeit miteinander verbringen, nehme ich an. Und alles, was ich Euch jetzt erzähle, muss vertraulich behandelt werden.«

Erstaunen machte sich im Gesicht des Pfarrers breit. »Natürlich, wie könnt Ihr etwas anderes annehmen?«

Julien überging den Einwurf. »Ich möchte Euch mitteilen, dass die Heilige Inquisition angerufen wurde.«

Einen Moment ähnelte der Pfarrer einem an Land gespülten Fisch, der nach Luft schnappte. »Die Inquisition?«, fragte er und saß dann wieder mit halb geöffnetem Mund da.

»Ja, und ich wurde zum Kommissar ernannt. Bischof du Clergue hat mich beauftragt, mich als Generalexaminator der Zeugen anzunehmen. Meine Aufgabe ist es nun, ihre Aussagen für das geistliche Gericht aufzuzeichnen.«

»Welche Zeugen? Es hat doch niemand etwas gesehen«, sagte Pfarrer Jeunet, und seiner Tonlage war zu entnehmen, dass er beeindruckt, nahezu eingeschüchtert war.

»Hiermit ist jeder gemeint, der einen Verlust in der Familie erlitten oder etwas beobachtet hat: Auch diejenigen, die mit der Auffindung der Opfer zu tun hatten, will ich vernehmen. Weiterhin möchte ich die Fundorte abgehen.« Julien wies auf die Kiste mit der Mantelspange. »Einfach jedes Detail muss erfasst werden, und es ist ganz gleich, welcher Art es ist. Gern spreche ich mit jedem. Im Nachgang können wir immer noch entscheiden, was für den Prozess verwertbar ist.« Der Pfarrer nickte, aber seine Finger zupften unruhig an der Unterlippe herum. Eine unpassende Angewohnheit für so einen Mann, dachte Julien und fuhr fort: »Ich hoffe, Ihr versteht, dass alles von den Zeugenaussagen abhängt?«

»Ihr wollt gegen wen vorgehen? Ich bin unsicher, ob ich Euch folgen kann.«

»Gegen Amédé de Troyenne.«

Der alte Mann sog die Luft ein, schien etwas erwidern zu wollen. Doch dieses Mal schloss er den Mund und schwieg.

»Ich werde in den kommenden Tagen noch einmal im Dorf

erscheinen, und ich möchte Euch bitten, die Anwohner bis dahin darauf vorzubereiten, dass ihre Zeugenaussagen benötigt werden.«

»Das ist dann alles, was die Zeugen machen müssen?«

Julien ahnte, dass der Pfarrer Zweifel hegte, die Bauern überzeugen zu können, gegen den eigenen Lehnsherrn auszusagen. Für einen Moment überlegte er, die Wahrheit nur scheibchenweise preiszugeben. Er nahm einen Schluck von dem lauwarmen Apfelwein, den die Haushälterin bereitgestellt hatte, und beschloss, den gesamten Ablauf des Prozesses zu offenbaren. »Es wird zwei Prozesse geben, sowohl den kirchlichen als auch, im Anschluss daran, den weltlichen. Dementsprechend werden die Befragungen parallel von einem Vertreter des kirchlichen und einem des weltlichen Gerichts aufgezeichnet. Vielleicht müssen sie ihre Aussage auch noch einmal zu einem anderen Zeitpunkt vor einem Vertreter des weltlichen Gerichts wiederholen, falls dieser in den nächsten Tagen nicht in Saint Mourelles dabei sein kann. Ich weiß noch nicht, wie sich die Zusammenarbeit gestaltet, das befindet sich noch in Klärung.«

»Ist es nicht ein wenig gewagt, den Baron zu bezichtigen, wenn es keinerlei Beweise gibt? Warum sollten die Bauern dieses Dorfes gegen ihn aussagen? Er ist ihnen ein guter Lehnsherr.«

Den Alten quälten die gleichen Zweifel wie ihn. Julien wusste, dass er den Pfarrer überzeugen musste, denn nur so würde es dem alten Mann gelingen, die Dorfbewohner zur Aussage zu bewegen. Er wiegte den Kopf. »Der Baron wird unter anderem wegen Teufelsbeschwörung angeklagt, das ist der Ansatzpunkt für die Inquisition. Alles andere wird sich finden«, er zögerte und fügte, um seinen Worten Nachdruck zu verleihen, hinzu, »im Angesicht des Herrn.«

Doch diese Worthülse schien den Alten nicht zu erreichen.

»Teufelsbeschwörung? Das nehme ich Euch nicht ab. Ich kenne kaum einen gottesfürchtigeren Mann als ihn.« Er hob die Hand und wies in Richtung des Fensters. »Der Baron kommt für den Unterhalt meiner Haushälterin auf, und er hat eine Kapelle auf dem Schloss, die nicht prächtiger ausgestattet sein könnte.«

Er ist schlau, dachte Julien, der Alte hebt die Wohltaten des Barons hervor, ohne die Diözese, die sich kaum um diese kleine Gemeinde kümmert, anzugreifen. »Es gibt eine Aussage«, er stockte kurz, »es gibt einen Zeugen. Und wir sind uns doch einig, dass auch die Bauern dieses Dorfes verstehen werden, dass Teufelsbeschwörung verwerflich und gottlos ist?«

Jeunet schüttelte den Kopf, sein Unglauben war nicht zu übersehen. »Ich fasse es nicht, ich fasse es nicht«, murmelte er und zerrte noch heftiger an seiner Unterlippe herum. »Weiß es der Baron schon?« Schweißperlen bildeten sich auf der Stirn des Pfarrers.

»Auch der von der Denunziation Betroffene wird aufgefordert, sich zu äußern. Noch weiß er allerdings nichts. Insofern ist es wichtig, dass alles schriftlich festgehalten und sorgfältig überprüft wird, damit ein Abgleich zu seiner Erwiderung vorgenommen werden kann.«

»Müssen die Zeugen vor Gericht erscheinen?«

Julien nickte. »Ja, auch Augenschein ist vorgesehen, wenn nötig.«

Der Alte erbleichte. »Ihr wisst schon«, stieß er hervor, »was den Bauern blüht, wenn sie sich gegen ihren Lehnsherren erheben und der Prozess scheitert? Der Baron mag ein gottesfürchtiger Mann sein, aber ich glaube nicht, dass er frei von Rachsucht ist.«

Einen schlimmeren Fehler kann der Bischof nicht machen, dachte Mathis. Die Inquisition anrufen und sie in unser kleines Dorf zerren. Wer am Ende für diesen Fehler bluten wird, liegt doch auf der Hand. Er sah sich um. Schweigend und dicht aneinandergedrängt standen die Bewohner Saint Mourelles in der Kirche. Sie schienen ähnlich zu denken, denn sie wichen Pfarrer Jeunets Blick aus.

Schmied Yann trat einen Schritt vor. »Warum will der Bischof einen Inquisitionsprozess gegen den Baron anstreben?«, fragte er, die an Pranken erinnernden Hände zu Fäusten geballt.

»Es gibt belastende Aussagen, die ich nicht ausführen darf, die jedoch einen Inquisitionsprozess rechtfertigen. Der Bischof wird wissen, was er tut«, entgegnete Pfarrer Jeunet, wobei er sich mit der Hand über den Kopf fuhr. Fahrig und unkontrolliert, eine Geste, die seine Zweifel zum Ausdruck brachte und einen Kontrast zu seinen Worten bildete.

Vereinzeltes Gelächter war zu vernehmen. »Viel geschehen ist nach der letzten Bekundung des Bischofs nicht«, legte Yann nach. Eifriges Kopfnicken in den Bankreihen bestätigte seine Aussage. »Sollte der Bischof wirklich einen Ansatz finden, gegen den Baron vorzugehen, wird der König von Frankreich seine schützende Hand über ihn halten. Der Baron war einer von denen, die Johanna von Orléans begleitet haben. Sie war es, die den König nach Reims zur Krönung führte. Das sind Bande, die sind nicht auflösbar. Schon gar nicht durch uns Bauernvolk.«

Während Yann wieder einen Schritt zurück machte, trat Catheline in den Mittelgang. »Darf ich auch das Wort ergreifen?«, wandte sie sich an Pfarrer Jeunet, der sie kurz skeptisch ansah und dann nickte. »Wie ihr alle wisst, wurde eine Mantelspange bei Gabin gefunden.«

Mathis sprang von seinem Schemel auf. »Diese Spange führt

nicht weiter«, fuhr er Catheline über den Mund. »Sie werden zuhauf getragen.«

»Meine Schwester hat, und diese Tatsache hat der Baron wohlweislich verschwiegen, so eine Spange vor wenigen Tagen an seinem Umhang ersetzt. Versteht ihr?« Sie sah sich um und wiederholte eindringlich, fast beschwörend: »Gabin hielt eine Mantelspange in der Hand, so eine, wie sie beim Baron verloren ging. Ihr habt Angst vor seiner Rache, wenn man ihm im Prozess nichts nachweisen kann. Aber was geschieht, wenn er der Mörder ist und weiter wütet? Wer wird ihm als Nächstes zum Opfer fallen? Wir müssen uns schützen und dabei auf Gottes Hilfe hoffen. Die Wahrheit wird sich vor einem Gericht Gottes finden. Wir haben keine andere Wahl.«

Cathelines Worte kamen für Mathis Fausthieben gleich, die ihn mit voller Wucht im Magen trafen, der sich schmerzhaft zusammenzog.

Sie war bei Jola gewesen!

Deshalb hatte sie heute nicht einmal einen Gruß für ihn übriggehabt. Jetzt wusste sie es. Nun würde sie, um ihn zu verletzen, noch weniger von ihrer fixen Idee ablassen, den Baron zu verdächtigen, und ihre Schwester hatte diese Haltung noch genährt. Ein Bischof, der anscheinend einer Laune nachging, und eine Magd, die meinte, eine Spange angenäht zu haben. Catheline schien nicht begreifen zu wollen, in welche Gefahr sie ihre Schwester und sich selbst brachte.

Pfarrer Jeunet erhob die Arme und bat, das aufgeregte Flüstern einzustellen. »Ich bitte euch inständig, zur Verfügung zu stehen, wenn der Kommissar wieder im Dorf erscheint. Er wird dann entscheiden, welche Aussagen für den Prozess von Bedeutung sind. Überlasst ihm diese Entscheidung, indem ihr alles erzählt, was ihr gesehen und erlebt habt in den letzten Monaten.«

Die Blicke, die untereinander gewechselt wurden, waren weiterhin voller Zweifel. Es war offensichtlich: Die Angst saß hier bei ihnen, inmitten der Kirche.

Eve drehte sich zu Catheline um, die noch immer im Mittelgang stand. »Du vergisst, dass niemand weiß, ob der Baron für die Taten verantwortlich ist oder jemand anderes vom Schloss. Und denke daran, dass er uns ein guter Lehnsherr ist.«

»Was nützt uns das, wenn wir alle sterben?« Cathelines Ton wurde schärfer. »Pierre und Marcel, du musst sie schützen.«

Sofort umfasste Eve ihre Söhne. »Willst du mir sagen, ich bin keine gute Mutter? Willst du sagen, dass ich nicht auf sie aufpasse?«, schrie sie.

»Nein, ich will«, schrie Catheline zurück, »ich will sagen, dass ihr alle den Baron unterschätzt. Er betreibt Teufelsbeschwörungen. Er ist nicht mehr der gute Mann, der er einmal war, er hat sich von Gott abgewendet.«

Mathis schnappte nach Luft. Die Aufruhr unter den Bewohnern Saint Mourelles glich einem Wirbelsturm, der durch die Enge der Kirche fegte.

»Catheline, du hast gelauscht«, brüllte der Pfarrer und übertönte das Stimmengewirr.

»Ja, Vater Jeunet«, schluchzte Catheline auf und sank auf die Knie, das Haupt gebeugt. »Das habe ich, aber nur Ihr habt versichert, dass Ihr schweigt. Verzeiht mir, ich bin überzeugt, dass jeder wissen muss, in welcher Gefahr wir uns befinden, denn der Teufel ist unter uns.«

Der Pfarrer sah sich um, sein Gesicht war dunkelrot vor Wut. »Jetzt wisst ihr es. Und ich bitte euch inständig, kein Wort darüber zu verlieren. Bitte bedenkt, dass wir den Prozess nicht gefährden dürfen. Und das könnte geschehen, wenn hier Dinge in Umlauf gebracht werden, die der Bischof noch zurückhält. Ich sage es noch einmal: Er weiß, was er tut.«

Mathis sank kraftlos auf seinen Schemel zurück. Es war zu viel auf einmal. Catheline wusste um die Wahrheit, was Ania betraf, und der Baron beschwor den Teufel! Wie sollten all diese Dinge auch in einen Kopf passen?

Er sah zu Catheline hinüber. Ihre Hände hatte sie vor das Gesicht geschlagen, und die Schultern zuckten. Noch nie hatte Mathis sich so weit von ihr entfernt gefühlt. Und noch nie hatte er das dringendere Bedürfnis verspürt, zu ihr zu gehen, sich neben sie zu knien und sie in die Arme zu schließen. Ihr über das Haar zu streichen, die Tränen vom Gesicht zu wischen und zu erklären, dass Ania ihm nichts bedeutete. Dass er gesündigt hatte und um ihre Vergebung bat. Er wollte sie trösten und selbst Trost durch ihre Nähe erfahren. Doch er wusste, sie würde ihn von sich stoßen, und sie würde recht daran tun.

Sie zitterte am ganzen Leib, als sie aus der Kirche kam und zur Pfarrei hinübersah. Wie konnte sie jetzt dort hineingehen und Vater Jeunet gegenübertreten? Catheline schlang die Arme um den Leib und schrak zusammen, als sich Ysa und Marie vor ihr aufbauten. Ysa hatte wieder den schlafenden Luc mit einem Tuch vor ihrem üppigen Busen festgebunden, während die Frau des Schmieds die Arme verschränkt hielt.

»Du hast also gelauscht?«, fragte Ysa.

Catheline nickte und sah unsicher zwischen den beiden hin und her.

»Ich hatte schon oft das Gefühl, dass du lauschst, wenn man beim Pfarrer um ein Gespräch bittet«, sagte Marie.

»Nein, ich lausche nicht immer«, erwiderte Catheline hastig, doch Marie schüttelte den Kopf, dass ihr das verfilzte Haar nur so über die Schultern sprang.

»Ich bin dir so dankbar dafür«, sagte sie, löste die Arme von ihrem Leib und legte eine Hand auf Cathelines Unterarm. »Bist du dir sicher, dass du es richtig verstanden hast? Unser Baron ist vom Glauben abgefallen und betreibt Teufelsbeschwörungen?«

Vor Erleichterung wurde es Catheline warm. Eifrig nickte sie.

»Dann verrate ich euch jetzt auch etwas«, sagte Marie und begann mit einem Mal zu flüstern. »Letzthin musste Yann eine Lieferung zum Schloss bringen, irgendwelche Mistgabeln, die er im Stall abliefern sollte. Ich kann euch sagen, dass es ihm schwerfiel, schließlich war das wahrscheinlich Raymonds letzter Gang.«

Luc wachte auf und begann zu quengeln, umgehend steckte ihm Ysa den kleinen Finger in sein Mündchen. Catheline konnte ein Lächeln nicht unterdrücken, als sie sah, wie die winzigen Lippen die Kuppe umschlossen und schmatzend zu saugen begannen.

»Er hat sich getraut, den Knappen, der die Lieferung in Empfang nahm, zu fragen, ob der Baron demnächst Pferde verkaufen wolle. Er könne eines gebrauchen.«

Die Stirn gerunzelt, sah Ysa Marie an, und es war deutlich zu erkennen, dass sie nicht verstand, worauf die Frau des Schmieds hinauswollte. »Beeile dich, der Kleine hat Hunger, ich muss nach Hause, um ihn anzulegen«, drängte sie.

»Der Knappe lachte nur«, fuhr Marie ungerührt fort, »und sagte, dass der Baron niemals Pferde seiner Garde verkaufen würde. Selbst wenn die Gäule steinalt seien, würden sie noch geritten, bis sie zusammenbrechen. Versteht ihr?«

Ysa schüttelte den Kopf, aber Catheline begann zu ahnen, worauf Marie anspielte.

»Yann hat damals Hufspuren entdeckt, die eindeutig den Pferden des Schlosses zuzuordnen waren. Raymond hatte doch den Pferden der Garde in seinem Eifer zu viele Hufnägel eingeschlagen. Als ich Yann drängte, er solle das Vater Jeunet erzählen, sagte er stets, dass der Baron sicherlich Pferde verkauft habe. Somit wären die Hufspuren wertlos, glaubte er. Aber nun wissen wir, dass von diesen Pferden niemals eines verkauft wurde.«

»Ja, aber ist es denn recht, gegen den Baron auszusagen, weil irgendwer eines seiner Pferde nutzt? Das kann jeder vom Schloss machen«, fragte Ysa und rieb sich nachdenklich das Doppelkinn.

»Verstehst du nicht? Die Spange, die Spuren der Pferdehufe und nun noch die Teufelsbeschwörung, die der Baron eindeutig begangen hat? Es passt alles zusammen«, flüsterte Catheline aufgeregt und rang die Hände.

Ysa runzelte die Stirn, und es war unübersehbar, wie es in ihrem Kopf arbeitete. »Ich gebe dir nur zum Teil recht. Es könnte auch der Hauptmann oder sonst wer vom Schloss mit dem Pferd unterwegs gewesen sein. Die Teufelsbeschwörung ist abscheulich, aber sie macht noch keinen Mörder aus dem Baron. Mich interessiert aber nur der Mörder. Den will ich hängen sehen. Und an diesem Punkt gebe ich dir wieder recht: Es ist ein Gericht Gottes, und dort wird die Wahrheit ans Licht kommen. Ich werde aussagen, aber nicht gegen den Baron, sondern für mein totes Kind.«

Schloss Troyenne

Wütend stapfte Jola die Treppe zur Kammer hinauf. Die Baronin hat kein Wasser, und es ist deine Aufgabe, es ihr jeden Abend bereitzustellen, wollte sie Ania entgegenschleudern. Sie aus der Bettstatt zerren, ihr den Krug in die Hände drücken, sie durch die zugigen Gänge jagen und der Schimpftirade der Baronin ausliefern, die soeben wieder zu Höchstformen aufgelaufen war. Mich hat diese Nörglerin angefahren, und ich kann nichts dafür, denn du warst nachlässig, würde sie anfügen. Und wenn Ania Widerworte geben würde, würde sie den Wasserkrug über ihrem Kopf leeren. Verdient hatte sie es, nach dem, was sie Catheline angetan hatte …

Jola hielt inne und kniff die Augen zusammen, die sich an das Dunkel der Kammer gewöhnen mussten. Nur das Hühnchen, wie sie Émelie gern nannte, lag schlafend unter seinem Schaffell. Anias Bettstatt war unberührt. Für einen Moment war sie versucht, das Hühnchen loszuschicken, schlich dann aber wieder in die Küche hinunter, füllte den Krug und machte sich auf den Weg, nicht ohne ihre Wut auf Ania sorgfältig weiterzuschüren. Noch in ihre Gedanken vertieft, schob sie mit dem Fuß die Tür zum Schlafgemach der Nörglerin auf.

Amédé de Troyenne.

Auf dem Boden, auf seiner Frau liegend. Jola stockte der Atem. Noch hat er dich nicht bemerkt, fuhr es ihr durch den Kopf. Schnell, schließ die Tür! Leise, mach, dass du wegkommst. Langsam zog sie den Fuß zurück.

»Täubchen, was hast du? Hab dich doch nicht so«, hörte sie den Baron brüllen. Seine Worte waren nicht viel mehr als ein Lallen. Er musste sturzbetrunken sein. »Der Lakai des Bischofs besteigt meine Frau, dann darf ich doch auch mal auf meine ehelichen Rechte pochen.«

Jola erschauderte. Das klang nicht nach einem wilden Liebesakt. Vorsichtig spähte sie durch den handbreiten Spalt der angelehnten Tür. Erst jetzt bemerkte sie, dass der Baron seiner Frau die Hand auf den Mund presste und sich an der Schnürung ihres Oberteils zu schaffen machte, darauf aus, ihre Brüste freizulegen.

Die Baronin erblickte sie. Ihre Augen, angstvoll geweitet, schienen die Hilferufe auszustoßen, die der eigene Mann ihrem Mund mit seiner Hand verweigerte.

Entschlossen trat Jola in das Gemach der Baronin und ließ den Krug auf den Boden fallen. Das Auseinandersplittern des Tons, die umherspringenden Scherben und das aufspritzende Wasser ließen den Baron auffahren. »Oh, verzeiht!«, rief Jola und versuchte, erschrocken zu klingen, während sie demütig den Kopf neigte. »Ich wollte nicht stören.« Aus den Augenwinkeln konnte sie erkennen, dass der Baron sich über seinen Mantel strich und auf den Boden, direkt neben die Baronin, spuckte. Dann wankte er aus dem Gemach, wahrscheinlich hatte er nicht einmal begriffen, was ihn aufgeschreckt hatte.

Kaum war er verschwunden, wurden Jolas Beine weich. Sie lehnte sich an die Wand und schloss kurz die Augen.

Das Schluchzen der Baronin war tief und dunkel. Jola zuckte zusammen und eilte zu ihr, kniete sich neben sie und wusste nicht, was zu tun war. Die Hand der Baronin, zerkratzt und mit eingerissenen Nägeln, ergriff die ihre und begann sie zu streicheln. Jola starrte auf die beiden Hände und hätte nicht sagen können, wen die Baronin beruhigen wollte – sich selbst oder ihre Magd?

Nach einer Weile half sie der Baronin, deren Unterlippe geschwollen und mit Speichelfäden überzogen war, sich aufzusetzen. Ohne nachzudenken, zog Jola ihren Ärmel in die Länge. Vielleicht habe ich mich getäuscht, dachte sie, während sie den Speichel behutsam fortwischte. Vielleicht ist die Baronin doch viel weniger eine Nörglerin, als ich angenommen habe. Vielleicht ist sie schlichtweg eine einsame und zutiefst unglückliche Frau.

»Meine Herren«, sagte der Bischof feierlich und goss sich aus einer Karaffe in eines der hauchfeinen italienischen Gläser kühles Wasser ein, »die Dinge entwickeln sich, wie Ihr soeben gehört habt, ausgesprochen günstig.«

Die Wangen des obersten Richters der Bretagne, Pierre l'Hôpital, röteten sich langsam, und Julien überlegte, ob der Mann auf den reichlich getrunkenen Weißwein reagierte oder ob er schlichtweg erregt über die Neuigkeiten war, die der Bischof gerade unterbreitet hatte.

Herzog Johann drehte einen seiner goldenen Ringe, die er über fast alle Finger verteilt trug, und fuhr dann mit der Fingerspitze über einen roten Stein, als wolle er ihn blank polieren. »Ihr meint, dass es tatsächlich Aussicht auf Erfolg hätte, wenn man Baron de Troyenne vor ein Inquisitionsgericht stellen würde?«

Der Bischof nickte und winkte seinem Notar zu. »Magister, bringt mir die Landkarte«, befahl er.

Julien, der abseits saß, um dem Bischof für jegliche Handreichung zur Verfügung zu stehen, trat zum Tisch der ehrenwerten Herren. So sieht er also aus, der innere Zirkel der Macht in der Bretagne, dachte er, während er die Karte zwischen Weingläsern und Obstschalen ausrollte. Dann nickte er und zog sich wieder an sein Schreibpult zurück.

Der Bischof fixierte den obersten Richter. »Wie gesagt, im Zuständigkeitsbereich des Barons sind mehrere Menschen verschwunden, es hat Morde gegeben. Kinder, Frauen, und inzwischen ist auch ein Mann zum Opfer geworden. Mit der Anklage wegen Teufelsbeschwörung gehe ich davon aus, dass wir auch diese Taten klären können. Ich habe Ermittlungen eingeleitet.« Er schürzte die Lippen und fügte hinzu: »Es gibt, wie ich bereits erwähnte, Hinweise, dass er selbst an den Morden beteiligt sein könnte. Und mein Gefühl sagt mir, das aber nur nebenbei, dass dies der Fall ist, und mein Gefühl hat stets recht gehabt. Kurzum: Wir könnten mit einer Klage vor dem kirchlichen als auch vor dem weltlichen Gericht Erfolg haben.«

Der Herzog nippte erneut an seinem Wein und verzog das Gesicht. »Unfassbar, und so etwas in meinem Herzogtum«, murmelte er.

»Diese Karte von Frankreich habe ich ausbreiten lassen«, fuhr der Bischof fort und strich das Pergament glatt, »um Euch aufzuzeigen, inwiefern diese Entwicklungen für uns erfreulich sein könnten.« Der Zeigefinger des Bischofs wies auf mehrere Kreuze, die in die Karte eingezeichnet waren. »Das sind die Ländereien, die dem Baron gehören.«

Wissbegierig beugte sich der Herzog vor, während der oberste Richter den Bischof nicht aus den Augen ließ. »Ich ahne, worauf Ihr hinauswollt«, sagte er und zwirbelte seinen Bart.

Ein befriedigtes Lächeln huschte über das Gesicht des Bischofs, anscheinend erfreute es ihn, dass jemand zu ahnen begann, was hinter seinem Plan steckte. Und dass er einen Plan hatte, davon ging Julien aus, auch wenn er nicht begriff, worauf er hinauslief.

Dem Herzog schien es ähnlich zu ergehen. »Ich verstehe kein Wort, was hat das eine mit dem anderen zu tun?«, fragte er.

Das Lächeln auf dem Gesicht des Bischofs vertiefte sich. »Sobald der Baron in einem Inquisitionsprozess der Taten überführt wird, können seine Güter durch die Kirche beschlagnahmt werden«, sagte er und genoss das Mienenspiel des Herzogs. Julien konnte selbst, obwohl er abseits saß, das gierige Glitzern in dessen Augen sehen.

»Ihr seid ein Fuchs, ein gerissener Fuchs«, sagte der oberste Richter grinsend.

Julien musste ihm in Gedanken beipflichten. Nun begriff er, warum die Nachricht, dass in seiner Diözese Teufelsbeschwörungen betrieben wurden, den Bischof so erfreut hatte. Vielmehr, ergänzte Julien seinen Gedankengang, hatte den Bischof wohl die Tatsache erfreut, wer diese Teufelsbeschwörung betrieb. So, wie sich die Lage entwickelte, hatte Bérénice de Troyenne mit ihrer Aussage die Schlaufe um den Hals ihres Gatten gelegt.

Julien sah aus dem Fenster und präzisierte auch diese Überlegung: Nein, vielmehr habe ich die Schlinge um den Hals des Barons gelegt, denn ich bin mir, wenn ich ehrlich bin, nicht sicher, ob Bérénice wirklich damit rechnet, dass ich den Bischof davon unterrichtet habe. Unwillkürlich verzogen sich seine Mundwinkel.

Natürlich, sie weiß, dass der Bischof ihren Mann im Visier hat.

Sie weiß, dass ich seine rechte Hand bin.

Sie muss damit rechnen, dass ich den Bischof über die Teufelsbeschwörung in Kenntnis setze. Sie muss wissen, dass ich sie vor ihrem Mann schützen will.

Das sind klägliche Bemühungen, dich zu verteidigen. Du bist widerlich, Lacante, beschimpfte Julien sich selbst und schaute auf der Suche nach Ablenkung zu den drei Männern hinüber.

Der Herzog wippte inzwischen auf seinem Stuhl hin und her. »Gehört Gut Lemoine auch zu den Besitztümern des Barons?«, fragte er.

»Nein, es gehört seiner Gattin, und auch bei einer Verurteilung des Barons verbleibt es in ihrem Besitz«, sagte der Bischof und überging die Enttäuschung des Herzogs, die sich in einem lauten Schnaufen äußerte. Stattdessen griff er sich die Feder, strich den Kiel am Tintenfass ab, schaute erst den Herzog und dann den obersten Richter an. »Dann lasst uns zur Tat schreiten, meine ehrenwerten Herren, und die Länderein des Barons verteilen. Wer will denn welches haben?«

Saint Mourelles

Catheline trug einen alten Strohhut und kniete im Beet der Pfarrei, in dem sie Gemüse für Pfarrer Jeunet zog. Ihre Unterarme waren von der prallen Sonne inzwischen gerötet, und der Schweiß rann ihr das Gesicht hinab. Als Jola sie erreichte, erhob die Schwester sich. Klopfte mit ihren schmutzigen Händen die Erde aus dem Kittel, nahm den Eimer und goss die Pflanzen. Im dichten Strahl rann das Wasser über das junge Grün und glänzte im Sonnenlicht. Ein beschaulicher Anblick, ruhig und alltäglich.

»Wie geht es dir?«, fragte Jola zaghaft.

Catheline riss den Kopf herum, und auf ihrem Gesicht spiegelte sich blanke Wut. Sie umfasste den tropfnassen Eimer, schob ihn vor ihren Leib, als wolle sie eine Barriere zwischen Jola und sich aufbauen. Dann marschierte sie mit ausholenden Schritten auf die Pfarrei zu.

»So nicht, meine Liebe! Nicht mit mir! Auch wenn ich einen Fehler gemacht habe, gibt es dir nicht das Recht, mich so zu behandeln«, rief Jola. Sie rannte Catheline hinterher, packte die Schwester an der Schulter und zwang sie, stehen zu bleiben.

»Geh weg, ich will dich nicht sehen.« Cathelines Atem ging in schweren Stößen.

»Es ist mir gleich, ob du mich sehen willst. Es ist wichtig, was ich dir zu sagen habe.«

»Ach, kannst du plötzlich unterscheiden, was wichtig und

unwichtig für mich ist? Bis vor Kurzem warst du dazu nicht in der Lage.«

»Ich haue dir gleich eine runter, wenn du jetzt nicht zuhörst. Ania ist verschwunden.«

»Ja, und? Was interessiert mich das Miststück?«

»Der Baron will zwei seiner Berittenen schicken, um dich zum Schloss bringen zu lassen. Er will dich verhören.«

»Mich? Warum?« Catheline wurde einen Ton blasser und schien zu ahnen, dass ihre Frage überflüssig war. »Ich bitte dich«, setzte sie nach. »In den letzten Monaten sind schreckliche Dinge geschehen, und der Baron hat kaum etwas unternommen, um die Taten aufzuklären. Und jetzt gibt es einen Streit zwischen zwei Frauen, und er will mich verhören?«

»Es geht nicht darum, was er bisher unternommen hat, verstehst du? Sondern darum, dass er es jetzt tut, warum auch immer.«

»Woher willst du das wissen?«

»Vom Knappen. Er kommt immer zu uns in die Küche, denn sein Hunger ist größer als seine Angst, vom Küchenmeister erwischt zu werden. Herrgott noch mal!«, fuhr Jola auf und ruderte hilflos mit den Armen in der Luft herum. »Verstehst du es denn nicht? Du bist in Gefahr. Verschwinde für eine Weile. Weil du Ania würgen musstest, könntest du das passende Bauernopfer für den Baron sein. Dir kann er die Schuld anlasten, wie willst du dich dagegen wehren?«

Cathelines Blick flackerte unruhig hin und her. »Ich habe sie nicht gewürgt, ich habe sie nur geschüttelt«, sagte sie trotzig. »Und dir kann ich nur raten, gut auf dich aufzupassen. Denn der Baron ist …« Sie brach ab und schaute zögerlich zu den offen stehenden Fenstern der Pfarrei.

»Es geht doch nicht um mich. Ich weiß, dass du mir noch zürnst, aber ich bitte dich, unterschätze die Situation nicht.«

Catheline trat nun doch einen Schritt näher, sah noch einmal zu den Fenstern hinüber und beugte ihren Kopf vor. »Es ist wirklich wichtig«, flüsterte sie.

Erleichterung machte sich in Jola breit, weil es das erste Mal in diesem Gespräch so schien, als würde die Schwester den begangenen Fehler verzeihen können. Mühevoll konzentrierte sie sich auf das, was Catheline zu sagen versuchte.

»Du musst auf dich aufpassen, denn der Baron …«, fuhr Catheline fort, und ihr Blick war ernst, nahezu angstvoll.

Daran, dass Catheline ebenfalls zusammenzuckte, erkannte Jola, dass sie gleichzeitig die Reiter nahen hörten. Ohne zu zögern, duckte sich Jola und huschte hinter einen Brennholzstapel.

Catheline stand im Garten, neben den Beeten, den Eimer noch immer fest vor ihren Bauch gepresst. Als wäre sie mit dem erdigen Boden verwachsen, lauschte sie reglos in die Richtung, aus der die Reiter zu vernehmen waren.

Frühsommer, 1440

Schloss Troyenne

Das Feuer war erloschen, nur ein Rest Glut war in der Asche noch auszumachen. Die Lampen waren nicht entzündet, sodass der Saal heute kalt, nahezu abweisend wirkte. Die Begrüßung des Barons war knapp ausgefallen. Sein Gesicht wirkte eingefallen, und die Kleidung hing an seinem Leib, als wäre sie ihm in den letzten Tagen zu groß geworden. Mathis bemerkte, dass die Baronin heute nicht zugegen war, und aus einem ihm nicht erklärbaren Grund beunruhigte ihn diese Tatsache.

Worauf warten wir?, fragte er sich. Was will der Baron? Erst lässt er nach mir schicken, und nun stehen wir in diesem zugigen Saal herum, den die Sonne durch das feste Gemäuer hindurch nicht zu wärmen vermag, und warten auf den Sankt Nimmerleinstag.

Er hörte Cathelines Stimme, bevor er sie sah, und war schockiert, sie beim Baron anzutreffen. Der Hauptmann schubste sie in den Saal hinein, sodass sie ins Stolpern geriet. Ihr Gesicht war verschwitzt und hochrot, die Schuhe waren erdverkrustet, der Kittel verschmutzt. Ihr alter, geliebter Strohhut, den sie unter dem Kinn mit einer Kordel verknotet hatte, war in den Nacken gerutscht. Zudem schleppte sie einen Eimer mit sich herum, an dessen Henkel sie sich festkrallte. Unglücklicher, erkannte Mathis, konnte ein Erscheinen vor dem Baron nicht beginnen.

Als Catheline Mathis' Anwesenheit gewahr wurde, zog sie verächtlich die Oberlippe in die Höhe.

Der Baron lief indessen einmal um sie herum, um dann vor ihr stehen zu bleiben. Er beugte sich vor und strich mit dem Zeigefinger über die Kratzer auf ihrer Wange. Missbilligend schüttelte er den Kopf, als sie zusammenzuckte. »Du hattest eine Auseinandersetzung mit einer meiner Mägde. Worum ging es?«, fragte er.

Sie umfasste den Eimer, presste ihn vor ihren Leib und senkte den Kopf. »Es ging um Weibergewäsch, Herr Baron.«

»Ich will wissen, worum es ging.«

»Das waren Lächerlichkeiten ...«

»Rede endlich, du blödes Weib, oder verstehst du nicht, was der Baron dich fragt?«, fuhr der Hauptmann dazwischen.

»Wir, sie hat ... Sie teilte mir mit, dass sie darauf hofft, bald zu heiraten.«

»Und warum muss man sich darüber in die Haare geraten? Wollt ihr beide denselben Mann?«, hakte der Baron nach.

Catheline starrte den Schlossherren an und nickte.

»Wen wollt ihr beide?«

Ihre Hand hob sich und zeigte auf ihn, Mathis, den Einbeinigen. Leise flüsterte sie: »Den da.«

»Wie ich vernommen habe, hast du die Magd aufs Ärgste bedrängt. Du scheinst Kraft zu haben, denn zwei Männer waren nötig, dich von ihr wegzuzerren. Ist das richtig?«

Nochmals nickte Catheline.

Sie haben sich gestritten, anscheinend die Hand gegeneinander erhoben, begriff Mathis und spürte, dass das schlechte Gewissen ihm Übelkeit verursachte.

»Antworte gefälligst richtig, wenn du was gefragt wirst«, fuhr der Hauptmann Catheline erneut an und schlug sie in den Rücken.

»Ja, so war es.«

Der Baron wiegte den Kopf und rieb sich das Kinn. »Wer sagt uns eigentlich, dass nicht eine Frau für die grausamen Taten infrage kommt, die in letzter Zeit geschehen?«

Der Eimer krachte zu Boden. Ungläubig starrte Catheline den Baron an, dann den Hauptmann. Hilfesuchend glitt ihr Blick zu Mathis, der nicht minder sprachlos war.

»Schau nicht so entsetzt. Eine meiner Mägde wird von dir gewürgt, und kurz darauf ist sie verschwunden. Das weißt du doch, oder? Dass sie verschwunden ist. Mir gibt das zu denken.«

»Herr Baron, bitte …«

Erneut krachte die Faust des Hauptmannes in Cathelines Rücken. »Niemand hat dich aufgefordert zu reden! Schweig gefälligst, bis man dich was fragt.«

Der Baron schüttelte den Kopf. »Nun seid nicht so grob zu ihr«, sagte er zum Hauptmann. Dann seufzte er und lief noch einmal um Catheline herum. »Für heute sind wir fertig mit dir. Wir wissen alles, was wir wissen müssen. Nur dass du dir darüber im Klaren bist: Wenn auch meine zweite Magd tot aufgefunden wird, genau jene, die du gewürgt hast, sehen wir uns wieder, und dann werden wir uns eingehend unterhalten müssen.«

Als Catheline sich bückte, um den Eimer aufzuheben, zitterte ihre Hand.

Unsanft packte der Hauptmann ihren Arm und bugsierte sie hinaus.

Der Baron kam auf Mathis zu. »Hast du es schon gewusst? Dass erneut eine der Mägde verschwunden ist?«

»Nein, es ist entsetzlich. Ich hoffe …«

Der Baron winkte ab. »Ja, das hoffen wir alle. Aber noch einmal zu ihr«, er wies zur Tür, hinter der Catheline gerade verschwunden war. »Sie kannte doch alle Opfer. Wer sagt uns, dass es nicht eine Frau ist, die in Saint Mourelles mordet? Was denkst du?«

Was sollte er darauf antworten? Dass sie eben nicht alle Opfer kannte? Dass sie Soazig, dem Mädchen aus Port-Saint-Luc, sicherlich nie begegnet war? Die Antwort schien der Baron doch schon in seine Frage gelegt zu haben. Mathis räusperte sich, musterte den Baron und konnte sich dennoch nicht vorstellen, dass dieser Mann Teufelsbeschwörungen betrieb. Doch es galt nun, auf der Hut zu sein. Vorsichtig antwortete er mit einer Gegenfrage: »Warum sollte sie das machen?«

»Was machen?«

»All diese Menschen ermorden?«

Der Baron sah ihn mitleidig an. »Ich habe dir ja letzthin gesagt, dass ich momentan nicht weiß, wer mein Freund ist und wer nicht. Vielleicht solltest du auch einmal darüber nachdenken. Wir können nichts und niemanden ausschließen, es gibt genug Menschen, die vom Teufel besessen sind.«

Saint Mourelles

Das Sonnenlicht betonte den Umriss des Mannes, der breitbeinig im Türsturz der Kapelle vor ihnen stand.

»Hauptmann Bouchet«, sagte Pfarrer Jeunet müde. »Welch unerwartete Ehre, Euch hier zu sehen. Kommt herein, auch wenn es ein trauriger Anlass ist.«

»Die Magd des Schlosses, die verschwunden ist, wurde gefunden?«, fragte Bouchet, ohne auf die Begrüßung einzugehen, trat beiseite und machte Amédé de Troyenne Platz. Für einen Moment musterte der Baron die anwesenden Männer, erst dann betrachtete er, ohne näher zu treten, die Magd, die auf dem behelfsmäßigen Tisch inmitten der Kapelle lag.

Catheline hat recht gehabt, wir hätten den Tisch verbrennen sollen. Vielleicht wäre dann wie durch ein Wunder diese Schicksalsreihe abgerissen, ging es Mathis durch den Kopf. Aber Wunder geschehen stets anderswo, fügte er dem unsinnigen Gedanken resigniert hinzu und folgte dem Blick des Barons.

Der Tod hatte Ania die Schönheit genommen. Ihre Haut war bleich, fast bläulich. Auch wenn ihr schon irgendwer die Augen geschlossen hatte, wirkten die Gesichtszüge verzerrt. Die Finger waren gekrümmt, als wolle sie noch immer ihren Angreifer abwehren. Alles an ihr gab beredtes Zeugnis der Angst, die sie in den letzten Augenblicken ihres Lebens gefühlt haben musste. Mathis' Erinnerungen, wie sie gesprochen, gelächelt und ihn berührt hatte, waren erloschen. Begraben unter diesem Anblick.

»Wer hat sie gefunden?«, fragte der Hauptmann und trat vor.

»Pierre und Marcel, die Kinder des Tagelöhners Gabin, haben sie beim Spielen auf der Wiese hinter der Pfarrei gefunden«, antwortete Pfarrer Jeunet ruhig. »Ihre Arme und der Rock waren säuberlich ausgebreitet, fast als wäre sie für jeden, der den Weg ins Dorf nimmt, sichtbar drapiert worden.«

»Wir werden sie mitnehmen«, sagte der Hauptmann.

Mathis schob seine freie Hand unter den Umhang und ballte die Faust. Dieser Mann erweckte seine Wut, sobald er auftauchte.

»Natürlich könnt Ihr sie mitnehmen, sicherlich wollt Ihr sie aufbahren, um dem Gesinde am Schloss das Abschiednehmen zu erleichtern.«

»Das geht Euch nichts an«, knurrte der Hauptmann.

»Es ist etwas anders«, murmelte Pfarrer Jeunet plötzlich, legte den Kopf schräg und zog die Augenbrauen zusammen. »Irgendetwas ist anders als sonst, vielleicht wisst Ihr, was ich meine, Hauptmann, Ihr kennt sie besser.«

»Hier ist nichts anders«, entgegnete nun der Baron, der bisher schweigend im Türrahmen verharrt hatte.

Yann, der ebenfalls nicht näher an den Tisch treten wollte, schüttelte den Kopf. »Ich sehe das auch so. Sie ist erwürgt worden. Da, am Hals, man sieht die Spuren. Und auch wenn wir jetzt nicht prüfen können, ob Unzucht mit ihr getrieben wurde, sieht es für mich so aus wie bei den anderen …«

»Hier prüft niemand irgendetwas, dieses Mal lassen wir einen Fachmann hinzuziehen«, fuhr der Hauptmann dazwischen.

»Nein, das ist es nicht, ich meine nicht die Art, wie diese Frau vom Leben in den Tod gestoßen wurde. Aber ich weiß bisher nicht, was es ist. Es ist mehr ein Gefühl«, sagte der Pfarrer und begann, an seiner Lippe herumzuzupfen.

»Wo ist eigentlich Eure Haushälterin?«, fragte der Baron beiläufig, und auf Mathis' Armen sträubten sich die Haare.

»Sie ist zum Fluss, Wäsche waschen«, antwortete Pfarrer Jeunet, während er sich noch dichter über Anias Gesicht beugte. Langsam fuhren seine Finger über ihr Haar und hielten dann inne.

Der Hauptmann drängte ihn beiseite. »Nicht anfassen«, sagte er und schob sich zwischen den Pfarrer und die tote Magd.

»Das ist es, jetzt weiß ich, was anders ist«, rief Pfarrer Jeunet, und der Triumph trieb seine Stimme in bisher ungekannte Höhen.

Der Baron winkte zur Tür hinaus, und Mathis konnte erkennen, dass ein Wagen vorfuhr. Zwei Knechte stiegen ab und betraten die Kapelle. Sie breiteten ein Tuch über Ania und trugen sie zum Wagen. Schnell und ungerührt, als würden sie ein Möbelstück mit sich nehmen. Wenigstens die Pferde wieherten unruhig, als die Leiche an ihnen vorbeigetragen wurde, bemerkte Mathis grimmig. Was der Mensch nicht schafft, das ist dem Tier gegeben.

»Sie hat honigfarbenes Haar«, sagte Pfarrer Jeunet und schlug mit der rechten Faust in seine linke Hand.

»Die Haarfarbe, die spielt doch keine Rolle!«, widersprach der Baron entschieden.

»Doch, doch, sicher tut es das.« Auf dem Gesicht des Pfarrers erschienen große rote Flecken, die sich mit scharfen Konturen von der weißgrauen Haut abhoben. »Sie war sehr weiblich und lieblich. Alles an ihr war hell und weich. Die anderen waren eher ein herberer Menschenschlag, besaßen dunkleres Haar, schmalere Gesichter und …« Sein Blick flackerte, als hätte ihn ein Fieber erfasst, dann wandte er sich an Mathis. »Welche Augenfarbe hatte sie?«

Er weiß es, durchfuhr es Mathis, und die Scham ließ ihn von einem Atemzug zum nächsten ins Schwitzen geraten. »Blau, ihre Augen waren blau.«

»Pfarrer Jeunet, ich sage es noch einmal, das spielt hier keine Rolle. Ich möchte Euch darüber informieren, dass wir später Eure Haushälterin zur Vernehmung mitnehmen werden.«

»Wie bitte?« Die Hände des Pfarrers lösten sich auseinander und sanken herab, als würden sie nicht mehr zu ihm gehören. Die Linke griff nach dem Gehstock, der am Tisch lehnte, und hob ihn drohend in die Höhe. »Was soll das? Was hat meine Haushälterin damit zu tun?«

»Eure Haushälterin hatte einen Streit mit der toten Magd, einen äußerst gewalttätigen.«

Pfarrer Jeunet zuckte die Schultern und schien die Wut, die sich im Gesicht des Barons abzuzeichnen begann, nicht zu bemerken. »Verzeiht mir, dass ich Euch darauf hinweise: Aber da seid Ihr auf dem Holzweg. Catheline war bei mir zur Beichte, ich will nicht zu viel sagen, aber das war ein Streit unter Frauen, wie er immer wieder einmal vorkommt.«

»Ihr werdet sie schicken, oder ich lasse sie abholen.«

»Herr Baron, Ihr seid ein guter Mann, bitte folgt kurz meinem Gedankengang: Die anderen Opfer hatten alle dunkle Haare und dunkle Augen. Leider auch Rachel«, sagte er, und die plötzliche Erkenntnis brach seine Stimme. »Wir werden auch sie nicht mehr lebend wiederfinden.«

»Wie eng war der Kontakt zwischen Catheline und diesem Mädchen, dieser Rachel?«, schaltete sich der Hauptmann aus dem Hintergrund wieder in das Gespräch ein.

»Lasst doch endlich Catheline aus dem Spiel«, fuhr Pfarrer Jeunet auf und hieb mit dem Gehstock durch die Luft.

Unvermittelt packte der Baron den Gehstock und zerrte daran, sodass der Pfarrer ins Wanken geriet und sich am Tisch abstützen musste, um nicht das Gleichgewicht zu verlieren. »Ihr schickt sie mir, haben wir uns verstanden?«, zischte er.

Die Augen des Pfarrers weiteten sich. »So lasse ich nicht mit mir reden«, sagte er nur, nahm seinen Gehstock wieder an sich und verließ die Kapelle.

Der Baron zögerte nicht und folgte ihm.

Mathis und Yann blickten sich an, nickten einander zu, doch bevor sie sich auch nur rühren konnten, stellte sich ihnen der Hauptmann breitbeinig in den Weg. Die rechte Hand lag auf dem Knauf seines Schwertes. »Wohin wollt ihr denn so schnell? Das ist ein Gespräch unter Männern, da wollt ihr zwei Trottel doch nicht stören, oder?«, fragte er grinsend.

»Du musst mitkommen, du musst mitkommen!«, rief Pierre, und seine Stimme überschlug sich. Sein Atem ging stoßweise, und er blieb einige Schritte entfernt stehen, wobei er sich die Hüften hielt.

»Pierre! Du sollst nicht allein herumlaufen, wo ist Marcel?«, schrie Catheline ihn an, zerrte das Laken aus dem Wasser, knüllte es triefend in den Korb, der neben ihr auf der Wiese stand, warf die Knochenseife dazu und sprang auf.

»Ich bin davongelaufen, ich durfte nicht weg, aber du musst kommen«, der Junge keuchte und sog gierig die Luft ein. »Wir haben eine Frau hinter der Pfarrei gefunden.« Seine Stimme begann zu zittern. »Sie ist tot.«

Catheline packte seine Hand, ließ den Korb samt Wäsche im Kiesbett des Flusses stehen und lief mit ihm los, so schnell die Schritte des Jungen es erlaubten. In ihrem Kopf hämmerten die Gedanken, doch sie konnte Pierre nicht fragen, ihn bedrängen, was er gesehen hatte. Vor Eves Hütte hielt sie inne. »Danke, dass du mich geholt hast, mein Schatz«, sagte sie, drückte den Jungen an sich und spürte den knochigen, schmalen Leib, atmete den Geruch seiner ungewaschenen Haare ein. Als sich Pierre unwillig aus ihrer Umarmung löste, rannte Catheline weiter, und die Schritte schienen dem Takt ihres rasenden Herzens zu folgen.

Sie verlangsamte ihren Lauf, als sie sah, dass vor der Kirche mehrere Pferde der Garde standen. Die Berittenen lungerten neben dem Kirchentor herum und beobachteten die Bewohner des Dorfes, die sich versammelt hatten.

Niemand rührte sich.

Ein jeder schien zu warten, den Blick starr auf das Kirchentor gerichtet.

»Wenn auch meine zweite Magd tot aufgefunden wird, genau jene, die du gewürgt hast, sehen wir uns wieder, und dann werden wir uns eingehend unterhalten müssen«, erklang noch einmal die Stimme des Barons in ihrem Kopf. Hastig schob sie sich hinter eine Eiche, spürte die Rinde unter ihren Fingern und tat das, was auch die anderen machten: warten, worauf auch immer.

Als es geschah, wusste Catheline, dass sie darauf gewartet hatten. Alle miteinander, und das seit langer Zeit. Just in diesem Moment, als wäre es ein Zeichen Gottes, lagen alle Antworten auf der Hand.

Sichtbar.

Das Portal der Kirche wurde aufgestoßen, und es schien ihr, als würde das Entsetzen der Wartenden sich zu einem Aufschrei vereinen. Selbst die Berittenen wichen erschrocken beiseite. Der Baron hatte den Arm um den Hals des Pfarrers gelegt und zerrte ihn hinter sich her.

»Du wolltest ja nicht hören, aber ich habe es dir gesagt«, brüllte der Baron und ähnelte dabei mehr einem Tier denn einem Menschen. Die Umstehenden schien er nicht wahrzunehmen. »Du weißt es nicht, aber du hast ihn, den bösen Blick. Der Teufel spricht aus dir. Frevlerisch ist das, sich im Gewand eines Pfaffen zu verstecken«, brüllte er weiter und stieß Vater Jeunet von sich. Der alte Mann stürzte zu Boden und blieb regungslos liegen.

Niemand rührte sich.

Jedem schien das Herz gefroren, eine Kälte, die bis in die Glieder reichte und auch die kleinste Bewegung unmöglich machte. Nur die Blicke der Wartenden flogen umher. Zum Baron, der breitbeinig über Vater Jeunet stand. Zum gekrümmten Leib, der im Staub lag. Zu dem, der am Nächsten stand. Beweg dich, schien ein jeder den anderen in Gedanken anzuflehen. Doch niemand wagte es. Wer sollte es auch wagen, sich diesem Mann in den Weg zu stellen?

Er war der Lehnsherr.

Ihr Herr und Richter.

Ihr Schutzschild gegen das Böse.

Die Zeit schien sich zu dehnen, als der Hauptmann, dicht gefolgt von Yann und dem hinterdreinhinkenden Mathis, um die Ecke der Kirche gerannt kam.

Mathis!, rief es in Catheline. Wo warst du? So abgrundtief der Schmerz der letzten Tage gewesen war, so bodenlos war nun die Erleichterung, ihn zu sehen, ihn in der Nähe zu wissen.

Doch es war nicht Mathis, der dem Albtraum ein Ende setzte. Es war der Hauptmann. Er packte den Baron an der Schulter, ungewöhnlich hart, nahezu respektlos und riss ihn mit sich.

Als wäre ein böser Bann gebrochen, begann Vater Jeunets Hand zu zucken. Einen Atemzug später bewegte er stöhnend seinen Kopf und versuchte, sich aufzurichten. Yann und Mathis hatten ihn inzwischen erreicht und halfen ihm, sich aufzusetzen.

Ohne sich umzusehen, verließen der Baron und sein Gefolge das Dorf. Auch die Knechte auf dem Wagen trieben die Pferde an. Auf der Ladefläche lag ein Tuch, das sich kurz anhob, kaum dass sich der Wagen in Bewegung setzte, und freilegte, was es verbergen sollte: Ania.

Sie war tot.

Aus dem Weg.

Für immer verschwunden.

Und Catheline spürte nur Verzweiflung und Leere.

Marie war die Erste, die sich aus ihrer Starre löste und zu Vater Jeunet eilte, dann drängten die anderen hinterher. Standen dicht an dicht wie verängstigte Schafe in einer Gewitternacht.

Es ist nur eine Frage der Zeit, bis erneut Berittene im Dorf auftauchen werden, um mich zu holen, dachte Catheline. Um mich zum Baron zu führen, der längst ein Urteil gefällt hat. Der sicher einen Pakt mit dem Teufel geschlossen hat, um mich zur Schuldigen zu machen. Ein teuflisch gut durchdachter Plan, und ich habe durch meine Unbeherrschtheit den Anlass dazu geliefert. Es ist der beste Zeitpunkt und sicherlich auch der schlechteste, um zu verschwinden. Für eine Weile unauffindbar zu sein.

Sie beobachtete wehmütig die Menschen, die ihr nahe waren. Mathis. Vater Jeunet. Yann. Marie. Martin. Und all die anderen. Gern wäre sie zu ihnen gelaufen, hätte sich mitten hinein ins Gedränge geschoben, dorthin, wo sie geschützt und gewärmt wäre. Langsam löste sie ihren Blick. Wohin ihr Verschwinden führen, wie die Lösung ihres Problems aussehen würde, wusste sie nicht. Aber es war vorerst besser, all dem, was nun seinen Lauf nahm, auszuweichen.

In einem großen Bogen umrundete sie den an die Kirche angrenzenden Friedhof, kletterte über die Mauer und schlich zur Rückseite der Pfarrei. Bald würde Vater Jeunet hierhergebracht werden, bis dahin musste sie verschwunden sein. Ihr wurde flau im Magen, als sie daran dachte, den alten Mann, der sicherlich Blessuren bei der Auseinandersetzung mit dem Baron davongetragen hatte, alleinzulassen. Aber es ging nicht anders, andere würden sich seiner annehmen.

Hurtig warf sie den wollenen Umhang, eine Decke und ein Brot in ihre Umhängetasche, ergriff einen Krug Wasser und sah kurz zum Fenster hinaus. Noch immer standen alle fassungslos beisammen, gestikulierten und ließen ihrer Wut und Angst freien Lauf. Sicherlich werden nun auch die letzten Zweifler begreifen, wer der Täter ist, erhoffte Catheline sich und schrak zusammen, als sie die Tür öffnete.

Direkt zu ihren Füßen saß Blanche auf der Schwelle. Freundlich blickte sie auf. »Ich werde mich um Pfarrer Jeunet kümmern, aber du musst dich beeilen, von hier wegzukommen.«

»Woher weißt du, dass ich …?« Cathelines Stimme brach. Erneut machte sich ein Gefühl in ihr breit, das sie stets in Blanches Gegenwart überkam: Diese Frau konnte in sie hineinsehen und wusste immerzu, was in ihr vorging. Eine Erfahrung, die Catheline niemals unangenehm gewesen war, sondern ihr ein Gefühl der Geborgenheit vermittelt hatte. Es würde ihr fehlen.

»Mathis deutete an, was sich beim Baron zugetragen hat. Ich habe bemerkt, wie du dich im Hintergrund gehalten hast und dann zum Haus geschlichen bist, anstatt dem Pfarrer zu Hilfe zu eilen. Da habe ich meine Schlüsse gezogen. Ich kann dich verstehen, Mädchen, aber du weißt, dass du dich durch dein Verschwinden verdächtig machst?«

Catheline antwortete nicht, denn Blanche wusste sehr wohl, dass sie keinen anderen Ausweg sah.

»Wohin willst du? Irgendwer muss wissen, wo du steckst.«

»Es gibt eine Höhle, nicht weit entfernt.«

Blanche lächelte, es war ein weiches Lächeln, wie es nur entstand, wenn es mit schönen Erinnerungen verknüpft war. »Du meinst Avels Höhle?«

»Er dachte, du würdest die Höhle nicht kennen.«

Das Lächeln auf Blanches Gesicht wurde breiter und noch eine Nuance weicher. »Schön, das freut mich. Sie war sein Ort, und das sollte auch so bleiben.«

Catheline hängte sich die Tasche über die Schulter und nahm Blanches Hand. »Danke, und bitte erfülle mir noch einen Wunsch: Sage Mathis, dass er zur Höhle kommen soll, ja?«

Du kommst mit«, brüllte der Hauptmann, während er die Küche betrat und Jola abführte, als wäre sie der Ketzerei verurteilt worden. Émelie sprang ängstlich zur Seite, und selbst der Küchenmeister blieb zurück, ohne Einspruch zu erheben. Noch nie war der Hauptmann in der Küche erschienen, noch nie hatte er sich einen Deut um die Küchenmägde geschert, geschweige denn eine von ihnen abgeführt wie einen Schwerverbrecher. Doch nun schleppte er Jola vor aller Augen über den Hof, hinein in die Stallungen der Berittenen. Ein Kopfnicken von Hauptmann Bouchet genügte, schon ließ der Knecht die Mistgabel fallen und rannte davon.

Mit wutverzerrtem Gesicht drückte der Hauptmann Jola gegen den Bretterverschlag eines Pferdestalls, woraufhin das Tier wiehernd aufstieg. Presste seinen Unterarm auf ihren Hals. Sein Atem war eine widerwärtige Mischung aus Fäulnis und Wein, und sie wusste, dass er ihn ihr absichtlich ins Gesicht blies.

»Du bist also die Schwester dieses Hexenweibes?«

Jolas Augen weiteten sich, und der Hauptmann grinste zufrieden. Nochmals erhöhte er den Druck mit seinem Unterarm auf ihrem Hals, bis sie würgte.

»Das ist unangenehm, nicht wahr? So erging es auch dieser Magd, ehe sie starb. Durch die Hand deiner Schwester. Ja, glotz nicht so, es geht um deine Schwester, diese Hexe.«

Unwillkürlich griff Jola nach dem Arm des Hauptmannes und schlug die Fingernägel in den Stoff seines Hemdes. Tatsächlich lockerte der Hauptmann den Druck ein wenig. Schnappend sog sie Luft ein.

»Wo ist deine Schwester?«

»In der Pfarrei«, antwortete Jola mit krächzender Stimme.

Bitte, lieber Gott, mach, dass sie sich in Sicherheit gebracht hat, fügte sie in Gedanken hinzu und sah zum Dach des Stalles auf, als könne sie mit dem Blick den Worten ihres Stoßgebetes folgen.

»Da war sie nicht. Sie war am Fluss zum Waschen, doch sie hat den Korb am Fluss zurückgelassen. Wo kann sie hin sein?«

Danke, lieber Gott, dachte Jola und blickte dem Hauptmann direkt in die Augen. Kleine, rot geäderte Augen, nahezu wimpernlos. Was sollte sie sagen? Dieses Schwein würde sie totschlagen, wenn sie keine zufriedenstellende Antwort gab. Dennoch schüttelte sie den Kopf.

»So, du willst also nicht reden?«, brüllte er und riss unvermittelt ihren Kittel in die Höhe, zerrte am Stoff, bis ihre Scham freilag.

Entsetzen breitete sich in Jola aus, verteilte sich siedend heiß in jede Faser ihres Körpers. Schreiend versuchte sie, ihn von sich zu schieben, die Hände zu heben, um ihm die Finger in die Augen zu stechen. Aber der Hauptmann erhöhte erneut den Druck auf ihren Hals und drängte überdies auch noch seinen Unterleib gegen ihren. »Nein, bitte nicht, ich weiß es wirklich nicht. Wir sehen uns doch so gut wie nie, ich weiß es nicht«, schluchzte sie auf und presste die Oberschenkel zusammen.

Der Hauptmann lachte auf und ließ so abrupt von ihr ab, dass sie vornüberkippte und ins Stroh fiel. »Du hässliches, dreckiges Weib, was hast du gedacht? Dass ich dich anrühre? Ihr Weiber seid alle gleich. Aber keine Sorge, ich habe genug Männer, die das gern übernehmen. Wir werden jetzt deine Schwester weiter suchen, und wenn wir sie nicht finden, komme ich wieder. Zu dir. Und dann komme ich nicht allein.«

Irgendetwas stimmte nicht.

Julien zügelte sein Pferd. Lauschte und hörte nichts. Eine seltsame Stille lag über dem Dorf. Nirgends sah er Frauen, die in ihren Gärten arbeiteten, nirgends waren Kinder, die heransprangen, um neugierig hinter seinem Pferd herzulaufen. Erst jetzt bemerkte er, dass auch auf den Feldern nicht ein Bauer seiner Arbeit nachging.

Wenige Hufschläge später erreichte er die Kirche, vor der sich alle Bewohner des Dorfes versammelt hatten. Schweigend machten sie ihm Platz, ohne ihn auch nur mit einem Kopfnicken zu grüßen, und musterten ihn, als er absaß und auf die Pfarrei zusteuerte. Die Tür stand, wie auch das Portal der Kirche, offen.

Für einen Moment blieb Julien stehen und spähte in das Halbdunkel des Hauses hinein. Er hörte den Treibstecken, bevor er den Bauern Mathis sah, der ihn wortlos hereinwinkte.

Der Pfarrer hockte in der Küche auf einem Schemel und war kreidebleich. Eine der Frauen des Dorfes tupfte mit einem nassen Lappen über seinen Mund, dessen Unterlippe geschwollen war. Sie sah kurz auf, lächelte flüchtig und entblößte mehrere Zahnlücken.

»Was ist hier los?«

»Der Baron war heute …«, setzte der Bauer an, brach ab und schüttelte den Kopf. »Ich muss anders anfangen. Eine der Küchenmägde wurde heute tot auf der Wiese hinter der Pfarrei gefunden. Der Baron erschien und wollte den Leichnam abholen, um ihn zum Schloss zu überführen.«

»Noch eine Tote.« Julien spürte, dass ihn Erbitterung packte, die in ein brennendes Schuldgefühl überging.

Mathis nickte. »Es kam zum Streit zwischen dem Pfarrer

und dem Baron, der davon ausgeht, dass Catheline«, er holte kurz Luft, »dass die Haushälterin von Pfarrer Jeunet sie umgebracht hat.«

Julien verzog das Gesicht. »Die Haushälterin? Er verdächtigt die Haushälterin?«

Der Pfarrer seufzte, nahm der Frau den Lappen aus der Hand und presste ihn gegen seine Lippe. »Es hat Streit gegeben zwischen der Magd und Catheline«, nuschelte er durch den Stoff, »und ein fürchterliches Handgemenge. Nun glaubt der Baron, Catheline sei die Täterin. Ich war anderer Ansicht und verließ die Kapelle, und der Baron folgte mir in die Kirche.« Kurz stöhnte der Alte auf, schloss die Augen und fuhr dann fort. »Er war außer sich, zitterte vor Streitsucht und redete wirres Zeug, dass ich das Böse sei. Irgendwann packte und würgte er mich. Obwohl ich mich nicht wehrte, schlug er, als er von meinem Hals ließ, auf mich ein. Dann zerrte er mich zur Kirche hinaus. Ich vermute, er wollte mich mitnehmen.«

»Er hat Euch in der Kirche angegriffen? Ihr wollt sagen, dass sich der Baron auf geweihtem Boden an einem tonsurierten Geistlichen vergriffen hat?«

Nun nickten sie zu dritt. »Das Gebrüll war auch vor der Kirche noch zu hören«, fügte die Frau hinzu, und die Zahnlücken in ihrem Mund wurden wieder sichtbar, als die Wut ihr Gesicht verzerrte.

Julien ließ sich auf die Küchenbank fallen. Die Möglichkeiten, die sich ihm eröffneten, waren so überwältigend, dass er nicht wusste, wo er mit dem Denken ansetzen sollte. »Das ist gut, das ist sehr gut«, murmelte er.

»Was ist daran gut?«, fragte die Frau erbost.

Ein Lächeln huschte über Juliens Gesicht. »Ja, es muss befremdlich wirken, aber nun haben wir noch einen weiteren Ansatzpunkt, gegen Amédé de Troyenne vorzugehen. Ich nehme an, er hat sich hier und heute sein eigenes Grab geschaufelt.«

Jetzt fügten sich seine Gedanken, griffen ineinander wie die Glieder einer Kette und ergaben ein Ganzes: Der Baron hatte einen Geistlichen angegriffen. In der Kirche. Vor Zeugen. Damit wurde alles so einfach. Der Bischof und ich, wir werden ihm eine entscheidende Anklage verheimlichen: die Morde. Erst im Prozess werden wir ihn damit konfrontieren. Bis dahin wiegen wir den Baron in Sicherheit und lassen ihn glauben, dass er sich bei diesem Prozess nur für die Teufelsbeschwörung, die Verletzung der Kirchenimmunität und den Angriff auf einen Geistlichen verantworten muss. Taten, bei denen der Baron davon ausgehen kann, sich mit einer Ablasszahlung freikaufen zu können. Und den Vorwurf der Teufelsbeschwörung wird er sicherlich leugnen.

Ja, es würde funktionieren.

Julien sprang auf, und ein Glücksgefühl rollte durch seinen Leib, denn er hatte das erste Mal in dieser grässlichen Angelegenheit einen Plan. Einen Plan, der Hand und Fuß hatte und in Gänze den Ansätzen des Bischofs folgte.

In den Wäldern bei Saint Mourelles

Auf dem Moos hatte Catheline als Unterlage Avels Decke ausgebreitet, auf die sie nun ihre eigene legte. Dann zog sie den Umhang aus der Tasche. In ihn eingehüllt, würde sie die Nächte, die nur noch mäßig frisch waren, sicherlich gut überstehen. Noch nie hatte sie im Freien geschlafen, und der Gedanke an eine Nacht, sicherlich sogar mehrere in einer offenen Höhle, wurde ihr zunehmend unheimlicher. Für einen

Moment sah sie Nana und die anderen Kinder vor sich. Wie diese kleinen Menschen es nur schaffen, im Freien zu überleben, sich in der Wildnis sogar sicherer zu fühlen als in einer Hütte mit Tür und verschließbaren Läden?, fragte Catheline sich und schüttelte den Kopf.

Dann ergriff sie den Wasserkrug und löste den Verschluss, ein rundes Stück Holz, das Mathis geschnitzt und eingepasst hatte, während er mit Vater Jeunet über Gott und die Welt geplaudert hatte. Lachend hatte er damals die beiden anderen Wasserkrüge auf dem Wandbrett angeschaut und ihr versprochen, jedem sein eigenes Deckelchen zu machen.

Die Bilder aus einer längst vergangenen Zeit wärmten sie. Das Gefühl noch genießend, schob sie neben dem Nachtlager das Moos beiseite, um eine ebene Stelle zu schaffen, auf der sie den Krug abstellen konnte.

Sie stutzte. Tastete noch einmal über das beiseitegeschobene Moos und zog eine kleine Holzfigur hervor. Eine geschnitzte Frau mit angedeutetem Gesicht, nahezu meisterhaft mit Schachtelhalmen glatt geschliffen.

»Avel«, flüsterte Catheline in die Höhle hinein, während sie die Hand um das weiche Holz schloss. »Ich werde deiner Mutter diese Figur geben, ja?« Sie legte sich auf die Decken, schob ihr Gesicht in den Umhang und tröstete sich mit dem Gedanken, dass Avel bei ihr war. Dass Gott ihn auserwählt und geschickt hatte, seine Fantasie zu nutzen und seine handwerklich geschickten Hände schützend über sie zu halten.

Ein Knacken ließ sie aufhorchen. Schritte vor der Höhle.

Es kann nur Mathis sein, versuchte sie sich zu beruhigen und ihrem schneller gewordenen Herzschlag zu trotzen.

»Ich bin's, erschrick nicht.«

Er war es. Er war hier. Catheline zog die Beine an, schlang die Arme darum und sah zu Mathis auf. Das Licht fiel durch den Deckenspalt direkt auf sein Gesicht und betonte die vertrauten Züge.

»Was soll das?«, fragte er und klang besorgt. Seine Hand machte eine unbestimmte Bewegung durch die Höhle. »Hier kannst du nicht bleiben.«

»Was soll ich denn sonst machen? Du warst dabei, als der Baron mir gedroht hat. Glaubst du, da stelle ich mich noch seiner Gerichtsbarkeit? Lieber laufe ich weg und fange woanders neu an.« Müde rieb Catheline sich über die Stirn. »Glaubst du denn, dass ich es war?«

Er schüttelte den Kopf.

»Glaubst du, dass es der Baron war?«, fragte sie weiter.

»Nein, das glaube ich auch nicht«, sagte Mathis zögernd. Dann legte er den Treibstecken auf den Boden und setzte sich zu ihr auf die Decke. Er streckte mit beiden Händen sein kaputtes Bein aus und lehnte sich an die Felswand. Sein rechtes Bein winkelte er seitlich an, wobei sein Knie Cathelines Oberschenkel berührte. Sie konnte den Blick nicht von seinem Knie nehmen und musste den verloren gegangenen Faden des Gespräches mühselig suchen, um ihn wieder aufzunehmen.

»Aber sein Verhalten heute in der Kirche und auf dem Kirchhof war furchtbar, das ist wahr. In der Kapelle äußerte Pfarrer Jeunet zuvor den Gedanken, dass alle Opfer etwas gemeinsam hätten.«

»Was?«, unterbrach ihn Catheline aufgeregt und beugte sich vor.

»Sie waren sich irgendwie ähnlich. Schmal. Blass. Knochig. Dunkle Haare und Augen, so etwas in der Art.«

In Gedanken ging Catheline die Gesichter durch. Rachel. Babette. Raymond. Selbst auf Gabin traf die Beschreibung zu. »Was ist mit Grete? Sie hatte graue Locken«, überlegte sie laut.

»Ja, aber sonst trifft die Beschreibung zu, sie war«, er zögerte kurz, »sie war auch schmal, fast hager. Eher männlich.«

Catheline begriff. »Du meinst, anders als Ania? Nicht so fraulich?«, fragte sie und umschlang die Beine fester, zog sie näher an ihren Leib heran, weg von Mathis' Knie.

»Ja, das war es, was Pfarrer Jeunet auffiel. Dass sie anders war. Und der Baron, der erschienen war, um Ania zur Aufbahrung zum Schloss zu bringen, wollte von alledem nichts hören.«

»Wie passt Avel ins Bild?«

Ein Schulterzucken folgte. »Ich weiß es nicht, ich denke wirklich, dass sein Sturz ein Unglücksfall war, dass er es selbst getan hat. Er hatte als Einziger keine Würgemale am Hals.«

Catheline nickte und lockerte ihren Griff, bis ihr Oberschenkel wieder Mathis' Knie berührte. Er hob den Zeigefinger und strich über den Stoff ihres Kittels, so sanft, dass sie nicht mit Bestimmtheit sagen konnte, ob sie die Berührung spürte oder nur spüren wollte.

»Auch wenn wir momentan oft anderer Meinung sind, das mit Ania, es tut mir leid. So unendlich leid, ich wollte dir nicht …«, flüsterte er hilflos.

»Ich weiß«, unterbrach Catheline ihn. Aber deshalb schmerzt es nicht weniger, ergänzte sie in Gedanken.

»Ich war betrunken.« Mathis hob die Hand und strich über Cathelines Arm.

Einen Augenblick beobachtete sie die Bewegung, dann schob sie seine Hand beiseite. »Du warst betrunken! Ist das jetzt die Entschuldigung? Stehe doch zu deinem Fehler, egal, ob du was getrunken hattest oder nicht.«

»Sicher habe ich einen Fehler gemacht, aber auch sie hat … «

Catheline fiel ihm ins Wort: »Wir reden jetzt über dich und nicht über sie.«

»Warum sollte ich eigentlich herkommen?«, fragte Mathis kühl und richtete sich auf.

Entsetzt sah Catheline ihn an. Erwartete er, dass sie einfach so zur Tagesordnung überging? Anfänglich war das Gespräch gut verlaufen, und kaum dass sie auf sich selbst zu sprechen kamen und das Thema unbequem wurde, war das dünne Eis gebrochen. »Das ist eine gute Frage, ich weiß es selbst nicht mehr«, entgegnete sie wütend und langte neben ihr Nachtlager in das Moos. »Hier, diese Figur hat Avel geschnitzt. Es ist Blanche, nimm sie mit und gib sie ihr. Dann war dein Besuch wenigstens nicht komplett sinnlos.«

Nantes, Baustelle der Kathedrale

Ich weiß nicht, ob das der richtige Ort ist, über diese Themen zu reden«, sagte Bischof du Clergue. Zu seiner Linken arbeitete ein Steinmetz konzentriert daran, eine Heiligenfigur aus einem Steinquader zu schlagen. Rechter Hand stand der Baumeister, umringt von mehreren Männern, und erläuterte, wobei er auf einen Bauplan zeigte, dass die Spitzbögen die Lasten der Gewölbe ableiteten.

Herzog Johann wedelte mit der Hand in der Luft, als wolle er den Unwillen des Bischofs lästigen Fliegen gleich vertreiben. »Es gibt keinen richtigen und keinen falschen Ort für solche Gespräche, zudem ist es momentan schwer, Eurer habhaft zu werden.« Er fasste den Bischof am Arm und führte ihn ins Seitenschiff, hinter einen Strebepfeiler.

Julien folgte den beiden, blieb aber wenige Schritte entfernt stehen, darum bemüht, möglichst unbeteiligt zu wirken, ganz so, als sei er vom Fortschritt der Bauarbeiten vollends eingenommen. Er hob den Kopf. Das Gewölbe. Auch wenn er es schon unzählige Male betrachtet hatte, ergriff ihn der Anblick immer wieder. Der Bischof hatte beim letzten Besuch der Baustelle ausdrücklich darauf verwiesen, dass statt auf den häufig verwendeten Granit auf einen weißen, leichteren Stein zurückgegriffen wurde. Dieser ermöglichte es, das Gewölbe höher zu bauen als das der Kathedrale Notre-Dame de Paris. Julien schüttelte den Kopf. Höher, weiter, heller. Selbst hier, auf geweihtem Boden galt inzwischen das Prinzip der Maßlosigkeit.

»Wir haben die Voruntersuchungen abgeschlossen«, hörte er den Bischof sagen. »Mit dem Angriff auf den Pfarrer von Saint Mourelles hat uns der Baron einen wunderbaren Aufhänger für die Anklage in die Hände gespielt.« Verärgert blickte der Bischof an seiner schwarz glänzenden Seidensoutane hinunter, die er bei warmem Wetter zu tragen pflegte und deren Saum vom Baustaub ergraut war. »Er hat den Bogen schlichtweg überspannt. Die Bevölkerung ist empört. Nicht nur in Saint Mourelles, selbst in Nantes spricht man davon, dass sich der Baron an einem Geistlichen vergriffen hat.«

Der Herzog nickte eifrig, wobei die Speckfalten unterhalb seines Kinns in Schwingungen gerieten und heftig hin und her wogten. »Ich weiß, und ich habe das Gefühl, er weiß das auch. Er hat mich nach dem Erhalt Eurer Klageschrift aufgesucht. Stellt Euch vor, Baron de Troyenne ist bei mir erschienen.«

Neugierig hob Julien den Kopf und trat näher, um der gedämpften Stimme des Herzogs besser folgen zu können.

Auch der Bischof schien seine angestaubte Soutane vergessen zu haben. »Er hat noch nicht auf die Klageschrift reagiert«, stellte er fest. »Aber es ist gut zu wissen, dass er sie zur Kenntnis genommen hat.«

»Baron de Troyenne bat mich um meine Unterstützung, wenn er sich vor Gericht für den Angriff auf den Geistlichen verantworten muss. Er meinte, herzöglicher Beistand wäre sicherlich angeraten. Ich habe das natürlich zugesichert.« Der Herzog rieb sich die Hände, die heute in cremefarbenen Handschuhen steckten. »Er versprach, sich erkenntlich zu zeigen, schließlich hätte er noch das eine oder andere Anwesen zu vergeben.«

Der Bischof verschränkte die Arme hinter dem Rücken und beobachtete den Steinmetz, der behutsam mit einem birnenförmigen Hammer den Meißel schlug und den Faltenwurf eines Umhangs schuf. Zufriedenheit zeichnete sich auf beiden Gesichtern ab, auf dem des Bischofs und dem des Steinmetz'.

»Aber«, der Herzog hob den Zeigefinger in die Luft, »ich will, bevor wir in diesen Prozess gehen, eine Einwilligung des Königs, dass wir dem Baron ans Leder dürfen.«

Der Kopf des Bischofs fuhr ruckartig herum. »Was wollt Ihr?«

Unbeeindruckt fuhr der Herzog fort. »König Karl wird vernommen haben, dass ich der Praguerie nicht ablehnend gegenüberstand.«

»Was hat das eine mit dem anderen zu tun?«, fragte der Bischof unwirsch.

»Wir müssen sichergehen, dass sich der König nicht schützend vor Baron de Troyenne stellt. Gut, der Baron ist inzwischen so gut wie mittellos, insofern ist er dem König nicht mehr sonderlich nützlich. Aber was machen wir, wenn sich der König an meiner Haltung ihm gegenüber stößt und versucht, mir zuwiderzuspielen?«

Der Bischof grunzte, ein Geräusch, das Julien noch nie bei ihm vernommen hatte und das er als Zustimmung wertete. Der Herzog schien tatsächlich einen Zusammenhang herzustellen, der dem Bischof nicht abwegig erschien.

»Und ich weiß auch schon, wie wir das machen.« Zufrieden

rieb sich der Herzog das Kinn. »Wahrscheinlich habe ich im Laufe der Jahre viel bei Euch gelernt«, griente er.

Der Bischof schien nicht willens zu sein, auf diesen Ablenkungsversuch einzugehen. »Wie wollt Ihr den König davon überzeugen, sich herauszuhalten?«

»An diesem Punkt kommt mein Bruder ins Spiel.« Der Herzog lachte, als er bemerkte, wie sich die Miene des Bischofs aufhellte. »Arthur ist ja nicht umsonst der Connétable von Frankreich, und so viel ich weiß, sind die beiden derzeit in der Auvergne. Vor den Aufständischen sind dort die Stadttore geschlossen worden, und ich denke, die Stimmung beim König wird ausgelassen bis großartig sein. Er hat einmal mehr einen Erfolg zu verzeichnen, und so wie es aussieht, wird es ihm gelingen, den Aufstand einzudämmen. Ich werde mich darum kümmern, dass mein Bruder, der gute Arthur, der sicherlich derzeit auch in Hochstimmung sein dürfte, dafür sorgt, dass Baron de Troyenne beim König in Ungnade fällt.«

Der Bischof lehnte sich gegen den Strebepfeiler. Julien beobachtete, wie sich Staub löste und auf die Schulterpartie der Seidensoutane rieselte. Beiläufig wischte der Bischof mit der Hand darüber. »Wahrhaftig, Ihr entwickelt ein Gespür für solche Angelegenheiten. Aber wie wollt Ihr Euren Bruder davon überzeugen, sich für unsere Belange einzusetzen?«

»Arthur und ich haben so einige Rechnungen offen, aber in erster Linie vertraue ich darauf, dass seine allseits bekannte Abscheu vor Hexenmeistern ausreichend ist. Und um sicherzugehen, werde ich mich bereit erklären, zwei der Ländereien des Barons, die mir bei der Verurteilung zufallen, an ihn abzutreten. Das wird Arthur überzeugen, da bin ich sicher. Und wenn mein Bruder will, kann er seine Meinung nicht nur wortreich, sondern auch überzeugend darlegen.«

Gemüse und Fleisch, sicherlich zartes Huhn. Thymian und Majoran als Gewürz. Mathis folgte Blanche in die Küche der Pfarrei und genoss die anheimelnden Gerüche, die in der Luft hingen. Er sank auf die Bank, lehnte sich kurz zurück, schloss die Augen und lauschte nun den Geräuschen, die Blanche beim Kochen machte. Zischendes Öl, dann ein hölzerner Löffel, der durch den Kessel schabte.

»Der Magister aus Nantes ist da. Der Pfarrer und er sitzen in der Studierstube zusammen«, sagte Blanche, und Mathis öffnete wieder seine Augen. »Morgen will der Magister damit beginnen, die Aussagen aufzunehmen.«

»Ob da jemand erscheinen wird?«

Den Arm in die Seite gestemmt, drehte sich Blanche zu ihm um und sah ihn streng an. »Du scheinst einer der wenigen zu sein, die noch zweifeln. Dabei bist du doch immer derjenige im Dorf, der weitsichtig und schlau ist. Die Nähe zum Baron bekommt dir nicht, mein Lieber, lass dir das gesagt sein.«

»Vielleicht bin ich auch einer der wenigen, die sich nicht auf vorschnelle Urteile einlassen«, erwiderte Mathis gereizt.

»Die Spange, die Teufelsbeschwörung und diese Sache mit den Hufspuren«, zählte Blanche auf, wobei sie zu jeder Nennung jeweils einen Finger in die Luft reckte. »Ich glaube nicht, dass es sich dabei um vorschnelle Urteile handelt.«

»Was ist mit den Hufspuren?«

»Hat es Catheline dir nicht erzählt? Oder Marie? Vielleicht auch Yann?«

Mathis schüttelte den Kopf und kam sich mit einem Mal seltsam ausgeschlossen vor.

»Yann war letzthin am Schloss. Niemand hat dort Pferde verkauft. Und du erinnerst dich doch an die Hufspuren bei Gabins

Leiche, die Yann eindeutig erkannt hat. Die Pferde stammten vom Schloss, und niemand wird behaupten können, dass dies nicht der Fall ist.« Zufrieden wandte sich Blanche wieder dem Kessel zu und warf in Würfel geschnittenes Fleisch hinein.

Was ist, wenn ich wirklich falschliege? Wenn ich mich blenden lasse, weil ich mich geschmeichelt fühle? Unruhig richtete sich Mathis auf und drängte den Gedanken beiseite. Er öffnete seine Umhängetasche und nahm die Holzfigur heraus, die Catheline ihm in die Hand gedrückt hatte. Deshalb war er schließlich hier.

»Das soll ich dir geben, Blanche. Catheline hat sie in der Höhle gefunden. Sie meinte, das hat Avel geschnitzt. Das bist wohl du.«

Erschrocken sah Blanche auf und warf den Löffel in eine geböttcherte Schale auf dem Tisch. Mit der Geschwindigkeit eines Greifvogels, der seine Beute packt, riss sie Mathis die Figur aus der Hand. Ihre Finger strichen über das weiche Holz, und ihr Mund formte lautlose Worte. Sie taumelte einige Schritte rückwärts, dann zerrte sie den Vorhang beiseite und setzte sich auf Cathelines Lager. Mit gebeugtem Rücken schaukelte sie vor und zurück. Von einem Weinkrampf geschüttelt, der nahezu so tonlos war wie ihre Worte zuvor.

Mathis, der nicht wusste, was er tun sollte, reichte ihr ein herumliegendes Leintuch, ergriff den Löffel, trat an den Kessel und fuhr fort, das Fleisch umzurühren.

Julien gähnte und schob das vor ihm liegende Papier, das für den Bischof eigens aus Nürnberg geliefert wurde, zu einem Stapel zusammen und stellte dann das Fässchen mit der Dornentinte von der rechten auf die linke Seite des Tisches.

Leider hatte der Schreiber des weltlichen Gerichts ihn nicht nach Saint Mourelles begleiten können und nur darauf verwiesen, dass er die Aussagen auch noch zu einem späteren Zeitpunkt aufnehmen könne, wenn sie denn erst einmal vor ihm, Julien Lacante, gemacht worden waren. Es war also doppelt wichtig, diese Aussagen zu erhalten. So präzise und zahlreiche Aussagen wie möglich. Erneut zog er den Ring vom Finger, stellte ihn auf die Tischplatte, gab ihm einen Schubs und sah zu, wie er sich drehte, bis er ins Schwanken geriet und leise klirrend umfiel. Ob es besser war, die Beteiligten aufzusuchen? Vielleicht würde es einfacher sein, die Zeugen in ihrem vertrauten Umfeld zum Reden zu bringen? Seine Augen brannten vor Müdigkeit, selbst der Alte war nicht zugegen, hatte sich zum Gebet in die Kirche zurückgezogen.

Er schnaufte und sah unwirsch zur Tür, als die nahezu zahnlose Frau eintrat, die anscheinend die Aufgaben der verschwundenen Haushälterin übernommen hatte.

»Entschuldigt, Magister Lacante, wenn ich störe. Darf ich mit Euch sprechen?«

Irritiert setzte Julien sich aufrecht und schob den Ring wieder auf seinen Finger. Er hatte mit Schmalzbroten, aber nicht mit der Bitte um ein Gespräch gerechnet.

»Ich würde gern eine Aussage machen.«

Sofort ergriff Julien die Feder, zog ein Blatt Papier vom Stapel. Die Frau faltete die Hände und sah ihn abwartend an. Julien wies hastig auf den Schemel, der vor dem Tisch stand.

»Mein Name ist Blanche Boudet«, sagte sie, während sie sich setzte und auf seine Feder zeigte, als wolle sie ihn auffordern, mitzuschreiben. »Ich habe ihn gesehen, im Wald. Das wollt Ihr doch hören, oder?«

Julien spürte einen Knoten im Hals und räusperte sich. »Wen

habt Ihr gesehen?« Er musterte die Frau gründlich, doch ihr Blick hielt seinem stand, blieb offen und ernsthaft.

»Den Baron. Im Wald, er war im Gespräch mit Rachel Authié, dem Mädchen, das immer noch vermisst wird. Die Tochter des Bauern Martin Authié und dessen Frau Ysa.«

Die Feder zitterte ein wenig, als Julien sie auf das Papier setzte und den Namen der Frau, die ihn so geradeheraus anschaute, vermerkte. »Blanche Boudet«, sagte er und fuhr sich mit der Zunge über die trockenen Lippen, »Ihr werdet Eure Aussage auch vor Gericht so wiederholen, wie Ihr sie jetzt bei mir macht?«

»Ja, das werde ich.«

»Hat noch jemand diese Begegnung zwischen dem Baron und dem Mädchen gesehen?« Juliens Herz schlug bis zum Hals.

Aber die Frau schüttelte den Kopf.

Enttäuscht notierte er, dass die Zeugin die Beobachtung allein gemacht hatte.

»Wann habt Ihr den Baron mit dem Mädchen gesehen?«

Den Kopf schräg gelegt, sog die Frau die Lippe durch die Lücke zwischen ihren Zähnen. Sie runzelte die Stirn. »Das muss am Tag ihres Verschwindens gewesen sein.«

»Warum wisst Ihr das noch so genau?«

»Ysa, die Mutter des Mädchens, hatte wenige Tage zuvor entbunden. Ich wunderte mich, dass das Kind nicht zu Hause bei seiner Mutter war, um ihr zur Hand zu gehen. Aber ich habe mir nicht viel dabei gedacht. Zu diesem Zeitpunkt gingen wir ja noch davon aus, den besten aller Lehnsherren zu haben. Es war nicht ungewöhnlich, dass er das Gespräch mit dem gemeinen Volk, auch mit Kindern suchte. Und kurz darauf, also kurz nach der Geburt des kleinen Bruders Luc, war das Mädchen weg. Vom Erdboden verschwunden.«

»War der Baron allein oder in Begleitung unterwegs?«

Ein Schatten huschte über das Gesicht der Frau, eine Braue hob sich. Sie schwieg und musterte die Tischplatte. Erst jetzt fiel Julien auf, dass sie eine kleine Figur, ein schmales Holzding, umklammert hielt, das sie nun in die andere Hand wechselte.

»War der Baron allein oder in Begleitung unterwegs?«, wiederholte Julien seine Frage.

»Ich muss überlegen«, sagte sie langsam und wirkte abwesend, fast so, als würde sie die Bilder der Erinnerung in ihrem Kopf noch einmal durchgehen. Dann schien sie die Antwort entdeckt zu haben und nickte. »Ich bin der Meinung, dass ein wenig abseits der Hauptmann stand. Hoch zu Pferde meine ich natürlich.«

Die Tür wurde geöffnet, und der Pfarrer schob den Kopf durch den schmalen Spalt. »Oh, Blanche«, sagte er erfreut und kam herein, in seinen Händen einen versiegelten Brief.

»Ich mache eine Aussage, Vater Jeunet«, sagte die Frau, und der alte Mann zuckte zusammen.

»Oh, meine Liebe, ich wollte nicht stören, aber ein Bote von Bischof du Clergue brachte dieses Schreiben für Magister Lacante. Es ist dringend, nehme ich an.«

Auf seinen Gehstock gestützt, blieb der Pfarrer vor dem Tisch stehen, und auch die Frau beugte sich vor, um zu beobachten, wie er das Siegel brach. Julien spürte, dass seine Hände beim Lesen feucht wurden. Er ließ den Brief sinken. »Amédé de Troyenne wurde vor gut einer Woche die Anklage der Kirche zugestellt. Jetzt hat er geantwortet, dass er in Person vor dem Herrn Bischof von Nantes und jedem anderen kirchlichen Richter, auch dem Inquisitor, erscheinen wird, um sich von den ihm gegenüber gemachten Vorwürfen reinzuwaschen. Er erkennt die Zuständigkeit des Bischofs und von Pater Blouyn, dem Vertreter des Inquisitors, für diesen Prozess an.«

»Das heißt, dass es jetzt losgeht?«, fragte die Frau aufgeregt.

Der Alte legte die Hand auf ihre Schulter, als wolle er sich festhalten. »Ja, Blanche, damit ist es bestätigt: Der Prozess ist ein Inquisitionsprozess, und ich nehme an, dass der Baron nicht ahnt, worauf er sich da einlässt.«

Das ist auch so gewollt, dachte Julien zufrieden und faltete das Anschreiben des Bischofs sorgfältig zusammen. Ein Klopfen riss ihn aus seinen Gedanken.

Eine dicke Frau, einen Säugling vor den Leib gebunden, trat in Begleitung eines schlaksigen Mannes mit beeindruckenden Augenbrauen ein. Der zog seinen Strohhut vom Kopf und verneigte sich. »Magister, mein Name ist Martin Authié, ich bin Bauer in diesem Dorf, und das ist meine Frau Ysa. Wir möchten eine Aussage machen.«

In den Wäldern bei Saint Mourelles

»Blanche hat mich geschickt, dir das zu bringen«, sagte Mathis und öffnete seine Tasche. Immer noch ärgerte er sich, dass er es wieder einmal nicht geschafft hatte, Blanche einen Wunsch abzuschlagen. Nun stand er hier im Halbdunkel und hatte das Gefühl, sein Erscheinen rechtfertigen zu müssen. Eben genau der Mensch zu sein, den Catheline am wenigsten sehen wollte.

»Vielleicht hätte ich dir ein Zündeisen mitbringen sollen«, sagte er, weil er das Schweigen nicht ertrug, »dann könntest du dich wärmen. In den Nächten und frühen Morgenstunden ist es ja manchmal noch recht frisch.«

»Der Rauch würde oben durch den Spalt im Fels entweichen, und es wäre weithin erkennbar, wo ich bin«, sagte sie.

Sie hat recht. Was für ein dümmlicher Gedanke, dachte Mathis und griff, um sich nicht länger darüber zu ärgern als nötig, in seine Tasche. Brot, Schweineschmalz und Honig. Sogar eines der Messer aus der Küche der Pfarrei hatte Blanche in ein Tuch eingeschlagen und eingepackt. Mathis zögerte kurz und zog es dann doch heraus, legte es auf die wollene Decke. Aus den Augenwinkeln musterte er Catheline, die auf der Decke hockte und sich nicht bewegte. Sie trug keine Haube, und ihr Haar, das sie anscheinend versucht hatte zu waschen, hing ihr strähnig ins Gesicht. Doch sie hatte nur Teile des Schmutzes entfernt. Zurückgeblieben waren verschmierte dunkle Bahnen auf ihren Wangen, und niemand war da gewesen, der ihr hätte sagen können, dass sie zum Fürchten aussah.

Es ist deine Schuld, dass sie sich einsam an diesem Ort zur Gefangenen macht, durchfuhr es ihn. Es ist deine Schuld, dass es ihr so elend geht. Hättest du dich nicht auf Ania eingelassen, wäre Catheline nie auf sie losgegangen. Und dann wäre auch der Baron nie auf die Idee gekommen, sie für die Täterin zu halten.

»Willst du ein Brot?«, fragte er beklommen.

Sie nickte.

Er brach den Kanten ab und öffnete den Honig. Honig, das ist gut, den mag sie, dachte er und strich das Brot dick damit ein. »Blanche hat eine Zeugenaussage gemacht«, sagte er und war erleichtert, als sie nach dem Brot griff. Sich ein Stück vorbeugte. Ihn fragend ansah. »Ja, sie hat den Baron gesehen, mit Rachel. Es kommt mir ein wenig seltsam vor, dass sie das jetzt erst erwähnt, aber sie meint, sie hätte es vergessen …«

»Hast du dir mal überlegt, was diese Frau durchgemacht hat? Sie hatte andere Dinge im Kopf! Sie hat ihre Kraft gebraucht, um Avel nicht hinterherzuspringen. Warum zweifelst du ihre Aussage an?«

Mathis leckte sich einen Tropfen Honig vom Finger. Ich bin nicht hier, um mich zu streiten, versuchte er den aufsteigenden Zorn zu unterdrücken. »Dann habe ich mich unglücklich ausgedrückt. Du hast recht. Was ich dir sagen wollte, ist, dass ihre Aussage anscheinend den Stein ins Rollen gebracht hat«, fuhr er fort und hoffte, dass Catheline sich damit zufriedengeben würde. »Denn jetzt machen die anderen ebenfalls ihre Aussagen. Dass Raymond eine Lieferung zum Schloss brachte, die Anzahl der Hufnägel, die silberne Spange, nichts wird ausgelassen.«

Erleichtert seufzte Catheline auf, schob sich den letzten Bissen Brot in den Mund und begann, mit dem Daumennagel sandige Klümpchen aus ihrem Kittel zu kratzen. »Möchtest du einen Schluck Wasser?«, fragte sie, nahm den Krug und reichte ihn hinüber.

»Ich möchte nicht deine spärlichen Vorräte vergeuden«, sagte er, doch sie winkte ab.

»Trink nur, zum Bach ist es nicht weit. Wenn ich von allem so viel hätte, wie ich hier Wasser habe …« Sie grinste, ein wenig schief noch, aber sie grinste. Dann wurde ihr Blick wieder ernst. »Es wird eng für den Baron, nicht wahr?«

»Magister Lacante scheint mir mit den Aussagen nur mäßig zufrieden. Aber er machte vage Andeutungen, dass man den Baron aufgrund verschiedener Vorwürfe in jedem Fall der Häresie schuldig sprechen können wird. Nur mit einer Pilgerfahrt als Strafmaß werden ihn wohl weder der Bischof noch der Inquisitor entkommen lassen. Ich habe den Eindruck, dass dieser Bischofswicht davon ausgeht, dass der Baron mit den Morden in Zusammenhang steht. Er scheint ihn schon auf dem Scheiterhaufen zu sehen.«

»Sprich nicht so über den Magister. Sag mir lieber, wie geht es dir dabei? Was denkst du?«

Die einsetzende Dämmerung tauchte die Höhle zunehmend in Dunkelheit. Cathelines Gesicht lag im Schatten, und Mathis konnte ihren Blick nicht mehr ausmachen. Er nahm den Wasserkrug und drehte ihn in seinen Händen. »Ich weiß es nicht«, sagte er, »ich weiß wirklich nicht mehr, was ich denken soll.«

»Es tut gut, Besuch zu haben«, sagte Catheline unvermittelt, während sie auf ihre Finger sah, »ich hoffe, du bist mir nicht mehr böse, weil ich bei deinem letzten Besuch so schroff war. Aber mir ist alles zu viel, ich weiß manchmal nicht mehr, was mir zuerst das Herz zerreißt. Dein Verlust, Avels Sprung vom Felsen. Ich vermisse Raymond und Rachel, selbst den Prahlhans Gabin, und wenn ich an Grete denke, dann muss ich ein ums andere Mal weinen. Selbst um die Menschen, die ich kaum oder gar nicht kannte, schmerzt es mich«, sagte sie kläglich, und erste Tränen zogen helle Streifen durch die dunklen Schmutzspuren auf ihren Wangen.

Mathis rückte näher und schloss Catheline in seine Arme. »Ich war es, der sich unmöglich verhalten hat. Dir böse zu sein, dazu habe ich kein Recht«, flüsterte er und küsste ihr Haar.

Schloss Troyenne

Dass die Nächte noch schlimmer werden konnten, war für Jola undenkbar gewesen. Doch nun wartete in der Kammer Abend für Abend eine weitere leere Schlafstätte, deren Anblick ihr inzwischen körperlichen Schmerz verursachte. Émelies Gesellschaft war, da das Mädchen nicht viel sprach, weder Trost noch Ablenkung. Vor Müdigkeit zitternd, lag Jola unter ihrem Schaffell und sah in die Dunkelheit, schloss erneut die Augen und wusste doch, dass sie nicht mehr einschlafen würde.

Leise erhob sie sich, tastete nach Schürze und Haube und stieg in die Küche hinab. Erstes diffuses Licht fiel durch die verwitterten Holzläden, die das Fenster nur noch notdürftig abdeckten. Schwarz zeichneten sich die Umrisse des Tisches, des Ofens und der Töpfe, die von der Decke hingen, gegen das milchige Grau des Morgens ab. Bei dem Gedanken an das kalte Wasser der Morgenwäsche bildete sich eine Gänsehaut auf Jolas Rücken. Unschlüssig stand sie herum.

Da sie vor dem ersten Hahnenschrei aufgestanden war, konnte sie sicher sein, dass es noch dauern würde, bis der Küchenmeister auftauchen und mit Arbeitsaufträgen um sich werfen würde. Es wartete noch Abwasch vom Vortag, das Feuer musste entzündet werden, das Brot ging zur Neige. Es war ja nicht so, dass sie nicht wusste, was zu tun war, aber ihre Arme schienen mit ihrem Leib verwachsen zu sein.

Ein Krachen auf dem Hof ließ sie auffahren.

Männerstimmen, dann wieder ein Krachen.

Sie stürzte zur Tür hinaus und sah, dass die Zugbrücke heruntergelassen wurde. Die Männer, die an der Winde standen, trugen Fackeln bei sich, im flackernden Lichtschein konnte Jola erkennen, dass es Fremde waren. Fremde, die ins Schloss einfielen.

Kaum war die Zugbrücke herabgelassen, ergoss sich ein nicht enden wollender Strom Berittener in den Hof, als wären sie die Reiter der Apokalypse, die vom Weltenuntergang kündeten. Einer der ersten Berittenen hielt eine Standarte in die Höhe, auf der das Wappen von Herzog Johann prangte.

Die Reiter des Herzogs hatten den Vorteil des Überraschungsangriffs auf ihrer Seite. Vom Pferd aus drängten sie die herbeilaufenden Männer der Garde des Barons zurück, die keine Zeit gefunden hatten, sich für den Kampf zu rüsten oder gar den Harnisch anzulegen.

Jola wagte es nicht, sich umzudrehen und den Fremden den Rücken zu kehren. Jeden Schritt bewusst setzend, ging sie langsam rückwärts, bis sie im schützenden Dunkel der Küche verschwand. Hastig schloss sie die Tür, schob den Tisch davor, stapelte keuchend die Töpfe und die schweren Vorratskrüge darauf. Sah sich gehetzt um. Lächerlich. Dieses Unterfangen war lächerlich, sie wusste es und konnte doch nicht damit aufhören.

Schemel und Eimer trat sie unter den Tisch, mit fliegenden Händen ergriff sie mehrere Messer und schob sie zwischen Schürze und Kittel. Geduckt schlich sie zum Fenster und öffnete die Holzlade.

Amédé de Troyenne. Die Kleider nachlässig übergeworfen, wurde er abgeführt von einem Mann, der seinem Gebaren nach sicher der Hauptmann des Herzogs war. »Amédé de Troyenne«, brüllte er in den Schlosshof hinein, obwohl der Baron nur eine Armlänge entfernt stand, »im Namen des Herzogs und des Bischofs seid Ihr wegen möglicher Fluchtgefahr festgenommen.« Dann winkte er seinen Männern zu, die sich Ameisen gleich in Bewegung setzten und in alle Richtungen verteilten.

Türen wurden aufgerissen, auf dumpfes Gebrüll erklang angstvolles Geschrei. Mehrere Männer steuerten auf die Tür zu, die in den Küchentrakt führte. Jola packte die Messer, nahm zwei in jede Hand und drückte sich an die Wand. Mit hämmerndem Herzen sah sie, wie die Tür erzitterte, als die Männer dagegenschlugen.

»Was … Jola?« Barfuß, ohne Schürze und Haube stand Émelie auf der Treppe, die zur Kammer führte. Mund und Augen aufgerissen, flog ihr Blick zwischen der verbarrikadierten Tür und den Messern in Jolas Händen hin und her.

»Verschwinde, mein Hühnchen. Versteck dich oben.«

Mit wenigen Sätzen sprang Émelie neben sie, wobei der Blick der Kleinen aus dem Fenster fiel, auf die Männer, die inzwischen dabei waren, die Tür einzutreten. Sie klammerte sich an Jola fest und begann zu schreien. Schrill und ohrenbetäubend.

»Lass mich los, verdammt, lass mich los«, brüllte Jola und spürte, dass die Angst des Mädchens auf sie übersprang. Ihre Versuche, sich aus der Umklammerung zu lösen, verstärkten Émelies Griff.

Ein Krachen ließ Jola wieder zur Tür schauen. Sie war inzwischen halb geöffnet, der Tisch drohte zu kippen, die Tontöpfe rutschten, fielen und zerbarsten auf dem Boden. Jola hob die Messer in die Luft, an ihrem rechten Arm hing schreiend Émelie.

Der erste Mann, der sich durch die zertretene Tür in die Küche zwängte, trat einen Eimer beiseite und setzte seinen Stiefel in Tonscherben, die knackend auseinanderbrachen. Er drückte den Tisch beiseite, und seine Schritte wirbelten das über den Boden verstreute Mehl auf. Als er Jola und die schreiende Émelie erblickte, begann er herzhaft zu lachen.

Sofort verstummte die Kleine.

»Leg die Messer auf den Boden und was ihr sonst noch bei euch führt, und dann verschwindet auf den Hof«, sagte er, während er sich Staub von seinen Handschuhen klopfte.

Jola nickte, bückte sich, legte die Messer auf den Boden und schob sich mit gesenktem Kopf und Émelie am Arm an dem Mann vorbei.

Vor der Tür warteten weitere Männer, die nun die Küche betraten.

Kurz sah Jola sich um. Die Durchsuchung begann.

In der Hofmitte standen schon andere Frauen und Männer des Gesindes. Die Männer der Garde, unbewaffnet, die Arme über den Kopf erhoben, wurden über die Zugbrücke vor das

Schloss geführt. Die Männer des Herzogs brüllten Befehle, viele der Frauen des Schlosses weinten, flehten um Erbarmen. Der Küchenmeister wurde über den Hof geschubst, in die Wartenden hineingestoßen, seine Hose hatte er sich vollgepisst. Es interessierte niemanden.

Émelie begann zu weinen. Die lang gezogenen Schluchzer ließen den mageren Leib erbeben.

Jola löste die Hand der Kleinen von ihrem Arm und zog das Mädchen an sich. »Mein Hühnchen, bald ist es vorbei«, flüsterte sie. Das Schluchzen verebbte, der Atem wurde gleichmäßiger, und die dürren Ärmchen erwiderten die Umarmung.

Schweigend sahen sie zu, wie drei Wagen über die Zugbrücke in den Hof hineinfuhren und beladen wurden. Kisten, Bücher, Folianten, Papiere und Papyrusrollen wanderten auf die Ladefläche.

Als die Männer tönerne Ungetüme auf die Wagen hievten, hob Émelie den Kopf. »Was ist das?«, flüsterte sie.

»Alchemieöfen.«

»Oh!«, sagte die Kleine, und Jola hatte dem nichts hinzuzufügen.

Gut Lemoine, Anjou

Sie haben ihn abgeführt wie einen räudigen Verbrecher und mich in den Hof gezerrt, zum Gesinde geschubst und währenddessen alles durchwühlt. Meine Sachen und das gesamte Schloss. Hast du eine Vorstellung, wie schrecklich das war?«, schrie Francine, wobei ihr Speichel in feinen Tröpfchen durch die Luft flog.

Bérénice trat einen Schritt zurück und wusste nicht, was sie erwidern sollte. Sie war schockiert und fürchtete sich, es zuzugeben.

»Amédé trat in den Hof und leistete keinen Widerstand, bedeutete Hauptmann Bouchet und der Garde, sich ruhig zu verhalten. Er war so würdevoll, aufrechten Ganges«, fuhr Francine fort. Ihr Blick hatte sich nach innen gekehrt, die Stimme ihre Schärfe verloren. »Er sagte, alles werde sich in Wohlgefallen auflösen. Er habe einen Streit mit dem Pfarrer aus Saint Mourelles gehabt, und es gebe keinen Grund zur Beunruhigung.« Sie ließ sich auf Bérénices Bettstatt sinken und fasste rechter Hand nach dem samtenen Vorhang, ließ ihn durch ihre Finger spielen. »Als die Männer des Herzogs das Schloss endlich verlassen hatten, mit Amédé und Bergen beschlagnahmter Gegenstände, habe ich den Wagen anspannen lassen und bin – ja, ich bin regelrecht geflohen. Nichts habe ich mitgenommen, ich wollte nur noch weg. Was ist, wenn sie wiederkommen? Wenn sie noch weitere Verhaftungen vornehmen?«

»Wie kommst du darauf? Warum sollten sie das?«, fragte Bérénice, setzte sich neben Francine und ergriff halbherzig deren andere Hand. Kalt und schlaff lag sie in ihrer.

»Sie haben die Alchemieöfen mitgenommen und den Pater gesucht. Doch der war verschwunden, wie vom Erdboden verschluckt«, sagte Francine, ohne auf ihre Fragen einzugehen, und entzog ihr die Hand. »Zudem hat der Hauptmann des Herzogs laut verkündet, dass Amédé wegen des Vorwurfs der ketzerischen Irrlehre verhaftet wird und bis zur Verkündung des Urteils in Haft bleibt. Ich bitte dich, was meinen die damit? Ketzerische Irrlehre? Was ist, wenn wir in Sippenhaft genommen werden?«

Bérénice schüttelte den Kopf, doch bevor sie etwas entgegnen konnte, sprang Francine auf. Stemmte die Arme in die Hüften, was ihr das Aussehen einer plumpen Magd verlieh.

»Woher willst du das wissen? Dein Mann ist in Haft, und dich scheint das nicht im Geringsten zu beunruhigen. Hat dir dein Bischofslakai verraten, was er vorhat? Hat er das?«

Erneut flogen Speicheltröpfchen, benetzten Bérénices Gesicht. Langsam wischte sie den Speichel weg und sah Francine unverwandt an. In ihren Gedanken schloss sich ein Kreis.

»Bischofslakai«, sagte Bérénice leise. »Diesen Begriff habe ich letzthin schon einmal gehört. Von meinem eigenen Mann, und zwar, als er mich vergewaltigen wollte.« Sie erhob sich, und Francine wich zurück. »Du hast ihm erzählt oder vielmehr ihm gegenüber behauptet, dass ich ein Verhältnis mit dem Magister habe. Du warst das!«

»Ach, willst du etwa sagen, dass du das nicht hast? Nichts tust du für Amédé, nichts. Aber ich werde aussagen, ich werde für deinen Mann aussagen. Da sitzt dieser Magister beim Pfarrer, denkt, wir sind dumm und wissen nichts davon. Und eifrig sammelt er Aussagen, die Amédé belasten sollen. Mal sehen, was er sagt, dein Lakai, wenn ich erscheine und ihm eröffne, dass Amédé sich stets in meiner Begleitung befunden hat.«

»Benutze dein Köpfchen, du solltest bei so einem Prozess keine Falschaussage machen. Ich werde sonst in eigener Person bestätigen, dass du lügst. Sicherlich warst du, nachdem ich ohne dich das Schloss verlassen habe und zum Gut zurückgereist bin, immer wieder mit Amédé zusammen, aber beileibe nicht unentwegt. Dafür wird es zu viele Zeugen geben. Und bevor sich unsere Wege trennten, warst du lange mit mir hier, im Anjou. Das weiß jeder, mache dich also nicht lächerlich.«

Die Lippen zu einem schmalen Strich zusammengepresst, reckte Francine das Kinn vor. Mit dem Schuh klopfte sie einen schnellen Takt auf den steinernen Boden. »Du willst ihn ans Messer liefern, oder? Das lasse ich nicht zu, das verspreche ich dir.«

Bérénice lächelte milde. »Schön, gut zu wissen. Und nun sage mir: Ist Hauptmann Bouchet auch verhaftet worden?«

»Nein, warum sollte er?«

»Es gibt auf Schloss Troyenne keinen Kämmerer, nichts und niemanden mehr, der noch Verantwortung übernehmen kann, weil mein Mann das Geld nur noch in seine Garde und anderen Unfug gesteckt hat. Und mir wäre es fast lieber, das Schloss wäre ohne den Hauptmann als unter seiner Fuchtel. Wir werden heute noch aufbrechen.«

Und sobald ich wieder in Troyenne bin, wirst du, lieber Julien, erscheinen und mir so einiges erklären müssen, fügte sie in Gedanken hinzu.

Schloss Troyenne

Sie war erbost, das sah Julien, kaum dass er den Saal betreten hatte. Die Arme hielt sie verschränkt und musterte ihn von Kopf bis Fuß. Es mutete merkwürdig an, Bérénice an dem Tisch anzutreffen, an dem sonst ihr Mann seine Tage vertrunken hatte. »Ihr habt nach mir schicken lassen, Frau Baronin?« Er deutete eine Verbeugung an.

»Lass das«, sagte sie streng, während sie in die eine Ecke des Saales deutete, direkt bei den Fenstern. Bevor sie ihm folgte, öffnete sie die Tür noch einmal und sah in den Gang hinaus. Kaum stand sie neben ihm, beugte sie sich vor, dicht an sein Ohr. »Was soll das alles? Das mit der Verhaftung und der Durchsuchung? Und wann hattest du vor, mir zu sagen, dass du meinen Mann anklagst?«

»Es muss sein. Der Bischof kann es vor Gott und seinem Gewissen nicht mehr verantworten, weiterhin tatenlos zuzuschauen. Und ich kann es darüber hinaus nicht mehr ertragen, dich in der Nähe eines derart gefährlichen Mannes zu wissen.«

»Was werft ihr meinem Mann vor?«

»Inzwischen gibt es eine Vielzahl von Anklagepunkten. Er ist Pfarrer Jeunet gegenüber handgreiflich geworden und hat unter anderem versucht, ihn zu erwürgen. In der Dorfkirche. Er denkt, dass er sich ausschließlich dafür verantworten muss.«

»Den Pfarrer? Den Alten aus dem Dorf soll er angegriffen haben? Das glaube ich nicht.«

»Was glaubst du nicht? Dass dein Mann, der Teufelsbeschwörungen betreibt, der sein Land versetzt und der sich unentwegt betrinkt, davor zurückscheut, sich an einem Pfarrer zu vergreifen?« Julien hatte darauf geachtet, sachlich zu klingen, so als wäre Amédé de Troyennes Prozess einer von vielen.

»Was habt ihr noch gegen ihn vorliegen?«

»Wenn du vor Gericht wiederholst, was du mir gesagt hast – dass dein Mann Alchemie und Teufelsbeschwörungen betreibt –, dann haben wir schon eine Reihe Anklagepunkte.«

»Was ist, wenn ich nicht aussage?«

Julien zuckte die schmerzenden Schultern und bemühte sich, seine aufsteigende Unruhe zu verbergen. »Wir suchen nach Pater Bertrand, der im Gewühl der Verhaftung entkommen ist. Wir werden ihn finden, und dann wird er bestätigen, was wir schon wissen.«

Eine Locke ihres rötlichen Haares um den Finger gedreht, begann Bérénice, vor ihm auf und ab zu laufen. »Ich habe dir vom Laboratorium erzählt. Ich habe den Stein ins Rollen gebracht. Dabei betreibt doch heute fast jeder im Geheimen Alchemie.«

»Aber keine Teufelsbeschwörungen. Und um dir reinen Wein einzuschenken: Die Morde werden ihm ebenfalls zur Last gelegt.«

Sie blieb stehen und sah ihn angstvoll an. »Die Morde?«

»Es gibt eine Zeugenaussage, dass eine Spange an seinem Mantel ausgetauscht wurde. Eines der Opfer hielt so eine in der Hand, anscheinend ist sie im Kampf abgerissen worden.«

Heftig schüttelte Bérénice den Kopf. »Ich war dabei, als uns einer der Bauern aus Saint Mourelles von der Spange erzählte. Amédé hat keine Spange verloren. Sage mir, was ist, wenn mein Mann nicht der Mörder ist, für den ihr ihn haltet?«

»Seine Behauptung, er habe die Spange nicht verloren, war eine Lüge«, sagte Julien. Er trat einen Schritt vor und nahm ihre Hand. »Bérénice, die Beweislast ist erdrückend, und es gibt noch andere Hinweise. Aber wir brauchen deine Hilfe, um die Wahrheit herauszufinden. Es geht um deinen Schutz und um den der Menschen in der Umgebung. Sie haben großen Schmerz erlitten und verdienen es, dass wir nach Antworten suchen. Es hat schon viel zu lange gedauert, bis etwas unternommen wurde. Dazu habe ich, das muss ich zu meiner Schande gestehen, auch meinen Teil beigetragen. Umso wichtiger ist es mir nun, endlich Antworten zu finden. Und um ehrlich zu sein: Ich befürchte wirklich, dass alles darauf hinausläuft, dass dein Mann der Täter oder zumindest einer der Täter ist.«

»Du meinst also«, flüsterte Bérénice, »dass die Frage vielmehr lauten muss: Was ist, wenn er der Täter ist, für den ihr ihn haltet?«

Julien nickte und strich über ihre Finger. Kurz sah sie zur Tür, trat dann noch einen Schritt näher. »Ich habe Angst«, sagte sie noch leiser.

Ich auch, antwortete er ihr in Gedanken.

Langsam ließ sie den Kopf auf seine Schulter sinken. »Julien, lass mich heute nicht allein, ja? Bleib bitte bei mir.«

Es war gut, dass Bérénice nicht sehen konnte, wie ihm die

Gesichtszüge entglitten. Es war gut, dass sie nicht hören konnte, wie er sich fragte, ob er sich am Morgen im Schritt gewaschen und wann er frische Beinlinge angelegt hatte. Es war gut, dass sie das Brennen, das in seine Lenden schoss, nicht spüren konnte. »Gern«, flüsterte er und klang heiser dabei.

Schloss Tour Neuve in Nantes, oberer Saal

Ein Pater hatte sie beide vor Prozessbeginn durch einen Seiteneingang in den Saal gebracht und ihnen zwei Stühle zugewiesen, die in einer Ecke standen, verdeckt hinter einer wuchtigen Säule. Der Blick des Mannes hatte keinen Zweifel gelassen: Die Tatsache, dass die Frau des Angeklagten und deren Schwester darauf bestanden hatten, an dem Inquisitionsprozess teilzunehmen, hatte ihn befremdet. Es hat eben seine Vorteile, wenn man mit dem Generalexaminator der Zeugen schläft, hätte Bérénice dem Pater zu gern hämisch zugeflüstert. Doch sie hatte den Blick demütig auf den Boden gerichtet, auf dem ihr zugewiesenen Stuhl Platz genommen und die Hände im Schoß gefaltet.

Für einen Moment waren ihre Gedanken abgeschweift. Zu Julien. Seinem Leib, der glatt und fest war und den weißen Ton frischer Milch hatte. Diesen Leib hatte Bérénice sich stets vorgestellt, wenn sie es sich erlaubt hatte, an Julien zu denken. Weiter zu denken, als es sich gehörte.

Für einen Notar, dessen Tage mit der Arbeit am Pult gefüllt waren, wirkte er erstaunlich kraftvoll. Julien, das war weder zu viel Kraft noch zu wenig, weder zu viel Schönheit noch zu wenig. Auch jetzt bemerkte Bérénice dieses Gleichmaß, als er den Saal betrat und mehrere Folianten auf den Tisch wuchtete, um sie dann mit dem Ellenbogen beiseitezuschieben. Nur kurz sah er auf, vorbei an der Säule, fand ihren Blick und stellte dann die Tasche ab.

Zahlreiche wohlhabende Bürger Nantes' hatten sich eingefunden und saßen ehrfurchtsvoll auf ihren Stühlen.

Der Prozess wird in Latein abgehalten, und auch wenn Amédé den Richtern in Französisch antwortet, bleibt offen, ob diese Männer alles verstehen, dachte Bérénice bei sich. Aber das war sicher nicht vonnöten, ein öffentlicher Inquisitionsprozess war Spektakel genug, gegen einen Adeligen erst recht.

Pater Jean Blouyn, der Stellvertreter der Inquisition, betrat den Saal, und allein er war für sich genommen sehenswert. In seinem Dominikanerhabit, das aus einer schlichten weißen Cotte und einem weiten schwarzen Kapuzenumhang bestand, nahm er neben Bischof du Clergue Platz. Dessen schwarze Soutane glänzte und war dem Mann auf den Leib geschneidert.

Zu guter Letzt betrat ein nahezu winziger Mann den Saal, der sich als Promotor vorstellte. Diesem dünnen Mann, Bérénice war sogar geneigt, ihn als Männlein zu bezeichnen, fiel die Aufgabe zu, den Prozess zu leiten.

Alle Köpfe wandten sich um, als Amédé, flankiert von zwei bewaffneten Wachmännern, hereingeführt wurde. Nur Bérénice senkte ihr Haupt, fürchtete sie doch die Reaktion ihres Mannes. Ob er inzwischen wusste, dass sie ihn belastet hatte?

Amédé ging aufrecht, und er trug einen neuen Brokatwams in dem Blauton, der ihn so vorteilhaft kleidete. Sein Haar war gewaschen, das Gesicht rasiert. Beeindruckend sah er aus, musste Bérénice sich eingestehen, und er wirkte sicher und ruhig. Hier kommt ein Mann von Welt, der sich eines Vergehens schuldig gemacht hat und vor Gericht tritt, um seine Schuld zu begleichen, schien seine Haltung zu sagen. Er blieb vor den Vorsitzenden des Gerichts stehen und lächelte freundlich.

Francine beugte sich vor, und der Blick, den sie Bérénice dabei zuwarf, war schwarz vor Wut und Galle.

Saint Mourelles

Es war das Geräusch der hölzernen Räder des Wagens, die über den unebenen Weg hinwegdonnerten und die bleierne Stille des Nachmittags zerfetzten.

Sie sind immer erst mit Einbruch der Dunkelheit gekommen, zu Pferde und stets ohne Wagen. Was haben sie heute vor? Mathis fürchtete, erneut zu erleben, wie die Männer der Garde brüllend Türen eintraten, die Hütten verwüsteten und behaupteten, Catheline zu suchen. Doch ein jeder im Dorf wusste, was der Hauptmann bezweckte: Sollte irgendeiner der Bewohner von Saint Mourelles nach Einbruch der Dunkelheit nicht anwesend sein, so konnte er sich nur in Nantes aufhalten. Um als Zeuge gegen den Baron auszusagen. Denn wo sollte ein Bauer, Tagelöhner, ein gemeiner Mensch vom Lande des Nächtens sonst sein, wenn nicht in seiner Hütte? Druck wollten die Männer aufbauen, dass auch niemand es wagte, das Dorf zu verlassen.

Mathis lauschte der Stimme, die sich überschlug, während sie das Pferd antrieb. Er kannte diese Stimme, es war Yann. So schnell der Treibstecken es zuließ, eilte Mathis aus seiner Scheune zum Zaun und spähte den Weg hinunter. Sofort sah er den Leib auf der Ladefläche, der bei jeder Unebenheit hin- und herschaukelte.

Es war unverkennbar: Jola.

Leblos lag sie auf dem Wagen.

Atemlos bremste der Schmied. »Wo soll sie hin?«, brüllte er und zeigte hinter sich. »Sie lebt noch! Steh da nicht herum, komm auf den Wagen, verdammt!«

»Zur Pfarrei, dort ist Blanche.« Mathis kletterte auf die Ladefläche. Die Ladefläche, auf der Raymond gelegen hatte. Die Yann immer wieder mit Knochenseife und Wasser geschrubbt hatte, bis seine Hände darüber wund geworden waren. Fassungslosigkeit durchfuhr Mathis, als er sich vorbeugte und die Haare des zusammengekrümmten Bündels Mensch beiseitestrich. Blau, geschwollen und blutverkrustet, nicht ein Fingerbreit erinnerte mehr an das vertraute Gesicht, das dem von Catheline so ähnelte.

»Wer war das?«, brüllte er Yann ins Kreuz, der nicht antwortete und stattdessen das Pferd antrieb, als säße der Teufel selbst neben ihm auf dem Bock. »Wer war das? Welches Schwein war das?«, brüllte er noch mal, hämmerte mit der Faust auf die Ladefläche und kannte die Antwort. Hass durchfuhr ihn, ein mörderischer Hass, Rache zu nehmen, langsam und grausam, während er sich dabei am Leid des Hauptmannes weidete.

Nicht einmal der Anblick der Pfarrei oder von Blanche, die gemeinsam mit Yann Jola vom Wagen hob und in die Küche trug, um sie dort auf dem Tisch abzulegen, nichts von alledem änderte etwas an Mathis' glühender Wut.

»Mathis«, brüllte Blanche ihm ins Gesicht, während sie ihn an seinem Kittel packte und schüttelte, »hör mir zu! Yann fährt mit dir zur Schmiede, und ihr beide spannt den Wagen ab. Dann bringt er mir Eve her, damit sie mir hilft. Du nimmst dir das Pferd und machst, dass du wegkommst. Schaue nach, ob es Catheline gut geht.«

Catheline.

Ihr Name ließ die Wut augenblicklich in sich zusammenfallen. Zurück blieb nichts als kalte Angst. Angst um Catheline. Er nickte, bemerkte Pfarrer Jeunet, der mit bleichem Gesicht im Türrahmen stand, auf Jola schaute, die Finger um seinen Gehstock gekrallt, dass die knotigen Knöchel sich als weiße Hügel unter der Haut abzeichneten. Wortlos hastete Mathis an ihm vorbei und saß kurz darauf wieder auf der Ladefläche. Auf der Ladefläche, auf der Raymond gelegen hatte. Und nun auch Jola.

In den Wäldern bei Saint Mourelles

Ihre Gedanken kreisten um Mathis. Verdrehten sich ineinander und schraubten sich in die Höhe, immer weiter hinauf, so weit, dass kein anderer Gedanke mehr folgen konnte. Die Lieder in ihrem Kopf waren verstummt, als hätte die stete Wiederholung sie zerschlissen wie Leintuch, das zu lang getragen worden war. Zweimal war sie in den letzten Tagen, die sich rückblickend nicht mehr auseinanderhalten ließen, im Morgengrauen zum Fluss gelaufen, die einzige Unterbrechung des eintönigen Herumhockens, die einzige Gelegenheit, die ungelenk gewordenen Glieder in Bewegung zu bringen.

Immer wieder war sie zum Ausgang der Höhle gekrochen, hatte gehofft und in den Wind gelauscht. Dass Mathis wiederkäme. Dass er neues Brot brachte, ein wenig aus dem Dorf erzählte, ihr Gesellschaft leistete.

Doch er war nicht erschienen, und nun saß sie, die Augen geschlossen, auf ihrer Decke. Ihre Gedanken wanden sich aus der Umklammerung der Enge, hinaus aus dem Gestein, zurück in die Pfarrei, in einen Alltag, in dem Stimmen erklangen, Gesang sich erhob, Hände einander berührten und der Rücken vom Arbeiten schmerzte. Warm und weich wie frisch geschorene Wolle hüllte die Erinnerung sie ein.

Mehrfach war ihr der Kopf auf die Brust herabgesackt, mehrfach war sie zusammengezuckt und hatte wieder dem Wind gelauscht. Doch dieses Mal konnte sie nicht mit Bestimmtheit sagen, was sie geweckt hatte. War es ihr Kopf, der sich einmal mehr der einschläfernden Last des Nichtstuns gebeugt hatte, oder war es etwas anderes gewesen?

Ihr Herz begann hastig zu schlagen, als sie Mathis den Hang heraufreiten sah. Er kam. Endlich.

»Die letzten Male war es dir so wichtig, dass dich niemand sieht«, sagte sie lächelnd, als er sich in die Höhle zwängte. »Heute, auf dem Pferd, habe ich dich schon aus der Ferne gehört und gesehen.« Sie zögerte und fügte dann hinzu: »Schön war das.«

Ohne ein Wort zu sagen, schlang Mathis seine Arme um sie. »Du bist hier, und es geht dir gut«, sagte er leise.

Catheline trat einen Schritt zurück. Was zuvor noch trügerische Glückseligkeit gewesen war, wich anschwellender Unruhe. »Was ist mit dir?«, flüsterte sie zurück, ohne zu wissen, warum sie die Stimme senkte. »Du hast keine Tasche dabei, kein Brot, keinen Honig, nichts. Was führt dich hierher?«

»Ich hatte solche Angst um dich.« Erneut zog Mathis sie an sich.

Erschrocken stemmte Catheline die Hände gegen seine Brust. »Sag es mir! Sag mir sofort, was geschehen ist!«

»Jola wurde zusammengeschlagen. Yann hat sie gefunden. Wir hatten Angst um dich, Blanche meinte …«

»Jola? Was ist mit ihr?«

»Sie ist verletzt, Blanche und Eve kümmern sich. Wir wollten nicht warten, wir mussten wissen, ob es dir gut geht. Aber habe keine Angst, Jola wird durchkommen. Sie ist stark.«

»Wer war das?« Die Bestürzung vertrieb die letzten Reste Trägheit, die noch im Leib hingen, und Catheline fühlte, wie ihre Gedanken klar wurden. Klar und eiskalt. Auf Rache sinnend.

»Seit der Baron verhaftet ist, gerät alles aus den Fugen. Der Hauptmann und seine Männer marodieren durch das Dorf und verbreiten Angst und Schrecken, damit niemand nach Nantes zum Prozess reist, um auszusagen.«

»Komm, wir müssen sofort gehen«, sagte Catheline und packte seine Hand. »Ich muss wissen, wie es um Jola steht.«

»Du gehst nirgends hin. Noch nie war ich so froh, dich hier zu wissen. Ich flehe dich an, bleib hier. Ich verspreche dir, dass ich jeden Tag kommen werde und dir alles berichte, aber du bleibst hier. Jola wird es auch so wollen, und wenn du es nicht für dich und sie tun willst, dann tue es für mich. Bitte!«

»Ich weiß nicht, ob ich das schaffe. Jola ist meine Schwester, ich kann sie doch nicht alleinlassen.« Ein Zittern durchlief Catheline. »Mathis, wenn du willst, dass ich bleibe, dann geh bitte nicht weg. Lasse mich jetzt nicht alleine mit dieser Angst, ja?«

Ohne ein Wort zu verlieren, legte Mathis sich auf die wollene Decke, zog Catheline zu sich und bettete ihren Kopf auf seinen Brustkorb. Seine Hand schob er auf ihren Rücken, und sie schwiegen.

»Schlaf ein wenig«, flüsterte Mathis irgendwann. »Ich bin da.«

In den Gassen von Nantes

»Es ist die Weisheit des Alters, die sich am gestrigen Tag bedient, um den morgigen zu gestalten«, sagte Blanche und lächelte zufrieden.

»Weisheit des Alters? Das ist Torheit und keine Weisheit«,

entfuhr es Mathis lauter, als er beabsichtigt hatte. Jola, die auf dem Wagen vor ihnen saß und sich wie die anderen vor Gericht Geladenen nicht sattsehen konnte am Treiben der Stadt, drehte sich stirnrunzelnd zu ihnen um.

»Sieh sie dir an«, entgegnete Blanche mit gesenkter Stimme. »Sie wird Catheline mit den Jahren immer ähnlicher, und wir können von Glück sagen, dass diese Schweine sie nicht der Reihe nach mit Gewalt genommen haben.«

»Er hatte mir gedroht, mit seinen Männern wiederzukommen, mir …«, erklang in Mathis noch einmal Jolas Stimme. Erst nach zwei Schlucken Apfelwein war sie in der Lage gewesen, weiterzureden.

»Sie haben mir den Kittel zerrissen und sind johlend um mich herumgestanden. Dann haben sie mich von einem zum anderen gestoßen und mich begrapscht. Einer von ihnen zog seinen steinharten Schwanz heraus und wedelte vor mir damit herum. Dann zwang der Hauptmann mich in die Knie, mein Gesicht direkt über seinen Stiefeln. Ich war sicher, dass sie nun beginnen. Ich schrie. Winselte um Gnade. Rief die Heiligen an. Der Hauptmann lachte nur, so dreckig und widerlich, dass ich wünschte, ich hätte auf seine Stiefel erbrochen. ›Der Baron muss für die Taten seiner Männer geradestehen. Niemand soll ihn jemals mit einer Vergewaltigung in Verbindung bringen. Aber wer kann etwas dagegen tun, wenn ein jähzorniger Küchenmeister seine Magd totprügelt?‹, hat er gehöhnt und mir mit dem Stiefel ins Gesicht getreten. Er fragte mich nochmals, wo Catheline sich befindet. Aber ich war vom Schlag benommen und bekam keinen Ton heraus. Dann trat er wieder zu. Immer wieder. Überallhin. Bis mir schwarz vor Augen wurde.«

Die Worte hatten sich in Mathis' Kopf eingebrannt und verursachten noch immer ein Aufsteigen bitterer Galle. Mitleidig strich sein Blick über Jolas Profil, das tatsächlich dem von Catheline immer ähnlicher wurde. Die Schwellungen der Lippen waren zurückgegangen, die Flecken auf ihrer Wange und am Kinn hatten inzwischen einen sattblauen Ton angenommen. »Was hat das damit zu tun, Blanche? Als du die Falschaussage gemacht hast, war nicht daran zu denken, was mit Jola geschieht …« Ihm fehlten die Worte, sodass er den Satz unvollendet ließ.

»Ich habe keine Falschaussage gemacht.« Noch immer klang Blanches Stimme gleichgültig.

Unsicher sah Mathis sich um, ob irgendwer ihrem Gespräch lauschte. »Du hast dem Magister erzählt, du hättest den Baron im Wald gesehen. Mit Rachel. Und eben hast du mir eröffnet, dass du ihn nicht gesehen hast.«

»Ja, aber Avel hat den Baron gesehen an dem Tag, an dem er mit Rachel Reisig sammeln war.«

Ungläubig beugte Mathis sich zu Blanche vor. »Wie bitte? Was soll das heißen?«

»Als wir Rachel gesucht haben, hat Avel gesagt, dass er einen schwarzen Reiter im Wald gesehen hat.«

»Dein Sohn hat immer irgendwelche Fantasiegestalten gesehen. Da waren silberne Pferde, einmal erzählte er mir von einer Schlange, die lang war wie sieben Männer und dick wie ein Baum. Gott habe ihn selig, aber du weißt, wie Avel war.«

»Ich weiß genau, wie er war, und der Baron war immer der schwarze Ritter für ihn. Ich habe dem nur damals noch keine Bedeutung beigemessen. Und da ich schlecht aussagen kann, dass mein Sohn, den nie jemand ernst genommen hat, den Baron gesehen hat, habe ich ihn nun gesehen.« Blanche schwieg kurz und sah Mathis eindringlich an. »Du verstehst es nicht, oder? Irgendwer musste den Anfang machen. Die anderen wollten zwar aussagen, zögerten aber, auch wenn es vielleicht nur ein winziges Stückchen Mut war, das ihnen fehlte. Yva woll te unbedingt aussagen, konnte aber Martin nicht überzeugen, der Angst hatte. Also habe ich gesagt, dass ich den Anfang mache. Vielleicht habe ich den Ausschlag gegeben. Wenn eine kleine, alte Frau sich erhebt, dann ist es einfacher, zu folgen.«

»Blanche, du hast gelogen! Warum, verdammt, hast du es mir erzählt? Was meinst du, was ich jetzt mache?«

Sie sah ihn eindringlich an. »Nein, ich habe nicht gelogen, das ist die Wahrheit meines Sohnes. Und du wirst sie als solche annehmen, um die zu schützen, die du liebst.«

Schloss Nantes

Im ersten Morgengrauen tauchte Julien das Tuch in den Waschzuber, wrang es nicht aus und zog es sich über den Nacken. Kalt rann ihm das Wasser zwischen den Schulterblättern den Rücken hinab. Er schüttelte sich fröstelnd und beugte sich vor, um sein Gesicht ins Wasser zu tauchen. Eine grobe Methode, die Lebensgeister zu wecken, aber momentan die einzige, die weiterhalf. Denn an Schlaf war kaum noch zu denken, seit er in Schloss Tour Neuve untergebracht war, so dicht wie nur möglich am Ort des Geschehens.

Sein Körper schien die Fähigkeit verloren zu haben, sich zu erholen. Unruhig warf Julien sich des Nächtens auf seinem Lager hin und her, bis er das Licht wieder entzündete und von vorn anfing. Alle Unterlagen durchging und halblaut Reden hielt, in denen er sich für den Fall vorbereitete, dass er aufgerufen wurde, sich zu dem einen oder anderen Sachverhalt zu äußern. Für jede denkbare Frage musste er die richtige Antwort, für jedes nicht erahnbare Problem sofort die Lösung parat haben.

»Es ist ein Jahrhundertprozess. Mit meinen Vorbereitungen steht und fällt dieser Prozess. Es hängt mehr als ein Leben an diesem Urteil«, sagte er laut und drückte den Rücken durch. Dann seufzte er, legte die Unterarme auf den Rand des Zubers und sah sein Gesicht im Wasserspiegel. Verzerrt tanzte es auf der unruhigen Oberfläche hin und her. Julien rührte sich nicht und wartete, bis das Wasser sich glättete und ihn sein Gesicht betrachten ließ. Bisher hatte der fehlende Schlaf noch keine Ringe unter seinen Augen hinterlassen, nur erste Schatten auf seinen Wangen zeichneten sich ab, die er später vom Bartscherer entfernen lassen musste. So sah er also aus, der Mann, der die Fallstricke ausgelegt hatte, in die der Baron nun treten sollte. Gleichmäßige Züge, noch immer eher ein Jüngling denn ein Mann. Ein Anblick, den Frauen mochten und der Männer verleitete, ihn zu unterschätzen.

Während Julien sich ankleidete, sah er vor seinem inneren Auge den großen Sitzungssaal, in dem der Baron heute nicht erscheinen würde. In einem bewachten Gemach in Tour Neuve würde der Bischof ihn heute schmoren lassen, ihn der Einsamkeit der Ungewissheit überlassen. Einer Ungewissheit, in der nur gewiss war, dass man wenige Schritte entfernt über ihn zu Gericht saß.

Julien blieb kurz stehen und beobachtete die Männer und die Frauen, die vor dem großen Saal warteten. Die meisten von ihnen waren blass und hohläugig, als hätten auch sie kein Auge in der Herberge, in der sie untergebracht worden waren, zugetan. Dicht gedrängt standen sie beieinander, und wenn sie miteinander sprachen, achteten sie darauf, dass ihre Stimmen sich nicht über ein Wispern hinaushoben.

»Guten Morgen«, sagte Julien, streckte den Brustkorb vor und ging mit weit geöffneten Armen auf die Zeugen zu, die heute befragt werden sollten. Ein Haufen Bauern aus Saint Mourelles und Port-Saint-Luc. »Der erste Prozesstag hat stattgefunden, und nun ist es an Ihnen, hier Rede und Antwort zu stehen. Der Prozess wird unter dem Vorsitz des obersten Richters der Bretagne, des Vertreters der weltlichen Instanz, eingesetzt von Herzog Johann, geführt. Er heißt Pierre l'Hôpital und ist ein umgänglicher Mann, den niemand zu fürchten braucht. Dennoch, das muss allen klar sein, ist die Inquisition die rechtsprechende Gewalt, eingesetzt vom ehrwürdigen Papst. Sie leitet, so kann man es sagen, den Prozess über den Kopf des Herzogs hinweg. Vergesst das nicht, Ihr steht hier mehr oder weniger vor dem Papst. Sicherlich werden wir alle in unserem kleinen Dasein ihm niemals näher sein.«

Schweigend sahen die Männer und Frauen ihn an.

Ja, dieser Auftakt war ihm gelungen. Julien wusste, dass er sicherstellen musste, dass die Zeugen den Ernst der Lage begriffen und nicht im letzten Augenblick versagten. Er ahnte die Angst, die jeder von ihnen in sich trug, und war nicht willens, darauf Rücksicht zu nehmen. Seine Angst war nicht kleiner, und auch diese wurde mit Füßen getreten. »Das weltliche Gericht wird im Anschluss an den Inquisitionsprozess ebenfalls über den Baron befinden, doch dieses Gericht ist eher eine Formsache und letztlich nur zur Ausführung des Strafmaßes berechtigt. Sollte per Inquisition das Todesurteil gesprochen werden, wird die weltliche Instanz es umsetzen.«

Hörbar sogen einige der Zeugen die Luft ein.

»Ja, hier geht es um Leben oder Tod, ich hoffe, das hat jeder von Ihnen verstanden?«

Das Kopfnicken in der Runde war zaghaft.

»Die Befragungen werden sich heute mit den Morden befassen, und ich hoffe, dass jeder noch weiß, was er mir gegenüber ausgesagt hat. Wenn nicht, sprecht mich bitte jetzt an. Nicht, dass in der Aufregung die Erinnerung schwächelt.«

»Können wir sicher sein, dass die Herren Richter unserem Wort Gehör schenken?«, fragte Mathis Maury, der wortkarge Bauer mit dem Treibstecken.

Julien sah in diesem Moment, als wäre es eine Fügung Gottes, hinter den Zeugen den Schreiber des weltlichen Gerichts den Flur herabeilen. Vor sich her trieb er, auch wenn er einen gehörigen Abstand hielt, weil er sich stets vor Läusen und Flöhen fürchtete, mehrere zerlumpte Kinder, allen voran ein Mädchen von vielleicht zehn oder elf Jahren. Wenn Julien sich recht erinnerte, vermisste sie ihre Schwester Nene.

»Dreht Euch um, die Herren Richter nehmen selbst die Aussagen von Bettlerkindern ernst. Vor Gott sind wir alle gleich«, sagte er und war zufrieden, dass der Schreiber des weltlichen Gerichts die Kinder gefunden, zur Aussage gebracht und im rechten Moment den Gang hinuntergejagt hatte. Ja, er konnte es nicht anders benennen, er war wirklich zufrieden mit seiner Antwort und sicher, dass die Zeugen nun, im Angesicht der Kinder, auch ihren Mut zusammennehmen und bei ihren Aussagen bleiben würden.

In den Wäldern von Saint Mourelles

Mathis hatte Wort gehalten und war jeden Tag in der Höhle erschienen, um Catheline zu erzählen, wie weit sich Jolas Zustand verbesserte. Am Tag vor der Abreise nach Nantes, als er kam, um sich von ihr zu verabschieden, hatte es geregnet. So stark, dass der Regen durch den Spalt in der Decke in Rinnsalen an den Felswänden herabgelaufen war.

Seine Augen waren dunkel, als er sie anschaute. Er beugte sich vor und verharrte, unmittelbar vor ihrem Mund. Dann berührten seine Lippen die ihren, kurz und sanft. Erschrocken zog er den Kopf zurück, als versuchte er, die Erlaubnis für das, was er tat, in ihren Augen zu finden.

Catheline nickte nur, kaum merklich, und wieder fanden sich ihre Lippen.

Mache es.

Mache, was immer du tun willst, dachte sie und schloss die Augen. Versank. In seinem Kuss, in den Wogen der Lust, die ihren Unterleib in Wellen zusammenzogen, und im Keuchen, das zwischen den Küssen ihren Mündern entwich. Sie hatte warten wollen, nie hatte dies für sie außer Frage gestanden. Sie hatte warten wollen, bis Mathis sie zum Altar geführt hatte. Aber das Leben war zu kurz, das Fegefeuer zu lang. Sie wollte ihn hier und jetzt. Auch wenn es nur für diesen einen Moment war.

Lang hatten sie beieinandergelegen, und Catheline hatte die Wärme seines Körpers und seinen Herzschlag gespürt. Irgendwann war sie dann allein in der Kühle und dem Halbdämmer dieses Lochs zurückgeblieben.

Inzwischen hatte sich die nächste Nacht herabgesenkt, und die Öffnung in der Höhlendecke war wieder einmal mitsamt den Felsen zu einer einzigen schwarzen Wand verschmolzen. Dunkel, nichts als rabenschwarzes Dunkel umgab Catheline.

Durstig richtete sie sich auf, um nach dem Wasserkrug zu fassen. Als sie den rechten Arm ausstreckte, spürte sie, dass ihr Ellenbogen gegen den Ton stieß. Sie versuchte, den Krug zu packen. Doch ihre Fingerspitzen fühlten nur noch den hölzernen Verschluss, der sich löste, während das dumpfe Scheppern des Tons erklang. Das Schlimmste jedoch war das Schwappen des Wassers. Sofort kniete Catheline sich hin und stieß mit dem Knie gegen den Krug, der nochmals zur Seite rollte. Sie hörte es nicht mehr, aber sie wusste, dass auch der letzte Rest des Wassers nun im Moos versickerte. »Nein, das darf nicht sein! Bitte nicht, so ein Dreck!«, fluchte sie, tastete mit den Fingern nach dem Wasser und wischte hastig letzte Tropfen auf. Benetzte die Lippen und spürte nur die Flusen nassen Mooses. Sorgfältig befühlte sie den Tonkrug. Nur eine Kante war am oberen Rand herausgebrochen, ansonsten schien er unversehrt. Sie suchte den Verschluss und legte beides neben sich auf die Decke. Die Zunge lag ihr schwer und klebrig im Mund. Wenigstens ein Grund, in der Früh zum Fluss hinabzulaufen, dachte sie, während die Wut auf sich selbst sie bis in die Fingerspitzen wärmte.

Als das erste Morgenlicht in die Höhle sickerte, streckte Catheline die steifen Glieder. Der Durst hatte sie nicht schlafen lassen, und sie hatte auch keinen Grund gesehen, sich zur Ruhe zu zwingen. Ein langer Tag lag vor ihr, ohne jede Aufgabe, den sie verschlafen konnte. Wenn denn ihr Durst gelöscht war.

Im Tageslicht bestätigte sich ihre Annahme: Der Krug hatte den Sturz bis auf eine kleine Bruchstelle unbeschadet überstanden. Sie packte ihn und zwängte sich durch den schmalen Eingang, um dann, an die Felswand gepresst, abzuwarten. Mit ihrem Blick die Umgebung zu sichern und auf die inzwischen vertrauten Geräusche zu horchen. Geduckt lief sie los, wobei sie die Schatten der Felsen, vereinzelter Büsche und der Bäume nutzte. Zwischen ihnen hin und her wechselte, bis sie den Fluss erreichte. Sie kniete sich in die schlammige Uferböschung, tauchte die Arme ins Wasser, genoss einen Wimpernschlag lang die Kälte und hob dann die Hände, zur Muschel geformt, zum Gesicht. Trank das Wasser so gierig, wie sie es bisher nur beim Vieh beobachtet hatte, das nach einem heißen Sommertag zum Bach getrieben wurde. Immer wieder schöpfte sie nach und spürte, dass ihre Zunge auf Normalgröße zurückschrumpfte.

Erneut blickte sie sich um, dann senkte sie den Krug in den Fluss. Für einen Moment war sie versucht, den Kittel abzulegen. Was für ein Gedanke: ein Bad zu nehmen! Den Schmutz und Schweiß abzuwaschen. Ins kühle Nass zu gleiten. Schatten von Fischen zu jagen und sich vom Sonnenlicht, das sich auf der Wasseroberfläche brach, blenden zu lassen. Die Wärme der Sonne zu fühlen, die letzte Tropfen auf ihrem Rücken trocknen würde, während sie im Gras lag.

Sein Blick traf ihren.

Reglos stand er da, am anderen Ufer, ihr direkt gegenüber. Zu Pferde, das, wie der Reiter selbst, keinen Laut von sich gab. Dann zerrte er an den Zügeln, drängte das Tier in den Fluss. Das Aufspritzen des Wassers zerriss die Stille.

Cathelines Puls raste, der Wasserkrug entglitt ihr, als sie im Schlamm der Uferböschung den Halt verlor und stürzte, sich auf allen vieren voranzog, bis sie wieder Halt unter ihren Füßen fand. Sie rannte, so schnell sie konnte. Schlug einem Hasen gleich Haken, duckte sich, sah sich um, rannte weiter, drängte ins Unterholz, hörte ihren Atem rasseln, spürte Äste, die ihr entgegenschlugen, am Kittel rissen, auf ihrer Haut Kratzer hinterließen, zwängte sich an Felsen vorbei, um dann in einer Erdmulde, die von Blattwerk verdeckt war, liegen zu bleiben. Sie schloss die Augen, hielt den Atem an und harrte aus, ob der Berittene sie finden würde.

Schloss Nantes, oberer Saal

Noch immer trug Amédé sein Haupt erhoben und schritt gemessen den Gang hinunter, sah fast jedem, der sich eingefunden hatte, herausfordernd ins Gesicht. Für einen Moment überlegte Bérénice, gleich an diesem Abend eine Näherin in Nantes aufzusuchen, um sich einen dichteren Schleier an ihrem Hennin befestigen zu lassen. Einen Schleier, der sie von der Außenwelt trennte, ihr einen Rückzug bot, um all die aufdringlichen Blicke, die sie, die Frau des Angeklagten, musterten, von sich fernzuhalten.

Amédé nickte derweil Bischof du Clergue und Pater Blouyn, dem Vertreter der Inquisition, zu, die bereits Platz genommen hatten.

Bérénice zog die Schultern in die Höhe. Wer war heute anwesend? Wer würde an der Fortsetzung dieses jämmerlichen Schauspiels teilnehmen? Sich weiden, erfreuen oder wie Francine, die abermals stocksteif neben ihr saß, darunter leiden?

Der Hauptmann. Der Hauptmann hatte im Saal Platz genommen. Wie kann das sein?, durchfuhr es sie. Die Anwesenden mussten, auch wenn dieser Prozess öffentlich war, geladen werden. Was machte dieser Widerling hier? Deutlich hatte sie ihm zu verstehen gegeben, dass er für die Sicherheit des Schlosses zuständig war. Eine Aufgabe, die er nicht nach Gutdünken schleifen lassen konnte. Mit seinen Männern war er nach ihrer Abreise mehrfach durch Saint Mourelles gezogen. Gemeinsam hatten die Dreckskerle Männer und Frauen bedroht, damit niemand von ihnen es wagte, nach Nantes zu reisen. Julien hatte Bérénice davon berichtet und sie darüber in Kenntnis gesetzt, dass Amédé auch für die Taten seiner Gardisten zur Verantwortung gezogen werden sollte. Inzwischen hatte man Wachen aus der Garde des Herzogs abkommandiert, die nun dafür Sorge trugen, dass niemandem ein Leid geschah.

Scham konnte sich endlos fortsetzen, hatte sie in diesem Moment erkannt.

Bérénice reckte den Kopf und suchte Julien. Er stand neben

dem Bischof, ein wenig vorgebeugt, hörte ihm zu und gab dann dem Promotor das Zeichen. Dieses spindeldürre Männlein, das hatte Bérénice inzwischen begriffen, war für eine geregelte Durchführung der Verhandlung zuständig.

Mehrfach hatte sie in den vorangegangenen beiden Prozesstagen den Faden verloren. Und das, obwohl am ersten Tag so gut wie nichts geschehen war. Man hatte allgemeine Angaben zur Person abgeglichen. Fragen, die von Amédés Geburtsdatum bis hin zu den Sakramenten reichten, die er seitdem erhalten hatte. Ausführlich hatte man sich dann darum bemüht, Amédés Hintergrund zu beleuchten. Sein Vermögen, seine Herkunft, sein Verhältnis zum König, sein Kampf an der Seite von Johanna. So gut wie nichts war ausgespart worden, außer seiner Ehe, bei der nur das Datum der Heirat von Interesse gewesen war.

Am zweiten Tag hatte man die Zeugen befragt, und obwohl die Herren Richter hier Französisch gesprochen hatten, waren Bérénice die Abläufe des Gerichts, in denen sich Julien nicht minder sicher und selbstbewusst bewegte wie Amédé, immer noch unverständlich. Was der Bischof wollte, was der Inquisitor forderte, was die Männer zu ihren Handlungen und Fragen antrieb. Doch der Promotor war ihr ein Wegweiser, er fasste zusammen, hakte nach und führte zu neuen Abschnitten über. Wenn sie den Anschluss vollständig verlor und in Gedanken versank, tauchte sie erst wieder auf, wenn sie die Stimme dieses Mannes vernahm.

»Ihr habt verstanden, dass Ihr Euch der Häresie schuldig gemacht habt und Euch dafür verantworten müsst?«, fragte der Promotor just in diesem Moment.

Amédé nickte, hart und bestimmt.

»Ihr habt verstanden, dass Pater Blouyn der Beauftragte der Inquisition für die Diözese Nantes ist?«

Dieses Mal fügte ihr Mann dem Nicken ein gewinnendes Lächeln hinzu.

»Diesen Moment nennt man im Inquisitionsprozess litis contestatio, und er ist entscheidend, denn Ihr habt zu erklären, ob Ihr die Anklage als begründet anerkennt«, erklärte der Promotor und nahm die erneute Zustimmung regungslos zur Kenntnis. »Dann werde ich nun beginnen, die Anklageschrift zu verlesen.«

Bérénice, die sich aufrecht hinsetzte, um den Ausführungen besser folgen zu können, sank schnell wieder in sich zusammen. Ein Absatz nach dem anderen, in dem die Zuständigkeit des Gerichtes hergeleitet wurde, einer trockener und langweiliger als der andere. Just als Bérénice aufgab, donnerten die Worte des Promotors mit einem Mal wie Hammerschläge durch den Saal. Die Anklage umfasste den Vorwurf der Ausübung magischer Handlungen, vor allem in Form von Teufelsbeschwörungen, die Verletzung der kirchlichen Immunität und den tätlichen Angriff auf einen Geistlichen. Dann eröffnete der Promotor, dass die Morde, allen voran die Taten an den Kindern, Amédé ebenfalls zur Last gelegt wurden. Jetzt war die Katze aus dem Sack.

Amédés Kopf war, während der Promotor die Anklagepunkte vorlas, immer weiter herabgesunken. Einem Sünder gleich stand er vor den Richtern. Dann sprang er vor, und die Farbe seines Gesichtes glich der von frisch gekochten Langusten. Ein Anblick, der Bérénice zurückzucken ließ. Unheimlich sah er aus. Die Augen zusammengepresst, stieß er mit seinem Zeigefinger in der Luft herum, um ihn dann auf Pater Blouyn zu richten.

»Du machst also gemeinsame Sache mit diesen Betrügern?«, brüllte er und wies auf den Herzog, den Bischof und zuletzt auf Julien.

»Mäßigt Euch«, ermahnte der Promotor ihn mit ruhiger Stimme.

»Ich verweigere die Aussage. Ich habe mit alledem, was mir vorgeworfen wird, nichts zu tun. Und die Zuständigkeit des Gerichtes akzeptiere ich nicht mehr. Außerdem verlange ich, dass man mir endlich einen Stuhl bringt. Diesen Versuch einer Demütigung, mir das Sitzen zu verweigern, kann man bei anderen Angeklagten versuchen, bei mir nicht.« Die Arme vor der Brust verschränkt, verfiel Amédé dann in Schweigen.

Der Promotor erhob kurz die Hand, und umgehend wurde ein Stuhl herbeigeschafft. Mit zufriedener Miene ließ Amédé sich darauf nieder.

Dann wandte sich der Promotor erneut an Amédé: »Ihr leugnet also, Euch mehrere Tage in Port-Saint-Luc aufgehalten zu haben? Ihr leugnet also, seit gut einem halben Jahr Beziehungen zu einem Ketzer unterhalten zu haben, der in Eurem Schloss unter dem Namen Pater Bertrand lebte? Ihr leugnet also, die wirren Weltsichten und Dogmen von diesem Beschwörer angenommen zu haben? Diese zu Eurem Glauben gemacht zu haben? Ihr leugnet also, die häretischen Bücher, die bei Eurer Verhaftung in Eurem Laboratorium entdeckt wurden, gelesen zu haben? Ihr leugnet also, auf ungeheuerliche Weise die Kirche zu Saint Mourelles bewaffnet gestürmt und einen Geistlichen bedroht und verletzt zu haben? Und Ihr leugnet auch, dass Eure Garde mit Pferden ausgestattet ist, deren Hufeisen ungewöhnlicherweise mit sieben Nägeln versehen wurden? Aber genau diese Hufabdrücke wurden an mehreren Tatorten gesehen. Habt Ihr für all dies eine Erklärung? Herr Baron, ich versichere Euch, das ist nur ein Bruchteil der Fragen, die Euch erwarten.«

Jetzt lag die Schlinge um Amédés Hals, erkannte Bérénice, erschüttert, wie viele Fäden aufgegriffen worden waren, um diese möglichst fest zu winden. Sie hatten gründlich gearbeitet, das musste Bérénice ihnen lassen. Hier kamen weit mehr Anklagepunkte zusammen, als sie erwartet hatte, Vorwürfe, die schwer wogen. Und wieder landete sie bei den für sie bedeutenden Fragen: Was würde geschehen, wenn ihr Mann ein Mörder war? Und was würde geschehen, wenn ihr Mann kein Mörder war? Wenn er heimkehrte und Rache an denen nahm, die ihn dem Gericht ausgeliefert hatten?

Juliens Blick ruhte auf der Stirnseite des großen Saals, auf zwei fetten Fliegen, die über den weißen Tuffstein krabbelten, während er dem Promotor lauschte. Ohne die Stimme zu erheben, verlangte dieser, dass der Bischof und Pater Blouyn darüber befinden müssten, ob der Angeklagte in allen Punkten schuldig gesprochen werden solle.

»Wenn der Angeklagte für schuldig befunden wird, dann warten die entsprechenden Strafen, die seitens der Kirche in diesen Fällen verhängt werden, auf ihn. Hier wird allem voran die Exkommunikation erfolgen«, schloss der Promotor seine Rede.

Ein Raunen ging durch den Saal. Julien sah zum Bischof hinüber, dessen Hände auf der schwarz glänzenden Seidensoutane ruhten. Wie so oft ließ er seine Daumen umeinanderkreisen.

Mit wohlwollendem Ton sprach dieser den Baron an: »Amédé de Troyenne, wir kennen uns gut. Lasst uns nun gemeinsam zu den Fragen Stellung nehmen. Beginnen wir mit den Büchern, die auf Eurem Schloss beschlagnahmt wurden.« Er hob die rechte Hand von der Soutane, gab ein Zeichen, und wie aus dem Nichts erschien ein Gehilfe, der neben den Inquisitor trat und mehrere in Leder gebundene Bücher auf den Tisch legte. »Gehören diese Bücher Euch?«

»Nein, sie gehören Pater Bertrand. Auch die Alchemieöfen, die am Morgen der Verhaftung bei der Durchsuchung mitgenommen wurden.«

»Wir haben andere Aussagen hierzu vorliegen.«

»Von wem?«, fuhr der Baron auf. »Wer will das wissen? Pater Bertrand ist verschwunden. Wer also, wenn nicht er, erdreistet sich dann, solche Dinge zu behaupten?«

Pater Blouyn zog die Brauen zusammen und legte seine Hand auf den Arm des Bischofs, um ihm anzuzeigen, dass er das Wort übernehmen wollte. »Herr Baron, ich möchte noch einmal darauf hinweisen, dass wir einen Ketzerprozess führen. In dieser speziellen Prozessführung müssen wir die Namen der Belastungszeugen nicht nennen.«

Die Spannung in Juliens Schultern ließ nach. Es läuft gut, dachte er, es läuft wirklich gut. Und dieser Dominikanerpater Blouyn, der gleicht einem Jagdhund, der sich festbeißt und nicht mehr loslässt. Ohne den Kopf zu bewegen, blickte Julien zu Bérénice hinüber. Streng sah sie aus mit dem in die Höhe gereckten Kopf und dennoch zerbrechlich. Für einen Moment schmeckte er in der Erinnerung noch einmal ihre Küsse und unterdrückte das Lächeln, das sich dabei auf seinem Gesicht ausbreiten wollte.

Erneut hob der Bischof die Hand, und wieder erschien der Gehilfe. Dieses Mal brachte er, wie vorab von Julien festgelegt, die silberne Mantelspange und platzierte sie neben den Büchern. »Es wurde zu Protokoll gegeben, dass solch eine Spange an Eurem Mantel ersetzt wurde, weil eine fehlte«, übernahm nun wieder der Bischof die Befragung. Noch immer zeigte er sich von seiner versöhnlichen Seite, als würde er dem Baron tatsächlich zugutehalten, dass sie sich lange kannten.

»Es gibt in Saint Mourelles eine junge Frau, Catheline Cogul, die in Verdacht steht, die Morde oder zumindest einige davon begangen zu haben. Hat sich das zu Euch herumgesprochen?«, fragte der Baron und sah den Bischof direkt an.

Julien reckte den Hals. Verdammt, was plant der Baron?, fluchte er innerlich und sah zum Bischof. Der zuckte mit den Schultern. Auch ihn schien dieser offensichtliche Wechsel in der Taktik zu irritieren.

»Diese Aussage kann nur Jola Cogul gemacht haben, sie ist Magd am Schloss und die Schwester der Catheline Cogul. Jedenfalls sollte das ehrwürdige Gericht in Erwägung ziehen, dass diese Aussage wertlos ist. Die Magd Jola versucht, ihre Schwester zu schützen und den Verdacht auf mich zu lenken, was der Frau nicht zu verdenken ist. Aber diese Spange ist niemals ersetzt worden.«

»Wie, sagtet Ihr, heißt die Frau, die Ihr verdächtigt, mit den Morden in Verbindung zu stehen?«, hakte der Bischof nach. Er war nun augenscheinlich auf der Hut.

»Catheline Cogul. Sie hat jede der Leichen entdeckt.«

Julien richtete sich auf. »Ich möchte festhalten, dass diese Behauptung nicht der Wahrheit entspricht. Diese Frau hat keineswegs jede der Leichen gefunden.«

Der Bischof wandte sich an Julien. »Welche Leichen hat sie denn gefunden? Ist sie vernommen worden?«

Julien wurde heiß, er schüttelte den Kopf.

»Warum?«, fragte Pater Blouyn, und der Tadel in seiner Stimme war nicht zu überhören.

»Weil sie kurz vor meiner Verhaftung verschwunden ist, sich abgesetzt hat«, antwortete Amédé de Troyenne grinsend und ließ Julien dabei nicht aus den Augen. »Aber es wäre sicher interessant, ihre Aussage zu hören.«

»Das ist nicht vonnöten«, wies ihn der Bischof zurecht.

Doch der Pater schüttelte den Kopf. »Das sehe ich anders«, sagte er, »ich würde die junge Frau gern vernehmen, denn wir befassen uns ernsthaft mit jedem Hinweis. Insofern wäre ich damit einverstanden, dass sie noch als Zeugin aufgerufen wird, wenn sie denn rechtzeitig herbeigeschafft werden kann.«

Julien fröstelte. Sie hatten alle Fallstricke vorab überprüft, doch damit hatten sie nicht gerechnet: mit einem Inquisitor, der mit dem Angeklagten sympathisierte.

Herberge in Nantes

Heute habe ich vom Vikar erfahren, dass man uns in dieser Herberge untergebracht hat, weil das Hospiz belegt ist.« Pfarrer Jeunet wies mit der Hand durch die Gaststube, vor ihm stand eine Schüssel, aus der heißer Dampf emporstieg. Eine Gemüsesuppe, die vor Fettaugen glänzte. »Ich hatte mich schon ein wenig gewundert, bin aber der Meinung, dass wir hier gut untergebracht sind. Erstaunlich, dass man die Frauen hier schlafen lässt, aber das soll nicht unsere Sorge sein. Angeblich musste das Schankmädchen seine Kammer räumen.«

Mathis sah sich um. Auf den Holzbänken drängten sich Handwerker, Kuriere und Fuhrleute. Die Luft war stickig, und dennoch war die Stimmung, dieser gelassene Alltag anderer Menschen, beruhigend.

»Immerhin ist der Schlafsaal von der Gaststube getrennt«, sagte Yann und schlürfte mürrisch seine Suppe. Er brach sich ein Stück Brot vom Laib, der vor ihnen lag, und winkte dem Schankmädchen, ihm noch ein Bier zu bringen.

Ja, aber dass die meisten der Männer nackt schlafen, fügte Mathis in Gedanken hinzu, ist nicht für alle gut zu ertragen. Pfarrer Jeunet war über den Kleiderhaufen gestiegen, den der Mann auf dem Strohsack neben ihm auf den Boden geworfen hatte, und war in seiner Kutte auf den ihm zugewiesenen Strohsack gesunken. Ein Gebet, dann hatte er mit gefalteten Händen die Augen geschlossen und sie trotz der Unruhe, die bei gut dreißig Personen in einem Saal auch des Nächtens entstand, nicht mehr geöffnet.

Mathis war sich sicher, dass der alte Mann kaum geschlafen hatte. So wenig wie er selbst. Kurz war er eingedämmert und hatte von Catheline geträumt, die von Männern der Garde misshandelt wurde. Ein Traum, der so schlimm geworden war, dass er sich selbst geweckt hatte. Später waren ihm die Augen erneut zugefallen, und Ania war ihm erschienen. Hinter ihr hatten all die anderen gestanden, die in den letzten Monaten von ihnen gegangen waren. Schweigend hatten sie Mathis angesehen, jedes der Gesichter ein stummer Vorwurf, dem Leben entrissen worden zu sein. Danach hatte Mathis schlaflos auf seinem Lager gelegen und auf die Morgendämmerung gewartet.

Ein Lautenspieler riss ihn aus seinen Gedanken. Inmitten der Gaststube, direkt neben der Feuerstelle, auf der die Suppe warm gehalten wurde, begann der Musikant, ein Lied zum Besten zu geben. Kurz darauf schob er sich aufdringlich durch die Bankreihen.

»Ihr habt also heute eure Aussagen beim Schreiber des weltlichen Gerichts gemacht?«, fragte Pfarrer Jeunet in die Runde.

Jola und Blanche, die am äußersten Rand des Tisches saßen, hatten seine Frage im Lärm offensichtlich nicht verstanden, denn sie zuckten die Schultern. Yann beugte sich vor und wiederholte die Frage. Da nickten beide. Die blauen Flecken in Jolas Gesicht schimmerten inzwischen violett bis gelblich, immerhin waren die Schwellungen verschwunden.

»Der Inquisitor hat heute angeordnet, dass Catheline vorgeladen werden soll. Ich frage mich, ob es nicht wichtig wäre, wenn sie hier erscheint und aussagt, denn es ist ein Gericht

Gottes«, sagte Pfarrer Jeunet und nahm einen weiteren Löffel Suppe. »Andererseits erhob sich kurz nach der Anordnung die Schwester der Baronin. Ihr Blick war … Mir wurde so kalt, als sie an mir vorbeiging und den Saal verließ. Ich schwanke so, ich weiß nicht, was richtig ist. Soll Catheline kommen, soll sie es nicht? Dann habe ich auch noch den Hauptmann gesehen. Und der Baron, er war so erpicht darauf, dass Catheline erscheint. Es ist alles seltsam und möglicherweise gefährlich. Was meint ihr dazu?«

Vor Mathis' innerem Auge erschien das Bild, das auch ihn noch immer frösteln ließ. Er hatte vor dem Saal gewartet und beobachtet, wie die Schwester der Baronin auf Hauptmann Bouchet getroffen war. Schnell und leise hatte sie auf ihn eingeredet, und er war unmittelbar danach davongeeilt. Noch immer war Mathis unschlüssig, ob er dem Hauptmann nicht hätte folgen sollen. Aber Catheline war weit weg und gut versteckt, versuchte Mathis sich zu beruhigen, um den Druck auf seinem Brustkorb zu mildern. Denn im Gegensatz zum Pfarrer hatte er eine feste Meinung: Catheline sollte bleiben, wo sie war. In Sicherheit.

Mathis gab keine Antwort, denn das Schankmädchen erschien und stellte Yann den tönernen Becher mit dem Bier hin, griff sich die leeren Holzschalen und verschwand wieder.

»Ich bin der Meinung, Catheline soll nicht nach Nantes kommen. Wenn ich doch nur wüsste, ob wir noch einmal vernommen werden sollen. Ich würde sonst nach Hause aufbrechen«, sagte Yann, als das Schankmädchen außer Hörweite war.

»Niemand schläft allein, sie werden die Nächte in unterschiedlichen Hütten verbringen, und die Wachen des Herzogs sind vor Ort«, sagte Pfarrer Jeunet und versuchte, seiner Stimme Zuversicht zu verleihen. Woher sollte er auch wissen, wie es war, um Familienangehörige zu fürchten?

Blanche klopfte auf das Holz des Tisches, und alle steckten die Köpfe zusammen. »Was geschah am Nachmittag im Prozess?«, fragte sie Pfarrer Jeunet.

»Der Promotor, er leitet den Prozess, hat das erste Mal darauf aufmerksam gemacht, dass er bei Zweifeln an den Aussagen des Barons dem Bischof und Pater Blouyn vorschlagen kann, die peinliche Befragung anzuordnen.«

Verständnislos blickte Blanche ihn an.

»Die Folter, er kann die Folter anwenden lassen«, erklärte Yann.

Eindringlich sah Mathis über den Tisch zu Blanche hinüber. Verstehst du jetzt langsam, wohin uns Lügen führen können?, fragte sein Blick. Aber sie öffnete nur ihre Hand und ließ beiläufig Avels Holzfigur durch ihre Finger gleiten. Dann schloss sie die Hand wieder zur Faust, und die Figur verschwand.

Hass macht hart, dachte Mathis und sah dann Pfarrer Jeunet an, der an seiner Lippe zupfte und dabei weitersprach: »Nachdem Pater Blouyn sich dafür ausgesprochen hatte, Catheline zu befragen, quoll der Baron regelrecht über vor Triumphgefühl. Aber nicht lange, denn die Androhung von Folter ließ ihn unruhig werden. Er wies vehement von sich, etwas mit dem Verschwinden der Kinder oder mit den Morden zu tun zu haben.«

Jola schnaubte verächtlich auf, gedankenverloren zerkrümelte sie das restliche Brot. »Das glaubt er doch selbst nicht«, sagte sie und schob die Krumen zusammen.

»Als der Bischof wenig später auf die Teufelsbeschwörung zu sprechen kam und erläuterte, dass der Vorwurf der Häresie zur Exkommunikation berechtigt, begann der Baron zu schwitzen, dass es jeder sehen konnte. Ich glaube, er fürchtet wirklich, dass er vom Leib Christi und damit von seiner Kirche getrennt werden kann. Er hat Angst davor, dass seine Erlösung verhindert und dass er aus der Gemeinschaft der Christen ausgeschlossen wird. Das wäre ein Leben in Einsamkeit, denn es bedeutet den Abbruch aller Verbindungen. Und während ich diese Angst sah, war ich unfassbar verwirrt. Dieser Mann betreibt laut Zeugenaussage Teufelsbeschwörungen und fürchtet dennoch, Gott zu verlieren.« Pfarrer Jeunet zupfte hastiger an seiner Lippe herum.

Blanche machte ein schnalzendes Geräusch und schüttelte missbilligend den Kopf.

Tatsächlich faltete der Pfarrer die Hände auf dem Tisch. »Jedenfalls verlangte er nach einem Prokurator, nach jemandem, der ihn verteidigt. Doch dieses Recht wurde ihm abgesprochen. Da es keine Zeugen gibt, die ihn mit ihren Aussagen entlasten, muss man wohl laut der Prozessordnung keinen Prokurator hinzuziehen. Ich glaube, das war ein Schlag für den Baron: keine entlastenden Zeugenaussagen. Nichts. Von niemanden.«

»Das weiß man nicht genau«, sagte Mathis nachdenklich und strich über den weißen Vogel, der seinen Becher zierte. »Ich konnte den Baron bis in den Flur hinaus wüten hören. Er brüllte, dass das Gericht Zeugenaussagen unterschlagen habe. Herzog Johann hatte ihm wohl versichert, für ihn einzutreten.«

»Ich habe mich umgeschaut«, sagte Pfarrer Jeunet. »Die Baronin und ihre Schwester schwiegen, vielleicht haben sie ihre Gründe. Pater Bertrand ist verschwunden, und der Herzog spielt Katz und Maus, befürchte ich. Aber der Hauptmann, warum hat der Hauptmann nicht ausgesagt?«, überlegte er laut.

Alle sahen sich an.

»Vielleicht, weil er mit dem Baron unter einer Decke steckt?«, warf Jola ein.

Sofort sprang Yann auf. »Ich muss nach Hause, ich muss nach Hause«, rief er, und seine Augen waren durch den übermäßigen Biergenuss trüb geworden. Er schwankte.

Pfarrer Jeunet nahm seine Hand und zog ihn wieder auf die

Bank zurück. »Wir müssen das jetzt zu Ende bringen, und deshalb bleibst du in Nantes«, sagte er und schob Yanns Bier beiseite.

Nochmals sprang Yann in die Höhe und machte sich vom Griff des Pfarrers los. Sofort stand Mathis auf und hielt dem Schmied seinen freien Arm entgegen. »Ich bringe dich ins Bett. Jetzt ist es ohnehin zu spät für den Heimweg, denn die Stadttore sind geschlossen.«

»Meinst du, dass ich morgen abreisen kann?« Yanns Stimme war zu einem Jammern geworden, doch er hakte sich ein.

»Das werden wir morgen sehen«, sagte Mathis so ruhig wie möglich.

In den Wäldern bei Saint Mourelles

Bis tief in die Nacht hatte sie unter den Büschen gelegen und war erst aus der Erdmulde gekrochen, als sie den Mond durch die Zweige hatte scheinen sehen. Hatte auf Knien gewartet, gelauscht und war dann zur Höhle geflüchtet.

Zwei Tage waren seitdem vergangen, und der Durst war inzwischen unerträglich geworden. Mit den Händen hatte sie ihren Urin aufgefangen, aber dann bei dem Versuch, ihn zu trinken, würgen müssen. Sie spürte, dass der Durst sie schwächte, austrocknete, die Lippen springen ließ und die Gedanken bannte.

Ich muss zum Fluss, entschied sie. Ob ich hier umkomme oder von den Berittenen entdeckt werde, welchen Unterschied macht das noch?

Sie zog sich an der Felswand in die Höhe und fühlte heftigen Schwindel, der sie umgehend wieder in die Knie zwang. Auf allen vieren kroch sie zum Ausgang der Höhle und verharrte keuchend. Ihr Blick irrlichterte durch die Umgebung, und sie glaubte, den Fluss zu erkennen.

Catheline lächelte und drückte sich erneut in die Höhe. Bevor sie die ersten Schritte setzen konnte, hörte sie die Pferde.

Sie kommen, dachte sie schwerfällig.

Kurz drehte sie sich um, sah in die Höhle und überlegte, ob sie sich in Sicherheit bringen sollte. Sie schüttelte den Kopf und hielt nach den Reitern Ausschau, die sie derweil ebenfalls entdeckt hatten. Brüllend stießen sie den Pferden die Sporen in den Leib und jagten auf Catheline zu.

Vielleicht soll es so sein, dachte sie, trat auf die Lichtung, schloss die Augen und spürte das Heranjagen der Pferdehufe als sachtes Beben des Bodens, das beständig zunahm.

Schloss Nantes

Gut, dass der Bischof eine Pause eingelegt hat, sonst wäre ich geplatzt vor Wut, dachte Julien und stieß die Tür zum unteren Saal des Schlosses auf, in dem die Zeugen saßen.

Erschrocken fuhren einige von ihnen zusammen.

»Die Zeugen können abreisen, wurde mir von Pater Blouyn mitgeteilt. Vielen Dank für alles, ich wünsche einen guten Heimweg«, stieß Julien hervor. Bevor er sich zum Gehen wandte, sah er Jola Cogul an. »Ihr sollt Euch bitte bei der Baronin de Troyenne melden. Eines der Mädchen, das zur Begleitung mitgereist ist, ist anscheinend erkrankt, und es wird Hilfe benötigt.«

»Moment! Magister Lacante, bitte wartet und berichtet uns vom heutigen Prozesstag. Stimmt es, dass Catheline vorgeführt wurde?«, fragte der Bauer mit dem Treibstecken, den die Wachen heute von seinem Lauschposten vor der Tür des oberen Saales verwiesen hatten.

Die Angst in seinen Augen war unübersehbar, und Julien spürte einen Anflug von Mitleid. Müde rieb er sich über die Stirn. Wie viel Wahrheit vertrugen diese Menschen? Würden sie es ertragen, heimzureisen in dem Wissen, dass der Baron heute seine Strategie gewechselt hatte? Dass er in schlichter Kleidung vor dem Gericht erschienen war und sich als guter Christ dargestellt hatte, der die Sakramente der Taufe und Kommunion empfangen hatte? Der nachdrücklich beteuert hatte, im Gegensatz zu dem verschwundenen Pater Bertrand sich niemals dem Teufel und seinen Versuchungen hingegeben zu haben? Würde ihnen der Pfarrer nicht all das ohnehin erzählen? »Ja, die Haushälterin wurde heute vorgeführt.«

Als Antwort erklang das Aufschluchzen einer der Frauen. Ein eindringlicher Diskant der Angst.

Der Bauer mit dem Treibstecken trat näher. »Wie geht es ihr?«

Vor Juliens Augen erschien das Bild der leichenblassen Frau, die, von Kopf bis Fuß verdreckt, in den Saal geführt wurde. Noch einmal fühlte er ihren gehetzten Blick auf sich. »Es geht ihr gut.«

Die Erinnerung an die in jeder Hinsicht katastrophale Aussage schob er beiseite. Gelallt hatte die Frau, als wäre sie betrunken. Wankend hatte sie vor dem Gericht gestanden, hatte mehrfach um Wasser gebettelt und kaum auf die Fragen des Bischofs geantwortet. Doch das Schlimmste war das Verhalten des Barons gewesen, der, sobald die Frau sich an einer Antwort versuchte, dazwischenfuhr. Und niemand hatte ihm Einhalt geboten, bis die wenigen Worte der Frau, die sie von sich gab, sich ineinander verwirrten.

»Was hat sie ausgesagt?«, fragte nun der Bauer, der, das wusste Julien sehr wohl, Mathis Maury hieß. Doch die Zeugen mit ihren Namen anzureden nahm ihnen die Anonymität, die es ihm als Generalexaminator der Zeugen erlaubte, sich die Angst anderer vom Leib zu halten.

»Wenig.« Mehr gab es dazu nicht zu sagen, befand Julien. Immer mehr kam er zu der Überzeugung, dass es nicht seine Aufgabe war, die erbärmlichen Details zu schildern.

»Sie wird auf dem Scheiterhaufen landen, und der Baron wird freikommen«, schrie nun Jola Cogul auf. »Nicht nur sie wird sterben, auch wir werden es, wenn er zurückkommt.«

»Jola, beruhige dich. Bitte, beruhige dich, es ist schwer genug für uns alle. Geht bitte alle, reist nach Hause zu euren Lieben. Es liegt in Gottes Hand, was nun geschieht«, sagte der Pfarrer. Sein Rücken schien heute noch stärker gebeugt zu sein.

»Was ist mit Euch, Pfarrer Jeunet?«, fragte nun Mathis Maury und legte die Hand auf die Schulter des Alten.

»Ich bleibe hier. Sie ist meine Haushälterin, vielleicht kann ich ihr noch irgendwie zur Seite stehen.«

»Auch ich werde bleiben, auch ich will in Cathelines Nähe sein. Niemand erwartet mich, und wir können Euch nicht allein in dieser nahezu unüberschaubaren Stadt zurücklassen.«

Dankbar nickte der Alte, dann senkte er das Haupt und ging mit zitterigen Schritten aus dem Saal hinaus.

»Ich beantrage den Ausschluss vom kirchlichen Verfahren«, sagte Amédé ruhig. »Mit der Aussage von Catheline Cogul ist nun der Beweis geführt, dass ich mit den Morden nichts zu tun habe. Auch der Teufelsbeschwörung habe ich mich nicht schuldig gemacht. Hierfür müssen die ehrenwerten Herren den flüchtigen Pater Bertrand belangen, der sicherlich, da stimme ich dem Gericht zu, ein Betrüger ist.«

Bérénice hörte, wie Francine tief durchatmete, und neidete ihr das Gefühl der Erleichterung. Für sie selbst war der Vormittag ein nicht endendes Entsetzen gewesen. Schon allein Amédés Versuch, sich über seine Kleidung beim Gericht anzubiedern, hatte sie angewidert. Unerträglich war er ihr geworden, als man das arme Mädchen in den Gerichtssaal geschleift hatte. Die Anwesenheit dieses verstörten Häufleins Elend hatte Amédé regelrecht beflügelt. Mit geschickten Fragen hatte er ihr zugesetzt, bis sie verstummt und abgeführt worden war.

»Ich nehme an, mit den anderen Vorwürfen habt Ihr ebenfalls nichts zu schaffen?«, fragte nun Bischof du Clergue, und seine Stimme klang süffisant.

»Doch, ich habe, und ich bitte um die Vergebung des Gerichts, mich des Angriffs auf Pater Jeunet und der Verletzung der kirchlichen Immunität schuldig gemacht. Zudem habe ich mich mit Alchemie befasst, jedoch fernab jeder Teufelsbeschwörung. Für diese Taten werde ich die volle Verantwortung übernehmen, wie auch für die unbotmäßigen Übergriffe meiner Garde auf die Bewohner des Dorfes Saint Mourelles.«

Die Finger des Bischofs trommelten auf dem Tisch herum. Unsicher sah Bérénice zu Julien hinüber, der zurückgelehnt in seinem Stuhl saß, mit grimmiger Miene und vor der Brust verschränkten Armen.

»Schon seit geraumer Zeit trage ich mich mit dem Gedanken an eine Pilgerreise, das ist bezeugbar. Ich bin bereit, diese anzutreten, und ebenso werde ich eine Ablasszahlung in jeglicher Höhe entrichten, wenn das Gericht eine solche als Strafmaß verhängt.«

Pater Blouyn legte den Kopf schräg und lächelte. Es war ein

mitleidiges Lächeln. Bérénices Herz schlug schneller, und auch Julien löste seine verschränkten Arme und setzte sich auf.

»Ich befürchte, Ihr macht Euch das ein wenig einfach«, sagte der Pater. »Wer sagt uns, dass Ihr nicht mit diesem Weib unter einer Decke steckt?«

Amédé zuckte zusammen. »Ich soll mit diesem dreckigen Weib unter einer Decke stecken? Sag du mir lieber, ob du nicht mit dem Herzog unter einer Decke steckst?«

Schon wieder sprach Amédé den Inquisitor respektlos an! Bérénice war für einen Moment versucht, aus dem Saal zu stürmen. Stattdessen schlug sie die Hände vors Gesicht und lugte durch ihre Finger hindurch.

»Oh, Ihr sorgt Euch um meine Unabhängigkeit? Gehilfe, bitte bringt mir das Beglaubigungsschreiben.«

Entspannt beobachtete Pater Blouyn seinen Angeklagten, bis er das Anschreiben vor sich liegen hatte. Dann hob er das Pergament in die Höhe. »Ihr könnt gern vortreten und es durchlesen, vielleicht genügt aber auch der Anblick des roten Wachssiegels. Es trägt das Zeichen der Inquisition. Um mich müsst Ihr Euch demnach keine Sorgen machen, vielmehr solltet Ihr an Euch und Euer Seelenheil denken.«

»Ihr habt sie doch alle gesehen: Dieses Weib, sie ist eine Hexe! Die vorgelegten Beweise, sie haben keine Gültigkeit. Und was ist mit der Aussage des Herzogs?« Spucke flog umher, während Amédé die Worte ausspie. Er sprang auf und fuchtelte drohend mit der Faust herum. »Ein Sauhaufen ist das hier, ein abgekartetes Spiel von euch Ablasshändlern. Lieber werde ich gehängt, als weiterhin euch Hurenjägern Antworten geben zu müssen.«

Francine fächelte sich mit der Hand Luft zu. Ihr Mund stand offen, die Augen waren vor Schreck geweitet. Amédé benutzte Worte, die jeden im Saal vor Scham erglühen ließen.

»Baron de Troyenne, wenn ich noch einmal solchen Unflat von Euch vernehme, werde ich Euch die Contumacia, die Missachtung des Gerichts, vorwerfen«, rief der Promotor und schlug mit seiner winzigen Faust auf das Pult, an dem er stand.

»Du Wicht, du bist nur hier und machst dich wichtig, weil man einen Zwerg wie dich sonst nirgends gebrauchen kann«, brüllte Amédé zurück. »Man sieht doch, dass du auch diesen Sauhaufen nicht im Griff hast.«

Der sogenannte Wicht gab den Wachen ein Zeichen. »Führt ihn ab. Sofort!« Dann verließ er sein Pult und baute sich vor dem Bischof und Pater Blouyn auf. »Hiermit beantrage ich«, rief er, während Amédé lautstark versuchte, sich dem Zugriff der Wachen zu entziehen, »die Exkommunikation des Angeklagten, die schriftlich festgehalten werden muss.«

Mit einem Schlag erstarb Amédés Widerstand. Während die Wachen seine Arme packten und hinter seinem Rücken verdrehten, dass er sich vorbeugen musste, sah er den Promotor an. »Das könnt Ihr nicht machen. Nicht die Exkommunikation, ich flehe Euch an. Das könnt Ihr nicht mit mir machen.«

»Was soll das? Ihr seid zu nachsichtig mit dem Baron!« Der Kopf des Bischofs zuckte vor und zurück, ruckartig wie ein Taubenkopf.

Pater Blouyn griff sich ein Glas und goss den Wein mit einem Schluck hinunter. Seufzend wischte er sich den Mund ab. »Lasst uns die Pause für andere Themen nutzen. Und ich weiß nicht, was Ihr meint. Wir haben Amédé de Troyenne exkommuniziert.«

»Catheline Cogul, was soll dieses Weib da unten im Kerker?«

»Werdet Ihr jetzt gemütvoll und setzt Euch für eine Haushälterin ein?« Der Pater verzog sein Gesicht verächtlich und langte dabei in die Obstschale. Griff sich eine Kirsche und schob sie in den Mund, um dann den Kern zu Boden zu spucken. Gelangweilt, ohne den Bischof anzublicken. »Liegt Euch an Pfarrer Jeunet? Er ist alt und sicherlich auch krank. Braucht er das Weib so dringend zur Hilfe? Oder worum geht es Euch?«

Julien hielt den Atem an. Er war aufmerksam, der Dominikaner, er erfasste sofort, dass es durchaus um anderweitige Angelegenheiten ging. Um Ländereien, die längst verteilt waren, um Versprechen, die bis nach Paris gemacht worden waren. Darum, dass ein Weib als Bauernopfer auf dem Scheiterhaufen, sogar noch zur Hexe ausgerufen, den Plan, sorgfältig entworfen, in sich zusammenstürzen lassen würde. Auch wenn Pater Blouyn von alledem nichts wissen konnte, schien er es förmlich zu wittern.

Julien lief ein Schauer den Rücken hinab. Was war, wenn er sich von der Geldgier des Bischofs hatte blenden lassen, wenn sein Gefühl ihn trog? Was war, wenn der Baron kein Mörder war? Wenn er dem Scheiterhaufen zurecht entging? Die Anklage scheiterte? Wenn Amédé auf das Schloss zurückkehrte und Bérénice wiedersah? Was würde er selbst machen, wenn sein Ruf als Magister ruiniert wäre und er irgendwann des Nächtens in einer der dunklen Gassen Nantes' den Häschern des Barons gegenüberstehen würde? Er schüttelte kaum merklich den Kopf. Nein, so ist es nicht, rief er sich zur Ordnung. Ich habe die Zeugenaussagen vernommen, zu vieles spricht gegen seine Unschuld, und dass der Bischof aus dem Untergang des Barons noch Gewinn zieht, das soll nicht mein Fehler sein.

»Es geht nicht um dieses Weib, es geht darum, dass es Regeln gibt bei einem Inquisitionsprozess, und an die haben wir uns zu halten. Hier und da eine kleinere Abweichung, eine flexible

Auslegung der Vorschriften, dagegen sage ich nichts. Aber gegen einen Bruch der Verfügungen unserer Heiligen Inquisition, dagegen verwehre ich mich«, erwiderte der Bischof derweil.

Pater Blouyn schob sich erneut eine Kirsche in den Mund, drückte sie in die rechte Wangentasche, die sich nach außen wölbte. Genüsslich spitzte er die Lippen und spuckte den Kern auf den Boden vor die Füße des Bischofs. »Beschwert Euch doch«, grinste er. »Ihr wisst ja, an wen Ihr Euch wenden müsst. Es steht Euch frei, Euch beim Erzbischof zu beschweren, ich werde Euch nicht daran hindern, denn ich gehe davon aus, dass er ein, zwei andere Dinge um die Ohren hat als einen Ketzerprozess in Nantes. Zudem würde der Erzbischof mir zustimmen, dass eine Zeugenfolter durchaus zulässig ist. Insofern kann ich nur sagen: Solange ich vom Erzbischof keine gegenteilige Anweisung erhalte, wird der Prozess so weitergeführt, wie ich das für richtig halte.«

Was machte sie hier?

Sie gehörte nicht hierher. Das musste ein Irrtum sein. Hier wurden Verbrecher festgehalten, Ketzer vielleicht, aber kein Weib mit einem losen Mundwerk.

Es roch nach Pisse. Nach Erbrochenem. Nach Schweiß und feuchtem Gemäuer. Catheline hatte es aufgegeben, an der vergitterten Tür zu rütteln, sich dagegenzuwerfen, darauf einzutreten. Breite, kalte Streben, an denen sie sich die Fingerknöchel wund geschlagen hatte. Immerhin hatte man ihr inzwischen Wasser gebracht. Mit jedem Schluck hatte sich ihr Zustand gebessert, waren die Worte und Gedanken wieder an ihren Platz zurückgekehrt, nur die Erinnerung an ihre Aussage vor Gericht blieb diffus.

Der Verschlag, so nannte Catheline den Raum, weil sich alles in ihr weigerte, das Wort Kerker auch nur zu denken, war ohne Fenster. Im Gang rechter Hand neben der Tür hing ein Kienspan an der Wand. Die Flamme zuckte und schwankte schwächer werdend vor sich hin, und wenn sie erlosch, würde nichts als Dunkelheit bleiben. Fluchtgefahr, hatte der Inquisitor gemurmelt und darauf bestanden, dass sie in diesem Verschlag nun den weiteren Verlauf des Prozesses abwarten sollte.

Erneut lief sie von Wand zu Wand, nicht mehr als viereinhalb Schritte, bis sie zur Umkehr gezwungen wurde. Doch die Bewegung war das Einzige, was ihre Unruhe ein wenig milderte. Sie schaute nach dem Ring, der am Boden eingelassen war. Immerhin, man hatte darauf verzichtet, sie anzuketten, ihr die Möglichkeit gegeben, nicht auf dem schimmeligen Strohlager, über das Käfer flitzten, hocken zu müssen.

Anfangs hatte sie um Hilfe gerufen, versucht, die Wache herbeizulocken, doch damit hatte sie nur die Männer, die ebenfalls in den Tiefen des herzöglichen Schlosses festgehalten wurden, darauf aufmerksam gemacht, dass eine Frau in der Nähe war. Erschrocken war sie verstummt ob der mehrkehligen Geilheit, die als Antwort erklungen war.

Stimmen und Schritte im Gang ließen sie zusammenzucken. Sie presste sich mit dem Rücken an die Wand und spähte durch die Türstreben.

Der Magister. Hier, in der Unterwelt.

Sie stürzte zum Gitter, presste sich dagegen, streckte den Arm hindurch und hielt dem Notar, ohne zu wissen, warum sie es machte, die offene Hand entgegen. »Kommt Ihr mich holen? Darf ich gehen?«, rief sie ihm zu.

Er schüttelte den Kopf, öffnete die Tür und antwortete mit gesenkter Stimme: »Es tut mir leid, dass Ihr festgehalten werdet, aber dieser Pater Blouyn ... Sagen wir es so: Er ist anders, als wir es uns vorgestellt haben. Das Anketten konnte ich Euch ersparen, mehr kann ich aber derzeit nicht für Euch tun. Außer …« Er trat beiseite und winkte den Gang hinab.

Catheline hörte den Treibstecken, das vertraute gleichmäßige Klacken auf dem steinernen Boden und atmete aus.

Kurz blieb Mathis stehen, musterte sie, während der Magister hinter dem Gitter aus Cathelines Blickfeld verschwand.

Mathis hat den Magister nie leiden können, auch wenn ich nie verstanden habe, warum, durchfuhr es sie. Aber er muss ihn gefragt haben, ihn gebeten haben, mich sehen zu dürfen. Er hat seinen verdammten Stolz geschluckt und um Hilfe gebeten. Für mich. Sie machte zwei Schritte, stand vor ihm. Betrachtete ihn zärtlich, um dann die Arme um ihn zu schließen.

»Geht es dir gut?«, flüsterte er.

Catheline spürte gehauchte, flüchtige Küsse auf ihrem Haar. Sie schloss die Augen und lauschte Mathis' Herzschlag nach.

»War ich schlimm? Bei der Vernehmung, meine ich? Hat der Magister was gesagt? Hat er gesagt, wie es um mich steht?«

»Der Magister ist selbst ratlos. Es gab wohl, deutete er Pfarrer Jeunet gegenüber an, eine Auseinandersetzung zwischen dem Pater und dem Bischof, weil der fürchtet, dass der Inquisitor sich zu sehr vom Geblüt des Angeklagten beeindrucken lässt.«

Sie presste ihre Wange noch fester gegen Mathis' Brustkorb. »Du meinst, Pater Blouyn hält mich fest, weil er mich vielleicht noch gebrauchen kann? Weil er vielleicht mich zur Schlachtbank führen wird?«

»Nein, das ist Unsinn«, antwortete Mathis.

Catheline hörte das Schlucken in seiner Kehle. Dann das Räuspern des Magisters.

Zeit für den Abschied.

Ihr wurde übel vor Angst. Gleich würde sie wieder der Einsamkeit gegenüberstehen, die, das wusste sie schon jetzt, noch grausamer zulangen und von ihr Besitz ergreifen würde. Sie ließ die Arme sinken und musste fast lachen. Es war Mathis, der sich inzwischen regelrecht an ihr festkrallte, sein Gesicht auf ihren Kopf presste und keine Anstalten machte, der Aufforderung des Magisters nachzukommen.

Der zögerte nicht, trat neben Mathis und packte seinen Arm, zerrte daran. »Wir können nicht ewig bleiben, länger geht es nicht. Ich habe im Kerker alleine nichts zu suchen und Ihr schon gar nicht. Wenn man uns entdeckt, dann gnade uns Gott.«

Die Tür wurde geschlossen. Mathis' Rücken war gebeugt wie der eines alten Mannes. Unentwegt sah er sich um, bis er um eine Ecke verschwand.

Inzwischen hatte der Mann einen Namen. Mathis Maury. Und jener lief immer langsamer und blieb schließlich stehen.

Ungehalten drehte Julien sich um. »Nun kommt schon«, sagte er und wies zum Haupttor. »Ich begleite Euch noch, damit es mit der Nachtwache keine Schwierigkeiten gibt, weil Ihr so spät das Schloss verlasst.«

»Danke«, sagte Mathis und bewegte sich dennoch nicht weiter.

»Das ist nicht der Rede wert, und jetzt kommt.«

»Es gibt da noch etwas, das ich Euch sagen muss.«

Julien spürte, dass sich seine Schultern verspannten, ein untrügliches Zeichen, dass sich das nächste Problem ankündigte. »Was wollt Ihr mir sagen?«, fragte er gedehnt und sah sich um. Warum hatte dieser Hinkefuß darauf gewartet, bis sie allein waren?

»Wir werden den Prozess nicht gewinnen können«, sagte Mathis Maury, und seine Stimme brach. »Was wird dann aus Catheline?«

Julien trat näher und kniff die Augen zusammen. »Warum werden wir den Prozess nicht gewinnen?« Sein Herz begann zu hämmern.

»Der Pater wird sie dann opfern, oder?«

»Verdammt«, Julien ballte die Fäuste, »worum geht es?« Es kostete ihn Überwindung, diesen Bauern nicht am Umhang zu packen und ihn zu schütteln, bis die Antwort aus ihm herausfiel.

»Es gibt eine Falschaussage«, nuschelte der, ohne ihn anzusehen.

Ungläubig schüttelte Julien den Kopf. Er glaubte, das Wort »Falschaussage« vernommen zu haben. Das war unmöglich. Keiner dieser kleinen Bauern würde die Frechheit besitzen, bei einem Inquisitionsprozess zu lügen.

»Blanche Boudet, sie hat eine Falschaussage gemacht.«

»Wie lange wisst Ihr das schon?«

»Seit wir Nantes erreicht haben.«

O mein Gott, brüllte es in Julien auf, und seine rechte Faust raste vor. Schlug dem Bauern in die Magengrube, der zusammenknickte und auf die Knie sank.

»Was wird mit Catheline geschehen?«, ächzte er, während er sich den gekrümmten Leib hielt.

Für einen Moment war Julien versucht, auf ihn einzutreten, seine ganze Wut an diesem Krüppel auszulassen, doch er beugte sich hinab, bis sein Gesicht dicht vor dem des Bretonen war. »Du hältst dein Maul. Niemand weiß etwas davon, und wenn was durchsickert, das kann ich dir versichern, ist das Todesurteil für dieses Weib gesprochen. Also überlege dir gut, was du jetzt machst: weiterhin mit dieser Information hausieren gehen oder Gott im Gebet um Vergebung anflehen. Vielleicht kannst du ihm dabei ja klarmachen, dass es nicht nur ihr Leben ist, das bei diesem Prozess auf dem Spiel steht.« Dann ließ er den Krüppel sitzen, wo er war: inmitten des Drecks auf dem Schlosshof.

Wortlos hatte eine Wache die Tür geöffnet, und mit einem Kopfnicken hatte der Mann angedeutet, dass Catheline ihm folgen solle. Er führte sie noch tiefer in die Unterwelt hinein, vor eine kleine, hölzerne Tür, vor der gut eine Handvoll Männer wartete. Beim Näherkommen erkannte sie, dass der Promotor, Magister Lacante, Bischof du Clergue, Pater Blouyn und der Herr Baron sowie zwei weitere Wachen auf sie warteten.

Amédé de Troyenne, deinetwegen bin ich in dieser Unterwelt, schrie es in Catheline auf. Deinetwegen hängt mein Leben am seidenen Faden. Ich wünsche dir das ewige Höllenfeuer, endlose Pein und …

»Territio mere verbalis, das Erschrecken mit Worten«, unterbrach der Promotor ihren stummen Fluch. »Habt Ihr davon schon gehört?«

Catheline schüttelte den Kopf.

»Das ist eine Führung durch den Folterkeller, die dem Angeklagten, in diesem Fall dem Baron de Troyenne, aufzeigen soll, was ihn erwartet«, erklärte er und schob sie durch die Tür.

Hinein in den Folterkeller.

In die Hölle.

Der Baron und die Wachen folgten, während die anderen Männer im Gang zurückblieben.

»Was soll ich denn hier?«, flüsterte Catheline und hörte, wie ihre Zähne aufeinanderschlugen. Ihr Blick sprang zwischen dem Baron und dem Promotor hin und her. Der eine blass und still, der andere ruhig und mit rosigen Wangen.

»Pater Blouyn ist der Meinung, dass es nicht schaden kann, auch Euch über alles zu unterrichten, denn eine Komplizenfolter ist ebenso erlaubt wie eine Zeugenfolter«, antwortete der Promotor und schob Catheline ein Stück weiter.

Hinein in die Tiefen der Hölle.

»Der Beklagte, an dem die peinliche Befragung vorgenommen werden soll, wird zuerst entkleidet und bekommt einen Folterkittel umgelegt. Daraufhin werden ihm die Haare geschoren.« Kurz musterte der Promotor ihren Haarknoten. »Wäre schade darum, aber das tut nichts zur Sache. Noch einmal wird dem Angeklagten die Möglichkeit gegeben, sein Geständnis abzulegen. Wenn er noch immer keine Einsicht zeigt, beginnt die Folter.«

Der Promotor schwieg, als wolle er dem Baron und ihr Zeit geben, den Schrecken des Ortes auf sich wirken zu lassen, die Apparaturen und Instrumente, von deren Existenz Catheline nicht einmal etwas geahnt hatte, genauer in Augenschein zu nehmen.

»Der Scharfrichter, der die Hinrichtungen vornimmt, führt auch die peinliche Befragung durch. Begonnen wird diese mit dem Anlegen der Daumenschrauben, manchmal auch gleich mit dem Anlegen der Beinschrauben. Das dort ist die Streckbank. Demjenigen, der auf ihr liegt, wird zudem eine Rolle Stacheln unter den Rücken geschoben. In Tour Neuve arbeiten wir mit den bewährten Mitteln. Zudem verfügen wir noch über einen Stuhl mit hölzernen Stacheln. Sicherlich könnt Ihr Euch selbst ausmalen, wie es sein muss, dort Platz zu nehmen.«

Catheline bemerkte, dass die stachelüberzogene Sitzfläche dunkler war als der Rest des Stuhles. Entsetzt blickte sie den Promotor an, und der lächelte freundlich zurück.

Der Promotor bedeutete ihnen, ihm zu folgen. Er zeigte in die Höhe: »Das ist der trockene Zug, eine kraftvolle Winde, an der die Hände festgebunden werden. Die Füße werden mit Steinen beschwert, und dann wird die Winde gedreht, um die Glieder zu strecken. Häufig kommt zusätzlich die Peitsche zum Einsatz.«

Dann steuerte der Promotor auf eine Feuerstelle zu, die irgendwer vor ihrem Erscheinen befeuert hatte. Versonnen blickte er in die gelbrot züngelnden Flammen. Ohne aufzuschauen, deutete er zu einem Tisch, auf dem verschiedene Zangen lagen. »Zu guter Letzt kommt das Feuer. Die letzten verbliebenen Haare, also jene, die noch nicht geschoren wurden, werden abgebrannt, meist mit glühenden Kohlen. Auch hier vertraue ich darauf, dass Ihr wisst, wo sich an Eurem Leib noch Haare befinden, wenn das Haupthaar bereits fehlt. Es beginnt harmlos, mit dem Abbrennen der Achselhaare. Erst dann wendet sich der Scharfrichter den delikaten Stellen zu.«

Catheline sah auf den Rücken des Barons, der vor ihr stand, auf das hübsche Muster seines glänzenden blauen Wamses. Weigerte sich, die Zangen genauer zu betrachten, und verbot ihren Gedanken, den Bildern zu folgen, die der Promotor eigens für sie beide heraufbeschwor. Dennoch musste sie mit jedem Schritt flacher atmen, damit das Würgen in ihrem Hals nicht überhandnahm. Sie fürchtete sich vor den Konsequenzen, die es haben würde, wenn sie sich an diesem Ort übergab. Menschen, die solche Abartigkeiten erfanden und ausführten, hatten sicherlich auch hierfür grausige Strafen.

Der Promotor sprach nun den Baron mit samtweicher Stimme an. »Ich sehe, dass es Euch nicht gut geht. Hört auf meine Empfehlung: Offenbart Euch dem Gericht, sagt Euch von der Schuld los, die Ihr auf Euch geladen habt. Die Heilige Inquisition entlässt eher, um Gottes Willen zu ehren, einen Schuldigen in die Freiheit, als über einen Unschuldigen fälschlicherweise zu richten. Aber was würde Euch ein Leben in Freiheit nützen, wenn Eure Seele unfrei ist? Um Euch zu helfen, den Weg zu Gott zu finden, zögern wir deshalb nicht, die Wahrheit mit den Mitteln der tortura aus Euch herauszupressen.«

Erneut machte der Promotor eine Pause, ohne den inzwischen schweißnassen Baron aus den Augen zu lassen.

Peinliche Befragung, Folter, tortura. Mit Bedacht gewählte Worte, von denen eines abstoßender war als das andere. Der Druck in Cathelines Kehle nahm zu, und die Schweißperlen im Nacken des Barons wurden immer zahlreicher.

»Wenn Ihr Eure Aussage gemacht habt, also den Weg zur Wahrheit gefunden habt, wobei wir Euch nach Kräften unterstützen, wartet nur noch eine Aufgabe auf Euch. Dieses Geständnis, das wir confessio nennen, muss wiederholt werden vor den gerechten Richtern, die Gott Euch zur Verfügung gestellt hat. Eine Wiederholung außerhalb der Folter, aus freien Stücken, denn das Geständnis ist die Königin der Beweise.«

Das Erschrecken mit Worten. Wie lange konnte es noch dauern? In der Unterwelt schien sich die Zeit zu dehnen, wahrscheinlich die erste eindrucksvolle Waffe des Scharfrichters und seiner Gehilfen: der verschwenderische Umgang mit Zeit. Für Catheline hatten sich in der andauernden Dunkelheit ihres Verschlages Tag und Nacht verwischt. War die Vorstellung verblasst, dass außerhalb dieser kühlfeuchten Wände die Welt noch existierte. Dass über den Schlosshof Menschen eilten, die ihrem Tagewerk nachgingen, sorglos, nicht ahnend, welche Welt unter ihren Füßen schlummerte. Unvorstellbar, dass die Sonne schien, die Wiesen blühten, Wasser die Bäche hinabfloss.

Der Promotor drehte sich einen halben Schritt seitwärts, sodass er auch Catheline wieder im Blick hatte, während er mit fast väterlicher Miene weitersprach: »Es geht darum, Eure Zunge zu lösen. Denn ohne die Zunge gibt es kein Geständnis. Die Fragen, die im Verlauf der tortura gestellt werden, sind einfach formuliert, damit Ihr sie auch unter größtem Schmerz versteht und beantworten könnt. Das Ausmaß des Schmerzes, das Ihr erleiden müsst, hängt schlichtweg davon ab, wann Ihr Euch entscheidet, uns den Tathergang zu schildern. Und bitte vergesst nicht: Bei diesen Grausamkeiten, und das sind die Methoden der tortura in meinen Augen durchaus, geht es in erster Linie um Euch und niemand anderen. Um Euer Seelenheil.«

Der Baron hatte noch kein Wort verloren, seit sie in den Folterkeller geführt worden waren. Catheline bemerkte, wie sein linker Arm sich ein Stück hob und die Hand an der Wand nach Halt suchte.

»Wichtig ist noch, dass das Geständnis, das Ihr macht, nur gilt, wenn die Angaben überprüfbar sind. Sollten also Eure Angaben bei einer Überprüfung letztlich nicht stimmen, ist Euer Geständnis nichts wert. Verschwendete Lebenszeit aller Beteiligten, Eurer ohnehin.« Eindringlich schaute der Promotor Catheline an: »Euer Weg zu Gott kann seinen Anfang in der Angabe eines Fundortes nehmen. Wart es nicht Ihr, die alle Leichen entdeckt hat?«

Heftig schüttelte Catheline den Kopf, ihr Mund formte ein Nein, ohne dass ein Laut erklang. Der Druck in ihrer Kehle ließ kein Geräusch entweichen. Doch der Promotor erwartete offensichtlich noch keine Antworten. Das Erschrecken mit Worten folgte einem ausgeklügelten Plan, der noch nicht zu Ende gebracht war.

»Gehen wir einmal vom schlimmsten Fall aus: Solltet Ihr die Folter überstehen, ohne ein Geständnis abzulegen, werdet Ihr aus der Haft entlassen. Ihr habt eine Purgation, eine Reinigung von den Indizien, die gegen Euch sprechen, erreicht. Aber das bedeutet nicht, dass Ihr unschuldig seid. Es ist die absolutio ab instantia. Bei neuen Indizien wird das Verfahren wieder aufgenommen und die Folter wiederholt. Also, wenn es Euch nicht gelingt, Euch vom Bösen loszusagen, lauft Ihr Gefahr, nochmals die tortura zu erleben. Glaubt mir, das zweite Mal an diesen Ort geführt zu werden ist schlimmer als das erste Mal, denn man weiß, was einen erwartet. Ich hörte von einem Mann, der verlor zwar nicht das Böse, als er das zweite Mal der tortura unterzogen werden sollte, aber er verlor seinen Verstand. Für immer. Er wurde zu einem armen, sabbernden Kretin.«

Der Rundgang schien beendet zu sein, denn der Promotor wandte sich wieder der Tür zu und trat in den Gang hinaus. Catheline, der Baron und die Wachen folgten ihm.

Amédé de Troyenne räusperte sich und zerrte am Kragen seines Wamses. »Ehrenwerte Herren!«, wandte er sich an Pater Blouyn und den Bischof, die mit verschränkten Armen vor ihm standen. »Ich bitte darum, die Exkommunikation aufzuheben. Sie ist grausam gegen mich, einen Mann, der ein gottesfürchtiger Christ ist, und ich bitte um Aufschub der Folter, denn ich möchte ein Geständnis machen.«

Wie oft Catheline sich in ihrem Leben übergeben hatte, wusste sie nicht, auch die Anlässe hätte sie nicht näher bestimmen können. Krankheit, verdorbenes Essen und Aufregung waren sicherlich dabei gewesen. Sie wusste nur, als sie den Kopf beiseitedrehte, dass sie sich noch nie vor Erleichterung erbrochen hatte.

Obwohl die Sonne seit Tagen vom Himmel lachte, war es im Saal des Schlosses, in dem das Gericht tagte, heute wieder unerträglich kühl. Als wäre der Sommer an den Mauern des herzöglichen Schlosses gescheitert. Dieser Saal war ein Ort, an dem sich Männer aufhielten, die anscheinend nicht darum wussten, dass Frauen froren und Wärme Behaglichkeit verströmte. Sicherlich war ein Gericht kein Ort der Behaglichkeit, aber die Kälte in diesem viel zu hohen, viel zu großen Saal kroch über die Füße die Beine hinauf, von den Fingerspitzen die Arme entlang bis in den Leib. Eine Kälte, die nach den schlaflosen Nächten zweifellos dazu angetan war, den ohnehin bleischweren Körper vollends zu entkräften. Bérénice zog den Umhang enger um ihren Leib und spürte, dass ihr Blick flackerte, dass es ihr schwerfiel, sich zu konzentrieren.

Amédé hatte das Gericht anerkannt, die Richter um Entschuldigung gebeten und darum gefleht, dass das Urteil der Exkommunikation aufgehoben werde. Wie es schien, war sie auf dem besten Wege, demnächst als Ehefrau eines Mörders durch die Welt zu gehen. War sie auch eines der Opfer, eines, das weiterlebte? Eine einsame Frau, der, wenn sie vorbeiging, das Getuschel der Menschen folgte? Die geflüsterte Fragen hörte, warum sie nichts bemerkt, nichts gesagt hatte? Ihr Leben zerbrach. Langsam entstanden Sprünge in der Fassade, noch fein wie Haarrisse, die sich jedoch immer weiter zogen und demnächst alles einstürzen lassen würden. Bis ihr Leben zerfiel, würde sie darum kämpfen, jeden Tag wieder in der Ecke dieses Gerichtssaals zu sitzen. Versuchen, Amédés Aussagen zu folgen, die Antworten der Richter zu verstehen, die Anwesenden zu mustern und sich deren Gesichter einzuprägen. Um gewappnet zu sein, wenn sie einem von ihnen jemals außerhalb dieser Mauern begegnen sollte.

Anstatt sich an Juliens Anwesenheit zu wärmen, sich gedanklich am einzigen Lichtblick ihres momentanen Daseins festzuhalten, spürte sie, dass das Flackern hinter ihren Lidern sich verstärkte. Dass ihr Atem kürzer wurde. Dass der Gerichtssaal hin und wieder seine wenigen Farben verlor, die Bilder in ein Schwarz und Weiß überglitten.

Ein. Aus. Ein. Aus. Die Hand unter dem Umhang auf den Brustkorb gepresst, spürte sie ihrem Atem nach und sah sich nach Francine um. Früher hatte sie gesungen, voller Inbrunst, hatte Lieder aus ihrem Inneren hervorgeholt, die jeden berührt hatten. Wann war sie verstummt? Francine, die sich weigerte, mit ihr ein Wort zu wechseln, obwohl sie sich ein Gemach teilten. Auch Schweigen konnte entkräften.

»Ich erteile Euch hiermit«, vernahm sie wie aus weiter Ferne die Stimme des Bischofs, »mit dem Einverständnis des Vertreters der Inquisition die Absolution. Eure Exkommunikation wird damit zurückgezogen. Diese Absolution wird schriftlich festgehalten.«

»Ich möchte eine Aussage machen, aber nur vor Pater Blouyn und dem obersten Richter der Bretagne.«

Da war er, der eine Satz, auf den alle gewartet hatten. Der vorwegnahm, was alle geahnt hatten. Bérénice versuchte, die Erregung auf den Gesichtern der Anwesenden abzulesen, die Gier nach einem aufsehenerregenden Ereignis, das noch in Jahren Stoff für abendliche Gespräche bieten würde.

Julien.

Triumphierend sah er zu ihr herüber. Sie bemühte sich um ein Lächeln und wusste, dass es matt erscheinen würde. Ebenso wenig entging ihr das Stirnrunzeln des Bischofs, des Mannes, den Amédé soeben von seiner Aussage ausgeschlossen hatte. Wo war der Bauer mit dem lahmen Bein, dessen Liebste im Kerker saß? Hatte er im Saal Platz nehmen dürfen? Würde es ihm jetzt besser gehen, oder würde die Angst nun erst recht hochpeitschen? Die Angst, dass Amédé das Mädchen belastete? Um sich reinzuwaschen? Was würde geschehen, wenn der Angeklagte, Baron Amédé de Troyenne, zu sprechen begann?

Amédé.

Der es geliebt hatte, am Fenster zu stehen und hinauszusehen, wenn es regnete. Dabei war ihm die Anwesenheit seiner Frau selbstverständlich gewesen, die sich vor dem Feuer wärmte und die einen Namen hatte: Bérénice. Der er seine Gedanken offenbart hatte. Ein Jüngling noch, ohne Krieg, ohne Gewalt, mit ruhigem Schlaf. Wie lange war das her?

Erneut verlor der Gerichtssaal seine Farben, und in das Schwarz und Weiß mengten sich graue Flocken, die an Schneetreiben erinnerten. Die Stimmen wurden mit zunehmendem Flockenfall leiser, verwehten, bis Stille sie umgab.

Man hatte dem Baron ein Gemach zugewiesen, das weitläufig und hell war, mit Fliesenboden und Kamin ausgestattet, einem Betstuhl und einer Schlafstätte auf einem Podest, umgeben von schweren Vorhängen. Doch anscheinend war die Magd noch nicht im Zimmer gewesen, um hinter dem Baron herzuräumen, der ohne seinen Knappen offensichtlich nicht in der Lage war, Ordnung zu halten. Verschiedene Kleidungsstücke lagen herum, Kissen und Decke lagen zerwühlt, auf dem Tisch stand Geschirr mit Essensresten. Niemand hatte damit gerechnet, dass die Verhandlung unterbrochen und ein Geständnis außergerichtlich erfolgen würde.

Der Baron eilte zum Tisch und wischte mit dem Ärmel die Brotkrümel auf den Boden. Eine Magd mit roten Wangen, deren innere Hitze sich fleckig über den Hals bis in ihren Ausschnitt ergoss, eilte am Tross der Männer vorbei, raffte das Geschirr an sich und versprach stammelnd, umgehend Wasser und Wein herbeizuschaffen.

»Wagt es nicht, uns zu stören. Wenn wir etwas brauchen,

werden wir uns melden. Wartet einfach vor der Tür«, fuhr Pater Blouyn sie an. Das Mädchen, inzwischen waren auch ihre Ohren dunkelrot angelaufen, knickste und verschwand.

Pater Blouyn, der oberste Richter, der Schreiber des Gerichts und er, Julien Lacante, der Generalexaminator der Zeugen vor Gericht, nahmen Platz. Geräuschvoll blätterte der Schreiber in seinen Papieren, ergriff eine Feder, öffnete das Tintenfass und sah dann erwartungsvoll zu Amédé de Troyenne. Der saß am Kopf des Tisches, vorgebeugt, die Unterarme auf den Tisch gestützt, die Hände wie zum Gebet gefaltet. Er fuhr sich mit der Zunge über die Lippen und wartete darauf, dass irgendwer begann, Fragen an ihn zu richten.

»Amédé de Troyenne, Ihr wisst, warum wir hier sind. Um Euch die Möglichkeit zu geben, auf die belastenden Vorwürfe der einzelnen Aussagen zu reagieren, könnte ich Euch anbieten, die Zeugen selbst zu befragen«, eröffnete der Pater das Geständnis.

Julien stockte der Atem. Ahnte dieser Dominikanerpater, in welche Gefahr er die Zeugen damit brachte? Hilfesuchend sah er zum obersten Richter, doch auch der schien dieses Angebot nicht weiter bedenklich zu finden.

»Danke, ich verlasse mich auf das Gewissen der Zeugen. Ich will mich offenbaren, unabhängig davon, was andere mir für Missetaten anhängen. Ihr könnt am Ende gern nachfragen, wenn nicht alles hinreichend geklärt ist. Aber«, Amédé hob den Zeigefinger in die Luft, »mir liegt daran, meine Missetaten, und die habe ich begangen, mit allen zu teilen. Falls Ihr mein Geständnis in Latein niederschreibt, soll es aber so, wie ich es von mir gebe, in französischer Sprache, vorgetragen werden. Vor dem Volk, in der Stadt und auf dem Land. Ich will, dass es jeder versteht, dass jeder von meiner Schande erfährt. Vielleicht stimmt dies Gott ein wenig milder, vielleicht erlaubt er mir, mich von meiner Schuld loszusagen. Denn Ihr habt recht: Ich muss mich von dem, was ich mir aufgeladen habe und an Leid über andere gebracht habe, befreien.« Er seufzte schwer und sah auf seine Hände. »Ich bin ein gottesfürchtiger Mann, auch wenn das niemand mehr glauben mag.«

Julien atmete tief durch.

»Wo soll ich beginnen?«, fragte der Baron und presste seine Finger auf die Schläfen.

»Beginnen wir mit dem Mädchen aus Saint Mourelles. Rachel Authié«, warf Julien ein und ignorierte das Stirnrunzeln des Paters. »Wo ist sie vergraben?«

»Wusstet Ihr, dass sie den bösen Blick hatte?«, fragte der Baron. »Diese dunklen, starrenden Augen. Ich habe es nicht ertragen. Sie ist im Wald von Saint Mourelles, am Hang beim Feenbaum verscharrt. Und falls Ihr das Bettlermädchen suchen wollt: Hauptmann Bouchet hat sie aus Schloss Port-Saint-Luc herausgebracht und weiter entfernt, in der Nähe der Weinfelder, verschwinden lassen.«

Julien sah die Feder des Schreibers über das Papier fliegen. Kurz schloss er die Lider. Ich, Julien Lacante, habe es geschafft, dachte er, ich habe den Baron zu Fall gebracht. Er bekreuzigte sich in Gedanken und wusste nicht, wie er die Wahrheit Bérénice gegenüber in Worte fassen sollte.

Schweigend war er in ihrem Gemach erschienen und vor ihr stehen geblieben. Bérénice hatte geglaubt, spüren zu können, wie Julien ihre Hand ergriff. Doch Francines Anwesenheit, durch lautstarkes Schluchzen nicht überhörbar, hatte zwischen ihnen gestanden und verhindert, dass sie einander halten und für einen Moment zu Atem kommen konnten.

Dann, ganz langsam, hatte Julien genickt und bestätigt, was Bérénice befürchtet hatte. Amédé hatte eine Aussage gemacht und sich belastet. Ungeheuerliche Dinge musste Julien gehört haben, denn er war blass und kraftlos, wie Bérénice ihn bisher nicht erlebt hatte. Eine Erschöpfung, die sie ebenfalls kannte.

Bérénice hatte es ihm abgenommen, Worte für die Ungeheuerlichkeiten finden zu müssen. Sie hatte erklärt, dass Amédé ihr selbst von seinen Taten berichten sollte.

»Ludwig de Troyenne ist im Kampf für Frankreich ums Leben gekommen. Wir haben heute Vormittag Nachricht erhalten, und ich wünsche meinen Mann zu sprechen«, hatte sie dann angefügt und gehofft, dass Julien all die Dinge hören konnte, die sie zwischen ihren Worten sagen wollte.

Er hatte zur Tür gewiesen: »Dann folgt mir bitte. Die Vernehmung ist für heute beendet, der Baron wird Euch sicherlich empfangen können.«

Für einen Augenblick hatte Bérénice gehofft, dass sie nun allein mit Julien sein könnte, in einem der weitläufigen Flure des Schlosses. Doch Francine war ihnen ungefragt gefolgt. »Der Zustand der Baronin, Magister, Ihr habt es gestern im Gerichtssaal selbst mitbekommen, ist bedenklich. Sie hat einen Schwächeanfall erlitten, und nun belastet sie auch noch der Verlust des Schwagers. Ich bestehe darauf, in ihrer Nähe zu bleiben«, hatte sie mit vorgetäuschter Besorgnis als Begründung angegeben.

Da stand sie nun, in Amédés Gemach, vor ihrem Mann, zwei Wachen, Julien Lacante und Francine als Begleitung in ihrem Rücken. Blicke, die jeden Atemzug verfolgten, jeden Wimpernschlag erfassten.

»Haben sie es dir schon erzählt? Von meiner Aussage?«, eröffnete Amédé das Gespräch in sachlichem Ton.

Bérénice schüttelte den Kopf.

»Dann habe ich dir viel zu erzählen«, sagte er und wies auf die mit Kissen ausgelegte Bank, auf der er saß.

»Bevor du beginnst, möchte ich dir … muss ich dir etwas sagen«, entgegnete Bérénice, ohne sich zu rühren. »Ludwig, er ist tot. Es tut mir so leid, aber dein Bruder ist tot. Irgendwo in der Auvergne ist er umgekommen. Er begleitete den Tross, der Nachschub für die Kompanien des Königs an die Front schaffen sollte. Essen, Wein und Medikamente. Dabei wurde der Tross überfallen.«

Ein Zittern ging durch Amédés Leib. Tränen traten ihm in die Augen, und seine Faust schlug auf den Tisch. Die Wachen fassten nach ihren Schwertern, doch Julien wies sie an, indem er einen Arm beschwichtigend erhob, sich zurückzuhalten.

»Ich hätte dort sein müssen, es war meine Aufgabe. Im Stich habe ich ihn gelassen«, flüsterte Amédé und raufte sich das Haar. »Ich habe ihn im Stich gelassen wie Bruno. Zwei Brüder habe ich auf dem Gewissen.«

»Du kannst nichts dafür«, rief Francine aus, und ihre klagende Stimme riss ihn aus seinen Gedanken. Sein Blick wirkte mit einem Schlag fiebrig und fahrig, er fuhr auf und schob sich von der Bank. Jetzt zogen die Wachen ihre Schwerter, und Julien ließ sie gewähren.

Bérénice stand stocksteif neben der Bank, die Arme vor der Brust verschränkt und starrte ihren Mann an. Ihren eigenen Mann, der ihr so fremd geworden war. Sie glaubte erneut, einen Schwächeanfall zu erleiden, als Amédé vor ihr auf die Knie fiel und ihre Hand nahm.

»Glaube kein Wort von dem, was sie dir sagen. Sie haben mich zu meiner Aussage gezwungen, ich bin ein guter, im Glauben an Gott verwurzelter Mann. Von alledem, was sie mir anlasten, habe ich nichts getan, und ich werde meine Aussage widerrufen. Ich werde meine Unschuld beweisen, und

Pater Blouyn, er ist so gut zu mir. Sicherlich ahnt er, dass er die Täterin schon in seinem Gewahrsam hat.« Auf Knien rutschte Amédé noch näher an sie heran und presste seine Wange gegen den Stoff ihres Kleides, gegen ihre Beine, die wegzuknicken drohten wie trockene Halme. »Alles wird gut werden, glaube mir. Ich werde meinen Pflichten als dein Mann gerecht werden, ich verspreche es dir. Nie wieder werde ich dich und niemanden mehr auf dieser Welt im Stich lassen. Wir kehren zurück und werden gemeinsam auf Schloss Troyenne leben und den Fortbestand unseres Geblüts sichern. Bérénice, meine Bérénice.«

Dann erhob sich Amédé, wischte die Tränen aus seinen Augen, und sie spürte, wie er den Arm um ihre Schultern legte. Mit kühn gerecktem Kinn sah er zu Julien und den Wachen hinüber. »Magister, Ihr habt es gehört«, rief er. »Ich werde meine Aussage widerrufen und meine Unschuld beweisen. Leitet alles, was hierfür vonnöten ist, in die Wege.«

Man mochte es nicht glauben, dass hier zu Tisch nur zwei Männer saßen, bei der Fülle der Speisen, die vor ihnen standen. Die Finger des Paters glänzten fettig, und auch um seinen Mund hatten die Hühnerflügel schmierige Schlieren hinterlassen. Gut gelaunt hob er das Glas, ließ das Licht darin funkeln und prostete Julien zu. »Setzt Euch, Magister. Der Bischof und ich stärken uns ein wenig, bevor ich morgen den zweiten Teil der Aussage aufnehme. Bedient Euch, langt zu.« Er wischte sich mit einem Tuch über den Mund und runzelte kurz die Stirn. »Ach, und seht doch bitte zu, dass dieser Hauptmann geladen wird. Es scheint wichtig zu sein, ihn ebenfalls anzuhören.« Dann verzog sich das Gesicht und lachte den Bischof an, der ihm gegenübersaß. »Aber ansonsten, saubere Arbeit. Einen guten Mann habt Ihr da.«

Der Bischof reagierte nicht, vielmehr hatte er die Hände sinken lassen, kaum dass sein Notar an den Tisch getreten war. Julien hatte den Blick spüren können, der sich über sein Gesicht getastet hatte und dann von den Schultern über die Arme zu seinen Händen geglitten war, die noch immer schlaff neben dem Leib herabhingen.

»Amédé de Troyenne hat beschlossen, seine Aussage zurückzuziehen«, stieß Julien hervor und hielt dann die Luft an.

Pater Blouyn warf den Hühnerknochen, von dem er gerade letzte Reste weißen Fleisches abknabberte, wütend auf den Boden. »Nein!«, brüllte er und stierte Julien an, als warte er darauf, dass dieser einen schlechten Witz auflöste.

»Das war abzusehen, ich weiß nicht, warum, aber das war abzusehen«, sagte der Bischof. »Bei diesem Mann hat der Verstand gelitten, wahrscheinlich will er uns jetzt wieder diese Catheline Cogul, die Haushälterin des Pfarrers, als Ablenkung anbieten, oder?«

Julien nickte.

»Jeden Tag wechseln des Herrn Barons Launen und Stimmungen, jeden Tag wartet er mit neuen Geschichten auf«, brüllte Pater Blouyn weiter. »Langsam habe ich genug davon. Was denkt der Mann, wie weit meine Großmut noch reicht?« Er wischte mit der Hand durch die Luft. »Gut, wunderbar. Soll er seine Aussage widerrufen. Das kann er morgen machen, im Kerker, ich werde gern dabei sein. Geht und sagt ihm, dass wir für morgen die Folter ansetzen, damit er sich darauf einstellen kann.«

Kurz bevor Julien die Tür erreichte, erklang ein Pfiff, als würde man einen Hund zurückpfeifen. »Halt, Magister«, nuschelte der Pater, der inzwischen seine Zähne in eine neue Hühnchenkeule versenkt hatte, »bringt dieses Weib, diese Haushälterin, Catheline oder wie sie heißt, auch mit. Mit der stimmt doch auch irgendetwas nicht. Also lasst uns beides in einem Aufwasch erledigen. Wer zuerst der Folter unterzogen wird, ist mir gleich.«

»Pater Blouyn, die Haushälterin ist bisher nicht angeklagt, es gibt nichts als einige Hinweise eines wirren …«

Es war der Bischof, der den Kopf schüttelte und Julien verstummen ließ. »Ihr wisst doch, dass der Prozess so fortgesetzt wird, wie es der Stellvertreter des Inquisition wünscht. Haltet uns nicht mit Formalitäten auf, Ihr wisst selbst, dass auch Zeugen peinlich befragt werden dürfen.«

Die Knochen knackten, als der Pater erneut zubiss. Er nickte zufrieden. Mit vollem Mund sprach er Julien an: »Die Sache ist ganz einfach: Wenn man eine der verschwundenen Leichen über Nacht wundersamerweise findet, belastet das unseren wirren Baron, und dieses Weib wird entlastet. Das heißt, dass sie nicht gefoltert werden muss. Wenn man keine Leiche findet, nehmen die Dinge ihren Lauf.«

Es war geraume Zeit her, dass die Glocken die Matutin geschlagen hatten, und für einen Moment zögerte Julien, an die Tür zu klopfen. Ohne Umweg war er aus dem Gespräch mit Pater Blouyn und dem Bischof direkt zu Bérénices Gemach geeilt. Erst wenn er mit ihr gesprochen hatte, wollte er den Baron aufsuchen. Ihn gegebenenfalls aus seinem Schlaf reißen und ihm mitteilen, dass er seine Spiele zwar treiben konnte, aber nicht mit ihnen. Dass der Scharfrichter mit seinen Folterinstrumenten ihm eine Antwort darauf geben werde. Doch nun galt es, die richtigen Worte für zwei Frauen zu finden, bei denen er sich manchmal fragte, wer die bessere Ehefrau für den Baron gewesen wäre. Er schüttelte den Kopf, nickte der Nachtwache zu und klopfte leise an.

Francine stand am Fenster und starrte ins Dunkel der Nacht. Kaum hatte sie gesehen, wer eintrat, drehte sie den Kopf wieder weg. Gruß- und wortlos, als wäre er nicht erschienen.

Bérénice erhob sich von einem Lehnstuhl, den sie an den Kamin gezogen hatte. »Was führt Euch zu uns?«, fragte sie.

»Ich möchte Euch mitteilen, dass Pater Blouyn nun doch die peinliche Befragung für morgen angesetzt hat. Auch für die Haushälterin des Pfarrers aus Saint Mourelles. Von den noch verschwundenen Leichen muss zumindest eine gefunden werden, um Catheline Cogul zu entlasten. Denn dann wäre die erste Aussage des Barons bestätigt und der Beweis angetreten, dass er die Morde begangen hat.«

Bérénice erstarrte, während Francine herumwirbelte. »So sieht es also aus, wenn man seine Aussage widerrufen will? Wenn man darum bittet, noch einmal angehört zu werden? Und wen, Gott verdammt noch mal, interessiert diese elende Haushälterin?« Ohne sich umzublicken oder auf die Rufe ihrer Schwester zu achten, stürmte Francine aus dem Gemach.

Sie waren allein. Endlich waren sie allein. Unsicher fasste Bérénice Juliens Arm. »Geht es dir gut?«, fragte sie flüsternd.

»Nicht der Rede wert«, sagte Julien und rieb sich kurz den Rücken. Dann eilte er zur Tür, schloss diese und drehte sich zu Bérénice um. Sie folgte ihm und blieb erst stehen, als sie ganz dicht bei ihm war. Sie roch nach Sommer. Nach Rosen.

»Sie wird bald wiederkommen.«

»Ich weiß«, murmelte Julien und strich mit dem Finger sacht über Bérénices Wange.

»Weiß er es schon?«

»Nein, ich gehe gleich zu ihm. Und glaube mir, er hat es wirklich …«

Schnell legte Bérénice ihm die Hand auf den Mund. »Bitte nicht. Nicht du, nicht jetzt. Lass mir diese wenigen Momente der Unwissenheit noch. Es wird eine Aussage geben, die öffentlich verlesen wird, hast du gesagt. Es genügt, wenn ich dieser folge. Ich weiß nicht, ob ich jedes Detail erfahren will, ob ich es ertrage, dass ich so blind und gleichgültig war.«

»Er hat seine Aussage widerrufen. Vorerst wird nichts verlesen.«

»Aber er wird der Folter nicht standhalten. Er ist manchmal verwirrt, und dann schätzt er die Dinge falsch ein, denke ich. Die zurückgezogene Aussage, das war einer der Momente, in denen er anders ist, ganz anders als früher.«

»Aber wenn die Haushälterin zuerst gefoltert wird, wer weiß, was sie aussagt in dem Schmerz, den der Scharfrichter ihr zufügen wird. Wir brauchen eine der bislang vermissten Toten, so brutal es klingt, um zu belegen, dass seine Aussage richtig war.«

»Er weiß, wo die Leichen sind? Er hat es euch gesagt?«

Julien umfasste ihre Hand und drückte sie. »Ja, eine ist in der Nähe des Dorfes Saint Mourelles, eine in der Nähe von Port-Saint-Luc begraben. Ich habe bereits angewiesen, dass Männer der Garde des Herzogs ausreiten. Aber das werden sie erst im Morgengrauen tun. Es war nicht absehbar, dass sich die Ereignisse so überstürzen. Vielleicht sollte ich ihnen noch einmal Nachricht zukommen lassen …«

»Nein, suche diesen Bauern auf. Du weißt doch, wo er steckt, in welcher Unterkunft. Er ist doch noch in der Stadt, oder? Er kennt sich wenigstens in der Umgebung aus.«

»Du meinst den Krüppel? Mathis Maury?«

»Ja, einen besseren Mann wirst du für die Suche nicht finden. Er soll die Wachen des Herzogs mitnehmen, die im Dorf nach dem Rechten sehen, und glaube mir, er hat einen guten Grund, Himmel und Hölle in Bewegung zu setzen.«

»Eine der bislang unentdeckten Leichen, wir brauchen nur eine dieser Leichen«, sagte der Magister, die Stimme gedämpft, um nicht die anderen Gäste in der Herberge auf sein Ansinnen aufmerksam zu machen.

Für diesen Bischofswicht haben sie keine Namen. Tote. Leichen. Menschen, die nicht mehr sind, und fertig. Was will er nun mit ihren Überresten? Sie noch in den Gerichtssaal zerren?, dachte Mathis und starrte in seinen Wein. Ein saurer Weißer, der ihm die Sinne vernebelte und ihn in einen Zustand versetzte, der angenehm war, weil er die Anspannung der letzten Tage ein wenig löste. Pfarrer Jeunet schlief auf einem der verlausten Strohhaufen im Nebenraum, die anderen waren abgereist.

Catheline. Immer wieder kreisten seine Gedanken um sie, ließ die Angst ihn keine Ruhe finden. Es war gut, in Nantes geblieben zu sein, auch wenn er nichts für sie tun konnte. Der Anblick des Schlosses gab ihm das Gefühl, in ihrer Nähe zu sein. Und jetzt, hier und jetzt wollte er einmal, ein einziges Mal seine Ruhe. Kraft schöpfen.

Er hob den Kopf, und der Schankraum schwankte ein wenig. Er grinste breit und bemerkte den Magister, der immer noch vor seinem Tisch stand. Wie lange er wohl schon dort steht?, fragte Mathis sich und führte den Becher erneut an den Mund. Nahm einen Schluck. Überlegte dabei, dass es sinnvoll sein könnte, dem Magister eine Antwort zu geben. Aber was antwortete man auf die Feststellung, dass Leichen gebraucht wurden? ›Wir brauchen nur eine der bislang unentdeckten Leichen‹ – was für eine Formulierung. Wofür überhaupt? Was hatte der Magister gesagt? Mathis schüttelte den Kopf und knallte den Becher auf den Tisch, sah zum Magister hoch und sagte: »Aha.«

Es schien nicht die Antwort zu sein, die der Mann sich erhofft hatte. Denn er beugte sich vor und packte Mathis am Kragen. »Der Baron hat seine Aussage gemacht«, zischte er. »Dieses Monster hat alles zugegeben, Dinge gesagt, die du nicht hören willst, weil du nie wieder in Ruhe schlafen könntest. Und dann, dann hat er seine Aussage widerrufen. Jetzt will Pater Blouyn die Folter morgen früh ansetzen und dabei auch gleich deine Freundin Catheline mitfoltern lassen. Morgen früh, verstehst du? Geht das in deinen versoffenen Schädel?«

Die Worte glichen Hammerschlägen. Schon das erste zerschlug dröhnend die weinselige Betäubung, jedes weitere prügelte schmerzhaft die Anspannung in Mathis' Leib zurück. Er drückte den Rücken durch, schob die Hand des Magisters beiseite und sah ihn an. »Verdammt!«

»Das kann man sagen. Für Morgen früh ist die peinliche Befragung angesetzt, und wenn du willst, dass deinem Mädchen nichts geschieht, dann setz dich in Bewegung und sorge dafür, dass sich die erste Aussage als die richtige erweist.«

»Eine Leiche?«, fragte Mathis, während er dem Schankmädchen ein paar Münzen in die Hand drückte.

Der Magister packte ihn am Arm und zerrte ihn zur Tür der Herberge. »Eine Leiche. Du musst Rachel Authié finden, er hat sie beim Feenbaum verscharrt. Kennst du den? Ich weiß, das ist, als würde ich dich bitten, die Stecknadel im Heuhaufen zu suchen. Morgen in aller Früh werden auch Männer der Garde des Herzogs ausreiten. Ein Trupp wird nach Saint Mourelles, einer nach Port-Saint-Luc aufbrechen, aber bis dahin ist alles zu spät. Dann hat der Scharfrichter sein Werk bereits begonnen.«

Die Nacht war mild, die Luft für Nantes' Verhältnisse erstaunlich klar. Tatsächlich roch es nach Blüten und Gras, ein Geruch, den Mathis nicht in dieser Stadt erwartet hatte. Aber der warme Sommerregen, der am frühen Abend gefallen war, hatte den Gestank aus den Straßen gespült. Der Magister wies auf ein gesatteltes Pferd, ein prachtvolles Tier, wie es Mathis bisher nur einmal geritten hatte. Einmal. Beim Ausritt mit dem Baron. Ein Sattel, so wertvoll, dass er sofort befürchtete, man würde ihn am Stadttor anhalten und ihn des Diebstahls bezichtigen. Während er sich auf das Pferd hinaufzog, befestigte der Magister den Treibstecken am Sattel.

Für einen Moment sahen sie einander im Halbdunkel der Gasse an. Und Mathis war sicher, dass sie das Gleiche fühlten. Dass sie nie den Punkt erreichen würden, an dem sie einander schätzten oder respektierten. Aber dies war nicht der Moment, einander aus dem Weg zu gehen. In dieser Nacht waren ihre Schicksale aneinandergekettet. Und Mathis würde dafür sorgen, dass diese Verkettung sich endlich löste. Indem er Rachel fand und Catheline aus dem Kerker holte. Es klang so einfach, doch Mathis' Magen schmerzte vor Angst.

»Hier habt Ihr einen Passierschein für das Stadttor, und wenn der Nachtwächter nicht lesen kann, das Siegel kennt er«, sagte Julien und reichte ihm einen Umschlag. »Auch eine Nachricht an den Hauptmann der herzöglichen Schutzwache in Saint Mourelles habe ich beigefügt. Wendet Euch dorthin, die Männer sollen Euch helfen, bis morgen die von mir angeforderte Verstärkung kommt. Und nun geht mit Gott.«

Saint Mourelles

Ich muss Rachel finden, um Catheline zu retten. Der Baron war es. Er ist es doch gewesen. Ich muss Rachel finden, um Catheline zu retten. Der Baron war es. Er ist es doch gewesen. Ununterbrochen jagten die Gedanken in Mathis' Kopf im Kreis herum. Wie sehr hatte er gehofft, dass der Baron nicht der Täter war, auch wenn er zum Schluss tief in seinem Inneren Zweifel verspürt hatte. Zweifel, die er zugunsten der Hoffnung unterdrückt hatte. Wie sehr hoffte er nun, wenigstens Rachel zu finden. Würde auch diese Hoffnung enttäuscht werden, weil Wunder stets anderswo stattfanden?

Hätte sich ihm auf diesem Ritt der Teufel in den Weg gestellt und seine Hilfe angeboten, Mathis hätte eingeschlagen. Hätte seine Seele verkauft, um die Aufgabe zu schultern, die der Magister ihm aufgebürdet hatte. Je näher er Saint Mourelles kam, umso heftiger breitete die Verzweiflung sich in ihm aus.

Der Hang, vor dem der Feenbaum stand, war dicht bewachsen. Ein perfekter Ort, einen Menschen verschwinden zu lassen. Kein Vieh wurde dort hinaufgetrieben, vereinzelte Ziegen verirrten sich zwar hin und wieder ins Unterholz, sprangen aber leichtbeinig davon. Kein Wanderer würde dort entlangspazieren, kein Reisender sein Lager aufschlagen.

Als er ins Dorf einritt, sog er die Lunge voll Atem. »Hilfe, Hilfe! Schlagt die Glocke, ruft alle zusammen!« Er zügelte sein Pferd vor der Hütte des Schmieds. Mit einem Schüreisen in der Hand riss Yann die Tür auf. »Wer da?«, brüllte er und versuchte, den Reiter im Halbdunkel auszumachen.

»Yann, beruhige dich! Ich bin es, Mathis. Wir müssen Rachels Leiche finden, um Catheline zu retten. Ich brauche Leute, so viele wie nur möglich. Hole sie alle, nehmt Hacken und Spaten und Fackeln mit, kommt zum Hang am Feenbaum und bringt die Wachen des Herzogs mit«, rief er und warf Yann das Anschreiben des Notars für den Hauptmann der Schutzwache zu. Flugs trat er dem Pferd in die Flanken, bevor der Schmied weitere Fragen stellen konnte.

Er jagte den Weg hinauf, in den Wald hinein und sah aus den

Augenwinkeln, dass in Blanches Hütte Licht brannte, dass sie die Tür öffnete und ihm zuwinkte. Nochmals trat Mathis dem Pferd in die Flanken. Später, dachte er. Egal, was es ist, es muss jetzt warten.

Die Dunkelheit der Nacht wurde im Wald zur Finsternis, die das Pferd unruhig machte. Mathis verlangsamte die Geschwindigkeit, denn ein Sturz oder ein Pferd, das scheute, waren die zwei Dinge, die er nun am wenigsten gebrauchen konnte.

Auf der Lichtung, an der sich zwei Wege gabelten, stieg er vom Pferd und tastete nach seinem Treibstecken. Nichts. Er klopfte schneller, umrundete das Pferd, doch der Treibstecken war weg.

Verloren.

»Dieser Bischofswicht, nicht mal für einen Knoten reicht es«, fluchte Mathis halblaut, und das Pferd schnaubte.

Es nützte nichts, er musste los, die Unruhe trieb ihn vorwärts. Er konnte nicht warten, bis die anderen kamen, ihm einen Spaten zum Abstützen anboten oder mit der Fackel das Unterholz ausleuchteten, um einen geeigneten Stock als Ersatz zu finden. Er stolperte vorwärts, unsicher und haltlos.

Schon wenige Schritte später hielt er inne. Lauschte. Das Geräusch einer Hacke, die den Boden beackerte. Er duckte sich und setzte behutsam weitere Schritte, in der Hoffnung, nicht auf trockenes Geäst zu treten, das knackend von seiner Anwesenheit kündete. War schon irgendwer aus dem Dorf hier? War er so langsam gewesen, dass einer der Männer vor ihm angekommen war? Vielleicht Yann mit dem Wagen? Mathis fröstelte und wusste, dass das nicht sein konnte.

Er reckte den Hals. Licht. Noch schwach, aber deutlich flackernd war es zwischen den Bäumen auszumachen. Behutsam schob er sich noch ein Stück vorwärts. Das Hacken verstummte.

»Komm raus. Ich weiß, dass du da bist, du Idiot.«

Hauptmann Bouchet.

Mathis sank in die Knie, seine Finger gruben sich in den Boden, auf dem er hockte, spürten kalte Erde, Blätter einer Pflanze wischten über seinen Handrücken. Gern hätte er sich klein gemacht, sich zusammengekauert und einfach gewartet, bis die anderen kamen. Bewaffnet und auf zwei Beinen.

»Nun komm schon, dein Pferd war bis Nantes zu hören, und im Anschleichen bist du auch nicht der Beste.« Gelächter folgte. »Komm her und sieh sie dir an.«

Mathis hob seine Finger aus der Erde und zog sich an einem tief hängenden Ast in die Höhe. Schob Buschwerk beiseite und sah den Hauptmann, der die Fackel hob, um sie in die von ihm ausgehobene Grube zu werfen.

»Nicht, wagt es nicht. Ihr werdet es bereuen«, brüllte Mathis und wusste, dass seine Worte haltlos, nahezu blanker Unsinn waren.

Erneut lachte der Hauptmann auf. »Du Krüppel willst mich aufhalten?«, antwortete er und klang amüsiert. Mit der freien Hand griff er das Heft seines Schwertes und zog es aus der Schwertscheide. »Weißt du, dass es viele Unterschiede zwischen uns gibt? Ich habe zwei Hände, in der einen eine Waffe, in der anderen Feuer. Was hast du außer warmen Worten zu bieten, um dich zu verteidigen? Nichts! Also versuche dich hier nicht aufzuspielen.« Langsam schritt er auf Mathis zu. »Und weißt du, was mir besondere Freude bereitet? Ich habe auch zwei Beine, mit denen ich dich verfolgen kann, denn selbst zum Weglaufen bist du nicht in der Lage.« Er stieß den Stab der Fackel in den Boden, richtete sich auf, das Heft des Schwertes nun mit beiden Händen umfasst.

Schweiß perlte Mathis' Stirn herab. Hastig sah er sich um, bückte sich und zog einen schweren Ast hervor, der von Bodendeckern und Moos halb überwuchert war. Riss ihn in die Höhe, als auch schon der erste Schwertschlag auf das Holz krachte. Er spürte den Hauch, den die Klinge hinterließ, als sie durch die Luft raste, direkt an seiner Wange vorbei. Herr im Himmel, hilf mir, brüllte es in ihm. Er wird mir den Schädel einschlagen.

Der zweite Hieb rauschte nur um Haaresbreite an seinen Fingern vorbei, die den Ast umklammerten. Die Wucht des Schlages ließ ihn taumeln, sein Gewicht lagerte auf dem gesunden Bein, das lahme knickte ein, als er es nach hinten setzen wollte, um sein Gleichgewicht zu finden.

Die Augen des Hauptmannes funkelten, Jagdgier und Belustigung vermischten sich auf seinem Gesicht.

»Überlass Rachel mir, du hast damit nichts zu tun. Es geht um den Baron«, keuchte Mathis. Ein plumper Versuch, Zeit zu gewinnen. Irgendwann mussten sie kommen. Die anderen.

Kurz verzerrte sich die Miene des Hauptmannes, dann riss er das Schwert noch weiter hinter sich, um das Höchstmaß an Kraft in den nächsten Schlag zu legen.

»Verdammt, du hast auch damit zu tun«, entfuhr es Mathis.

»Du denkst, du bist ein ganz Schlauer, was?«, brüllte der Hauptmann und ließ das Schwert um eine Armlänge herabsinken. »Aber was nützt dir dieses Wissen schon? Sobald dieses Putzweib des Pfaffen der Folter unterzogen wird, wird sie schon alles, was man ihr vorwirft, gestehen. Und wenn ich mit dir fertig bin, dann wird es keine Leiche und somit keinen Beweis mehr gegen den Baron geben. Dieses Bettlermädchen ist unauffindbar, da bin ich sicher, ich habe sie schließlich selbst vergraben.«

Der Hauptmann hob das Schwert erneut, hielt es über seinem Kopf in die Höhe. »Mein Leben wird weitergehen wie bisher«, sagte er ruhig, »während du deines jetzt verwirkt hast.«

Nochmals sauste das Schwert durch die Luft. Ein hässliches Knacken, als der Ast brach, dann spürte Mathis, wie sich die Spitze der Klinge in seinen linken Oberarm fraß.

Schloss Nantes

Lustlos blieb eine der Wachen im Gang zurück, während der ältere der beiden Männer die Tür öffnete. Mehrfach hatte er ihr Essen gebracht, mal eine dünne Suppe, dann wieder hartes oder halb ausgebackenes Brot, das noch teigig feucht war. Stets hatte er alles auf den Boden gestellt und sich vergewissert, dass genug Wasser im Krug war. Heute griff er in seine Tasche und zog drei Kirschen hervor, die er neben den Teller mit der Suppe legte. »Die Kirschen sind dieses Jahr früh reif«, sagte er und legte den Kopf schräg. »Ich weiß nicht, ob das ein gutes oder schlechtes Zeichen ist. Wie auch immer, sie schmecken, und mehr kann ich nicht für dich tun.«

Catheline trat einen Schritt vor und sah auf die runden Früchte, deren satte Farbe eine Augenweide in den stumpfen, dunklen Tönen der Unterwelt war. »Was meint Ihr damit, mehr könnt Ihr nicht für mich tun?«

Der Wärter verriegelte die Tür gewissenhaft und sah dann durch die Streben. »Hat dir niemand Bescheid gesagt?«

Catheline schüttelte den Kopf.

Er seufzte. »Ach, Mädchen, wir haben selten so hübschen Besuch wie dich hier. Schade, ich wäre dir lieber außerhalb des Kerkers begegnet.«

»Wovon redet Ihr?« Cathelines Stimme klang schriller, als sie es wollte.

»Die Spatzen pfeifen es von den Dächern, aber hier unten

kann freilich niemand ihre Lieder vernehmen. Der Baron, es ist ein Hin und Her mit ihm. Heute so, morgen so. Pater Blouyn hat genug davon, und er hat für morgen früh die Folter angesetzt.« Er nickte, als wolle er seine eigenen Worte bestätigen. Catheline sah das Mitleid in seinen Augen. »Also, iss die Kirschen. Vielleicht sind es die letzten. Der Scharfrichter ist gut, je nachdem, wie man es betrachtet. Und er nimmt sich immer gern zuerst die Frauen vor. Hat er halt seltener hier. Und meist bleibt, auch wenn sie überleben, nicht viel übrig von ihnen.«

Catheline stützte sich an der Wand ab.

Hastig sah sich der Wachmann um, dann nickte er in Richtung des Kruges. »Es soll immer Holz sein, aber sie haben schon wieder nicht darauf geachtet. Du hast einen irdenen Krug, wenn du ihn zerschlägst, hast du schöne Scherben, scharfkantige Scherben. Vielleicht hilft dir das.« Er schwieg, den Kopf wieder schräg gelegt. Dann hob er die Hand zum Abschiedsgruß. »Mach's gut, Kleine. Möge Gott mir dir sein.«

Catheline sank auf die Knie, krümmte sich. Keine Träne wollte sich lösen, nur aus ihrer Kehle stieg ein Schrei, laut und kreischend. Sie umklammerte den Krug, schnappte nach Luft, schrie weiter, schrie ihre Angst durch die Unterwelt des Schlosses. Dieses Mal ertönte keine Antwort der Männer, die in diesem Vorhof der Hölle mit ihr einsaßen. Ihre Schreie brachen sich an den Wänden und hallten einsam durch die Gänge.

Francine gab sich nicht die Mühe, leise ins Gemach zurückzukehren. Vielmehr warf sie die Tür auf und stürmte herein, würdigte Bérénice keines Blickes und öffnete ihre Reisekiste. Warf ihre Kleidung hinein, achtlos wurden zwei Hennin in die Wäsche gedrückt, der Schmuck darübergekippt.

»Was hast du vor?«, fragte Bérénice, die auf der Schlafstatt hockte und die Beine umschlungen hielt.

Der Kopf der Schwester fuhr herum, erst jetzt sah Bérénice, dass Francine weinte. Ihre Nase glänzte vom Schnäuzen, die Lippen waren gerötet und wund. »Ich fahre nach Hause. Nach Troyenne. Das ist mein Zuhause, das lasse ich mir nicht nehmen. Ich werde auf Amédé warten, und solltest du jemals dort wieder auftauchen, bringe ich dich eigenhändig um.«

Es kam selten vor, das musste Bérénice zugeben, dass es ihr die Sprache verschlug, aber die Worte der Schwester waren satt von Hass. Das Gesicht zur Fratze verzerrt, starrte sie zu ihr herüber. Francine schien die Bestürzung der Schwester nicht wahrzunehmen, mit dem Handrücken wischte sie sich die Tränen ab, zog den Rotz geräuschvoll hoch und fuhr fort: »Ich habe meinen Schwager verteidigt. Ich habe das getan, was du hättest tun müssen. Du bist sein Weib, nicht ich.«

»Was hast du getan?«, fiel Bérénice ihr ins Wort, doch Francine ignorierte die Frage.

»Selbst wenn er mit den Taten zu tun hat, na und – ein Bauernkind mehr oder weniger. Er ist ein Mann aus einem Adelsgeschlecht, und es ist unsere Familienpflicht, ihm beizustehen. Es ist ein Akt der Liebe, auf den du dich anscheinend nicht verstehst.«

»Was hast du getan?«, schrie Bérénice, und nun sah Francine sie an.

»Ich habe Hauptmann Bouchet per Eilboten eine Nachricht schicken lassen und ihm mitgeteilt, dass er dafür sorgen soll, dass man keine belastenden Spuren findet.«

»Was glaubst du, wer du bist? Amédé wird morgen der Folter unterzogen, dann wird er ohnehin alles gestehen. Unser Leben, das wir hatten, existiert nicht mehr! Sieh der Wahrheit ins Auge!«

»Der Kampf ist noch nicht verloren. Der Scharfrichter wird sich zuerst dieses Weib vornehmen, dafür habe ich mit einem Beutel voller Münzen bereits gesorgt. Und sie wird alles gestehen, das verspreche ich dir. Dass sie mit dem Teufel im Bunde steht, der ihr unfassbare Kräfte verleiht, der es ihr ermöglicht, an zwei Orten gleichzeitig zu sein, und was weiß ich noch alles.« Francine hob den Kopf in die Höhe. »Ja, meine Gute, du hast mich unterschätzt. Auch wenn du mich daran gehindert hast, eine Aussage zugunsten deines Mannes zu machen, werde ich weiterhin alles daran setzen, deinen perfiden Plan zu durchkreuzen.«

Bérénice schob sich aus der Bettstatt und wusste doch nicht, was sie tun sollte.

Francine lächelte. »Amédé weiß Bescheid. Da staunst du, nicht wahr? Während du hier mit deinem Bischofslakaien herumturtelst, habe ich die Zeit genutzt, deinen Mann zu retten. Amédé hat mir versprochen, kein Wort zu sagen, selbst wenn sie ihn foltern. Er wird es überleben, und dann wird er gehen dürfen. Und ich werde ihn pflegen, bis wir ein neues Leben beginnen. Ein sorgenfreies, wunderbares Leben. Ohne dich. Und nur neue belastende Beweise können Amédé wieder vor Gericht bringen. Doch die wird es bis dahin nicht mehr geben. Denn wenn ich etwas mache, mache ich es gründlich.«

In den Wäldern bei Saint Mourelles

Die Wucht des Schlages riss Mathis von den Füßen. Einem Käfer gleich lag er auf dem Rücken, den zerborstenen Ast über seinem Leib. Er drückte die Beine in den Boden und versuchte, sich rückwärts schiebend davonzukriechen.

Mit zwei Schritten war der Hauptmann bei ihm. Über ihm. Breitbeinig baute er sich über Mathis auf und sah dabei zufrieden aus. Ein Jäger, der seine Beute erlegt hatte. Eine leichte Beute zwar, aber wer wollte sich bei einem derart guten Fang darüber beschweren?

Mathis hörte seinen Atem, stoßweise und rasselnd. Das Blut, das durch seinen Körper rauschte, pochte dumpf in seinen Ohren. Der Schmerz in seinem Oberarm ließ auf sich warten, nass vom Blut klebte das Leinen an seinem Arm. Vor ihm ein Schwert, die Spitze direkt an seinem Hals. Ein Schwert, das dabei war, sein Leben zu beenden. Er hörte sich schluchzen, Erde spucken, sein Atem war zu einem Röcheln geworden. Spürte den Stiefel des Hauptmannes, der ihn in die Hüfte trat, dann in den Magen.

Nein!, schrie es in Mathis auf. Nicht hier und jetzt. Ich will nicht sterben. Aber er wird mich tottreten. Oder mir die Klinge in den Leib rammen. Oder beides, dachte Mathis und sah zum Hauptmann hoch. Aber vorher will ich ihm noch in die Eier treten, ein gottverdammtes Mal.

Er ließ sich auf den Rücken zurückfallen, riss das Bein in die Höhe und sah gleichzeitig das Schwert auffahren. Sah seinen Fuß zwischen den Beinen des Hauptmannes versinken, spürte, dass er traf. Sah das Schwert fallen, langsam, als wäre der Zeit ihre Geschwindigkeit genommen. Sah eine Axt über der Schulter des Hauptmannes auftauchen, die sich in dessen Fleisch rammte. Sah das Schwert. Sah Blanche. Den Schmerz und die Überraschung in den Augen des Hauptmannes. Rollte sich auf die Seite, fühlte das Eisen der Schwertklinge an seinem Rücken, als sie den Leinenstoff zerteilte und im Boden stecken blieb.

Mathis zog sich vor, versuchte sich in die Höhe zu drücken, doch das Schwert hatte ihn mit seinem Kittel am Boden festgenagelt. Sein Kopf fuhr herum. Der Arm des Hauptmannes baumelte blutend herab, anscheinend konnte er ihn nicht bewegen. Doch er ballte die andere Faust und schlug Blanche, die reglos neben ihm stand, ins Gesicht. Ohne einen Laut kippte sie nach hinten, wobei ihr Kopf hart auf dem Boden aufschlug.

Was vorher ein mordlüsternes Spiel des Hauptmannes gewesen war, verwandelte sich nun in Raserei. Von Sinnen drehte er sich um und wankte auf Mathis zu.

Mathis griff hinter sich, langte nach dem Schwert, erwischte die Klinge, spürte, wie die Schneiden in seine Handinnenfläche schnitten. Zerrte das Schwert aus dem Boden und schaffte es, das Heft zu packen.

Für den Angriff sollst du nicht den Daumengriff anwenden. Fasse um und zieh das Schwert hoch. Der erste Schlag im Angriff, der Zornhau, geht von rechts oben nach links unten, hörte er noch einmal den Hauptmann, wie er den Knappen anwies.

Falsch!, ergänzte Mathis. Kraft genügt für den Zornhau, auch wenn er von links unten nach rechts oben geführt wird.

Halb auf dem Boden liegend, stieß er das Schwert in die Höhe, es blieb im Oberschenkel des Hauptmannes stecken. Der jaulte auf, einem Hund gleich. Entsetzt ließ Mathis das Schwert in dem Moment los, als die Hände des Hauptmannes sich um die Klinge schlossen und sie aus seinem Bein herauszogen. Blut quoll in dickem Strahl.

Mit verwirrtem Blick ließ der Hauptmann das Schwert neben sich fallen und presste seine Hand auf die Wunde. Dann sackte er langsam in die Knie.

Meine Beine, dachte Mathis. Wenn er noch einmal das Schwert ergreift und ausholt, trifft er mich. Er rutschte erneut rückwärts, doch da erblickte er die Fackeln. Yann, der seinen Schmiedehammer mit sich trug, Martin und andere Männer, bewaffnet mit Heugabeln und Dreschflegeln. Laut rufend stürmten sie den Hang entlang, gefolgt von den Gardisten des Herzogs.

Mit zusammengekniffenen Augen sah der Hauptmann zu ihnen, dann kippte er vornüber.

Hastig erhob Mathis sich. Vier schwankende Schritte, dann ließ er sich neben Blanche fallen. Beugte den Kopf, legte sein Ohr an ihren Mund. Hörte ihren Atem und begann zu weinen.

Schloss Nantes

Das Rütteln am Gitter der Kerkertür ließ Catheline auffahren. Steif vor Kälte lag sie auf dem Boden inmitten der Scherben des zerbrochenen Kruges. Sie packte die größte, sprang auf und begann zu schreien. Hielt die Scherbe dem Wachmann entgegen, der eintrat. Es war nicht der alte, der gute. Der mit den Kirschen. Es war einer, den sie nicht kannte. Ein Fremder sollte sie holen, sie zum Scharfrichter bringen. »Nur über meine Leiche«, schrie sie ihn an und presste sich die gezackte Kante an den Hals.

»Scht, beruhige dich, Mädchen«, sagte der Fremde beschwichtigend, als wolle er einen durchgehenden Gaul beruhigen. »Alles ist gut.«

»Nichts ist gut! Der Scharfrichter bekommt mich nicht«, schrie sie gellend, hörte, dass ihre Stimme sich überschlug.

»Halt!«

Catheline zuckte zusammen.

Mathis.

Den rechten Arm in einer Schlaufe, einen neuen Treibstecken in der linken. Ein Schaffell um die Schultern gelegt.

Kein Scharfrichter.

Die Scherbe fiel zu Boden. Zersprang.

Der Kerker geriet in Bewegung und begann sich zu drehen. Catheline keuchte, griff sich an den Hals. Die Hand des Wachmannes packte sie, hielt sie aufrecht, bis Mathis neben ihr stand. Sie in das Fell einhüllte und vorsichtig auf den Boden legte. Den Treibstecken fallen ließ, sich neben sie kniete, ihren Kopf auf seinen Schoß hob. Ihr über die Wange strich. »Hole Luft und bleibe einen Moment liegen. Wir haben Zeit, und wenn du kannst, werden wir gehen. Von hier weggehen. Nach Hause.«

Saint Mourelles

Er hatte sich hinreißen lassen. Tatsächlich hatte er sich nochmals zu einem Dank hinreißen lassen, als der Magister die Studierstube betreten und ihm die Hand auf die Schulter gelegt hatte. Mathis musste grinsen. Dieser Bischofswicht. Vielleicht würde er ihn irgendwann doch noch erträglich finden. Aber er wusste, dass die Tage, in denen ihre Schicksale sich miteinander verwoben hatten, gezählt waren. Dass nur noch lose Fäden bestanden, die miteinander zu verbinden sie dabei waren, um das Ende zu finden.

Catheline kam herein. Sie war blass. Die letzten Monate hatten diese kräftige Frau zusammenschmelzen lassen und zur dürren Spindel gemacht. Doch in ihrem Gesicht lag die alte Zuversicht, vielleicht ein bisschen weniger keck, dafür reifer. Noch schöner. Sie stellte den Krug mit Wein auf den Tisch und nahm wie selbstverständlich auf der Bank neben Pfarrer Jeunet Platz. Niemand, nicht einmal der Magister störte sich daran.

»Wie ich sehe, sind alle wohlauf, das freut mich«, ergriff der Magister das Wort, und Mathis dachte, dass es aufrichtig klang.

»Sicher seid Ihr heute hier, um uns zu berichten, wie der Prozess ausgegangen ist«, sagte Pfarrer Jeunet und lächelte.

Der Magister räusperte sich. »Ja, das Inquisitionsgericht hat Amédé de Troyenne wegen der Teufelsbeschwörungen der Ketzerei für schuldig erklärt. Natürlich ist er auch des Mordes für schuldig befunden worden.«

»Ist es tatsächlich Rachel gewesen, die uns noch über ihren Tod hinaus zur Seite stand?«, fragte Mathis.

»Ja, auch ohne Folter hat der Baron nach dem Fund des Mädchens seine Aussage bestätigt. Auch wenn wir immer noch das Bettelmädchen suchen, um sie beizusetzen, hat die eine L…«, er brach ab und setzte erneut an, »hat das Auffinden von Rachel Authié zum erhofften Durchbruch geführt.«

Catheline zerrte an ihrem leinenen Küchentuch, das sie in den Bund ihrer Schürze geklemmt hatte, und schnäuzte sich, wie sie sich immer geschnäuzt hatte. Zu laut. Zu lang. Einfach rührend. Dann knüllte sie das Tuch in ihren Händen. »Warum hat er es getan?«, fragte sie.

»Ich weiß es nicht genau. Er glaubt, der Teufel habe ihm die Morde befohlen. Dabei sprach er immer wieder davon, dass alle Opfer dunkle Menschen waren und den bösen Blick hatten. Wir haben die Zeugenaussagen durchgesehen. Tatsächlich waren alle Opfer dunkelhaarig, schmal und hager.«

Wie der Söldner, durchfuhr es Mathis, der Bruno de Troyenne enthauptet hat.

»Er sagte, ihr Starren, ihr wortloses Starren habe stets das Verlangen in ihm geweckt, sie am Hals zu packen und zu würgen.«

Am Hals. Genau dort, wo die Klinge Bruno traf. Mathis atmete tief ein. Sollte dieser Söldner der Teufel gewesen sein? Der Anfang vom Ende?

»Es sei ein Rausch gewesen, und danach habe er stets gelitten, um Vergebung gefleht, aber der Teufel sei ein ums andere Mal stärker gewesen.«

»Aber Ania, sie war blond, drall und hell …« Catheline brach ab und fixierte den Magister.

»Der Mord an der Küchenmagd Ania ist der einzige, der aus Berechnung geschehen ist. Den hat Hauptmann Bouchet vorgeschlagen und durchgeführt. Er ist dem Baron ein treuer Begleiter gewesen und wusste von seinen Taten. Er hat immer hinter ihm aufgeräumt.«

Catheline sprang auf. »Wie bitte? Er hat es gewusst und nicht eingegriffen, sondern seinen Teil dazu beigetragen, die Taten zu verheimlichen?«

Der Magister wiegte den Kopf. »Die Zeiten sind andere. Die Adeligen lösen ihre Garden auf oder verkleinern sie erheblich. Der Baron hielt sich weiterhin seinen immensen Tross Männer. Wenn der Baron durch sein Zutun verurteilt worden wäre, hätte er seine Stellung verloren. Also hat er sich darum bemüht, den Status quo zu erhalten.«

»Den was zu erhalten?«, fragte Catheline, und Mathis musste schmunzeln. Sie kam wieder zu Kräften. Ihr Widerspruchsgeist und ihre Skepsis erholten sich zumindest prächtig.

»Sein Leben«, antwortete der Magister geduldig. »Er hat einfach versucht, sein Leben so aufrechtzuerhalten, wie es war. Der Hauptmann hat sich von seiner Verletzung leidlich erholt und ist ebenfalls zum Tod verurteilt worden.«

Und um sein Leben zu erhalten, wie es ist, hat er versucht, Catheline zur Täterin zu machen. Nach dem Streit mit Ania ihr die Tat anzulasten, dachte Mathis und ahnte, dass alle in Gedanken dieser Schlussfolgerung nachhingen.

»Den Pater suchen wir noch. Wenn wir ihn ergreifen, wird auch ihm der Prozess gemacht. Die Aussagen des Barons und des Hauptmannes sind eindeutig. Das ist kein Pater, das ist ein Ketzer, der Teufelsbeschwörungen betreibt.« Der Magister rieb sich die Schläfen und sah Pfarrer Jeunet an. »Der anschließende Prozess des weltlichen Gerichtes, der in Schloss Bouffay stattfand, war reine Formsache. Ich wollte Euch davon in Kenntnis setzen, dass in zwei Tagen die Hinrichtung stattfindet. Falls Ihr kommen möchtet.«

Mathis sah Catheline an, dann Pfarrer Jeunet. Sie erwiderten seinen Blick, und er konnte die Antwort deutlich erkennen. »Vielen Dank, dass Ihr den Weg auf Euch genommen habt. Das Leben vieler Menschen im Dorf liegt in Scherben, wir haben hier viel zu tun. Wir werden nicht kommen.«

Der Magister nickte und hob den Becher in die Höhe. Er sah aus, als wolle er ein Abschlusswort sprechen, vielleicht ein Wort des Dankes verlieren. Doch er schwieg, denn was sollte er auch sagen? Dass es vorbei war? Dass das Morden vorbei war? Aber die Lücken, die gerissen worden waren, würden sich nicht schließen lassen. Müde sah der Magister aus, die Schultern vorgebeugt, hielt er seinen Becher wie einen Fremdkörper in die Luft.

Mathis hob seinen Becher, woraufhin Catheline und Pfarrer Jeunet es ihm gleichtaten. Der Magister sieht so aus, dachte Mathis, wie wir uns fühlen.

Die Biesse-Wiese am Ufer der Loire, Nantes

Schon vor Tagen hatte man an den unterschiedlichsten Orten der Stadt, meist vor den Toren der Kirche, Amédé de Troyennes Geständnis auf seinen eigenen Wunsch hin in der französischen Sprache verlesen. Jedermann sollte um seine Schande wissen, jedermann sollte eines Besseren belehrt werden und sich in Acht nehmen vor Maßlosigkeit, Sündhaftigkeit und einem fahrlässigen Umgang mit dem Teufel.

Heute, schon zu früher Morgenstunde war Jola von Ausrufern geweckt worden, die durch die Gassen gezogen waren. Lautstark hatten sie die Bewohner von Nantes dazu aufgefordert, am Morgen in einer Prozession zur Hinrichtungsstätte des Barons de Troyenne zu kommen. Jola hatte auf Wunsch der Baronin die Fensterläden ob der Rufe verschlossen gehalten. Im Halbdunkel war die Baronin in ihrem Gemach auf und ab gelaufen und hatte mit sich gerungen, ob sie nicht abreisen sollten. Nach Gut Lemoine. Weg aus Nantes. Weit weg.

Als die Glocken zu läuten begannen, hatte sie geseufzt, sich offenbar ihrem Schicksal ergeben und sich tief verschleiert mit Jola auf den Weg gemacht. Abseits der Prozession waren sie zur Biesse-Wiese rechtsseitig der Loire gelaufen, wo schon aus weiter Ferne die beiden Galgen erkennbar waren. Auf einer leichten Anhöhe errichtet, erhoben sie sich dunkel in den weißgrau verhangenen Himmel, direkt daneben waren die beiden Scheiterhaufen aufgeschichtet.

Jola schob sich an einer Handvoll Männer vorbei, die allesamt betrunken waren und den Eindruck erweckten, als wären sie direkt aus einer durchzechten Nacht zur Hinrichtung aufgebrochen. Ein Mann auf dem Scheiterhaufen, eine der ehemals großen Lichtgestalten, die an der Seite des Königs gestanden hatte. Wann wird es so etwas je wieder zu sehen geben? Eine Reihe guter Gründe, sich auch betrunken hierherzubegeben, dachte Jola angewidert und überhörte die anstößigen Bemerkungen. Sie drängte sich weiter, ging dann auf die Zehenspitzen und sah zur Tribüne hinauf. Sie war eigens errichtet worden, dicht neben dem Galgen, um denen, die es sich leisten konnten, einen hervorragenden Blick auf das bevorstehende Spektakel zu bieten.

Dort saß die Baronin nun, verschleiert, in schlichtem Gewand, durch nichts als die Frau des Mannes zu erkennen, der heute mit seinem Helfer hingerichtet werden sollte. Den Rücken stocksteif, die Hände im Schoß geschlossen, eingekeilt zwischen den wohlhabenden Bürgern Nantes'.

Jola sah die Prozession den Hügel heraufkommen. In das Glockengeläut, das auch vor den Toren Nantes' noch deutlich zu vernehmen war, mischte sich nun der Gesang. Tausende von Stimmen zu einer verschmolzen, wechselten von Gesang zu Gebet und wieder zum Gesang. Eintönig und dennoch berauschend. Der Menschentraube voran schritt der Scharfrichter mit seinen Bütteln, ihm folgten die beiden Verurteilten.

Kahl geschoren und barfuß.

Man hätte ihnen die Hände und Füße verbinden und sie den Weg hinaufstoßen können, dachte Jola erstaunt und musterte die Schaulustigen, die sich nun um den Galgen drängten. Sie könnten auf die beiden einprügeln, sie könnten sie schmähen und mit Steinen bewerfen. Doch nichts von alledem geschieht. Die Männer weichen zurück, die Frauen senken ihre Häupter, sie blieben ruhig und verhalten sich fast feierlich. Ob das noch ein wenig von Johannas Geist ist, der hier und heute über das Ufer der Loire weht? Ob die Menschenmenge ihm zugutehält, dass er sie begleitet hat? Der Franzosen liebstes und so schändlich verratenes Kind?

Der Baron kam in ihr Blickfeld. Friedlich sah er aus, fast erleichtert. Man hatte ihm angeboten, die Hinrichtung in aller Stille vollziehen zu lassen, hatte die Baronin erzählt. Jola spürte tief in ihrem Bauch die Zuneigung aufflackern, die sie früher für ihn empfunden hatte. Er hatte sich für diesen letzten Weg entschieden, für eine öffentliche Buße.

»Ist der König erschienen?«, wisperte eine Frau, die hinter Jola stand, ihrem Mann zu.

Der schüttelte den Kopf. »Warum sollte er?«, fragte er unwirsch.

»Na, er hat das Begnadigungsrecht, der König dürfte ihn vom Strick losschneiden«, gab die Frau patzig zurück. Ihr Mann beließ es bei einem verächtlichen Schnauben als Antwort.

Jola überlegte, ob sie der Frau, die von ihrem Mann so wortkarg abgespeist worden war, weitergeben sollte, was Bérénice ihr erklärt hatte: dass der König die Praguerie niedergeschlagen, also den Kampf für sich gewonnen hatte und nun auf dem Rückweg nach Paris war. Doch in diesem Augenblick trat der Bischof vor und hob die Arme in die Höhe. »Der letzte Wunsch des Angeklagten ist, dass das Volk gemeinsam für ihn und seinen Gefährten bei Gott um Vergebung für ihre verirrten Seelen bittet«, rief er.

Die Köpfe um Jola herum wurden gesenkt, Hände zum Gebet geschlossen. Nur ihr Blick huschte zur Baronin, die immer noch aufrecht saß, so als hätte sie sich nicht einmal während der Ankunft der Prozession bewegt.

Nach dem Gebet wurde Amédé de Troyenne vom Scharfrichter zum Galgen gebracht und bekam den Strick um den Hals gelegt.

Seine Lippen bewegten sich.

Die Augen geschlossen, nickte er.

Das Seil ruckte, und der Baron baumelte am Strick.

Im Gesang, den der Bischof anstimmte, gingen vereinzelte Schreie von umstehenden Frauen und Kindern unter.

Während der Hauptmann gehängt wurde, trugen die Büttel den Leichnam des Barons zum Scheiterhaufen. Ließen ihn dort liegen, bis auch der Hauptmann auf dem zweiten Scheiterhaufen platziert war. Das Geäst wurde angezündet, flammte auf, erfasste das Holz und umschloss kurz den Leib des Barons. Dann sah Jola, dass der Scharfrichter zwei seiner Büttel aufforderte, die Leiche mit Stricken aus dem Feuer zu ziehen. Gerade noch rechtzeitig bargen die Männer den Leib, bevor die Flammen die Eingeweide anfraßen.

Nochmals blickte Jola zur Baronin hinauf, die inzwischen den Kopf gesenkt hielt. Ihre Schultern zuckten. Mitleid überkam Jola, doch die Baronin hatte jede Begleitung abgelehnt. Wo sich Francine, die Schwester, aufhielt, wusste niemand, aber Jola war sicher, dass sie hier, irgendwo in Nantes, war. Sicherlich war sie geblieben, um von Amédé de Troyenne Abschied zu nehmen.

Inzwischen verschlangen die Flammen den Hauptmann. Auch das war ein Wunsch des Barons gewesen: dass sein Mitwisser gehängt und komplett auf dem Scheiterhaufen verbrannt werde, damit von seinem sündigen Körper und Hirn nichts mehr zurückbliebe außer Asche, die irgendwann vom Wind in die Weiten des Loire-Tals verweht werden solle. Doch die Menge verfolgte nicht den Scheiterhaufen, der lichterloh brannte, sondern sah zu, wie der Leichnam des Barons von den Bütteln in einen Sarg gelegt und auf einen Wagen gehoben wurde.

Wachen umstellten den Wagen und begleiteten ihn durch die Menge. Niemand würde wissen, wo der Baron seine letzte Ruhe finden sollte. Zumindest fast niemand.

Das war der Wunsch der Baronin gewesen.

Sie erhob sich.

Kirche Notre-Dame-du-Carmel, Nantes

Der Pfarrer der Karmeliterkirche Notre-Dame-du-Carmel ließ sich nichts anmerken. Er hielt die Totenmesse für Amédé de Troyenne, und anwesend waren lediglich vier

Menschen. Ein Dominikanerpater, Bischof du Clergue, dessen Notar und die Gattin des Toten. Eine Frau, die auch in der Kirche nicht den Schleier lüftete und keinen Klagelaut über die Lippen brachte.

Dankbar ließ sich Bérénice von der Stimme des Mannes einlullen, ohne den Blick vom Sarg nehmen zu können. Sie hatte ihren Mann zu Fall gebracht. Sie reihte sich nun ein in den Reigen weiblicher Nestbeschmutzer, die ihre Männer oder auch ihre Familien verraten hatten. Anders, so ganz anders als Francine. Die sich selbst die Finger abhacken oder die Zunge aus dem Mund herausschneiden würde, um ihre Familie, die Schwester einmal ausgenommen, zu schützen.

Bérénice schloss die Augen. Seit dem Gerichtsurteil ging es ihr besser, war das schlechte Gewissen verschwunden wie das Meer bei Ebbe.

Ihr Mann war zum Mörder geworden.

Sie hatte richtig gehandelt.

Aber eine Frage ließ ihr keine Ruhe: Hatte sie so gehandelt, weil es Julien gab? Oder hätte sie sich auch jedem anderen Mann derart anvertraut? Sie ahnte die Antwort, schob sie beiseite und fiel in das Gebet des Pfarrers mit ein.

Wenig später traten kräftige Männer in die Kirche und trugen den Sarg auf den Friedhof hinaus. Trugen auch ein Stück von Bérénices Leben mit sich und versenkten beides in der Grube. Schütteten sie mit Sand zu. Kurz kam der Pfarrer zu ihr herüber, berührte ihren Arm, murmelte einen Segen und ließ sie allein. Die anderen Männer zogen sich mit ihm zurück.

Nieselregen setzte ein.

Ein Begräbnis in geweihter Erde, wenigstens das, dachte Bérénice und spürte, jetzt, da sie allein war, ein Brennen in den Augen. Ich hoffe, dachte sie, hob den Schleier und richtete ihr Gesicht gen Himmel, dass du deinen Frieden findest. Dass du mir verzeihen kannst, dass ich dir keine bessere Begleiterin war. Dass ich deine grausigen Taten nicht verhindern konnte. Dass ich das Gute in dir nicht bewahren, dich nicht schützen konnte. Sie schloss die Augen, fühlte den Regen auf ihrer Haut. Glaubte, Amédé in den Tropfen zu spüren, einen Hauch von ihm, eine kaum wahrnehmbare Berührung. Eine Geste des Abschieds und der Vergebung.

Sie öffnete die Augen wieder, sah in den von Wolken verhangenen Himmel und schob den Schleier vor ihr Gesicht. Langsam schritt sie zum Tor des Friedhofs.

Sah Julien, der in Begleitung des Bischofs und des Paters auf sie wartete.

Wir haben keine Zukunft, dachte sie, während sie das jungenhafte Gesicht musterte, aber wozu auch? Wir haben eine Gegenwart.

Saint Mourelles

Die Sonne stand am Himmel und brannte schon am Morgen so heiß, dass man es im Verlaufe des Tages nur im Schatten würde aushalten können. Die Luft roch nach Lavendel und Kiefern. Der Geruch des Sommers, den Catheline liebte. Sie hielt kurz inne, zog ihren Strohhut tiefer ins Gesicht und musterte das Feld, die wogenden Ähren des Hafers. »Es sieht gut aus, das wird eine ordentliche Ernte«, sagte sie, während sie die Arme in die Seiten stemmte. »Da werden so einige Erntehelfer zum Einsatz kommen.«

Mathis legte seine Hand auf ihre Hüfte und schob sie weiter. »Ja, aber jetzt gehen wir erst einmal zur Messe. Heute ist Sonntag.«

»Ja, sicher, aber dann wartet wirklich viel Arbeit auf uns.«

»Auf uns?«

»Ja, auf dich und auf mich.«

»Du weißt, dass der Mann, mit dem du die Ernte einholen willst, sein Leben einer alten Frau verdankt?«

Catheline lächelte nur und schlenderte weiter.

»Warst du schon mal auf Pilgerreise?«, fragte Mathis unvermittelt.

»Du weißt, dass ich noch nie auf Pilgerreise war.«

»Wollen wir nach Saint Malo ins Kloster Mont Saint Michel pilgern?«

»Aber was ist mit der Arbeit?«

Mathis zuckte die Schultern. »Einmal im Leben sollte jeder auf Pilgerreise gehen. Andere Bauern erfüllen sich diesen Wunsch auch, ziehen im Spätherbst los, wenn die Ernte eingebracht ist. Ich bin sicher: Mithilfe der anderen werden wir gehen können.«

Er hat recht, dachte Catheline. Es ist so viel geschehen, es würde uns guttun, um Vergebung der Sünden zu bitten, die wir auf uns geladen haben, und es ist Zeit, Gott zu danken.

In ihrem Kopf erwuchs ein Bild: Martin würde sicherlich auf Mathis' Hof nach dem Rechten sehen, wobei ihm Eves Söhne, Pierre und Marcel, zur Hand gehen könnten. Und dann wäre da noch Blanche, die sich um Vater Jeunet kümmern könnte. Die mit ihm vor der Pfarrei stehen und Mathis und ihr zum Abschied zuwinken würde.

»Saint Malo«, wiederholte sie bedächtig Mathis' Worte und horchte auf deren verlockenden Klang. »Wo ist das?«

»Irgendwo am Meer. Vor Hunderten von Jahren erschien der Erzengel Michael Bischof Aubert im Traum und befahl ihm, eine Kirche ins Meer zu bauen. Und das hat er getan. Heute thront auf den Granitfelsen eine der größten Abteien Frankreichs, umtost vom Meer. Es soll ein unvergesslicher Anblick sein: Die Kirche Mont Saint Michel und das Meer, das so weit reicht, wie das Auge blicken kann, so weit, dass es den Himmel berührt.« Mathis trat näher und nahm ihre Hand. »Wollen wir das machen?«

Catheline nickte.

Ja, das wollte sie.

Mit Mathis das Meer sehen, das den Himmel berührt.

ENDE

Anhang

Der geschichtliche Hintergrund

Die Bretagne – das Land am Ende der Welt. Mit diesen Worten wird die im Nordwesten Frankreichs gelegene Halbinsel mit ihrer gut 2700 Kilometer langen Atlantikküste bereits im Mittelalter beschrieben.

Um 1440 ist die politische Situation in der Bretagne seit mehreren Jahren stabil. Herzog Johann hat es geschafft, durch wechselnde Koalitionen den Landstrich zu befrieden und die Unabhängigkeit des Herzogtums zu bewahren. Der Bretagne geht es wirtschaftlich gut. In Anbetracht der Tatsache, dass Frankreich seit gut einhundert Jahren von einem Erbfolgekrieg gebeutelt wird, in dem England versucht, einen Anspruch auf den französischen Thron durchzusetzen, eine Ausnahme im Land.

Als ein Wendepunkt in dem immer wieder aufflackernden Konflikt zwischen Frankreich und England, der später unter dem Begriff »Hundertjähriger Krieg« in die Geschichte eingehen wird, kann sicherlich das Auftauchen Johannas von Orléans gewertet werden. 1429 gelingt es ihr, Karl VII. nach Reims zu führen, wo er zum König von Frankreich gekrönt wird.

Doch 1430 wird Johanna von Orléans durch Burgunder – das Herzogtum Burgund steht zu diesem Zeitpunkt aufseiten der Engländer – festgenommen und an England ausgeliefert. 1431 wird sie hingerichtet.

Aber auch nach ihrem Tod bleibt Frankreich erfolgreich in den Auseinandersetzungen gegen die Engländer, selbst das Herzogtum Burgund gibt 1435 mit der Unterzeichnung des »Friedens von Arras« sein Bündnis mit England zugunsten des französischen Königs auf.

Die Kriegsführung hat sich zu dieser Zeit massiv geändert, denn inzwischen kommen in den Schlachten hauptsächlich Söldner zum Einsatz. Ungefähr ab 1435 werden diese zu einem schwerwiegenden Problem in Frankreich, da sie, durch eine Friedensphase überflüssig geworden, demobilisiert durchs Land ziehen und plündern.

König Karl VII. setzt sich für eine Heeresreform ein und beginnt, das erste stehende Heer aufzubauen. Die Adeligen des Landes fürchten um ihr Kriegsrecht – das Recht, selbst Söldnerheere zu halten, die sie in eigenem Interesse einsetzen dürfen –, und so kommt es im Frühjahr 1440 zur Praguerie.

Dieser Aufstand einer Gruppe französischer Adeliger richtet sich gegen König Karl VII. Das Ziel ist, ihn unter Vormundschaft zu stellen und seine Berater auszutauschen. Der bewaffnete Aufstand scheitert und bleibt folgenlos für die beteiligten Adeligen.

Der geschichtliche Hintergrund des Prozesses

Bereits im Jahr 2007 wurde ich auf die Biografie von Baron Gilles de Rais aufmerksam. Dieser Mann, der 1404 geboren wurde, war einer der Helden Frankreichs, der sich im Hundertjährigen Krieg hervortat, weil er furchtlos für König Karl VII. gegen die Engländer kämpfte. Zudem gehörte er zu den Begleitern von Johanna von Orléans. König Karl VII. gewährte dem Baron zum Dank für seinen Einsatz die Ehre, die königliche Lilie im Wappen zu tragen. Kurzum: Dieser Mann war ein Nationalheld.

Er galt als großzügig, gläubig und war ein Förderer der Künste. Da er einen recht ausufernden Lebensstil pflegte, geriet er irgendwann in finanzielle Schwierigkeiten und begann, erste Ländereien zu verkaufen. Als Käufer traten immer wieder der Herzog der Bretagne und der Bischof von Nantes, Jean de Malestroit, auf. Tatsächlich erwirkte Gilles de Rais' Familie eine königliche Verfügung, das heißt, der König untersagte dem Baron, weiterhin seine Ländereien zu verkaufen. Doch durch verschiedene rechtliche Winkelzüge des Herzogs der Bretagne wurde die Verfügung außer Kraft gesetzt, und der Ausverkauf der Ländereien ging weiter.

Gilles de Rais, der sich mit Alchemie beschäftigte, begann nun zu hoffen, dass er seinen Reichtum über das Goldmachen und Teufelsbeschwörungen wiedererlangen könne.

So weit scheint die Biografie des Barons de Rais denen anderer Adeliger durchaus zu ähneln. Selbst die Tatsache, dass er sich mit verbotener Alchemie beschäftigte, war nicht ungewöhnlich, befassten sich doch zahlreiche Menschen im Mittelalter damit.

Zu einem nicht näher bestimmbaren Zeitpunkt begann Baron de Rais aber – sadistisch-sexuell motiviert –, Kinder zu ermorden. Bei diesen unfassbar grausamen Taten standen ihm mehrere Helfer zur Seite, die unter anderem zahlreiche Kinder entführten und in sein Schloss beziehungsweise auf seine Landsitze brachten. Lange Zeit blieb das Verschwinden der Kinder unerklärlich, und als erste Mutmaßungen darüber in Umlauf gerieten, dass der Baron mit diesen Taten in Zusammenhang stehen könnte, entstand in der Bevölkerung eine Machtlosigkeit: Denn wer sollte einen Adeligen und Günstling des Königs vor Gericht bringen?

Als sich die Klagen über verschwundene Kinder beim Bischof von Nantes häuften, ließ dieser »Ermittlungen« aufnehmen, die zu einem Inquisitionsprozess führten, in dem Baron de Rais unter anderem die Teufelsbeschwörungen, ein tätlicher Angriff auf einen Geistlichen in einer Kirche und die Morde an den Kindern vorgeworfen wurden. Dem Inquisitionsprozess folgte ein weltlicher Prozess, der jedoch mehr oder weniger eine Formalität war. Das weltliche Gericht folgte uneingeschränkt dem Urteil des Inquisitionsgerichts, und so wurde Gilles de Rais am 26. Oktober 1440 erhängt, auf dem Scheiterhaufen »angebrannt« und schließlich beigesetzt.

Man geht davon aus, dass der Baron bis zu vierhundert Kinder ermordete, auch wenn man ihm »nur« einhundertvierzig Fälle nachweisen konnte.

Mir war sofort klar, dass mich die Geschichte eines soziopathischen Kindermörders nicht interessierte, und dennoch ließ mich der Fall im Hinblick auf zwei völlig andere Aspekte nicht los, sodass ich mich in weiterführende Literatur vertiefte.

Schnell stellte sich dabei heraus, dass die Kirche nicht ausschließlich hehre Motive hatte, sich des Falles anzunehmen. Der Bischof der Bretagne war unter anderem Schatzmeister von Herzog Johann. Sicherlich war beiden daran gelegen, diesen Serientäter zur Verantwortung zu ziehen, doch die Prozessführung lässt durchaus den Gedanken aufkommen, dass zudem monetäre Interessen im Spiel waren. Denn mit einer Verurteilung durch ein Inquisitionsgericht fielen Gilles de Rais' Ländereien an die Kirche. Es gibt auch Hinweise darauf, dass schon zwei Wochen vor Prozessbeginn die Ländereien des Barons, zumindest auf dem Papier, zwischen dem Bischof und dem Herzog verteilt wurden. Ohne das Eingreifen der Kirche hätte es aber auch keine Rettung für die Bauern der Umgebung gegeben, denn Gilles de Rais hätte ungehindert weitergemordet.

Neben diesen kirchengeschichtlichen Fakten gab es noch eine weitere Komponente an diesem Stoff, die mich reizte: Das Lehnsverhältnis bot dem Lehnsherren die Möglichkeit, seine Felder bewirtschaften zu lassen und unter anderem darüber seinen Lebensunterhalt zu sichern. Er war dazu verpflichtet, den Bauern Schutz zu bieten, zum Beispiel in Kriegssituationen. Gleichzeitig repräsentierte er auch die niedere Gerichtsbarkeit für die Bauern, die ihm untertan waren.

Im besten Fall konnten von dieser Konstellation beide Seiten profitieren, im schlimmsten Falle bedeutete dieses Arrangement für die Bauern absolute Abhängigkeit. Für die Bauern des Barons de Rais traf der allerschlimmste Fall ein: Ihr Lehnsherr stellte sich als »Monster« heraus, und ihnen standen keine rechtlichen Mittel zur Verfügung, dagegen vorzugehen.

Insofern habe ich nun einen fiktiven Inquisitionsprozess erzählt, der sich grob an den Prozess anlehnt, der Baron de Rais gemacht wurde. Mit Baron Amédé de Troyenne habe ich einen Mann geschaffen, der, ähnlich wie Gilles de Rais, einer der großen Helden Frankreichs ist und der ebenfalls in finanzielle Schwierigkeiten gerät. Im Gegensatz zur historischen Vorlage ist Amédé aber kein Soziopath und sexuell-sadistisch motivierter Täter, sondern ein durch den Krieg gebrochener Mann. Schwer traumatisiert durch den Verlust seines Bruders Bruno, gerät Amédé immer wieder in rauschhafte Zustände, in denen er zum Mörder wird.

Auch die Figur von Bischof du Clergue ist fiktiv, um Verwechslungen mit dem damaligen Bischof von Nantes zu vermeiden. Einige der Nebenfiguren, sei es Herzog Johann, Pater Blouyn oder auch der oberste Richter der Bretagne, hat es jedoch tatsächlich gegeben, und sie waren am Prozess gegen Gilles de Rais beteiligt.

Glossar

Abakus Ein Rechenhilfsmittel, bei dem auf Stangen befestigte Perlen oder Kugeln zum Rechnen benutzt werden.

absolutio ab instantia Die Abweisung einer Klage.

Absolution Die Sündenvergebung oder vielmehr Freisprechung von Sünden, die jedoch vom Sünder gebeichtet und bereut werden müssen.

Alchemie Alchemie bezeichnet die mittelalterliche Kunst des Goldmachens. Die Herstellung von Gold wird jedoch heute nur als ein Teil der Alchemie angesehen.

Ankou In der bretonischen Sagenwelt ist Ankou der personifizierte Tod.

Apamage Die finanzielle Ausstattung eines Thronfolgers.

Arthur de Richemont *1393, †1458 in Nantes

Arthur III. von Bretagne, auch als Arthur de Richemont bekannt, war Herzog der Bretagne. Er kämpfte an der Seite von Johanna von Orléans und wurde Connétable von Frankreich unter König Karl VII.

Aufhocker Dämon bzw. Geist, der Wanderern vor allem nachts auf die Schultern springt und immer schwerer wird, bis der Wanderer zusammenbricht.

Basse danse »Niederer Tanz«. Ein Schreittanz, der im 15. und 16. Jahrhundert verbreitet war. Ihm fehlen jegliche Sprünge, im Gegensatz zur »Haute danse«, dem »hohen Tanz«.

Burgund Eine Region in Frankreich, deren Grenzen aber heute anders verlaufen als im Mittelalter.

Confessio Geständnis

Connétable von Frankreich Eigentlich »Stallmeister« oder »Graf des Stalles«. Er war verantwortlich für die Berittenen des Königs, später für die Armee. Dieses Amt gehörte zu den wichtigsten in Frankreich.

Cotte Ein bodenlanges Schlupfgewand, das einer Tunika ähnelt.

Diözese Amtsbezirk eines Bischofs

Diptychen Mehrzahl von Diptychon, ein Bild oder Kunstwerk, das aus zwei Teilen besteht.

Dominikaner Mitglied des Ordens der Dominikaner. Der im 13. Jahrhundert gegründete Orden war maßgeblich an der Inquisition beteiligt, erhielt sogar durch Papst Gregor IX. den konkreten Auftrag dazu.

Dominikanerhabit Ordensgewand der Dominikaner, bestehend aus einer weißen Tunika und einem schwarzen Mantel mit Kapuze.

Dornentinte Die Dornentinte war im Mittelalter die wahrscheinlich meistverwendete Tinte.

Drehleier Bei diesem Streichinstrument wird eine Kurbel gedreht, die ein Rad in Bewegung setzt, das die Saiten streicht.

Erzbischof Oberbischof, der einem Verbund von Diözesen vorsteht.

Exkommunikation Ausschluss aus einer kirchlichen Gemeinschaft

Gebende Ein Band, das einem Stirnband gleich um den Kopf geschlungen wurde und mit der Kinnbinde noch unter dem Kinn entlanggeführt wurde. Diese Kopfbedeckung setzte sich im Hochmittelalter durch.

Generalvikar Der Verwalter einer Diözese und Stellvertreter in einem Amt der Kirche, meist des Bischofs.

Geomantie Dieser Begriff ist mit »Erdwahrnehmung« übersetzbar. Eine Art der Wahrsagung, bei der unter anderem auf Sand, Steine und andere Bestandteile der Erde zurückgegriffen wird.

Georges de la Trémoille *1382, †1446 in Schloss Sully-sur-Loire
Der Graf von Guînes war einer der Vertrauten von König Karl VII. Er geriet oft in Konflikt mit Arthur de Richemont.

Häresie Eine Lehre oder ein Glaube, der im Widerspruch zum christlichen Glauben bzw. zur Lehre anderer großer Glaubensgemeinschaften steht. Der Begriff wurde im Mittelalter mehr oder weniger synonym mit »Ketzerei« benutzt.

Hennin Eine meist spitz zulaufende Kopfbedeckung, an deren Spitze ein Schleier befestigt war.

Inquisition Mittelalterliches Gerichtsverfahren der katholischen Kirche.

irden Irden bedeutete einerseits »aus Erde bestehend« und wurde vor allem für Geschirr und Gefäße verwendet, die aus Ton hergestellt waren.

Andererseits war damit aber auch »zur Erde gehörig« gemeint, im Gegensatz zu »himmlisch«.

Jean de Dunois *1402, †1468

Graf von Dunois, auch als Johann von Orléans bekannt, war ein Weggefährte von Johanna von Orléans.

Johann II. von Alençon *1409 in Argentan, †1476 in Paris

Herzog von Alençon und Begleiter Johannas von Orléans. Durch einen Konflikt mit König Karl VII. schloss er sich der Praguerie an.

Johann IV. d'Armagnac *1396 in Rodez, †1450 in L'Isle-Jourdain

Graf von Armagnac, stand aufseiten der aufständischen Adeligen bei der Praguerie.

Johann VI. von Bretagne *1389, †1442 in Nantes

Herzog der Bretagne, verfolgte über Jahre eine wechselhafte Politik, um sein Herzogtum im Krieg zwischen Frankreich und England zu schützen.

Johanna von Orléans *1412 in Domrémy, †1431 in Rouen

Tochter eines Bauern, die König Karl VII. im Hundertjährigen Krieg, einem Erbfolgekrieg zwischen England und Frankreich um den französischen Thron, zur Krönung nach Reims führte. Sie wurde gefangen genommen und an England verkauft. Nach einem Inquisitionsprozess, der in Frankreich stattfand und von einem Bischof geleitet wurde, der den Engländern nahestand, wurde sie auf dem Scheiterhaufen in Rouen verbrannt.

Kämmerer Der Kämmerer führte die Finanzen an adeligen Höfen oder von Klöstern. Der Begriff wurde durch den des »Schatzmeisters« abgelöst.

Karl I. von Bourbon *1401, †in Moulins

Herzog von Bourbon, stand aufseiten der aufständischen Adeligen bei der Praguerie.

Katharer Eine Glaubensbewegung, deren Mitglieder sich als die »wahren Christen« verstanden. Sie wurden im Hoch- und Spätmittelalter durch die Inquisition verfolgt.

Ketzerei Abgeleitet von der Glaubensgemeinschaft der Katharer, wurde der Begriff für diejenigen verwendet, die als »Irrgläubige« von der anerkannten Kirchenlehre abwichen.

Kienspäne Holzstücke, die zum Beleuchten benutzt wurden.

Kirchliche Immunität Ein rechtlicher Sonderstatus, der es dem Adel untersagte, Kirchen zu betreten, um ihre Amtsgeschäfte zu betreiben.

Kleriker/Klerus Die katholische Geistlichkeit

Knappe Ein Edelknabe, der bei einem Ritter im Dienst stand und zum Ritter ausgebildet wurde.

König Karl VII. *1403 in Paris, †1461 in Mehun-sur-Yèvre
König von Frankreich, der den Hundertjährigen Krieg beendete.

König Ludwig XI. *1423 in Bourges, †1483
Der älteste Sohn von Karl VII., 1461, nach dem Tod des Vaters, König von Frankreich.

Lehnsherr Der Eigentümer von Recht und Boden

Matutin Das regelmäßige Geläut der Kirchenglocke, das die Geistlichen zum Gebet rief, unterteilte den Tag. Die Matutin war ein Nachtgebet, zu dem, nach heutiger Zeit, gegen drei Uhr morgens gerufen wurde.

Michaelis Tag des Erzengels Michael, der am 29. September gefeiert wird.

Morgana Auch als Morgane bekannt, eine Fee in der bretonischen Sagenwelt.

Ordonnanzkompanien König Karl VII. legte 1439 mit dem Aufstellen der Ordonnanzkompanien den Grundstein für das erste stehende Heer Europas. Im Jahr 1445 hatte er dadurch ein Heer von rund 9 000 Mann zur Verfügung.

Nachtmahr Albtraum

Parzelle Ein noch heute gängiger Begriff für ein Landstück

peinliche Befragung Die Anwendung von Folter bei Inquisitionsprozessen. Das Wort »peinlich« ist hier von »Pein«, also Schmerz, abgeleitet.

Praguerie Aufstand von Teilen des französischen Adels gegen König

Karl VII. im Jahre 1440. Die Adeligen lehnten sich gegen die Bildung eines stehenden Heeres durch den König auf. Der Name wurde von den Prager Hussitenaufständen, die 1419 stattfanden, entlehnt.

Predella Der »Fuß« eines Kunstwerks oder Gemäldes, sozusagen ein Sockel, meist bemalt oder mit Schnitzereien versehen.

Promotor Der Leiter eines Inquisitionsverfahrens, er ist in seiner Funktion vergleichbar mit dem heutigen Staatsanwalt.

Psalter Das Psalter, auch als Psalterium bekannt, ist ein Saiteninstrument.

Purgation Abgeleitet vom lateinischen Begriff »purgare«, der mit »reinigen« übersetzt wird, ist im Inquisitionsprozess die »Reinigung« von den vor Gericht gemachten Vorwürfen gemeint.

Rechensteine Hilfsmittel zum Zählen bzw. Rechnen

Rechentisch Auf einem Rechentisch konnten mittels Linien und mithilfe von Rechensteinen die Grundrechenarten durchgeführt werden. Meist waren diese Tische in Einer-, Zehner-, Hunderter- und Tausenderlinien unterteilt.

Rotte Ein Saiteninstrument, das der Leier ähnelt.

Schatzmeister Der Schatzmeister führte die Finanzen an adeligen Höfen oder von Klöstern.

Sext Das regelmäßige Geläut der Kirchenglocke, das die Geistlichen zum Gebet rief, unterteilte den Tag. Die Sext war das Gebet, das zur Tagesmitte gesprochen wurde.

Söldner Ein Soldat, der zeitlich begrenzt und gegen Geld in die Schlacht zieht. Meist stammten Söldner aus den Unterschichten, konnten aber auch aus fremden Ländern angeworben worden sein.

Soutane Ein knöchellanges, eng anliegendes Bekleidungsstück, das als Obergewand von katholischen Geistlichen getragen wird.

territio mere verbalis Das Erschrecken mit Worten: Vor der Folter wurde dem Angeklagten noch einmal der Folterkeller gezeigt, und alle Folterinstrumente wurden erklärt.

Terz Das regelmäßige Geläut der Kirchenglocke, das die Geistlichen zum Gebet rief, unterteilte den Tag. Ein Morgengebet, das ungefähr vier Stunden nach dem Sonnenaufgang gesprochen wurde.

Tonsur Frisur von Geistlichen, bei der meist eine kreisrunde Fläche rasiert wird, sodass nur ein Haarkranz stehenbleibt.

tortura Wird gleichbedeutend mit »Folter« verwendet.

Tour Neuve Schloss Nantes wurde und wird auch »Le Château de la Tour Neuve« (das Schloss des neuen Turms) genannt. Im Tour Neuve, dem neuen Turm, war wahrscheinlich das Gefängnis des Schlosses untergebracht.

Treibstecken Der Stab eines Bauern, mit dem er die Zugtiere beim Pflügen antreibt.

Triptychen Mehrzahl von Triptychon, ein Bild oder Kunstwerk, das aus drei Teilen besteht.

Tuffstein Poröses Gestein, auch als »Weichstein« bezeichnet, das zum Bauen verwendet wurde.

Vasall Der Vasall ist dem Lehnsherren durch einen Treueeid als Gefolgsmann verpflichtet. Das aus dem Walisischen stammende Wort bedeutet auch Diener.

Waldenser Eine Religionsgemeinschaft, die im Hoch- und Spätmittelalter durch die Inquisition verfolgt wurde. Die Waldenser-Gemeinschaft existiert noch heute.

Wiedergänger Im Volksglauben verhaftete Vorstellung, dass Toten die ewige Ruhe versagt bleibt. Sie kehren als Wiedergänger auf die Welt zurück und gelten oft als bösartig.

Zingulum Gürtel, den Geistliche tragen

Zornhau Angriffstechnik im Schwertkampf

Danksagung

Eine Freundin erzählte mir lachend, dass sie von ihrer Nachbarin angesprochen worden sei, weil diese ihren Namen in der Danksagung von ›Vom anderen Ende der Welt‹ entdeckt hatte. Meine Freundin hatte sich offensichtlich über diese nachbarliche Feststellung gefreut, was mir wiederum zeigte, dass es sich lohnt, im Anhang eines Buches all die Menschen zu erwähnen, die am Entstehen direkt oder indirekt beteiligt waren. Sie verdienen diese Aufmerksamkeit – ein winziger Versuch meinerseits, ihnen etwas zurückzugeben!

Deshalb möchte ich mich herzlichst bei

Christiane Bär, Ines Barth, Stella Billert, Loni und Malte Brants, Lisa Marie Dickreiter, Matthias Ehrlicher, Elan Fleisher, Faik Hasenfuß, Miriam Haupt, Katrin und Carsten Knobloch, Lisa Kuppler, Dr. Ralf Lützelschwab, Iris und Clemens Oeltjen, Kerstin Richter, Isabella Schmid, Pius Schmid, Barbara Slawig, Maike Stein, Judith Wilms und Jenny Zeller

bedanken. (Lieber Verlag: Können wir die Namen im Fettdruck und 48er Schriftgröße drucken? Nein? Gut, eine bundesweite Plakatierung würde auch reichen!)

Meinem Mann, dem wirklich allerbesten, meinem Sohn, der mich so glücklich macht, meinen Eltern, meiner Schwester sowie meinen Schwiegereltern und Großeltern möchte ich für ihre Liebe und ihr Vertrauen einen Kuss zuwerfen. Ohne ihre Tatkraft und ihren Rückhalt wäre nicht nur das Schreiben undenkbar.

Abschließend möchte ich auch meiner großartigen Agentin Dr. Astrid Poppenhusen danken und den vielen Mitarbeitern des Deutschen Taschenbuch Verlags, vor allem aber denen, die mich so engagiert durch den Verlagsalltag begleiten: Hannelore Hartmann, Bianca Dombrowa, Rudolf Frankl, Lisa Helm, Christine Püffel, Beatrice Habersaat, Marianne Bohl, Konstanze Renner, Claudia Kolb und Dora Höppner.

Und zu guter Letzt möchte ich noch ein Wort an die Leserinnen und Leser richten, die bisher mit »auf großer Reise« waren oder mir »ins dunkle Mittelalter« gefolgt sind. Auf vielfältige Weise, etwa in Mails, über Rezensionen und im persönlichen Gespräch bei Lesungen, habt Ihr mir einen Einblick in Eure Gedanken gewährt. Es ist für mich als Autorin sehr spannend, zu erfahren, wer die Leserinnen und Leser sind – und dass meine vagen Vorstellungen schlichtweg »ein Gesicht« bekommen. Deshalb auch ein großes DANKE an Euch!

Liv Winterberg, im August 2012

Mehr Infos unter www.liv-winterberg.com